별
이
되
다

별이 되다 ◆ 3

바람꽃잎 장편소설

초판 1쇄 찍은 날 2017년 11월 10일
초판 1쇄 펴낸 날 2017년 11월 17일

지은이 바람꽃잎
펴낸이 서경석

총괄팀장 최하나 ǀ **편집책임** 김경민
편집 이지연 김슬기
디자인 신현아

펴낸곳 도서출판 청어람
등록번호 제387-1999-000006호
등록일자 1999. 5. 31
어람번호 제8-0100호

주소 경기도 부천시 부일로 483번길 40 서경B/D 3F (우) 14640
전화 032-656-4452 ǀ **팩스** 032-656-4453
http://www.chungeoram.com ǀ E-mail chungeorambook@daum.net

ⓒ 바람꽃잎, 2017

ISBN 979-11-04-91511-6 04810
ISBN 979-11-04-91440-9 (SET)

별이 되다 · 3

바람꽃잎 장편소설

도서출판 청어람

◆◆◆

...

마중 나온 봄

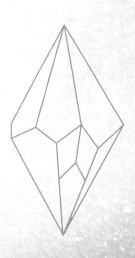

새벽부터 쏟아지던 장대비가 아침이 되자 다행히 이슬비로 변했다. 겨울이 떠나갈 때 내리는 비는 봄을 데리고 온다는데, 겨울과 봄이 나란히 게으름을 피우는 모양이었다. 문밖을 나서자 살을 에는 추위 때문에 내쉬는 숨마다 입김이 되어 날아 갔다.

　봄은 아직 멀었고 겨울은 여전히 떠날 줄을 몰랐다.

　"시험장 안은 따뜻하겠지? 그래도 모르니까 무릎담요도 챙길까?"

　"더는 안 돼요."

　그렇지 않아도 충분히 빵빵한 가방을 닫으며 우진은 고개를 저었다. 아무리 차로 이동한다지만, 하나씩 챙겨주는 것들을 받다 보니 벌써 한 짐이 되고 말았다.

1차 시험을 치를 우진보다 더 긴장한 부모님은 시험장까지 가는 내내 경직되어 있었다. 최민우는 운전하는 동안 어깨와 목이 딱딱하게 굳어 있는 게 보였다. 종교가 없는 박은수는 세상의 모든 신에게 계속 기도를 했다.

　도리어 뒷좌석에서 느긋이 앉아 있던 우진은 깜박 졸다가 내릴 때쯤 알아서 눈을 떴다.

　"여기서 내려주세요."

　"아직 더 가야 하는데?"

　"여기서부터 걸어가는 게 더 빨라요. 저 골목 돌면 1차선에 인도도 제대로 없어서 길도 막히고 빠져나오는 게 힘들대요."

　미리 시험장 주변 교통 상황을 알아본 우진은 생각해 둔 곳을 가리켰다. 최민우가 그곳에 차를 대자 박은수는 내리려는 우진의 손을 붙잡고 쓰다듬었다.

　"하필 비가 내려서 걱정이다. 걸어가다가 감기 걸리면 어떡하니."

　어머니의 걱정에 우진은 잔잔하게 웃으며 목도리를 잡고 살짝 흔들어 보였다. 다른 수험생에게는 미안하지만, 오히려 이런 날씨가 그에게는 도움이 되었다.

　"긴장하지 말고. 그냥 못 봐도 괜찮아."

　"저도 그렇게 크게 기대하지는 않아요."

　웃자고 한 소리에 돌아온 것은 가볍게 흘겨보는 어머니의 눈빛이었다. 아직도 미련을 버리지 못한 어머니를 보고 우진은 어색하게 웃으며 차에서 내렸다. 우진이 자신의 꿈을 버리지 못하는 것처럼 어머니도 자식에게 바라는 이상을 쉽게 버리지 못하고 있었다.

서로 먼저 가라는 말끝에 결국 부모님의 차가 먼저 출발했다. 당신들이 가는 걸 보기 전까지 우진이 절대 움직이지 않을 것 같았기 때문이다.

잠시라도 아들을 바깥에 세워두기 싫은 부모님이 서둘러 떠나자, 우진도 비로소 시험장을 향해 걸어갔다.

최대한 얼굴을 가려야 해서 주위를 둘러볼 여유는 없었지만, 우산 밑으로 보이는 사람들의 얼굴과 표정은 모두 제각각이었다. 40대에서부터 20대 초반의 젊은 얼굴들. 패기 넘치는 표정부터 고민이 많거나 아무 생각 없어 보이는 이들까지 다양했다.

줄지어 시험장을 향해 달려가는 차들과 시험장까지 걸어가는 사람들로 골목길은 무척이나 번잡했다. 시험을 보는 고등학교 교문까지 10여 분밖에 걸리지 않는 거리인데도, 수많은 이들이 우진의 옆을 스치고 지나갔다.

날씨가 사람들의 마음을 대변하는 것인지, 사람들의 마음이 날씨에 따라 변하는 것인지는 몰라도 그중에 밝은 표정은 거의 찾을 수가 없었다. 이 일대만 마치 다른 세상에 사는 것처럼 경직되고 암울했다.

시험을 보는 다른 이들에게 방해를 주면 어쩌나 고민했던 것이 겸연쩍게 우진은 아무런 소란 없이 무사히 시험을 치렀다.

모자, 마스크, 목도리를 벗고 안경만 쓰고 있었음에도 아무도 그를 주목하지 않았다. 점심과 휴식 시간에도 손에서 책을 놓지 않는 사람들에겐 옆에 누가 앉았는지는 그다지 궁금한 일이 아니었다.

　시험 감독관들만 우진을 알아보고 순간 멈칫하긴 했지만, 이내 침착하게 그를 애써 무시했다.

　시험이 끝나고 남들보다 느리게 시험장을 나설 때까지도 비는 여전히 오고 있었다. 오전처럼 안개비가 내리고 있었지만, 대신 바람이 거세져서 우산이 뒤로 뒤집히는 경우가 여기저기서 일어났다.

　튼튼한 장우산만은 못해도 우진이 챙겨온 2단 우산은 뼈대가 제법 튼실해서 다행히 바람에도 거뜬했다.

　늦게 나온다고 했지만 여태 도로에는 사람들이 많았다. 그중에 아는 사람들이 있을까 하는 궁금증에 주위를 둘러보던 우진의 시선에, 앞에서 비를 맞으며 종종걸음으로 가는 한 사람이 보였다. 어딘가 익숙하다 싶어서 자세히 살펴보니 수업을 함께 들은 김태화였다.

　우진과 현민의 단골 가게인 카페의 아르바이트생이었던 인연으로 수업 때 만나면 종종 알은체를 하는 사이였다. 그러고 보니 그녀와 겹쳤던 과목들이 모두 법학 관련 수업들이었다.

　그녀에게 살갑게 구는 현민 때문에 몇 번 대화를 나눈 적이 있지만, 우진과는 그다지 친분이랄 게 없는 사이였다. 그리고 처음 그녀에게 느꼈던 미묘한 느낌 때문에 일부러 거리를 두기도 했다.

　웬만하면 무시하고 가고 싶었지만, 우진은 저도 모르게 걸음을 빨리해서 그녀에게 다가가 우산을 씌워줬다. 그 순간까지 그는 자신이 뭘 하는지도 몰랐다. 그녀의 머리 위로 우산을 갖다 대고 나서야 이게 무슨 짓인가 깨달았지만, 때는 이미 늦은 후였다.

비바람에 들고 있던 5단 우산이 뒤집히며 우산대가 부러지자 김태화는 어이가 없었다. 휴대성이 좋은 만큼 이렇게 우산대가 약한 줄을 몰랐던 것이다. 이도 저도 못하는 사이 가방에 든 정리 노트들이 젖을까 봐, 그녀는 우산을 포기하고 두 팔로 가방을 가슴에 꼭 안았다.

노트가 젖느니 자신이 비를 맞는 게 나았다.

그렇게 몇 걸음 가지 않았을 때, 옆에서 느껴지는 인기척과 머리 위로 드리워진 그림자에 놀라 걸음을 멈추고 옆을 봤다. 모자와 목도리로 얼굴의 반절을 가린 낯선 남자의 등장에 놀라 그녀는 본능적으로 뒷걸음질을 쳤다.

"저예요."

우진이 재빨리 목도리를 내리고 얼굴을 살짝 보여줬다. 안경을 쓰고 있지만, 모자의 챙을 살짝 들어 올리니 그의 얼굴을 확인할 수가 있었다.

"아, 안녕하세요."

일단은 낯선 이가 아니라는 사실에 안도한 그녀는 무의식중에 꾸벅 인사를 하다 고개를 갸웃거렸다. 채우진이 여기 왜 있을까 궁금해하다가 자신이 나왔던 시험장을 돌아봤다. 이 골목길 끝에는 시험장이었던 고등학교밖에 없었다.

"네, 저도 저기서 나왔어요."

"왜요?"

"저는 사시 보면 안 돼요?"

"그게 아니라……."

실례되는 말을 한 것 같아서 머뭇거리는 김태화에게 우진은 괜찮다고 답해줬다. 그녀의 의문은 너무도 당연한 거라 불쾌할 것도 없었다. 우진은 김태화가 비를 맞지 않도록 우산을 그녀 쪽으로 치우치게 들며 걸음을 옮겼다. 그의 걸음을 따라 김태화도 덩달아 함께 걸을 수밖에 없었다.

"부모님이 원하셨거든요."

아마 나중에 채우진이 사법시험을 봤다는 게 알려지면 대부분 김태화와 같은 질문을 할 것이다. 그리고 그의 대답은 똑같을 수밖에 없었다.

"부모님이 욕심이 많으신가 봐요."

그리고 사람들의 반응도 김태화와 크게 다르지 않을 것 같았다. 아들이 연예인인데도 사법시험을 포기하지 못한다고 혹시 부모님을 탓하지 않을까, 그게 걱정이 되었다.

"욕심은 제가 많은 거죠. 부모님은 불안한 연예인보다는 안정된 공무원을 바랄 정도로 소박하신 것에 비해, 이것도 저것도 포기하지 못한 건 결국 저니까요."

"그런 건가요?"

"그런 거죠."

채우진 정도라면 아무리 부모님이 원한다고 해도 보지 않으면 그뿐이었다. 결국, 결정은 그의 몫이었고 욕심도 그가 부린 것이라 할 수 있었다. 잠시의 침묵 후에 김태화는 우진을 쳐다보며 물었다.

"만약 최종까지 합격하면 어떡하실 거예요?"

"글쎄요. 최종까지 합격할 거라 상상을 못 해서 그것까진 생각해 보지 못했네요."

"돌아갈 곳이 있는 사람은 여유가 있어 좋군요. 몇 년에서 수십 년을 사시만 목표로 하고 달려온 절실한 사람들도 많은데……."

중년의 나이가 되도록 포기하지 못하고 사법시험에만 매달린 사람들에게는 채우진의 발언이 가볍고 짜증이 날 법했다. 그 마음은 이해하나 우진이 꼭 그들에게 이해받을 필요는 없었다.

"오늘 실제로 시험을 치른 사람이 얼마인지는 몰라도 원서 접수론 경쟁률이 거의 50 대 1이라고 하던데, 그 많은 사람이 모두 절실한 건 아니에요. 절실함으로 당락을 결정하는 게 아닌 이상, 사람의 마음가짐 가지고 누구도 비난할 수는 없죠."

"하지만 만약에 채우진 씨가 합격하고 나서 그 길로 가지 않는다면, 분명 합격할 수 있었던 누군가는 떨어지게 되는 거잖아요. 그 사람에겐 이번이 가장 중요한 마지막 기회였을 수도 있는데 말이죠."

김태화의 생각은 누구나 할 수 있고 누구나 따질 수 있는 문제였다. 우진은 나중에라도 받을 수 있는 신문을 미리 받는다는 기분으로 솔직하게 대답했다.

"누구인지 모르는 그 사람의 사정 때문에 제 인생의 결정을 포기해야 하나요?"

"그건……."

"절박하고 힘든 개인의 사정은 누구에게나 있는 법이죠. 그건 저도 마찬가지고요. 제 인생의 고민이 어느 누군가에게는 가벼운 것처럼 보여도, 제겐 인생의 기로에 선 결정이었어요. 상대적인 잣대가 절대적인 기준이 될 수는 없는 것처럼. 다른 이보다는 못할지 몰라도 저도 절박하다고요. 정당하게 열심히 노력해서 따낸 결실을 스스로 포기한다고 해서 그게 불법도 아니고요. 그리고 남의 것을 뺏어왔다고 하기엔, 이건 엄연한 경쟁이잖아요."

남에게 포기를 종용하기 이전에 먼저 이길 작정을 하는 게 경쟁에 임하는 자세라고 생각했다. 경쟁에서 이기고 트로피를 고이 간직하든 버리든, 그건 승리자의 마음이었다. 가진 적도 없는 트로피를 가지고 저것은 내 것이라고 주장한들 무슨 소용이 있을까.

"무엇보다 매년 동점이란 이유로 원래 정원보다 몇 명을 더 뽑지 않나요? 결국, 떨어진 그 누군가는 제가 아닌 그 점수를 넘지 못해 떨어진 거죠."

담담한 우진의 지적에 김태화는 몇 번 눈을 깜박이다가 이내 미안하다며 사과했다. 비 오는 날 우산을 얻어 쓴 주제에 다짜고짜 사람을 다그친 것 같아 미안하고 창피했다.

"아마도 그 한 명이 제가 될 수도 있다고 생각했나 봐요. 죄송합니다. 제가 너무 주제넘은 말을 했어요."

"보통 김태화 씨처럼 생각하는 사람들이 많을 거예요. 그 모든 사람까지 포함해서 주제넘긴 하죠."

심상하게 말하는 우진의 반응에 김태화는 살짝 얼굴을 붉혔다. 그녀라고 원대한 포부나 투철한 정의감으로 사법시험을 보게 된 건 아니었다. 그저 보여주기 위해서, 자신의 가치를 증명하기 위해 보는 시험이었다. 이런 자신을 두고 만약에 누군가 비난을 하면 많이 화가 날 것 같았다.

"어느 쪽으로 가세요?"

제대로 사과할 틈도 없이 골목길을 내려오자 우진은 그녀에게 길을 물었다. 오른쪽 길을 가리키는 김태화의 손에 그는 우산을 쥐여줬다.

"어?"

"전 마중 온 차가 저기 있어요. 날씨도 찬데 감기 걸리면 2차 준비하기 힘들잖아요. 그리고 우산은 돌려주지 않아도 돼요. 과도 다르고 이젠 같이 듣는 수업도 없을 것 같으니, 그냥 가지세요."

작별 인사와 함께 김태화에게 우산을 주고 뒤돌아가는 우진의 오른쪽 어깨는 이미 많이 젖어 있었다.

차에 타기 직전 뒤돌아본 우진은 김태화가 아직도 그 자리에 있는 걸 확인하고는 가볍게 고개를 숙여 인사했다. 김태화가 마주 인사하기도 전에 그는 차에 탔고, 자동차는 바로 떠나갔다.

"누구야?"

밴이 아닌 자가용을 가지고 마중 나온 강호수는 사이드미러로 김태화를 보며 우진에게 물었다.

"과는 달라도 수업을 같이 듣는 게 있어서 아는 사이예요. 정확히는 현민이와 더 친하지만, 저 친구도 오늘 시험을 봤더라고요."

"미인이네."

차에 타자마자 강호수가 건넨 수건으로 옷에 묻은 빗물을 닦던 우진은 아무 생각 없이 고개를 끄덕였다.

"미인이기도 하고, 심성도 바른 것 같아서 괜찮다 싶은데……."

"싶은데?"

"조금 음울한 것 같아서요."

"하긴 네 취향이 밝고 경쾌한 사람을 좋아하지."

"제가 그랬던가요?"

"네 주위에 있는 사람들을 잘 살펴봐."

강호수의 대답을 곰곰이 생각해 보던 우진은 반박의 여지가 없다고 설핏 웃었다. 새삼 자신의 취향이 소나무처럼 한결같아서 재밌기도 했다.

"보는 사람이 없다고 해도 조심하는 게 좋아. 괜히 구설에 오르면 너보단 저 여학생이 더 힘들어져."

우진이 보일 때부터 내내 지켜봤기에 두 사람 사이엔 아무런 감정적 교류가 없다는 걸 강호수는 눈치챘다. 우진은 자기가 좋아하는 사람에게 보이는 눈빛 자체가 달라서 속내를 파악하기 쉬웠다.

하지만 남들은 그걸 모르니 다르게 생각할 수 있었다. 자칫 아까와 같은 장면이 사진으로 찍히면, 어떻게 언급되느냐에 따라서 스캔들로 이어지는 건 너무나 쉬운 일이었다.

"그럼 곤란하긴 하죠."

학과와 학년이 다른 데다 이제는 이수받아야 할 법학 과목도 없어서 앞으로 김태화와 만날 일은 거의 없었다. 그런데도 우진은 속으로 조심하자고 계속 다짐했다. 아까처럼 저도 모르게 그녀에게 다가가 우산을 씌워주는 일이 다시는 없어야 했다.

"시험은 잘 봤어?"

"가채점해 봐야 알겠지만 1차는 무난히 통과할 것 같아요."

"채점도 안 했으면서 어떻게 그렇게 자신해?"

"대부분 다 아는 것만 나왔던데요?"

서술형이라면 모르겠지만, 객관식 문제에서 자신이 대충 몇 점을 맞았을 거라 확신하지 못한다면 그건 문제였다.

"그래, 너 잘났다. 하여튼 오늘 시험을 봐서 다행이다. 내일 너 가면 벗는 거 방송 나가면 한동안 바빠질 테니까 어느 정도는 각오하고 있어."

평상시라면 겸양을 떨었을 우진이 드물게도 긍정적으로 고개를 끄덕였다. 개인의 영광과 손 PD에게 커다란 엿을 선물하기 위해 우진이 '가면의 가왕'에 쏟은 노력이 적지 않았다. 최선을 다해 노력한 결과, 쟁쟁한 도전자들을 커다란 격차로 이기며 가왕을 지켜냈기에 그에 대한 자부심 역시 생겼다.

"제가 생각해도 이번엔 좀 잘했던 것 같아요."

자신감 넘치는 우진의 태도에 강호수는 더는 참지 못하고 크게 웃고 말았다.

◆　　◆◆◆　　◆

"네가 웬일이야?"

한복 디자이너 차영주는 자신을 찾은 윤선 감독을 보자마자 뚱하니 물었다. 아무리 친한 친구라고 해도 지금은 썩 그를 반기고 싶지 않았다.

"'붉을 적' 어쩌면 곧 크랭크인 할 수 있을 것 같다."

"드디어 주인공이 결정된 거야?"

캐스팅 난조로 3년 동안 크랭크인을 미루고 있던 '붉을 적'의 소식에 차영주는 윤선 감독의 등장 후, 처음으로 TV에서 시선을 떼고 그를 쳐다봤다.

"주인공이 누구야? 이제 나도 바빠지겠네."

사극인 '붉을 적'의 의상 담당인 차영주는 그동안 주인공이 결정되지 않아 미뤄뒀던 작업을 개시할 생각에 흥분했다. 이미 디자인은 다 해놓았고 원단도 준비가 끝난 상태라 언제라도 바로 들어갈 준비가 되어 있었다.

"그런데 왠지 썩 내키진 않는 모양이다?"

"뭐 대충……."

최상의 선택은 아니었는지 윤선 감독은 낯을 찌푸리며 자리에 앉았다.

"누군데?"

"며칠 전에 소속사에 정식으로 섭외 제의를 하긴 했는데, 배우의 개인적인 사정으로 월요일에 알리고 가부를 결정할 거란다. 어쩌면 내가 차일지도 몰라."

"설마~! '붉을 적' 극본이 뜨자마자 서로 하겠다고 덤빈 배우들이 어디 한둘이야? 윤 감독 당신이 마다하는 바람에 다 아웃당한 거지. 오디션 봐도 마음에 드는 배우 없다며 파투 놓고,

좀 깐깐하게 굴었어? 아직도 그 작품에 매달리는 배우가… 내가 아는 것만 해도 서너 명이다."

손가락으로 일일이 꼽고 이름을 거론할 정도로 '붉을 적'의 주인공을 탐내는 배우는 넘치도록 많았다. 사극, 그것도 역사적으로 존재했던 인물에 대한 일대기이지만 그 주인공을 맡는다는 건 큰 의미가 있었다.

"명환대군이라면 우리나라 사람들이 좋아하는 역사적 인물에 꼭 들어가는 분이잖아. 비극적인 삶도 그렇지만, 워낙에 매력적인 인물이라 영화나 드라마화될 때마다 히트는 떼어놓은 당상이고. 1대, 2대 명환대군이란 타이틀이 붙는 것만으로도 배우들이 영광이라고 여기는데 누가 그 명환대군을 차겠어."

그리고 지금은 3대 명환대군이란 타이틀을 노리는 배우들이 많았다. 윤 감독이 차일 일은 절대 없을 거라고 장담하며 차영주는 그 행운의 젊은이가 누구냐고 재차 물었다.

"채우진."

"아! 채우진이라면 할 만하지. 그러고 보니 인물에서부터 연기력까지 명환대군으로 완벽하네. 그런데 윤 감독은 뭐가 불만이야? 내가 보기엔 지금까지 후보 중에 가장 완벽해 보이는데."

명환대군을 주인공으로 한 '붉을 적'을 준비하면서 윤선 감독은 그의 생에 부릴 수 있는 모든 고집을 다 부렸다. 남들은 까다롭다고 욕을 할지 몰라도 '붉을 적'은 그저 흥행만 바라보고 찍는 영화가 아니었다.

어릴 적부터 그의 우상과도 같았던 명환대군을 주제로 정말 제대로 된 작품을 만들고 싶었다. 그래서 무엇보다 주인공에 욕심을 부렸고, 그만큼 배우에게 바라는 것도 많았다.

"완벽하기야 하지. 다만 너무 모던한 느낌이 불안하달까. 사극에 어울릴지 의심도 되고. 사실 난 지금까지 명환대군을 연기했던 배우들도 다 마음에 들지 않았거든. 예술을 사랑하던 그분의 자유분방함을 너무 강조하다가 난봉꾼으로 만들지를 않나, 아니면 치정에 중점을 주면서 정치적 희생양으로만 해석한 것도 마음에 들지 않았어."

지금까지 명환대군을 그린 영화와 드라마는 많았지만, 그중에 가장 대표적이라 할 수 있는 두 작품을 거론하며 윤선 감독은 혀를 찼다.

"욕심도 많으시지. 사실 명환대군이 좀 자유로웠던 것도 사실이잖아. 몇 년 전에 나온 증거로 말로만 많았던 중전 윤씨와의 스캔들도 사실이라는 게 밝혀졌고. 물론 동생의 여자를 일부러 뺏은 왕이란 놈이 모든 비극의 원흉이었지만."

하나하나 곱씹어보면 명환대군의 삶도 참 순탄치가 않았다. 아버지와 형, 그리고 어머니에 의해 철저하게 파괴된 삶을 살다가 비극적인 죽음까지. 한 사람의 인생치고는 너무 극적이어서 사람들이 더욱 그를 안타까워하며 사랑하는지도 몰랐다.

"한량 도령이 배우라면 딱인데!"

윤선 감독은 차영주가 보고 있던 '가면의 가왕'에 시선을 두며 한량 도령을 탐냈다.

"가면으로 얼굴을 가렸는데도 한복 자태가 살아 있어. 전통 춤도 잘 추고 수묵화도 잘 그리는 것 같으니, 촬영 때 대역을 쓸 필요도 없을 테고."

명환대군은 가무는 물론 시서화에도 능통해서 그가 서화를 그리고 춤을 추는 장면이 영화에서도 몇 장면 나올 예정이었다. 그래서 어느 정도 실력이 있는 사람이 배역을 맡아야만 그 장면을 멋있게 살릴 수 있을 거란 우려가 많았다.

"저 한복 내가 만든 거다."

"알아. 그러니까 더 아까운 거지."

영화의 의상 담당인 차영주의 한복이 얼마나 잘 어울리는지 확인했기에 보면 볼수록 아까웠다.

"왜 너는 가수인 거니. 왜 그렇게 나이가 많아~!"

"가수인 건 확실하지만 나이는 아직 모르잖아. 혹시 알아? 뮤지컬 배우라면 얼굴도 잘생기고 연기도 잘할지?"

"그런 사기캐는 이 세상에 존재하지 않아!"

그런 인물이 있다면 자신이 3년을 허비하지 않았을 거라고 윤선 감독은 냉소하며 콧방귀를 뀌었다.

"조용히 해! 이제 우리 한량 도령님 차례야."

한복을 협찬하지 않았더라도 그녀는 한량 도령의 팬이 되었을 것이다. 하물며 협찬이란 끈끈한 인연이 맺어진 관계라 그에 대한 애정을 서슴없이 과시했다.

한량 도령의 노래가 끝나고 차영주와 윤선 감독은 쉽게 그 여운에서 벗어나지 못했다. 나유리의 평을 들으며 그녀가 부러울 정도였다. 한량 도령의 노래는 어떠한 대가를 치르더라도 들을 만한 가치가 있었다.

"현장에서 직접 들으면 정말 끝내주겠지?"

"윽! 나유리가 겨우 3표라니. 그런데 이해가 되는 게 어쩌면 나유리 정도 되니까 3표나 받은 거지. 남들이었으면……."

횡설수설하면서도 상황을 인정하는 나유리의 태도가 보는 이로 하여금 절로 미소를 짓게 하였다. 같은 3표를 받았던 민시후와는 태도부터가 비교되는 게 확실히 그릇 자체가 달랐다.

"어, 어! 가면 벗는다!"

차영주는 괜히 옆에 앉은 윤선 감독의 팔을 쥐어트는 것으로 긴장을 표현했다. 가면을 벗고 한량 도령이 뒤를 돌아서는 순간, 놀란 것은 차영주 하나가 아니었다.

돌아서는 한량 도령을 보고 차영주와 윤선 감독은 동시에 같은 생각을 했다.

"왜 채우진이 저기에 있지? 한량 도령은 어디에 있어?"

한량 도령을 채우진이라고 소개하는 감성주의 말을 듣고도 두 사람은 그저 멍하니 TV를 바라보기만 했다. 현실감이 느껴지지 않는 상황에서 채우진이 앞서 불렀던 노래의 한 구절을 다시 부르고 나서야 차츰 실감할 수가 있었다.

"아, 채우진이 한량 도령이었구나."

뒤이어 마지막 무대를 장식하는 의미로 채우진이 춤을 추겠다며 검을 들었다.

그제야 차영주보다 조금 늦게 윤선 감독의 눈에도 빛이 돌아왔다. 영화를 준비하면서 연을 맺은 전통 무용 전수자가 한량 도령의 춤은 흠잡을 데 없이 완벽하다는 평을 내렸다. 기본은 물론 춤사위 하나하나가 제대로 배운 전문가라며 감탄했기에, 채우진이 출 검무 역시 궁금할 수밖에 없었다.

"검무라……."

검무는 결국 칼춤이었다. 특히 조선 시대에는 기생들이 흥을 돋우기 위한 춤과 궁중무용으로 정착이 되면서, 살벌함은 사라지고 유려하고 아름다운 율동만이 남았다. 군무 같은 경우는 특유의 활발함은 있지만, 칼은 춤을 위한 도구로 전락해 버리고 말았다.

명환대군이 추었다는 서릿발처럼 차갑고 매서운 검무는 이제 사라지고 볼 수가 없었다.

채우진은 검을 늘어뜨린 후에 눈을 감았다. 그리고 음악이 흘러나오자 서서히 몸을 움직였다. 한 발을 들어 올리고 옆으로 옮기면서, 검을 든 손이 서서히 함께 움직이며 위로 올라갔다.

그 움직임이 점점 빨라지며 검이 지나간 자리에는 은색 선이 남아 하나의 그림을 그렸다. 마치 한 마리 은룡이 승천하는 것처럼 공중에 흔적을 남겼다.

소맷자락이 휘날릴 때마다 바람 부는 소리가 여기에까지 전달될 정도였다. 그만큼 힘차고 매서우며 거침이 없었다.

"저게 검무야?"

차영주는 지금껏 그녀가 보았던 검무들과 다른 채우진의 춤을 보며 감탄과 더불어 무수한 영감을 받았다.

그의 움직임마다 펄럭이는 옷깃의 모양이 한복의 선이란 무엇인지 새삼 일깨워 줬기 때문이다. 당장에라도 펜을 들고 스케치를 하고 싶지만 채우진에게서 눈을 뗄 수가 없어 그저 손만 꼼지락거렸다.

"검무보다는 검법에 가깝지."

마치 명환대군이 그랬던 것처럼 말이다. 고서에 의하면 명환대군이 검무를 추면 바로 당장에 전장으로 뛰어들 무사와 같았으며, 그의 검날에 목이 달아날까 두려웠다는 표현이 많았다.

그런데도 명환대군의 검무는 사람의 넋을 빼앗을 만큼 아름다우며 매혹적이라고 했다.

또한 그의 검이 사람의 생명이 아닌 마음과 넋을 빼앗아가는 것 같다고 말했다. 지금은 볼 수 없는 명환대군의 검무였기에 무어라 확신할 수 없었지만, 만약 그의 춤이 남아 있다면 지금 채우진이 추는 검무와 비슷하지 않을까 하는 상상이 들었다.

눈을 떼지 않고 지켜보던 윤선은 이내 채우진의 검무가 명환대군의 그것과는 다른 점을 깨달았다. 채우진의 검무는 꼭 누군가를 지키기 위한 것처럼 보였다. 마음을 빼앗아가는 것은 같으나 당장에라도 목을 향해 날아올 것 같은 살벌함은 느껴지지 않았다.

몇몇 사람들에 의해 전해져 오는, 명환대군이 마지막으로 추었다는 검무가 저러지 않을까 생각했다. 지금 채우진은 지키기 위한 검으로 춤을 추고 있었다.

"잡아야겠지?"

채우진의 검무가 끝나자 윤선은 혼잣말처럼 중얼거렸다.

"아마도. 내가 아는 당신은 채우진을 놓치면 평생 '붉을 적'을 찍지 못할 거야."

진실은 가끔 저주와도 같았다.

◆　　◆◆◆　　◆

〈한량 도령의 정체는 채우진이었다〉

한량 도령은 눈꽃 요정(나유리)을 93표의 차이로 가볍게 이기고 결국 5승을 거머쥐었다. 그러나 그는 자진 하차를 번복하지 않고, 원래 계획대로 가면을 벗고 스스로 가왕에서 내려왔다. 그가 가면을 벗던 순간 시청률이 42%에 육박할 정도로 그의 정체에 대한 대중의 궁금증은 컸다.

한량 도령이 가면을 벗고 돌아서며 보여준 얼굴을 보았을 때, 이 놀라운 반전에 당황하지 않은 사람은 거의 없었을 거라 자신한다. 중년의 완숙한 가수일 거라는 모두의 예상을 깨고, 한량 도령의 가면 밑에는 젊고 아름다운 배우 채우진이 있었다.

이는 마치 대중이 가지고 있던 편견에 대한 그의 반격과도 같았다.

─어제 완전 소름이었음! 처음엔 제작진과 한량 도령이 몰카 찍는 줄 알았는데 채우진이 가면 벗고 노래 부르지 않았다면 끝까지 못 믿었을 것 같음. 젠장, 어떻게 한량 도령이 채우진이냐고!!

└님, 한량 도령이 채우진인 게 뭐 어때서요? 말이 조금 이상하시네요.

└원댓글러 오해했다면 미안요. 그만큼 믿기지 않았다는 것을 말하고 싶었던 겁니다.

─사실 아직도 좀 멍함. 정말 상상도 못 했고, 평소 채우진하면 잘생긴 배우 정도로만 생각해서 관심 1도 없었는데. 지금 나란 인간 뒤

늦게 '그림자의 도시' 보면서 왜 그때 안 달렸나 후회 중입니다.

└저도 어제부터 채우진이 나온 영화부터 시작해서 이제 '그림자의 도시' 시작할 차례예요. '너에게서 부는 바람'도 다운받고, 'Shining star'에서 채우진 파트만 편집한 거 찾아 듣고 있어요.

└윗님, 아까 TM에서 채우진이 부른 'Shining star' 원곡 공개했어요.

한량 도령에 대한 애정이 채우진에게 옮겨간 이들은 그에 대해 몰랐던 것들을 알아가며 뒤늦게 그의 작품들을 찾아보기 시작했다. 그동안 그가 출연했던 작품들과 예능까지 실시간 검색어의 상위를 차지할 만큼 반응은 뜨거웠다.

─아!! 이래서 'Shining star' 공개를 뒤로 미뤘구나. 이것들이 술수 쓴다고 TM 욕했는데 알고 보니까 배려해 준 거네. 그거 공개했으면 사람들이 더 빨리 한량 도령이 채우진이란 걸 알아챌 수 있었을 테니까 말이죠.

└이건 좀 추측이지만 아마도 DS에서 막았을 것 같아요. TM이 그렇게 자살한 곳이 아니랍니다.

└아, 님 오타요. 아마도 '자상'이겠죠? 그런데 이 상황과 '자살'이 왠지 절묘하게 맞아떨어지네요.

─블루핏 사태 났을 때, 전 블루핏도 채우진한테도 관심 없어서 그냥 그랬는데… 다 지난 지금에서야 새삼 분노하고 있네요. 한량 도령 꽃길만 가자!!

└이런 말 하면 좀 그렇지만, 저도 한량 도령의 팬으로서 만약에

그가 블루핏의 멤버였으면 채우진을 욕했을지도 몰라요. 정말 너무도 다행히 정의가 우리 편이어서 행복합니다. 즉, 저도 뒤늦게 블루핏에 분노가 치솟는 현상을 겪고 있습니다.

　—정의는 무슨! 일부러 민시후 꺾으려고 나온 거구먼. 하여튼 복수도 참 치졸하게 하네.

　└댁이야말로 무슨 소리 하고 있는지 모르겠네요. 분명 처음부터 채우진은 스케줄 안 된다고, 3월 이후부터 나오겠다고 하는 걸 PD가 우겨서 나온 거랍니다. 그건 PD도 인정한 사실이거든요. 뭘 확실히 알고나 말하시죠! 그리고 복수면 또 어때서요? 전 이런 복수라면 언제나 지지합니다.

　—PD야 두 사람 붙여서 재미 좀 보려고 우겼던 거겠지만, 결과적으로 제 발등 찍은 거지. 한량 도령 없는 '가가'를 누가 봄??

　└동감222. 이전에도 재미있긴 했지만 한량 도령으로 정점 찍은 데다가 최희정, 권열, 조동일, 나유리까지 나와서 발리는 걸 다 봤으니. 당분간은 누가 나와도 시시할 것 같아서 벌써 흥미가 떨어지는 건 어쩔 수 없죠.

　—나유리 어떡해. 정말 인생곡이다 싶을 정도로 잘 불렀는데 겨우 3표라니. ㅜ.ㅜ

　└이번에 실력 보여준 거 아닌가? 민시후와 같은 3표라면 뻔한 거지.

　└무슨 소리?? 한량 도령이 민시후 상대했을 때와 비교하면 나유리는 완전 진지하게 상대한 게 보이던데 네 귀는 막귀인가 보지? 그나마 나유리니 3표나 받은 거다. 그리고 민시후에게 3표 준 애들이 고백했잖아. 블루핏 팬이라서 민시후에게 표를 줬지, 사실은 한량 도

령에게 주고 싶었다고. 블루홀 사이에선 그게 팬심의 승리라고 자평한다며?

한량 도령이 채우진이라는 게 밝혀진 다음 날, TM은 DS와 약속한 대로 그동안 미뤄뒀던 'Shining star'를 공개했다.

'Shining star'를 듣고 나서야 사람들은 왜 이 노래의 공개가 미뤄졌는지 이해할 수 있었다. 지금까지 대중이 알고 있던 것과 다른 채우진의 목소리가 고스란히 담긴 노래였다. 지금과 비교하면 풋풋하고 아직 완성되지 못한 실력임에도 민시후의 모창으로 불렀던 원곡과는 비교하기 힘든, 그만의 감성이 풍부하게 살아 있었다.

이로 인해 설문영에게는 또 하나의 면죄부가 부여됐다. 누구라도 채우진의 목소리를 포기하기 힘들었을 것이란 이해. 한량 도령이 채우진이라고 밝혀진 지금은 더욱더 공감을 사는 이야기가 돼버렸다.

한편 'Shining star'라는 명곡에 반해서 오로지 블루핏의 팬이 된 사람들이 있었다. 그들과 한량 도령의 실력만 보고 반했던 이들이 새로이 채우진의 팬으로 흡수된 것은 너무도 당연한 일이었다.

그로 인해 채우진의 팬카페는 하루 사이에 유입된 새로운 회원들이 기하급수적으로 증가하기 시작했다.

〈어제부터 카페 회원 수 증가하는 것과 가입 글 리젠되는 거 실시간으로 보는데 후덜덜하네요. 하긴 한량 도령의 정체를 이미 알고 있던 저도 어제 정말 짜릿했으니까요. 그런데 우리 지니는 대체 전통 춤과 소리는 또 언제 배웠을까요? 저 아는 언니가 그쪽에 있는데 거기도 지금 난리라네요.

전통문화계에 있는 높은 분들이 예능 같은 데 나오는 거 싫어하는 분들이 많은 한편, 그곳도 이제 시대의 흐름을 거스를 수 없다며 대중성을 이어가기 위해서는 변해야 한다고 서로 대립하는 상황인가 봐요.

그래서 한량 도령이 나왔을 때 가수라 해도 분명 전통문화 계승자일 거라고 찰떡같이 믿었대요. 그래서 어찌 저리 격조 없는 짓거리를 하냐고 싫어하는 분들이 있는가 하면, 새로운 시대에 맞춰 바람직한 현상이고 대중성을 갖춘 신진이 나왔다고 반기는 분들도 많았대요.

그래서 당연히 한량 도령의 정체가 밝혀지면 전통문화계에 새로운 바람이 불 거라고 기대했는데 현실은……;;

은근히 다행이라고 안심하는 세력과 실망한 나머지 어제저녁부터 술독에 빠진 분들이 있으신가 봐요. 게다가 어제 지니가 마지막에 보여줬던 검무는 단순히 춤이 아니었잖아요. 통신사 광고 때부터 알아봤지만, 우리 지니는 검을 다루는 것조차 예사롭지가 않아요.

그 검무 보고 한량 도령에게 인색했던 몇몇 분들까지 넘어갔다며, 지인 언니도 아침까지 술 마시다가 제가 지니 팬이라는 걸 기억하고 저한테 전화해서 한참을 하소연했어요.〉

―누군들 지니가 탐나지 않을까요. 지금 사극 준비하시는 분들 난리 났다고 하더라고요. 원래도 채우진을 캐스팅 목록에 올려놓긴 했

지만, 분위기가 너무 현대적이라 긴가민가하던 분들도 있었나 봐요. 그런데 어제로 그런 게 다 쓸모없는 고민이란 게 알려졌죠.

ㄴ지니는 반 외꺼풀이라서 사극에도 어울리는 마스크인데 고민할 게 뭐가 있다고. 참! 얼굴은 물론 뼈대까지 미남이라 자세가 얼마나 곧고 좋은데, 흥칫뽕이네요.

ㅡ뉴비들에게 가르칠 게 많은데 차라리 강좌 게시판 하나 열어달라고 할까요?

ㄴ좋은 생각 같아요. 우리가 이래 봬도 역사와 전통이 있는 카페잖아요.

ㅡ오늘 공개한 'Shining star' 들으니 스무 살의 지니도 괴물이었어요. 설문영이 왜 바꿔치기를 했는지 뼈저리게 느껴지더라니까요.

ㄴ한마디로 TM이 병신 짓을 한 거죠. 김 사장 지금쯤 병나발 불고 있다에 백 원 겁니다.

ㄴ평생 병나발이나 불라죠. 우리 지니 힘들었을 때 케어는커녕 내쫓은 놈의 미래야 뻔하죠.

ㅡ제가 다니는 학원에 멍탱이홀 애가 있는데 오늘 오나전 기가 죽어서. 며칠 전까지만 해도 멍탱이들 잘못한 건 있지만, 갓 죽어도 실력만은 지니보다 한 수 위라고 주장하던 게 오늘은 제 눈을 못 보더라고요.

ㄴ아직도 그런 애들이 남아 있어요? 제 주위엔 멍탱이들한테 실망해서 팬클럽 나오고 난리였거든요.

ㄴ아직 많이 남아 있어요. 사정 모르는 해외 팬들한테 거짓말해 가면서 지니 욕하는 거 발견해서 족치고, 제가 다시 해명해 준 적도 있거든요.

└해외 팬이라면 외국어로? 발악 님 능력자시다!

블루핏을 파랑이라고 부르던 발악이들은 TM의 공식 기자회견 후에 그들을 퍼랭이라 불렀다가, 지금은 멍탱이들이라 부르고 있었다. 점점 격해지려는 표현을 그나마 채우진의 면목을 봐서 참은 게 멍탱이들이었다.

이미 한량 도령이 채우진이라는 걸 예상하던 '소원바라기'의 회원들은 이 순간을 그저 즐겼다.

정말이지 전쟁 같던 두 달이었다. 발악이들은 예전부터 TM과 블루핏을 싫어했지만, 거기에 정확한 이유는 없었다. 그저 채우진이 빠진 블루핏이 싫었고 그를 방출한 TM이 미웠을 뿐이다.

그런 상태에서 진실을 알게 되었을 때는 자신들의 직감이 얼마나 대단한지 깨달았고, 미움에 대한 명확한 근거가 생긴 것에 가슴이 아프기도 했다. 단순히 속 좁은 마음으로 블루핏과 TM을 미워했을 때가 더 편했다.

TM의 공식 기자회견이 있던 후로도 이를 믿지 못하고 헛소리를 하는 블루홀들을 찾아다니며 싸우고, 승리를 쟁취하는 과정이 눈물겹기까지 했다. 한량 도령의 활약과 우진이 찍은 광고들로 위안을 얻으며 재충전하지 않았다면, 매우 힘든 시기였을지도 모른다.

그사이 몇몇 발악이들에겐 통신사 광고 등신대 간판을 훔치던 사람을 잡아낸 모험담이 생기기도 했다. 채우진이 다니다가 신고당한 도서관에 관광 가듯 순례를 갔다 온 이들도 있었다.

그리고 간간이 채우진의 개인적인 일상을 찍은 사진을 올려주는 진희엄마는, 발악이들 사이에선 새로 떠오르는 신성이었다.

〈지니 어머님한테 받은 사진 오늘도 하나 풉니다. 전에 올린 사진에 대한 반응이 좋았다고 전해 드리니까, 어머님도 많이 좋아하셨어요. 그러면서 이런 것도 괜찮으냐고 하시며 보내주시네요.〉

박은수는 어제 가족들과 함께 '가면의 가왕'을 시청하면서 찍었던 아들의 사진을 소원바라기에 올렸다. 자신이 채우진의 어머니라는 걸 속이고 그의 지인인 것처럼 구는 게 처음에는 어색했지만, 이것도 몇 번 하다 보니까 날로 거짓말이 늘고 사람이 점점 뻔뻔해졌다.

사법시험을 앞두고 우진은 징크스라며 얼마 동안은 머리를 자르지 않았다. 수능 볼 때도 하지 않던 짓을 이번에 하는 것을 보고, 박은수는 그래도 나름 신경은 쓰는구나 하고 느낄 정도였다.

그래서 우진은 앞머리가 귀찮다면서 집에 있을 때는 앞머리를 뒤로 넘겨 핀으로 고정하곤 했다.

사진은 앞머리를 핀으로 고정한 우진이 사과를 먹으며 박은수를 보았을 때 찍은 것이었다. 우진의 뒤로는 TV에서 한량 도령이 춤을 추고 있었다. 저런 건 대체 언제 배웠냐고 묻자 아들이 일급비밀이라고 짓궂게 웃던 순간이었다.

―진희엄마 님!! 대체 얼마나 친하면 이런 사진을 직접 받을 수 있으신 건가요? 왜 저희 엄만 지니 어머님과 친구가 아닌 거죠?

　―저 지금 손 떨리고 있어요. 맹세코 지니의 이런 모습 처음 봅니다. 가족들과 있을 때는 이렇게 웃는구나. 지금 저와 아이 콘택트하고 있는 지니의 저 따스운 눈동자에 건배를.

　―표정이 개구쟁이 같아요. 가족들이 함께 시청했구나. 그런데 가족분들은 지니가 한량 도령인 건 알고 계셨을까요?

　글을 올린 후에 중독처럼 계속 댓글을 확인하던 박은수는 마지막 글에 흐뭇하게 웃으며 대답했다.

　"네, 모두 알고 있었어요."

　가족 중 가장 먼저 알게 된 박은수는 방송을 보지 않았던 남편에게 사실을 이야기해 준 이후로 아무에게도 말하지 않았다. 우진의 부탁 때문에 우희에게조차 말하지 않았으니 비밀이 새어 나갈 일은 없었다.

　우희는 처음엔 그저 민시후의 5승이 좌절됐다는 것만 기뻐했다. 그러다 두 번째 방송을 볼 때부터는 뭔가 미심쩍은 표정으로 우진을 보았다. 그러나 시치미를 떼는 우진 때문에 설마 하는 마음으로 확신하지 못했다. 아무리 그래도 우진이 자신에게까지 숨길 거라곤 상상하지 못한 것이다.

　하지만 우진이 3승을 하는 순간, 우희는 오빠의 목을 붙잡고 진작 말해주지 않았다고 짤짤 흔들며 흥분했다. 굳이 우진에게 확인받을 필요 없이 한량 도령이 그임을 확신한 거다.

　가족 중에 자신만 모르고 있었단 사실에 우희는 '내가 그렇게 눈치 없는 인간이야?' 라며 며칠 동안 실의에 빠지기도 했다. 우울해하는 우희의 뒤를 따라다니며 우진이 달래주기도 했더랬다.

흐뭇하게 그때를 떠올리던 참에 갑자기 부친에게서 전화가 걸려왔다.

—왜 말하지 않았니.

전화를 받자마자 대뜸 묻는 말에 박은수의 눈이 순간 동그랗게 변했다.

"네? 뭐를요?"

박은수는 우진이 사법시험을 본 것을 아버지가 알고 전화한 걸로 생각하고 심장이 콩콩 뛰면서도 일단은 모른 척했다.

우진은 여전히 박은수가 사법시험에 미련을 버리지 못하는 것으로 알고 있지만, 이제는 예전만큼 간절하지 않았다. 많은 사람의 인정과 사랑을 받으며 자기 길을 차근차근 밟아가는 아들의 모습이 충분히 자랑스럽고 대견하기 때문이다.

올해는 이왕 시작한 것이니 보긴 하지만, 더는 힘들게 고생하지 말라고 할 참이었다. 그래서 괜히 부친이 알아서 긁어 부스럼을 만들지나 않을까 걱정이었다.

—우진이가 '가면의 가왕' 이란 프로에 나왔었다면서?

"아~! 그거 말이구나. 저희도 처음엔 전혀 몰랐다가 우연히 TV 보고 알았는걸요. 말하면 안 된다고 해서 아무한테도 말하지 않은 거예요."

—내가 아무냐?

서운한 티를 감추지 못하는 아버지의 목소리를 듣고 박은수는 물음표를 머릿속에 새기며 의아해했다. 우진이가 연예계에 들어선 것에 대해 직접적인 언급은 하지 않으셨지만, 부친의 성격상 당연히 반대하고 있으리라 여겼다.

저번 블루핏 사건으로 더욱 마음이 완고해지신 게 아닐까 해서 되도록 우진이의 활동에 대해 말하는 것을 자제하고 있었다. 무엇보다.

"어차피 아버진 그런 프로 안 보시잖아요."

―…….

"아버지?"

―됐다.

박은수는 통화가 끊어진 전화기를 보며 아버지가 왜 안 하던 행동을 하시나 이해하지 못했다.

부친이 외손자가 나오는 영화와 TV 프로들을 꼬박꼬박 챙겨 보고 수집하고 있다는 걸 알지 못하기에 생긴 의문이었다.

박현만이 '가면의 가왕' 사이트에 들어가 우진이 나왔던 편들을 찾아 다운받다가, 순간 욱해서 딸에게 전화했다는 것 역시 당연히 알지 못했다.

언제나 그렇듯 자식들이 부모의 속을 헤아리는 건 항상 어려운 일이었다.

◆　　◆◆◆　　◆

강호수의 장담대로 채우진을 취재하기 위한 열기가 대단했다. 온종일 회사의 전화기는 시끄럽게 울어댔고, 홍보팀은 기자들을 일일이 상대하며 채우진에 관한 기삿거리를 적당히 제공해 줌과 동시에 내용을 검토하느라 바빴다.

"오늘 들어온 사극만도 2개란다."

이미 방영 중이거나 촬영에 들어간 것을 제외하고, 나머지 대기 중이던 사극 전부가 우진에게 섭외 들어온 것이다. 그동안 간만 보던 이들이 어제를 기점으로 마음이 급해진 게 보였다.

"사람들이 이렇게 늦어요. 윤선 감독처럼 감이 좋아야지."

이미 장수환 대표는 마음이 가는 곳이 있는지 오늘 섭외가 들어온 곳들에 대해서는 언급조차 하지 않았다.

"윤선 감독님이요?"

"아, 며칠 전에 너하고 영화를 같이하고 싶다고 윤선 감독이 섭외 제안을 했거든. 너 시험 준비하는 거 방해할까 봐 일부러 말 안 했다만, 같은 사극이래도 오늘 들어온 것들 열 편보다 이거 한 편이 훨씬 나아."

"그분이라면 좋은 감독님이시죠. 그런데 그것도 사극인가요?"

윤선 감독이라면 능력 있는 좋은 감독이라는 믿음도 있지만, 무엇보다 한량 도령의 정체가 밝혀지기 전에 섭외했다는 게 마음에 들었다. 한량 도령을 보고 채우진을 섭외했다는 것은 그들이 바라는 이미지에 한계가 있다는 의미였다.

"'붉을 적'이라고 3년 전부터 충무로에 나왔던 극본인데, 윤선 감독이 주인공 캐스팅을 워낙에 까다롭게 하는 바람에 여태 크랭크인을 하지 못한 작품이다. 이 작품 주인공을 노린 소속사와 배우가 한둘이 아니었는데, 그게 바로 우진이 너한테 들어온 거지!"

3년 전부터 충무로에 나왔다지만, 그에 대한 정보를 모르는 우진은 장수환 대표처럼 감개무량하지는 않았다. 다만 장 대표의 반응으로 봐선 좋은 작품일 거란 기대가 생겼다.

"사극이라면 어떤 내용인데요?"

사극이래도 실존 인물이 나오는 역사적인 사건을 중점으로 하는 것인지, 가상의 인물들이 나오는 퓨전 사극인지가 궁금했다.

"명환대군 알지?"

"잘… 알지요."

순간 멈칫하며 대답하는 우진을 의식하지 못한 장수환의 눈빛은 살짝 몽롱해져 있었다. 오랜 시간이 지나도 명환대군은 예술계에 있는 사람들에겐 우상이자 워너비 같은 존재였다.

"경조가 물러날 '환'을 가슴에 새기라며 지어줬던 '명환' 대신에 스스로 불꽃 환(煥) 쓰고 다녔던 그분의 일대기야. '내 마음이 붉은 것은 가슴속에 불꽃이 있기 때문이다'라고 했던 말을 인용해서 영화 제목을 '붉을 적'이라고 정했다지."

"그럼……."

"맞아. 그 명환대군에 네가 캐스팅된 거다!"

'붉을 적'의 극본을 보았기에 그 작품에 대한 욕심은 장수환 대표에게도 있었다. DS에서도 몇몇 배우를 추천했지만, 그때마다 윤선 감독은 고개를 저었다. 그런데 이번에는 처지가 바뀌어 윤 감독이 먼저 찾아와서 제안했다는 것에 의의가 있었다.

"저 대표님……."

이미 머릿속에 명환대군이 되어 있는 우진을 상상하며 흥겨

워하는 장수환에게는 아무것도 들리지 않았다.

우진이 몇 번이나 장수환을 부르고 나서야 그는 정신을 차렸다. 지금까지 나왔던 어떤 명환대군보다 완벽하고 아름다운 대군을 만날 기대에 부풀어서 장수환의 얼굴은 그 어느 때보다 빛나고 있었다.

"죄송하지만 명환대군은 하고 싶지 않습니다."

"응? 뭐라고?"

장수환 대표는 자기가 무슨 말을 들었나 싶어서 몇 번이나 우진에게 물었다. 그리고 뒤늦게야 뜻을 이해한 그는 크게 부르짖었다.

"왜? 우진아, 잘 생각해 봐! 명환대군이야. 그 명환대군이라고!"

우진의 결정이 도무지 이해가 되지 않아 장수환은 지금까지 명환대군을 맡았던 배우들을 열거했다. 그중에는 국민 배우라고 불리는 이도 있었다.

"혹시 명환대군에 대해 잘 모르는 건 아니겠지?"

장 대표는 당장에 역사책이라도 가져올 기세였다. 반정의 주역이자 희생자였던 명환대군은 역사책에서도 제법 많은 비중을 차지하는 편이었다.

"너무 잘 알아서 하고 싶지 않은 겁니다."

미간을 찌푸리며 얼굴을 돌려 버리는 우진의 태도를 보면, 이건 정말 하고 싶지 않다는 뜻이다. 그러나 장수환은 도저히 우진의 명환대군을 포기할 수가 없었다. 웬만해선 배우가 싫어하는 배역을 강요하는 법이 없는 그인데도 우진을 붙잡고 계속 이야기했다.

"왜, 공부하다가 명환대군 때문에 빡친 일이라도 있었어?"

"좀… 많았죠."

"이런 건 순간의 감정으로 결정할 문제가 아니야. 아직 여유가 있으니까 며칠 곰곰이 생각해 본 후에 대답하자."

장수환은 아이를 달래듯 살살 구슬리며 우진의 등을 토닥였다. 그러면서 우진의 손에 '붉을 적'의 극본을 쥐여주는 걸 잊지 않았다.

"정말 안 할 거야? 우진이 넌 모르겠지만 '붉을 적'이라면 예전부터 소문이 자자하던 작품이야. 윤선 감독이라면 내용이 산으로 갈 일도 없고, 연출이나 영상 모두 걱정할 필요 없는 명장 중의 한 분이니 한번 믿어보는 게 어때?"

우진이 명환대군을 거절했다는 소식에 강호수의 반응도 장수환과 크게 다르지 않았다. 혹시나 윤선 감독에 관해 오해가 있는가 싶어서 그를 변호하기도 했다. 우진이 명환대군 역할 자체를 꺼린다고는 생각도 못 하는 태도였다.

"감독님 문제가 아니에요. 그냥 명환대군을 하기 싫은 거예요."

"명환대군이라면 굉장히 입체적인 인물이라 네가 좋아할 배역인 줄 알았는데, 아니야?"

"이미 많은 사람이 해서 흥미가 없어요."

흥이 떨어진다는 우진의 대답에 강호수는 장희빈을 예로 들었다.

"그렇게 많은 여배우가 했음에도 불구하고 사극으로 나오면

서로 하고 싶어 하는 게 장희빈이잖아. 남자 배우들에게는 명환대군이 그럴걸. 특히나 그분에 대한 해석이 다양해서 어떻게 연기하느냐에 따라서 많이 다를 거야. 한번 진지하게 명환대군에 대해서 알아보고 결정해도 좋을 것 같은데……."

강호수의 당부에 우진은 나오려는 실소를 억지로 참으며 성의 없이 고개를 끄덕였다. 그러나 아무리 생각해도 열의가 생기지 않았다.

명환대군.

너무 잘 알아서 문제였다.

그의 전생 중의 하나였으니 모를 수가 없었다.

경조의 유일한 적자로 태어났지만, 그가 태어났을 때는 이미 14살 위의 형님인 세자가 존재한 상태였다. 광해군과 영창대군과 비슷한 처지였으나, 다른 것은 선조와 달리 경조는 명환대군을 경계하고 멀리했다는 점이다.

정확히는 명환대군의 생모인 문진왕후와 그녀의 친정이 경조에게는 적으로 인식되어 있었다는 게 문제였다. 경조에게 있어 명환대군은 왕권을 위협하는 존재 그 이상도 이하도 아니었다. 한 번도 아버지로서 자식을 봐준 적이 없었다.

명환. 새길 명(銘)과 물러설 환(還)을 썼다. '환'의 의미가 여러 개였지만, 경조는 꼭 집어서 뜻을 분명히 밝히며 어린 아들에게 평생 가슴에 새기고 살라며 단단히 일렀다.

겨우 7살 나이에 한미한 가문의 여인과 길례를 올리고 쫓기듯 궁에서 나와야만 했다. 부부인이었던 아내는 20살에 아들을 낳고 며칠 후 아이와 함께 의문의 죽음을 맞이했다. 당시 명환대군의 나이는 17살이었다.

그렇지 않아도 재미없던 세상이 참으로 시시해지기 시작했다.

왕위에 오른 후 늘 동생을 경계하며 감시하고 괴롭히던 형님. 친정을 등에 업고 반정을 일으켜서라도 아들을 왕위에 올리고자 했던 어머니.

'지긋지긋했지.'

참으로 질리고 지긋하던 연이요, 핏줄이었다. 아침에 눈 뜨지 않고 그대로 일어나지 않았으면 좋겠다고 기도하며 잠자리에 든 적도 많았다.

그런 명환대군을 하라니, 그게 과연 연기가 될지부터 자신할 수 없었다.

"참, 저 머리 언제 자르러 가요?"

주제를 돌리기 위해, 우진은 시험 때문에 자르지 않은 머리칼을 매만지며 물었다. 우진의 스케줄이 없는 사이 황이영은 이번에 휴가를 내고 가족들과 여행을 갔다. 그래서 강호수에게 물어본 것인데 그의 반응이 영 미적지근했다.

"자르려고?"

"앞머리가 귀찮아서요."

"앞으로 사극을 찍을지 모르니까 일단은 그냥 두고 보자."

"……."

"명환대군을 하라는 게 아니라, 다른 사극도 할 수 있다는 거지."

꼭 '붉을 적'을 염두에 두고 하는 말이 아니라고 부정하는 강호수를 보며, 우진은 주변에 자기편이 없다는 걸 느꼈다. 누구라도 지금 우진의 결정을 이해하지 못할 것이니 그들을 탓할수도 없다. 우진은 설명할 수 없는 답답함에 속이 묵직했다.

◆　◆◆◆　◆

장수환 대표가 억지로 쥐여준 '붉을 적'을 우진은 읽지 않았다. 방 한쪽에다 치워놓고 애써 잊으려 했지만 오가는 시선속에 계속 눈에 밟혔다.

채우진에게 명환대군은 다시 돌아보기 싫은 전생이었다. 하지만 배우로서 '붉을 적'이 궁금한 것은 어쩔 수 없는 일이었다.

새 학년이 시작하면서 우진의 학교생활도 바빠졌다. 원래 있는 듯 없는 듯 다니던 예전과 다르게 이제는 부르는 곳이 많아졌다. 모두 상대해 줄 수는 없지만, 개중에 몇 개는 자리에 참석하며 얼굴을 보이는 성의를 보였다. 예전에 비하면 사회성이굉장히 좋아진 편이었다.

그 와중에 '붉을 적'의 극본을 받은 지 며칠이 지났지만, 장수환 대표와 강호수는 더는 우진에게 명환대군을 강요하지 않았다. 하지만 헤어숍에 가자는 이야기가 없는 것에서 그들의 심사를 어느 정도 짐작할 수 있었다.

"어머니?"

학과 모임에 참석하고 저녁 늦게 귀가한 우진은 자기 방에서무언가를 읽고 있는 어머니를 보고 놀라 물었다.

"어마! 시간이 벌써 이렇게 됐니? 방 청소하다가 잠시 읽는다는 게……."

박은수는 시간을 확인하곤 읽고 있던 '붉을 적'을 손에 든 채로 자리에서 일어났다. 며칠 동안 계속 한자리에 있는 극본을 보고 호기심에 넘겨보던 게, 어느새 자리 잡고 앉아서 마저 읽어버린 것이다.

"그거 읽으셨어요?"

"읽으면 안 되는 거였니?"

놀라 묻는 어머니에게 우진은 웃으며 고개를 저었다.

"아니요. 내용 누설만 없으면 괜찮을 거예요."

"나야 그럴 일은 없지. 그런데 이 영화 할 거니? 하면 어떤 역이야?"

"섭외가 들어오긴 했지만 하지 않으려고요."

"왜?"

"그냥 마음에 안 들어서요."

무심하게 대답하는 아들을 보며 박은수는 아쉽지만 어쩔 수 없다는 듯 수긍했다.

"작품은 좋은 것 같지만 하기 싫으면 어쩔 수 없지. 배역도 다 인연이라고 하더라. 그런데 저녁은 먹었니?"

"그럼요."

우진의 대답을 들으며 박은수는 극본을 원래 자리에 놓고 방을 나서려고 했다.

"가져가서 읽으셔도 돼요."

"아니, 다 읽었는데 재미있어서 다시 읽었던 거야."

그 말에 우진은 '붉을 적'을 보며 무심결에 물었다.

"재미있던가요?"

"적어도 나는 재미있게 읽었다. 내용도 좋고 무엇보다 몰입감이 좋아."

"글 속에 명환대군은 어떻던가요?"

"주인공답게 멋있고 매력적인 인물인데 우리가 알고 있는 명환대군이면서 조금은 다른 모습이라서 인상적이었어. 그런데 그게 굉장히 설득력 있게 잘 그렸더라. 다만……."

말끝을 흐리던 어머니는 우진을 보며 어깨를 으쓱였다.

"난 명환대군보다, 읽다가 다른 사람이 계속 밟혀서 혼났지 뭐니."

"누구요?"

"몇 신 안 나오고 별로 임팩트도 없는 역이야. 그냥 개인적으로 내가 마음이 쓰였다는 거지."

글을 읽다 보면 유독 마음이 가는 캐릭터가 있는 법이었다. 그게 꼭 주인공일 이유는 없어서 우진도 더는 궁금해하지 않았다.

"참, 전에 이야기하던 성본 변경 신청은 어떻게 됐어요? 새 학년 전에 신청하실 것 같더니."

시험 준비를 하느라 우진도 잠시 잊고 있다가 오늘 문득 떠올라 어머니에게 물었다. 어차피 친양자 입양은 조건이 안 되기에 일반 입양과 성본 변경을 알아보겠다는 말을 들은 지가, 작년 12월이었다.

"아… 그게……."

드물게 말을 잇지 못하던 어머니는 어색하게 웃으며 답했다.

우희가 '채우진'의 동생인 걸 모두가 아는 상황에서 '최우희'로 바뀌는 게, 오히려 사람들 입에 오르내릴 수 있다는 것이다.

"차라리 대학교 들어갈 때쯤에 하는 게 좋겠다고 우희한테는 이야기했는데 너한테는 깜박했구나."

시선을 피하는 어머니의 태도가 이상했다. 그러나 우희가 '채씨'라고 알려진 게 우진이 때문이니, 그가 미안해할까 봐 말을 빨리 끝내고 싶어 하는 거라 여겼다. 그래서 우진도 더는 묻지 못했다.

어머니가 나가고 나서 우진은 '붉을 적'을 집어 들었다. 완전히 치우지도 못하고 계속 눈에 보이는 곳에 둔 것은, 배우로서 '붉을 적'에 미련이 남았기 때문이다. 워낙에 주위에서 좋은 작품이라고 하니 마냥 무시할 수만은 없었다.

"이건 그냥 단순한 호기심이야……."

첫 장을 넘기는 순간, 마지막까지 읽는 건 정말 한순간이었다.

어머니 말대로 몰입감이 좋아서 처음부터 마지막 장을 덮을 때까지 한숨에 읽어버렸다. 마지막까지 한 글자도 빠짐없이 읽은 다음, 우진은 '붉을 적'의 작가가 누구인지 보았다.

윤선. 바로 감독 본인이 쓴 극본이었다.

"뭐 이런 사람이 다 있어……."

명환대군을 주인공으로 한 작품들을 보면 대충 그에 관한 선입견이 있다. 복잡한 정치적인 상황에서 일부러 풍류를 즐기고, 기녀들과 어울려 가무와 시서화에 빠진 척했다는 것이다. 조금은 우유부단해서 모친인 문진왕후에게 치이다가 마지막에 극단적인 선택을 했다고 평하기도 했다.

그런데 '붉을 적'은 앞선 명환대군에 관한 편견을 많이 깨부쉈다. 그리고 웃기게도 진실에 80%에 가깝게 접근하고 있었다. 지금까지 우진이 본 그 어떤 작품들보다 명환대군을 잘 이해하고 표현했다.

마치 옆에서 명환대군을 지켜본 사람처럼 그의 성격을 자세히 파악하고 글을 썼다. 대체 얼마나 깊이 파고들고 조사했으면 이렇게 진실에 가까워질 수 있을까.

아쉬운 게 있다면 명환대군이 요즘 말로 왕자병과 중2병에 걸린 상태였다는 걸 모른다는 점이다. 윤선 감독은 그로 인해 20%의 거짓으로 명환대군을 완벽하게 미화하고 있었다.

"왜 부끄러움은 내 몫이지?"

분명 명환대군의 삶인데 현생을 사는 자기가 부끄러워해야 하는지 우진은 억울하고 서글펐다.

◆　　◆◆◆　　◆

"아니, 왜요?"

하도 연락이 오지 않아서 결국 참지 못한 윤선 감독이 먼저 DS를 찾아왔다. 처음의 미온적인 입장에서 지금은 채우진이 아니면 안 된다고 강경하게 변하기는 했어도, 그는 자신이 있었다.

차영주에게는 자신이 차일지도 모른다고 했지만 어디까지나 일어나지 않을 일에 대한 엄살이었다. 그래서 장수환 대표에게 사정을 듣고선 믿을 수가 없었다.

"내가 보기엔 이건 개인적인 문제인 것 같아요."

"개인적이라 함은?"

"우진이의 반응을 보면 개인적으로 명환대군을 안 좋게 생각하는 게 여실히 보인다는 거지요. 아마도 지금까지 극본조차 읽지 않았을 가능성이 클 겁니다."

장수환은 우진을 잘 파악하고 있었지만, 결과적으로 모두 틀린 예측이었다.

"아니, 어떻게 명환대군을 싫어할 수가 있죠?"

캐스팅 문제보다 윤선 감독은 그게 더 이해가 되지 않았다. 이는 장수환 대표 역시 마찬가지라서 심통함을 주체하지 못하고 심장을 부여잡았다.

"역사적인 해석이 사람마다 다르지 않습니까. 아마도 우진은 1대 명환대군이 연기한 난봉꾼 이미지를 강하게 가지고 있는 듯해요. 원래 좀 고지식한 성격이라 그런 걸 무척 싫어하거든."

"이런! 그래서 제가 1대 명환대군을 싫어한다니까요. 아니, 어떻게 그분을 그런 식으로 묘사했는지 아직도 이해가 되지 않는단 말입니다."

"하지만 굉장히 매력적으로 표현하기는 했죠."

해석은 마음에 안 드나, 1대 명환대군의 그 자유로운 영혼에 대한 해석과 허허로움은 누구도 따라갈 수 없는 명연기였다. 그 덕분에 명환대군의 인기가 오른 것은 주지의 사실이었다.

"그럼 어떻게 해야 할까요?"

"설득시켜야지요."

장수환 대표도 '가면의 가왕' 마지막 무대에서 우진이 보여 줬던 검무에 반했다. 이젠 더는 우진이 아닌 명환대군은 꿈꿀 수가 없어서, 그 역시 윤선 감독만큼이나 필사적이었다.

"둘이서 만나게 해줄 테니까 잘 설득해 보세요."

장수환은 바통을 윤선에게 넘겼다. 다른 배우라면 촬영에 들어가기 전에 준비해야 할 것이 많겠지만, 지금의 우진은 바로 크랭크인에 들어가도 문제가 없었다. 그걸 참작하면 우진을 설득하는 데 드는 시간은 그리 아까운 게 아니었다.

장수환 대표의 주선으로 우진은 윤선 감독과 함께 저녁 식사를 하게 되었다.

한 상 가득한 한정식을 앞에 두고 우진은 '나온 음식 다 먹기 전까지 나오면 안 된다'라고 했던 장수환 대표의 말을 이해했다. 절대 2인분 같지 않은 음식을 사이에 두고, 우진과 윤선 감독은 마치 상견례 보는 분위기를 연출하고 있었다.

"혹시 '붉을 적'을 읽어보았나?"

"네."

안 읽었을 거란 예상과 다른 대답에 윤선 감독의 낯이 순간 환해졌다. 자신이 썼지만, 극본만큼은 정말 잘빠졌기에 그만큼 자부심이 강했다. 배우라면 이를 읽고 절대 싫다고 거부하지 못할 거란 자신감이었다.

"작품은 좋았습니다. 하지만 제가 명환대군을 하기엔 많이… 부족한 것 같습니다."

"부족하긴! 내가 3년을 헤매다가 택한 게 자네인데!"

사실 작년 후반부터 투자자들이 채우진을 추천했음에도 윤선은 그동안 계속 그를 거부했다. 그러다 마음이 바뀐 것이 통신사 광고를 보고서였다.

검을 들고 기계 새들을 해치우는 모습에 그래도 검무 하나는 잘 추겠구나 여겼다. 일단 연기와 외모는 합격점이니, 젊은 배우 중에서는 그래도 가장 명환대군을 잘 해석하고 연기할 것 같기도 했다.

더는 촬영을 미룰 수 없다는 투자자들의 압박 때문에 결국 차선으로 선택한 것이 채우진이었다. 하지만 모로 가도 서울만 가면 된다고, 3년 동안 유일하게 그가 오케이한 배우는 채우진 하나인 게 분명했다.

"혹시 명환대군에 관해 오해가 있다면 그건 기존 드라마와 영화가 잘못 표현해서 그런 거야. 그분은 결코 그런 분이 아니야."

"극본을 보니 감독님은 확실히 다르게 해석하신다는 건 알겠더군요."

"다르게 해석한 게 아니라 '붉을 적'에서의 대군이 진짜 그분의 모습이야."

자신하는 윤선 감독의 태도에 우진은 오늘 처음으로 순수한 호기심을 내비쳤다. 역사에는 명환대군의 행적과 그의 작품들, 그를 둘러싼 정치적인 상황들과 결과만이 있을 뿐이다. 거기에 조금씩 이미지를 붙인 것은 아무래도 미디어의 영향이 컸다.

그러나 윤선 감독의 '붉을 적'은 지금까지와는 다른 명환대군을 이야기하고 있었다. 어떤 확신을 두고 이런 스토리를 썼는지 새삼 궁금했다.

"명환대군이 지인들과 주고받은 편지와 그 주변 사람들이 남긴 글들, 그리고 실록과 역사학자들을 찾아다니며 얻은 자료들에 근거해서 쓴 게 바로 '붉을 적'이야. 그냥 아무렇게나 쓴 게 아니란 말이지."

윤선 감독은 명환대군에 관련한 자료를 찾기 위해 쏟았던 노력과 과정을 우진에게 자세히 설명해 주었다. 당시를 떠올리는 윤선 감독의 얼굴은 순수한 열정으로 가득했다. 그는 진심으로 명환대군을 흠모하고 존경하고 있었다.

"일부는 명환대군이 풍류를 즐기며 기생 놀음에 빠졌다고 하지만, 그분은 오히려 약간의 결벽증을 가지고 있으셨어. 그런 분이 과연 기녀들을 안았을까 난 그것부터가 의심스러워."

"그걸 어떻게 아셨어요?"

우진은 순간 동작을 멈추고 물었다. 어디에도 나오지 않았던 옛일을 윤선 감독이 콕 집어서 말하니 놀랄 수밖에 없었다.

"홋, 그 정도야! 명환대군과 친했던 기녀인 '설하'가 다른 기녀들을 교육한 기록이 남아 있어. 그분은 남이 쓰던 술잔은 싫어하니 따로 관리해야 할 것이며, 그분이 한 번 썼던 영견은 버리고, 옷에 얼룩 한 점 묻는 것조차 참지 못하니 옆에서 모실 때 항상 조심하라고 일렀거든."

윤선 감독의 말에 우진은 새삼 옛 기억을 떠올려 보았다. 그러고 보니 설하가 교육한 아이들이 그의 비위를 잘 맞추고 빠릿빠릿해서 항상 편했다.

"남들이야 대군이니 당연한 거라지만, 그 대목에서 나는 그분의 결벽증을 알 수 있었어. 그리고 기생들의 기예를 즐기며 재주가 좋은 기녀들에게는 지원도 아끼지 않았지만, 품지는 않았다고 나는 단언할 수 있지. 우리 대군께선 절대 그럴 분이 아니야. 그분의 친인이 설하를 그리 아끼면서 왜 첩으로 들이지 않느냐는 말에 명환대군이 화를 냈다는 부분에서도 알 수 있거든."

명환대군은 기녀인 설하를 유독 아꼈다. 사람들은 그녀와 명환대군, 그리고 중전 윤씨와의 삼각관계를 의심하곤 했다. 하지만 아무리 뒤져봐도 명환대군과 설하의 관계가 그렇고 그랬다는 증거를 윤선은 찾을 수가 없었다.

"나뿐만 아니라 다른 역사학자들도 설하는 그저 명환대군의 소울메이트였을 거라는 의견이 많아. 그녀가 젊은 나이에 죽자 명환대군이 '이제 이 하늘 아래 나를 진정으로 이해해 줄 벗이 어디에도 없구나'라며 침음했지만, 그건 사랑하는 연인을 보낸 자의 슬픔은 아니었어."

윤선 감독의 설명에 우진은 저도 모르게 고개를 끄덕이며 말을 이었다.

"설하는 당시 최고의 춤꾼이었죠. 여인이면서 강인하고 굳센 기상을 춤 선으로 표현했다고 하더군요. 사실 명환대군이 자신이 알던 검법을 검무로 승화할 수 있었던 건 그녀의 조언이 컸지요. 아니, 그랬을 것 같아요."

무심결에 사실을 이야기하다가 우진은 서둘러 말을 돌렸다. 명환대군이 검무를 추면서 설하의 조언을 들었다는 건 어디에도 없는 이야기였다.

문득 우진은 설하라는 전생의 벗이 떠올랐다. 굳이 비교하자면 그녀는 지금 우진에게 있어 현민과도 같은 존재였다. 성별과 신분의 격차를 넘어서 순수하고 정직한 관계였다. 밤새 대화하다가 새벽이 온 줄도 모르고 창살에 비치는 아침 햇살에 서로 시를 주고받던 일화도 있었다.

지금은 그 시가 국어책에 실려 많은 수험생의 골치를 아프게 하고 있지만, 그녀와 있을 때면 명환대군은 모든 근심과 애사(哀思)를 털어낼 수 있었다.

기적에서 그녀를 빼줄까 제안한 적이 있었지만 설하는 고개를 저었다. 이미 어디로 가도 그녀가 기녀 설하임은 변하지 않으며, 여인으로 마음껏 춤을 출 수 있는 곳은 이곳밖에 없다고 슬프게 웃었다.

"설하의 죽음은 명환대군에게 꽤 큰 충격이었을 겁니다. 죽음에 대한 생각, 더는 함께할 수 없다는 두려움이 그에게 많은 영향을 끼쳤겠지요."

"그래, 그래서 마지막에 그런 결심을 한 것 같아."

"명환대군에게 있어 중전 윤씨는 분명 중요한 존재이기는 했지만, 그의 인생에서 가장 큰 영향력을 끼친 것은 설하였을 겁니다."

"자네도 나와 비슷한 생각을 했군."

윤선 감독은 우진의 말을 듣고 황당무계하다 여기는 게 아니라 깊이 공감하고 감동했다.

명환대군의 검무가 어디에서 왔을까 상상하면 답은 설하밖에 없었다. 다만 사람들은 일국의 대군이 기녀에게, 그것도 살기 어리고 패기 넘치는 검무를 배웠을 리가 없다고 단정 지으며 무시했을 뿐이다.

진실은 명환대군과 설하 사이에는 그만큼 격이 없었다는 것이었다. 윤선이 보기에도 대군이 가장 가까이하고 많은 생각을 주고받은 건 그녀가 유일했다.

"어쩌면 우린 통하는 게 많을지도 모르겠어."

윤선 감독은 반짝반짝 빛나는 눈빛으로 동류를 보듯 우진을 열렬하게 바라봤다. 너도 나와 같은 명환대군의 팬이구나, 네가 그 역을 거절한 것은 싫어서가 아니라 감히 명환대군을 자신이 담을 수 있을까 저어하는 것뿐이라고 단정하는 듯 보였다.

"자, 잠깐. 사실 저는… 그런 사람이 아닙니다."

하지만 이미 윤선 감독은 그런 사람으로 우진을 보고 있었다.

"한번 생각해 봐."

윤선 감독은 두 손을 활짝 펼치며 꿈꾸듯 말을 이었다.

"명환대군은 평생이 외로웠을 거야. 겨우 마음 터놓고 사귄 게 기녀일 정도로 부모, 형제, 친우, 연인조차 존재하되 없는 것과 같은 처지였지. 그분과 가장 가까웠던 이들은 그를 정쟁의 도구로만 여겼어. 그런데도 그분이 한 번이라도 비굴하거나 의지가 꺾인 적이 있었나?"

이미 반쯤은 몽환의 세계에 빠져 있는 윤선 감독의 물음은 대답을 듣기 위한 게 아니었다.

"난 대군의 그런 기상과 의지를 존경해. 시류에 휩싸이기 싫어서 예술에 빠진 척한 게 아니라, 그분은 진심으로 예술을 사랑했어. 문진왕후를 거스르지 못해서 우유부단한 게 아니라, 다만 어찌 되든 상관이 없었을 뿐이야. 그분은 자신의 의지가 꺾이지 않는 한도에선 언제나 너그러웠던 분이었지."

윤선 감독의 말에 우진은 이도 저도 못한 채로 물만 마셨다.

그의 말은 사실이기도 하지만 조금은 왜곡되기도 했다. 너그러운 게 아니라 아예 무관심했던 것이고, 이것저것 따지는 것이 품위 없다 여겼을 뿐이다.

폼으로 사는 인생을 위해 명환대군이 쏟은 노력을 윤선 감독이 알 리가 없었다.

"왕과 대신들은 물론이고, 명나라 사신에게까지 당당했던 분 아닌가. 오히려 그들이 자신에게 허리 숙여 사과하게 하였던 그 능력과 오만함이 정말 대단하지 않나?"

그건 단지 자기가 있는데 조선의 시서(詩書)를 무시하는 게 어처구니가 없어서 나선 것이었다. 자신이 조선은 물론 명나라에서도 찾을 수 없는 최고의 문장가이며 서예가라 자처하는데, 감히 누굴 무시하냐고 말이다.

당시 명환대군의 머릿속에는 조선의 기상과 명예를 드높인다는 그런 절개 따윈 손톱만큼도 없었다. 그저 제 잘난 능력을 자랑하고픈 생각밖에는 없었다.

"백성을 아끼던 마음은 또 어떻고. 길에서 고관대작에게 고초를 당하던 백성을 직접 구해준 일화도 있지 않은가. 요즘 말로 무심한 듯 시크한 분이셨어."

그건 참판이었던 그놈이 길거리에서 난리를 피우는 바람에 진흙탕이 명환대군의 옷자락에 튀어서 그랬다. 순간 이성을 잃고 그놈에게 마편을 휘둘렀는데, 알고 보니 참판이나 되는 놈이 양민의 어린 딸을 첩으로 들이기 위해 수작질을 하던 중이었다.

어쩌다가 일에 휘말려서 그 부녀를 구해줄 수밖에 없는 처지에 놓였던 것뿐이다.

"난 말이야. 그분이 마지막까지 자신의 삶이 외로웠다고 여기며 눈을 감았을 거라 생각하면 참 속이 상해. 지금은 이렇게 많은 이들이 존경하고 사랑하는 분인데 말이야."

안타까워하는 윤선 감독의 말에 예전 명환대군은 심드렁하기만 했다.

"그래 봤자 무슨 소용이 있나요. 살아 있을 때 받지 못한 걸 죽은 이후에 받았다고 그의 영혼이 기뻐할까요?"

우진은 명환대군이 자신의 전생임을 인정하나 그렇다고 그의 감정에 흔들리지 않았다. 대군의 삶은 그가 눈 감은 순간, 끝이었다. 새로운 인생을 살면서 그때의 상황과 감정에 휘둘리는 건 원하지 않았다.

이 점이 우진이 명환대군을 거절한 이유 중 하나였다. 지금은 잘 유지하고 있는 전생들과의 경계선이 명환대군을 연기함으로써 행여나 허물어질까 봐 두렵기도 했다. '붉을 적'을 읽고 부끄러워했던 것에서 그 조짐이 보여 불안했다.

"그거야 나도 모르지. 이건 그저 산 자를 위한 위로야."

"산 자요?"

"지금 이 세상에 살고 있을 수많은 명환대군에게 보내는 위로."

우진은 윤선 감독이 하는 말의 의미를 선뜻 이해하지 못했다.

"부모와 형제에게조차 사랑받지 못했어도 정쟁의 도구로 이용하려는 그들에게 조종당하지 않았어. 그분이 가장 사랑한 것은 그 누구도 아닌 바로 자신이었거든. 사랑받지 못하고 자기 자신을 사랑하지 못하는, 대군과 비슷한 처지에 있는 이들에게 나는 진정한 명환대군을 보여주고 싶었어. 그분이 인생을 사랑하고 살아가는 방식을 말이야."

순간 우진은 말을 잃었다. 이런 시각으로 명환대군을 바라보는 사람이 있을 줄 미처 몰랐다. 몇 번 눈을 깜박이다 우진은 힘겹게 입을 열었다.

"하지만 결국 명환대군은 자살을 선택하지 않았습니까. 그런 게 그들에게 무슨 위로가 될까요?"

"자신을 왕위에 올리려고 일으킨 반정임에도 문진왕후의 사람들을 향해 당당히 검을 드셨지. 그게 자살인가? 아니면 최후까지 자신을 지키기 위한 선택이었을까. 만약 대군이 왕위에 올랐다면 그분은 평생을 그들의 꼭두각시가 되었겠지. 죽은 명환대군 대신에 반정으로 왕위에 오른 윤종처럼 말이야."

우진이 맹세하건대 당시 명환대군에게 그런 생각 따위 없었다. 결론적으로 윤선 감독이 생각하는 것처럼 되었지만, 진실은 죽은 명환대군과 우진만이 아는 것이었고 끝까지 묻어둬야만 하는 흑역사였다.

그래서 '붉을 적'의 명환대군이 참으로 아까웠다. 역사 속에 묻힌 진실 덕분에 실존의 그보다 더욱 멋지고 입체적이어서, 배우라면 누구나 욕심낼 캐릭터였다. 우진 역시 전생의 기억이 없었다면 당장 윤선 감독의 손을 잡았을 것이다.

"그리고 이건 내 작은 소원이지만, 창밖에는 봄이 왔는데 내 발밑에는 여전히 서리가 녹지 않았다고 한탄했던 그분에게 봄을 선사하고 싶어."

"봄이요?"

"그래. 이미 왔음에도 그분이 느끼지 못했던 봄. 홀로 쓸쓸해했지만, 당시에도 그분을 사랑하고 아낀 이들은 많았지. 당신이 몰랐던 봄은 이미 곁에 있었다고. 그리고 당신이 남긴 수많은 작품 덕에 우리에게도 봄이 왔노라고! 제대로 된 명환대군을 조명함으로써 그분께 선물하고 싶은 거야, 나는."

윤선 감독의 말에 우진의 가슴에 작은 균열이 일었다. 그의 순수한 열정과 애정이 고스란히 느껴져서 머리가 아슴아슴하며 심장이 뜨거워졌다.

"그리고 이 세상을 사는 다른 명환대군들에게도 말하고 싶어. 당신을 찾아온 봄을 즐기라고. 당신이 잘못해서 사랑받지 못한 게 아니라 당신을 사랑하지 않은 그들이 나쁜 거라고. 당신은 아무 잘못 없다고."

그의 마지막 말에 우진은 짐작할 수 있었다. 윤선 감독의 과거가 한때 명환대군의 처지와 비슷했음을. 그리고 그에게 새로운 봄을 맞이하게 해준 것이 명환대군이었다는 걸 말이다.

"영화가 어떻게 사람들에게 봄을 줄 수 있을까요."

우진의 궁금증에 윤선 감독은 소년처럼 해맑게 웃었다.

"영화를 찍어보면 알게 될 거야."

우리가 만들 봄이 어떤 모습인지 알고 싶지 않으냐며 그는 우진을 유혹했다.

마주 보기

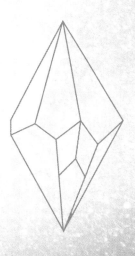

봄은 왔으나 봄이 온 것 같지 않다는 말은 곧 계절을 느끼는 마음의 상태를 의미할 것이다.

"너의 봄은 어떤 모습이냐?"

우진은 현민에게 물었다.

"나에겐 우리 꽁이랑 함께 있는 그 순간 자체가 늘 봄이지."

단지 '공씨'라는 이유로 자기 애인에게 '꽁'이란 애칭을 지어준 현민은 생각만 해도 행복하단 표정을 지었다. 그러다 문득 자기 앞에 앉아 있는 우진을 보고는 쓰게 웃으며 현실은 겨울이라고 투덜거렸다.

"그런데 너 이번 작품은 사극이냐?"

"왜?"

"네 머리 보고 애들이 그렇게 추측하던데?"

"글쎄, 뭐를 하든지 이 상태라면 사극은 할 것 같다."

휴가가 끝나고 복귀한 황이영조차 우진이 머리를 자르는 걸 반대하고 있었다. 이제는 우진도 모르겠단 심정으로 그냥 있었다. 그 역시 윤선 감독을 만나고 온 이후로 생각이 많아졌다. 머릿속은 늘 '붉을 적'의 명환대군으로 가득한데도 결론은 쉬이 나지 않았다.

윤선 감독이 생각하는 봄, 그리고 그걸 어떻게 표현하고 사람들에게 보여줄 것인지가 궁금해지기 시작했다. 그래서 예전 윤선 감독이 찍은 영화들을 찾아서 다시 보았다. 이미 본 것도 있고 아닌 것도 있었지만, 최근 편까지 보고 느낀 것은 따뜻함이었다.

사람을 참 따뜻한 시선으로 바라보는 감독이란 걸 알 수 있었다. 영화를 보고 나서 느낀 것은 편안함과 위로였다. 아마도 그가 만들 '붉을 적' 역시 그럴 것 같았다. 그래서 더욱 궁금해졌다. 마지막이 비극인 영화를 보고도 사람들은 봄을 느낄 수 있을까.

삐링~!

문자 알림에 우진보다 현민이 촉각을 세웠다.

"대체 요즘 너한테 이렇게 시시콜콜 문자를 보내는 양반이 누구냐?"

"있어. 집요하게 열정 어린 분이."

우진은 이번엔 또 무슨 내용인가 싶어 폰을 확인했다. 윤선 감독은 저번 만남 이후로 정말 시시때때로 우진에게 문자와 메일을 보냈다.

그동안 모았던 명환대군의 자료들과 현재 준비 중인 영화 세트장과 진행 상황까지 하나하나 빠짐없이 보고했다. 주인공도 결정 안 된 상황에서 촬영 준비를 하면 어떻게 하냐고 답을 보내니, 불쌍하게 울먹이는 캐릭터 이모티콘을 답이라고 보냈다.

어제는 우진과 만나고 영감을 받았다며 극본에 새로 첨가될 내용을 보내왔다. 바로 명환대군이 설하에게 검무를 배우는 내용이었다. 읽으면서 순간 옛일이 떠올라 우진은 저도 모르게 미소 짓고 말았다.

그때 비로소 깨달았다. 윤선 감독이 말한 명환대군이 느끼지 못했던 봄이란 게 무언지 말이다. 막연하게 잡히는 그 따스함이 마치 봄 같았다.

"오하나?"

우진은 문자에 적힌 낯익은 이름을 읽었다.

"오하나, 혹시 아역 배우 출신인 오하나를 말하는 거야?"

"아마도? 만약 내가 주인공이 된다면 상대가 오하나란다."

조금 전에 끝난 '중전 윤씨' 오디션에서 최종 캐스팅된 배우의 이름을 윤선 감독이 우진에게 문자로 알려주었다.

"오하나라? 나쁘지 않네. 올해 21살이니까 너랑도 어울릴 것 같고. 야무지고 새침데기 같은 이미지가 있지만, 연기 잘하고 예쁘니까 괜찮아."

현민은 오하나를 검색해 보다가 방금 막 올라온 뉴스에 눈을 빛냈다.

"네가 할 수 있다는 게 혹시 '붉을 적'이야?"

"그걸 어떻게 알았어?"

"기사로 떴는데? 오하나가 '붉을 적'에서 '중전 윤씨'에 캐스팅되었다고. 명환대군은 누구인지 아직 제작진이 밝히지 않았으나 이미 충무로에선 채우진이란 소문이 짜하게 퍼졌다고 하네?"

현민은 자신이 보던 기사를 폰 그대로 우진에게 보여줬다. 기사에는 '붉을 적'의 제작사와 투자자들이 작년부터 명환대군에 채우진을 점찍었으나, 윤선 감독이 내내 반대를 하고 있어서 결과가 어떻게 될지 모르겠다는 내용이었다.

"너한테 전화 왔다."

기사를 읽느라 테이블에 올려놓은 폰이 진동하는 걸 몰랐던 우진은 현민에게 그의 폰을 돌려주고 전화를 받았다.

—절대로 아니야!

"네?"

전화를 받자마자 강하게 부정하는 소리에 우진은 상대방이 누구인지 그제야 확인해 봤다. 윤선 감독이었다.

—아니! 세상에 무슨 그따위 기사가 나왔는지 모르겠지만, 내가 자넬 반대했다는 건 오보야. 오보! 혹시 속상한 건 아니지?

"설마요."

어쨌든 지금 윤선 감독이 자신을 섭외하기 위해 쏟는 노력을 알기에 우진은 기사 내용에 흔들릴 것도 없었다.

—그래? 그럼 다행이고. 세상에 뭐 저딴 기자가 있는지 모르겠네. 그냥 오하나 캐스팅 건만 기사로 쓸 것이지 왜 가만히 있는 우리까지 끌고 가냐고. 절대 오해하지 말고, 나의 명환대군은 오로지 자네뿐이야. 자네 없으면 난 영화고 뭐고 아무것도

안 할 거야!

"아니, 꼭 그럴 필요까진."

—거기 어디야? 우리 한번 만날까?

오늘 오디션이 끝나서 할 일이 없다며 윤선 감독이 은근히 묻자, 우진은 도리도리 고개를 저으며 지금은 친구와 있다고 정중하게 전화를 끊었다.

"분위기로 봐선 기사와 달리 감독은 널 캐스팅하고 싶어 하고, 넌 아직 보류인가 보다?"

우진이 통화하는 모습과 폰 너머로 간간이 흘러나오는 윤선 감독의 목소리로 모든 상황을 추측한 현민은 굉장히 흥미로워했다.

"명환대군이라면 좋은데, 왜?"

"실존 인물이잖아. 재미없어."

"그래서 더 매력 있는 거 아냐?"

현민의 대답에 우진은 무슨 소리냐고 친구를 보았다.

"누구나 다 알고 있지만 결국 누구도 모르는 게 역사 속 인물이잖아. 그 인물을 새롭게 창조해서 사람들에게 알린다는 게 근사하지 않아? 가령 사람들이 '명환대군' 이라고 하면 네가 연기한 그를 먼저 떠올리게 될 수도 있잖아."

아직 명환대군이라면 1대 명환대군이라 불리는 배우를 떠올리지만, 시대에 따라 언젠가는 변하게 마련이고 그게 우진이가 되었으면 좋겠다고 현민은 말했다.

"왜?"

"나도 명환대군 좋아하거든. 네가 그 역을 하게 되면 너무 리얼해서 보는 내 마음이 진짜 아프고 슬프기도 하겠지만, 기쁘기도 할 것 같아. '아, 명환대군이 내 친구구나!' 하는 대리 만족 같은 거?"

우진은 오히려 감정이입에 방해되지 않느냐고 물었다. 실존 인물인 만큼 친구와 대입되어 몰입하기 어려울 것 같다는 우진의 말에 현민은 어깨를 으쓱였다.

"실존 인물이지만 결국 영화 속 명환대군은 가상으로 만든 캐릭터잖아. 너무 깊게 생각하지 마. '명환대군'은 배우 채우진이 극복하고 도전해야 할 배역에 불과하다는 걸 명심해. 하고 싶으면 하는 거고 아니면 안 하면 되지만, 욕심이 나는데 실존 인물이라는 부담감 때문에 포기하지는 마라."

아무리 역사적인 근거로 만들어봤자 100% 똑같을 순 없다. 결국 영화 속 '명환대군'은 실재 인물이 될 수 없고, 배우에 의해 재탄생된 새로운 캐릭터라는 거다.

"은근히 이성적인 놈."

"무엇보다 명환대군이 서른 전에 죽었잖아. 그건 즉, 젊은 배우가 그 역을 맡아야 한다는 말인데 20대에서 서른 초반의 배우 중에 너만큼 연기 잘하는 배우는 없잖아."

"야, 그런 칭찬 부담스럽다. 그리고 서른 중후반의 배우 중에도 많아."

우진이 몇 명의 이름을 말하자 현민은 손을 내저으며 인상을 썼다.

"아무리 배우가 관리 잘해서 나이보다 어려 보인다고 해도 풍기는 분위기가 있잖아. 사실 지금껏 명환대군들도 너무 늙었었어. 오죽하면 대군이 서른 전에 죽었다는 걸 알고 충격 먹은 사람이 있겠냐. 이것도 충분히 역사 왜곡이거든. 그리고 그 말은 네가 나중에 명환대군을 하고 싶어도 할 수 없다는 거야. 기회가 왔을 때 잡아."

말하다가 목이 탔는지 현민은 커피를 마시려다가 이미 비어 버린 잔을 빙글빙글 돌리며 잠시 갈등했다.

"한 잔 더 시킬까?"

"꽁이 씨랑 여기서 만나기로 했잖아. 그때 또 마실 거 아냐?"

지금 두 사람이 와 있는 곳은 예전 그들이 잘 다녔던 카페가 새로 이전한 곳이었다. 우진이 드라마를 찍으면서 이곳 사장님과 다시 만난 덕에, 그 후로 가끔 찾게 되었다.

오늘은 현민이 애인과 약속한 시각까지 시간이 모호하게 남아서 우진이 함께 기다려 주고 있었다. 우진이 시계를 보며 말하자 현민도 이내 포기한 듯 잔을 내려놓았다.

"그런데 태화 씨는 언제부터 다시 여기서 아르바이트를 하게 된 거야?"

새로운 손님이 없자 카운터에 앉아서 공부 중인 김태화를 보며 우진은 조용히 속삭였다.

1차 시험 때만 해도 앞으로 만날 일은 없겠다 싶었는데 이곳에서 뜻밖에 다시 만나게 되어서 머쓱하기도 했다. 김태화는 우산을 준 일과 저번에 제대로 사과하지 못했다고 오늘 커피값을 대신 계산하려고 했다. 하지만 1시간 아르바이트비보다 더 비싼 커피값을 그녀에게 내게 할 수는 없었다.

"사장님이 믿고 맡길 사람이 없다고 부탁했나 봐. 손님 없을 때는 공부해도 좋다고 사정 봐주고, 태화 씨도 겸사겸사 아르바이트하면서 공부하는 거지."

카페 사장님은 자신이 가게를 비우는 동안 믿을 수 있는 사람이 카운터를 지키는 게 중요했다. 그래서 김태화가 남은 시간에 무얼 해도 간섭하지 않는 대가로 그녀를 다시 찾은 것이다. 어쩌다 오는 우진과는 달리, 애인과 함께 카페를 자주 찾은 현민은 아는 게 많았다.

"네 말 듣고 시험에 관해 물으니까 일단 가채점으로 봐선 안정권이라고 하더라."

"그런데도 지금 아르바이트하는 거야?"

"저번 학기에 장학금 놓쳐서 좀 힘든가 봐. 잠깐! 네가 그럴 말할 처지는 아닌 것 같다?"

학교에 다니며 연예 활동을 하는 것도 힘든데, 이제는 사법 시험까지 준비해야 할 처지였다. 적극적으로 영화에 도전하라던 현민이 이제는 그냥 명환대군은 포기하라며 태도를 바꿨다. 아무리 생각해도 양손의 떡을 다 먹다간 체하기 십상이었다.

두 사람이 한창 대화를 나누는 중에 카페에 손님이 새로 왔다고 알리는 차임벨이 울렸다. 하지만 아르바이트생 말고는 누구도 신경을 쓰지 않았다.

탁!

갑자기 들리는 둔탁한 소리에 모두의 시선이 한곳으로 몰렸다. 소리가 난 곳은 김태화가 앉아 있던 카운터로, 그녀의 앞에는 한 아주머니가 핸드백을 든 채로 씩씩거리고 있었다.

"네가 감히! 어떻게 이럴 수가 있니. 독한 것! 독한 것!"

아주머니는 말할 때마다 핸드백으로 김태화의 머리를 때렸다. 방금 막 사람들이 들은 건 핸드백으로 그녀의 머리를 내려치던 소리였다. 다른 손님들이 놀라서 가만히 있는 사이에 우진과 현민이 자리에서 일어나 그녀에게 다가갔다.

"아주머니, 무슨 일인지는 몰라도 말로 하셔야죠."

현민이 앞장서서 아주머니와 김태화 사이를 가로막으며 물었다. 우진은 슬며시 아주머니의 핸드백을 잡으며 그녀가 더는 김태화를 때리지 못하게 막았다.

"너희는 뭐야? 이건 우리 가족 일이니까 저리 비켜."

대뜸 반말하는 아주머니의 얼굴을 보니 김태화와 닮은 데가 많았다. 이도 저도 못하고 김태화를 보니, 얼떨결에 당해서 정신이 없던 그녀는 가까스로 자리에서 일어나 고개를 끄덕였다.

"저희 엄마세요."

"네?"

"괜찮아요. 정말 아무 일도 아니에요."

김태화는 곤란한 표정을 지어 보이며 아주머니에게 다가갔다.

"엄마……."

"네가 감히 엄마 전화를 안 받아?"

"여기서 이러지 마. 나가자. 나가서 이야기할게."

김태화는 다른 알바생에게 눈짓을 하고는 어머니의 팔을 잡아끌며 카페 밖으로 나갔다.

"뭐야? 저 아줌마 스냅이 장난 아니던데 따라가 봐야 하는 거 아니야?"

현민은 아까 아주머니가 김태화의 머리를 때리던 시늉을 해

보이며 치를 떨었다. 평화주의자인 그는 폭력 자체를 싫어했다. 더욱이 가족이라면 무슨 사연이 있더라도 저런 식의 해결 방법은 안 좋다고 여기는 주의였다.

"이렇게 사람 많은 곳에서도 신경 안 썼는데 밖에서 막 때리면 어떡하지?"

당장에라도 따라가려는 현민을 우진이 붙잡았다. 곧 현민의 여자 친구가 오기로 한 시간이었다.

"일단 내가 따라가 볼게. 넌 여기 있어."

모르는 사람도 아니고, 가족 간이라도 폭력은 합당치 않은 거라 우진도 무척이나 신경이 쓰였다. 그래서 어차피 곧 나가려던 우진이 김태화를 따라가기로 했다.

가족 간의 문제에 선뜻 나설 수 없고 남의 개인사에 깊이 끼어들 수는 없지만, 저런 식으로 폭력을 쓰는 사람과 함께 있게 하는 것도 위험한 짓이었다.

"나중에 연락 줘."

고개를 끄덕이는 것으로 대답을 대신한 우진은 카페를 나왔다. 아까 김태화가 어머니를 데리고 가는 걸 보았기에 그녀가 건물 뒤쪽에 있는 주차장으로 나갔다는 걸 알고 있었다.

주차장으로 가는 문을 살짝 열어보니 건물과는 떨어진 구석에 서 있는 모녀가 보였다. 우진은 주차장으로 향하는 입구에 있는 기둥 뒤에 서서 모녀를 살폈다. 오지랖일 수 있지만, 만약 아주머니가 다시 폭력을 행사한다면 언제라도 달려갈 준비를 했다.

"독하다, 독하다. 너같이 독한 년은 내 처음이다."

"돈 보내 드렸잖아요."

"겨우 그것 가지고 어디에다가 붙여!"

"지난달에는 제가 사정이 있어서 과외를 못 했어요. 정말 그 돈이 전부라고요."

김태화의 말에 그녀가 사법시험을 봤다는 걸 가족들은 모르고 있다는 것을 느낄 수가 있었다. 시험 준비를 하느라 과외를 줄이면서 집에 보내야 할 돈에 비해 적게 보낸 모양이었다.

"사정은 무슨! 어디에다가 꼬불쳐 놨겠지. 네 언닌 영국에서 고생하는데 넌 이렇게 편하게 살면서 언니한테 그것도 못 해 줘? 네 언니 이번에 콩쿠르 준비하느라 드레스도 맞춰야 하고 개인 교습도 받아야 한다고 내가 말했어, 안 했어?"

김태화의 어머니는 그녀의 머리를 손가락으로 쿡쿡 누르며 소리쳤다. 아까와 비교하면 저 정도는 약과라서 우진은 애써 참으며 가만히 있었다.

"정말이에요. 그리고 언니가 뭘 고생해요. 내가 사는 고시원보다 더 좋은 곳에 사는데……."

"어쩜! 너흰 쌍둥인데도 이렇게 다르니? 네 언닌 항상 말도 예쁘게 하고 살가운데 넌 무뚝뚝하면서, 뭐? 언니가 더 좋은 데서 살아? 그럼 음악 하는 애가 네가 사는 곳 같은 데서 살아야겠니? 그리고 내가 언제 너보고 고시원에 살라고 했어? 너도 좋은 데 살면 되잖아."

자기가 고시원을 골랐으면서 어디서 화풀이냐고 김태화의 어머니는 어처구니가 없다며 헛웃음을 쳤다.

"제가 버는 거 학비하고 생활비 빼고 다 집에다 보내는데 무슨 돈으로요?"

이쯤 되자 듣고 있던 우진은 어이가 없었다. 이번 달에 돈을 조금 보냈다고 이렇게 따지려고 오면서 너도 좋은 데 살라고 하면 정말이지 듣는 사람으로선 할 말이 없어진다.

"그래서 지금 그깟 돈 가지고 생색내는 거니?"

"생색이 아니라 저도 힘들다고요."

어머니의 목소리가 점점 날카로워지자 김태화는 어깨를 움츠리며 작은 목소리로 중얼거렸다.

"그러게 누가 대학 가라고 했어? 태인이가 바이올린을 하니까 너까지 지원해 주기 힘들다고 우린 분명히 말했다. 하다못해 집에서 다니게 경기도에 있는 대학에 가라고 했더니, 저 좋다고 한국대 다닌다며 서울 올라왔으면 네가 알아서 해야지! 난 너처럼 부모 등골 빼먹을 생각만 하는 애는 보다 보다 처음이다! 그러게 그냥 공무원 하라고 했잖아. 요즘은 명문대 나와도 다 공무원 하는 세상에 이게 대체 뭔 짓이니? 네가 공무원 됐으면 우리도 태인이도 얼마나 좋아."

한탄하는 어머니의 이야기를 고개 숙이고 듣고 있던 김태화가 지그시 주먹을 쥐는 게 보였다. 몇 번 쥐었다 폈다 하며 감정을 추스르다가 결국 참지 못하고 그녀는 억눌린 목소리로 어머니한테 말했다.

"언니 유학비 때문에 그렇게 사정이 힘들면 막내도 이참에 아르바이트하면 되잖아요. 태혁이도 이제 대학생이니까 충분히……."

하지만 겨우 용기를 낸 발언은 어머니의 눈치를 보면서 점점 사그라졌다.

"뭐? 그 어린것한테 뭐를 하라고?"

"저도 그 나이부터 알바하고 생활비 벌면서 집에 보탰잖아요."

"그게 무슨 소리야? 네가 언제 그랬다고? 이게 또 사람 잡는 소리 하네. 하여튼 너 허언증 있는 것부터 고쳐. 엄마가 너 미워서 그러겠니? 다, 너 사람 되라고 이러는 거야."

우진이 김태화에 관해 아는 건 많지 않지만, 적어도 허언증 있는 사람이 아니라는 것 정도는 안다. 그사이에도 계속 김태화에게 거짓말 좀 작작하라는 소리가 주차장에 울렸다. 김태화의 모친은 사람의 자존감을 뭉개는 방법을 너무 잘 알고 있었다.

"내 배 아파서 낳은 자식인데 깨물어서 안 아픈 손가락이 어디 있겠니?"

김태화의 모친은 갑자기 화제를 돌리면서 딸을 살살 달래기 시작했다. 영국에 있는 쌍둥이 언니가 부유한 동기들과 경쟁하면서 얼마나 힘들어하는지, 이제 대학생이 된 남동생은 아르바이트하기엔 아직 어리고 철이 없다면서 혀를 찼다.

"엄마가 이러는 건 다 널 믿기 때문이야. 우리가 늙어서 누굴 의지하겠니. 네 언니야 평생 외국에서 살 팔자고, 요즘엔 결혼하면 다 여자 친정과 어울려 산다면서? 태혁이도 나중에 결혼하면 그러겠지. 우리한텐 정말 너밖에 없어. 엄마가 오늘 이렇게 화가 난 것도 다른 게 아니라 네가 전화를 안 받아서 그랬던 거지, 다른 뜻은 없다."

어머니의 말에 김태화는 조용히 죄송하다는 말만 되풀이

했다.

"그럼 다음부턴 전화 꼬박꼬박 받고. 이번 달은 그냥 지나가마. 다음 달부턴 전하고 똑같이 보내야 한다? 우리도 계획이 있는데 네가 일방적으로 액수를 줄이면 나머질 어디서 채우겠니?"

"알았어요."

"그래, 이래야지 우리 이쁜 딸이지."

살벌했던 기운은 오간 데 없이 너무도 살갑게 딸을 안고 등을 토닥였다. 김태화의 흩뜨려진 머리칼을 귀 뒤로 넘겨주며 아까는 많이 아팠느냐고 다정하게 묻기까지 했다.

이 극단적인 분위기 전환에 우진은 오히려 소름이 끼쳤다.

"그럼 엄만 가볼게. 올라가서 계속 일해라."

김태화의 모친은 세상에 둘도 없는 자상한 어머니의 얼굴을 하고 손을 흔들면서 주차장 밖으로 돌아 나갔다. 한 번도 뒤돌아보지 않고 가는 어머니를 끝까지 배웅한 김태화는 잠시 그 자리에 가만히 있다가, 두 손으로 자신의 팔을 꼭 안았다.

"춥다."

아직 꽃샘추위가 떠나지 않은 3월 초의 날씨는 그녀에겐 너무나 추운 날씨였다.

김태화의 모친이 떠났기에 더는 그녀가 다칠 일이 없을 것 같아 우진은 조용히 그 자리에서 물러났다. 남의 가정사라 가서 위로해 줄 수도 없고 뭐라 험담하기도 어려운 상황이었다. 무엇보다 들어선 안 될 걸 몰래 엿들은 것 같아서 김태화에게 미안하기도 했다.

그가 그녀에게 말했던 것처럼 이도 주제넘은 행동이었기 때문이다. 자기가 한 말을 고스란히 돌려받은 기분이라 찝찝하기까지 했다.

현민에게 괜찮다는 문자를 보내고 우진은 한숨을 내쉬었다. 평소 어둡고 자신감 없던 김태화의 태도가 어느 정도 이해가 되면서 안타깝기도 했다. 그녀의 불행은 자신을 사랑해 주지 않는 부모에게 너무 많은 기대와 희망을 품고 있다는 거다.

조금만 다정하게 대해주는 어머니의 태도에 바로 수그러지며 어쩔 줄 몰라 하는 걸 보면 알 수가 있다. 포기할 것은 빨리 포기하고 자신의 길을 가면 어디 가도 당당할 사람이 그러지 못하는 게 답답하기도 했다.

불현듯 윤선 감독이 했던 말이 떠올랐다.

"이 세상을 사는 다른 명환대군들에게도 말하고 싶어. 당신을 찾아온 봄을 즐기라고. 당신이 잘못해서 사랑받지 못한 게 아니라 당신을 사랑하지 않은 그들이 나쁜 거라고. 당신은 아무 잘못 없다고."

김태화는 사실 이미 봄 속에 살고 있었다. 그녀 정도라면 어딜 가도 저런 대우를 받고 살 사람이 아니었다. 가족에게 사랑받지 못한다는 자격지심은 사람을 한없이 작게 만든다.

우진은 처음으로 윤선 감독에게 먼저 전화를 걸었다.

"정말 영화 한 편으로 감독님이 말한 것처럼 삶이 바뀌는 사람이 있을까요?"

우진의 질문에 윤선 감독은 조금의 고민도 하지 않고 바로 대답을 했다.

—그게 바로 내가 영화를 만드는 목표고 노력하는 이유지.

◆　　◆◆◆　　◆

작은 미술관에서 열리는 사진 전시회를 찾는 사람들은 별로 없었다.

유명한 작가가 여는 사진전도 아니고 미술관 자체가 작은 전시회를 위해 세운 곳이라, 주로 오는 이들만 알음알음 찾아오는 수준이다. 그래서 우진은 사람들의 시선에서 벗어난 공간에서 자유로이 사진 작품들을 감상할 수가 있었다.

우진이 이곳을 찾게 된 이유는 굉장히 충동적이었다. 신문 구석에 있는 문화 홍보란에서 이 사진전의 제목을 보고 마음이 동했다.

작가를 아는 것도 아니고 사진에 관심이 있어서도 아니다. 그저 '내가 사랑하는 사람들'이란 제목과 그 밑에 설명을 보고 마음이 끌려서였다.

사진전은 작가가 사랑하는 사람들부터 시작해서, 낯선 도시에 사는 낯선 이들을 찍은 사진들로 구성되었다고 한다.

전자는 이해가 되지만, 후자처럼 아무런 관련 없는 사람들이 과연 작가가 사랑하는 사람들에 속하는지 의문이었다. 작가는 과연 그 낯선 이들을 어떤 시각으로 바라보며 '사랑하는 사람들'이라고 자신했을까.

이 작은 호기심이 바로 그가 이곳을 찾게 만든 이유였다. 그래서 우진은 일부러 전시회 홍보 팸플릿을 보지 않았다.

화랑 안에 들어서자 자연스럽게 이어지는 사진들의 배열에 따라 우진은 천천히 걸음을 옮기며 작품들을 감상했다. 처음 작품들은 굳이 설명하지 않아도 사진 속 모델들이 작가의 가족들이란 걸 알 수가 있었다.

늙어 주름진 얼굴로 카메라를 응시하는 시선에 작가에 대한 애정과 믿음을 고스란히 내보이는 분들, 화분 갈이를 하다가 뒤를 돌아보며 웃고 있는 서른 중반의 여인, 강아지를 품에 꼭 안고 표정으로 '지금 뭐 하고 있어?' 라고 묻는 어린 여자애.

초반 작품들은 전시회의 주제가 뚜렷하게 드러날 정도로 작가와 모델들의 감정적인 교류를 여실히 보여주고 있었다. 보는 것만으로도 서로 신뢰하고 사랑하는 사이라는 걸 알 수 있는 따스한 사진들이었다.

그리고 다음으로 이어지는 작품이 우진이 궁금하게 여기던 사진들이었다.

어느 시골길에서 만난 늙은 노부부, 아침 햇살을 등지고 빠르게 걷고 있는 이름 모를 도시의 사람들, 산길에서 만난 등산객들, 일출을 바라보는 사람들의 뒷모습 등등.

분명 작가와는 일면식조차 없는 사람들이 분명했다. 카메라를 의식하지 못했거나, 경계하듯 바라보는 이들의 시선 속에는 낯선 이에 대한 두려움이 여실했다.

하지만 같은 사람을 주제로 해서 뒤이어 찍힌 다른 사진에는 어색한 듯 웃거나, 손을 흔드는 이들이 있었다. 두 장의 사진을 찍는 동안에 작가와 어떤 시간을 가졌는지 상상하게 만드는 사진들이었다.

사랑이라는 단어에 흔히 사람들이 가지는 편견이 있다. 인간이 가지는 이 위대하고 거대한 감정을 작가는 다양한 각도로 바라보며 표현하고 있었다. 개인에 대한 감정의 무게는 다르지만, 작가는 사람들이 기본적으로 가지고 있는 인류애도 엄연한 사랑이라고 말하고 싶은 듯했다.

모르는 낯선 이들에 대한 따뜻한 시선이 그들을 사랑스럽게 만들었다. 굳이 서로가 교감하는 마음이 아니더라도 작가의 마음이 어떠냐에 따라, 사진 속 인물들은 모두 사랑받는 존재들이 되었다.

"생각보다 괜찮군."

화재 현장에서 소방관의 품에 안겨 구조된 어린아이가 누군가를 발견하고 해맑게 웃는 마지막 사진을 보고 있을 때, 윤선 감독이 우진의 옆에 다가와 서며 말했다.

"저 아이가 보고 있는 곳엔 부모가 있겠죠?"

"그러겠지. 아이가 크게 다친 곳은 없어 보이고 부모도 무사하다니 다행이야."

사진 밖에 보이지 않는 진실이 무언지는 모르지만, 사람들은 그 안에서 스토리를 읽고 해피엔딩을 끌어냈다. 뒤편에 화재로 무너진 집은 보이지 않았다.

사진을 보는 사람들까지 사진 속 인물들을 걱정하고 안도하며 아끼게 하였다. 그게 꼭 사랑이 아니더라도 그 작은 애정이 따스하게 느껴지는 순간이었다.

작가는 '내가 사랑하는 사람들'을 어느새 우리가 사랑하는 사람들로 바꾸어놓았다.

"이런 곳에서 만나자고 해서 의아했는데 덕분에 좋은 작가를 알게 되었어. 취향이 좋군."

"아니요. 사진 전시회는 오늘이 처음입니다. 그저 제목에 이끌려서 선택했던 거라서 취향이 좋다는 소릴 들은 정도는 아닙니다."

"그럼 안목이 좋은 거겠지."

안목 좋은 너니 어서 우리 영화를 선택하라고 종용하는 것 같아서 우진은 설핏 웃고 말았다.

만족스러운 감상이었는지 윤선 감독은 우진이 사진전 화보를 사자 옆에서 함께 구매했다. 그를 알아본 사진전 관계자가 계산을 안 받으려고 했지만, 우진은 끝까지 값을 치렀다. 대신 사람들과 함께 사진을 찍고 그들에게 사인을 해주는 건 사양 않고 모두 해주었다.

"괜찮다면 조금 걸을까?"

미술관을 나오자 윤선 감독은 산책을 제안했다. 문화의 거리로 조성된 곳에 자리한 미술관 주변에는 벽화에서부터, 길거리를 장식하는 작은 소품 하나하나가 좋은 구경거리를 제공하고 있었다.

마침 드물게도 날이 따뜻하고 햇볕이 좋아서 우진도 그의 제안을 기쁘게 받아들였다. 평일 오후라 지나가는 이들도 많지 않아서, 모자와 안경만으로도 우진은 어느 정도 자유로운 산책을 즐길 수 있었다.

서로 아무 말 없이 걷다가 먼저 입을 연 건 우진이었다.

"감독님은 무얼 보고 절 명환대군으로 선택하셨나요?"

"내가 원했던 배우니까."

"가령 어떤 점이요?"

우진의 질문에 찔리는 것이 많은 윤선 감독은 잠시 주변을 돌아보는 것으로 시간을 끌려다가 이내 한숨을 내쉬었다. 원래 거짓말에 능한 사람이 아니라 결국 그는 솔직하게 털어놓았다.

"원래 연기와 외모는 합격점이었어. 불안했던 것은 자네가 사극에 어울릴 만한 분위기를 가졌나, 명환대군의 능력을 어색하지 않게 제대로 표현할 수 있는가에 대한 의문이었지. 그래서 사람들의 추천에도 불구하고 계속 자네를 유보했던 거야."

결국 며칠 전에 나왔던 기사의 내용을 인정한 윤 감독은 멋쩍은 표정으로 귀밑머리를 긁적이며 말을 이었다.

"감독이 배우에게 바라는 건 결국 하나야. 우리가 만들 작품 속 인물을 얼마나 실감 나게 연기할 수 있는가! 한량 도령이 자네인지 알기 전에 이미 캐스팅 제안을 하긴 했지만, 사실 난 그때만 해도 자네가 거절해도 별 상관없다는 생각이었어."

윤 감독은 한량 도령의 정체가 밝혀지던 순간에 자신이 느꼈던 감정과 희열을 되새기며 솔직하게 고백했다. 한량 도령에게서 명환대군에게 필요한 요소들을 찾았고, 이를 충분히 표현할 수 있는 능력을 갖춘 채우진이 욕심이 났다고 말이다.

"'붉을 적'의 명환대군은 내가 아무리 자료를 수집하고 최대한 진실에 가깝게 접근했다고 해도 100% 완벽한 그분일 수가 없어. 내가 만들어낸 환상과 기대로 진실이 왜곡될 수 있다는 것도 인정해. 하지만 어차피 다큐가 아닌 이상, 그분을 조금 미화한다고 해서 그게 꼭 나쁜 것은 아니잖나? 나는 내가 표현할 수 있는 최고의 명환대군을 할 배우를 원했고, 그 기대를 자네에게서 찾은 거야."

'붉을 적'의 명환대군은 역사적인 인물이면서 결국 하나의 배역이자 캐릭터였다. 이왕 저지른 일, 윤 감독은 더욱 완벽한 명환대군을 위해 욕심을 포기할 수가 없었다. 실존 인물이지만 영화 속 명환대군이 가상 인물임을 강조했던 현민의 의견과 일맥상통하기도 했다.

단순히 연기 잘하는 배우를 찾아 '명환대군'을 재연하기만 원했다면 이미 '붉을 적'은 몇 년 전에 개봉했을 거다. 그 이상을 추구하기에 지금은 채우진이 아니면 안 된다고 주장하는 것이다.

"그럼 이번엔 내가 묻지. 자넨 왜 명환대군을 하는 걸 주저하는 건가? 자네 반응을 보면 정말 싫어서는 아닌 것 같은데."

윤 감독은 지금 이 상황이 희망 고문과 뭐가 다르냐며 투덜거렸다. 그 말에 반박의 여지가 없어서 우진은 하늘에 떠다니는 구름에 시선을 주었다. 부유하는 구름처럼 하루에도 몇 번이나 마음이 변하는 게 지금의 그였다.

"'붉을 적'에 나오는 명환대군은 배우라면 누구나 욕심이 날 수밖에 없으니까요. 배우 채우진이 명환대군을 하고 싶어 한다는 건 인정합니다."

그래서 강경하게 거절하지 못했다. 차라리 '붉을 적'을 읽지 않았더라면 좋았을지 모른다. 그랬다면 감독과 주위 사람들의 반응에 상관없이 그의 성격대로 이미 끊어내고 마무리 지었을 일이다.

그런데 배우 채우진이 쉽게 명환대군을 놓지 못하고 있었다. 이 영화를 찍음으로써 얻을 수 있는 자신의 성장을 놓치기 싫었다. 기회가 있을 때 잡으라는 현민의 말이 계속 귓가에 어른거렸다.

자신이 생각하기에도 답답할 정도로 미적거려서, 본인이 만들어낸 상황인데도 현재 화가 나고 짜증이 났다.

"그럼 인간 채우진의 고민은 무언가?"

"경계가 허물어질 것 같은 두려움이 있습니다."

우진은 전생을 이야기할 수 없었기에 자신의 정확한 감정을 설명하기 어려웠다. 그래서 배우들이 연기가 끝나고 겪게 되는 정신적인 혼돈과 공황으로 사정을 설명했다.

"연기에 빠져들면서 배역을 나와 착각하면 어떻게 될까. 인간 채우진의 인격에 영향을 주면 어쩌지? 어느 순간 이게 나 자신인가, 아니면 명환대군인가 하는 경계가 흐트러질 것 같은 두려움이 생기더군요."

"이전에도 그와 비슷한 경험이 있었나?"

윤 감독의 물음에 우진은 고개를 저었다. 다른 배역들이나 다른 실존 인물이라면 이런 고민을 할 이유도 없었다. 그저 인격에 빙의되어 화보를 찍는 것과도 달랐다.

이 경우는 이미 한 번 살았던 삶을 다시 되새기며 연기하는 것이었다. 차라리 명환대군이 타임워프라도 해서 미래에 온 연기를 하는 거라면 고민이 없었을지 모른다. 이건 마치 자기가 스스로 자서전을 쓰는 기분이라 부끄럽기까지 했다.

설명하기 어려울 정도로 마음이 복잡했다. 며칠, 몇 시간이 아닌 몇 개월 동안 전생의 인격이었던 명환대군을 연기하다가 현실에 정상적으로 복귀할 수 있을지 걱정이 됐다. 명환대군의 인격이 채우진의 영역을 침범하지 말라는 법이 없었다. 처음이 어렵지 한 번 허물어지게 된다면 그다음을 보장하기가 어렵다.

한 번도 경험하지 못한 상황은 막연한 두려움을 만들었다.

"많은 배우가 느끼는 두려움이자 현실이지. 그런데 이전 작품에서는 겪지 않았던 걸 왜 하필 명환대군에게 가지는 건가? 더욱이 시작도 하기 전에."

순간 말문이 막힌 우진은 얼떨결에 의도치 않은 거짓말을 해 버렸다.

"그건 제가… 명환대군은 굉장히 좋아해서 그런 겁니다. 제 우상이었거든요. 그런 분을 연기하다가 너무 빠지게 되면 어쩌나 하는 생각을 머리에서 지울 수가 없었습니다."

국어책 읽는 것보다 더 딱딱한 우진의 말에 윤선 감독의 눈이 반짝거렸다. 그러니까 나는 당신이 생각하는 그런 사람이 아니라고 말하고 싶지만, 사정을 설명할 수 없는 우진은 그의 시선을 피하는 것으로 긍정할 수밖에 없었다.

이젠 자기 입으로 말해 버렸으니 부정할 수도 없게 되어버렸다.

"자네의 고민은 정상이야."

"정상인가요?"

"비단 자네만이 하는 걱정이 아니지. 연기를 잘하는 배우일

수록, 배역에 빠져들면 빠져들수록 현실과의 괴리를 견디지 못하고 힘들어하는 이들이 많거든."

윤선 감독의 말도 맞지만, 그 경우와는 아주 달라서 우진은 그저 보도블록을 신발 끝으로 툭툭 쳤다. 병원에서 의사 선생님과 상담할 때 병을 숨기고 거짓말을 하는 환자가 지금 그와 같지 않을까 싶었다.

"며칠 전에 내게 물었지? 영화 한 편으로 사람의 삶을 바꿀 수 있느냐고. 그런 작품 하나를 만드는 데 보통의 노력이 들어간다고 생각하나?"

대충 만들어도 명작을 만드는 천재가 아니라면, 보통 작품 하나를 만드는 데 기울이는 노력과 시간만도 절대 무시할 게 못 된다.

"조금 전 보았던 그 사진 작품들만 해도 그냥 찍은 대로 나왔을 것 같나? 물론 우연히 찍힌 한 장의 사진이 사람들에게 감명과 감동을 줄 수 있지만, 대부분은 한 장의 작품을 위해 수없는 시도와 연습이 필요했을 거야."

분야가 다를 뿐, 작품을 위해 쏟는 노력은 같다. 그리고 예술을 하는 사람들의 최종 목표는 모두 같았다.

"나는 예술은 근본적으로 함께 공감하고 감화를 주기 위해 존재한다고 생각하거든. 하지만 아무나 할 수 있는 게 아니라는 것도 안다네."

그가 원하는 작품을 만들기 위해선 보통의 노력으로는 사람들에게 통하지 않는다.

대중은 결과만을 보고 쉽게 평가 내리고 판단 내린다. 이를 만들기 위해 쏟아부은 노력과 고민은 오로지 결과물에 의해서만 평가를 받는다.

아무리 최선을 다해 만든 작품이라도 대중들에게 쓰레기라는 평가를 받게 되면 지난한 과정들이 모두 물거품이 된다. 그걸 원하는 이들은 없을 것이다. 그래서 더욱 절실해지고 작품 세계에 빠져든다. 소위 말하는 작품에 미치는 지경까지 가게 된다.

"우릴 보고 딴따라라고 말하는 이들도 있지만, 난 우리가 현대의 문화를 이끌어가는 예술가라고 생각해. 선민의식 같은 게 아니라 작품으로서 자신을 표현하는 행위 예술가지. 그리고 예술가들이 작품을 위해 어느 정도 미치는 건 어쩔 수가 없어."

"그럼 작품이 끝난 후에 어떻게 하나요? 제가 두려운 것은 영화가 끝나고 저 자신이 변할지도 모른다는 겁니다. 일상에서까지 미치고 싶지는 않거든요."

우진의 대답에 윤 감독은 순간 웃음을 터뜨렸다. 일상에서 명환대군이 되어버린 채우진을 쓸데없이 상상해 버린 것이다.

"하나의 작품을 만드는 동안 나는 그 안에서 창조자가 되지. 하지만 편집까지 모두 끝내고 더는 내가 손댈 것이 없게 되면, 묘한 무력감이 날 기다리고 있을 때가 많아. 작품이 끝난 후의 나는 그냥 육십을 바라보는 할아버지에 불과하거든. 그 무력감이 배우들이 역할에서 빠져나왔을 때와 비슷할지 모르겠군."

미치는 건 배우만이 아니다. 작품을 찍는 내내 윤 감독은 자신이 창조자의 관점에서 하나의 세계를 만들고 무너뜨리고 재정립한다. 그 안에서 그는 생명을 좌지우지하고 나라를 뒤흔들고 멸망시킬 수도 있다.

마치 위대한 존재가 된 것처럼 몇 개월을 환상의 세계에서 군림하다 나오면, 거울에 비치는 자신의 초라한 모습에 적응하기 어려울 때가 있다. 배우들과는 조금 다른 무력감과 흔들리는 자존감이 감당이 안 될 때가 많았다.

"그럼 감독님은 그걸 어떻게 극복하시나요?"

"극복할 필요가 있나? 이 또한 나 자신이고 내 직업병인걸. 그냥 관조하는 거지. 아, 이번에는 이런 식으로 치고 들어오네? 나는 지금 무엇 때문에 이렇게 힘들고 허탈한지 찬찬히 지켜보는 거야. 그러면 이 모든 게 다음을 위한 에너지가 되고 노하우가 되더란 말이지."

윤선 감독은 자기 자신을 관찰하는 게 무척이나 재미있는 일이라고 밝혔다.

"나 자신조차 제대로 모르면서 다른 사람의 마음을 움직이는 작품을 만든다? 한마디로 웃기는 얘기 아닌가. 그래서 난 지금 자네의 고민이 반가우면서 뿌듯해."

많은 배우가 작품과 배역만을 보고 덤비는 경우가 많다. 개인적인 취향이나, 작품의 성공을 확신하고 욕심내는 게 보통이다. 일단 성공이 보장된 작품을 마다하는 배우가 드물어서 채우진처럼 진지하게 고민하는 경우를 윤선 감독은 거의 본 적이 없었다.

그런데 그것이 나쁘게만 보이지 않는 것을 보면 이 또한 콩깍지가 씌웠다고 할 만하다. 윤선 감독이 3년을 고민하며 배우를 찾아 방황했던 만큼 명환대군을 맡은 배우 역시 고민하고 사고

한 뒤 결정해 준다면 고마운 일이었다.

오로지 성공할 영화에 대한 기대가 아니라 명환대군 자체에 대한 고민으로 심사숙고해 주기를 바랐다.

"하지만 정히 자네가 할 수 없다면 더는 강요할 생각은 없네."

"……?"

"가끔 배역에 너무 빠져서 헤어 나오지 못해 망가진 배우들을 종종 봤거든. 본인이 그럴 위험성을 느낀다면 안 하는 게 좋아. 난 자네처럼 재능 있는 배우를 아끼고 사랑하거든."

연예인들의 공황장애와 약물중독이 아무 이유 없이 생기는 건 아니다. 모두가 원인이 있었다.

그중의 하나가 자신이 감당하지 못할 역할에 부담을 가지거나, 우진이 걱정하는 것처럼 역에 너무 몰입하고 감정이입을 했을 때 생겨난다.

"그럼 영화는요?"

"그런 건 생각할 필요가 없어. 자넨 자네만 생각해. 내가 원하는 '붉을 적'은 자기 자신을 사랑하고 아끼자는 게 주제야. 그런데 정작 배우가 스스로 망가질까 봐서 겁내는 걸 강요할 수는 없지 않나."

선하게 웃는 윤선 감독은 그가 만든 영화처럼 따스했다. 적어도 박종혁 PD처럼 작품이 먼저인 사람은 아니었다.

조금 전 감상했던 '내가 사랑하는 사람들'처럼, 윤선 감독은 '붉을 적'에서 명환대군을 모두에게 사랑받는 사람으로 만들어줄 거라는 확신이 들었다.

우진은 이 순간 자신이 선택의 기로에 서 있음을 깨달았다.

그의 고민은 일어날 수 있는 것에 대한 걱정이다. 아무 일도 없을 수 있거나, 아니면 자신을 잃을 수도 있는 모험일 수도 있다.

잘 극복한다면 정말 그는 앞으로 무슨 역을 맡아도 잘할 수 있다는 자신감을 얻을 것이다. 윤선 감독은 명환대군과 영화를 본 사람들에게 봄을 느끼게 하고 선사하고 싶다고 했지만, 이는 우진에게도 속하는 이야기였다.

이 영화를 통해서 그는 자신도 봄을 맞이할 거라는 걸 알고 있었다.

우진은 명환대군 말고도 자신의 전생 중에 영화나 드라마화할 가능성이 있는 인물들을 되돌아봤다. 외국인은 할 수 없으니 제외하고, 명환대군을 포함해 3명 정도가 있었다. 그중에 한 명은 이미 드라마로 나온 적이 있기도 해서 가능성이 아예 없다고 할 수 없었다.

'그렇다면 앞으로도 나는 계속 그들을 피해 다녀만 할까?'

하고 싶은 배역을 단지 자신의 전생이라는 이유로 거부하고 피해야만 한다는 게 과연 옳은 결정인지 궁금했다.

"그런데 말이야. 굳이 이번이 아니더라도 앞으로 작품을 선택할 때, 영향을 받고 변하는 것에 너무 두려워하지는 말게."

"자신을 잃는 건데 어떻게 안 두려워할 수 있나요?"

"왜 잃는다고 생각하지?"

"그거야 영향을 받고 제 일부가 변한다면 당연한 거 아닌가요?"

"사람은 언제나 변해. 우리의 영화가 사람들을 긍정적으로 변화시킬 것을 바라면서 자신만 변하지 않는다는 게 말이 되나? 무엇보다 그 영향이라는 게 꼭 나쁜 방향이라는 근거도 없잖은가."

봄을 만들어가고, 자기 자신을 사랑하게 하자는 영화를 만드는데 배우가 망가진다면 그거야말로 어불성설이다.

"인간인 이상 변하는 건 당연해. 어떤 식으로 변하느냐가 중요하지."

윤 감독의 말에 우진은 자신을 돌아봤다. 그 역시 수없이 많은 변화를 겪으며 여기까지 왔다. 그의 생애에서 가장 큰 영향을 준 것은 아무래도 전생을 기억하게 된 것이었다.

그래서 그것이 자신에게 마이너스였냐면 절대 아니었다. 격동의 순간, 우진은 차가운 이성으로 자신을 지켜냈고 조금씩 더 나은 사람이 되고자 노력하고 있었다.

김태화를 보며 그녀가 변화하기를 바랐다. 그녀가 갇혀 있는 세상이 얼마나 좁고 갑갑한지, 조금만 벗어나면 새로운 삶이 펼쳐져 있는 것도 모르고 정체된 배경 속에 갇혀 있는 게 안타까웠다.

영화 한 편이, 사진 한 장이 사람의 생각과 삶을 바꾸게 해주는 계기가 된다면 그녀 역시 그랬으면 좋겠다는 생각이 들었다. 아니, 김태화만이 아닌 다른 많은 이들 역시 그러기를 희망했다. 예전이라면 상상도 못 할 정도의 이타심이 우진에게 생겼고 이 역시 변화라면 변화였다.

우진은 그동안 아름다운 작품과 자신의 의지가 움직이는 내용과 개성적인 캐릭터들에 마음이 갔다. 그러다가 한량 도령으로 '가면의 가왕' 무대에 섰을 때, 그의 노래에 사람들이 공감하고 이입하는 걸 눈앞에서 보면서 많은 걸 각성할 수 있었다.

사람의 마음을 움직일 수 있는 작품을 하고 싶다는 욕망이 그를 일깨웠다. 지금까지 막연하게 가지고 있던 이상을 확립시키는 계기이기도 했다. 그리고 지금 그 시작을 알리는 기회가 주어졌는데 우진은 막연한 두려움으로 계속 피하기만 했다.

그런데 윤선 감독은 자신을 돌아보고 마주 보라고 말했다. 그게 용기이든 차가운 이성이든 우진에게는 꼭 필요한 일이었다.

언젠가는 꼭 해야 할 일이라면 윤선 감독과 함께하고 싶다는 생각이 들었다. 저런 어른이라면 다른 길로 가려는 자신을 바르게 잡아주지 않을까 싶었다. 배우로서, 한 명의 인간으로서 중요한 시점에 서 있는 우진에게는 믿고 의지할 수 있는 선생이 필요했다.

생각을 바꾸는 것은 정말 한 끗 차이다.

부정적으로만 생각하던 것이 윤선 감독의 말에 새로운 일면을 바라보게 되고 희망이 생겨났다. 두려움을 극복하는 게 아니라 받아들이고 인정한다면 그건 마냥 미지에 대한 공포가 아니었다. 자신을 돌아보고 개선할 이유가 되고 힘이 될 수가 있었다. 지금까지 그가 겪어왔던 많은 변화 중에 또 하나를 맞이하면 되는 것뿐이었다.

"제가 잘할 수 있을까요?"

"자넨 내가 영화를 포기하더라도 지키고 싶은 좋은 배우야."

윤 감독은 자신하거나 우진을 설득하기 위해 거짓 공약을 하지 않았다. 그저 우진을 믿고 그의 재능을 아끼는 한 사람으로

서의 소감만 말했다.

　이런 감독과 함께 영화를 찍지 않는다면 그것이야말로 어리석은 일이었다. 우진은 자연스럽게 오른손을 들어 윤선 감독에게 내밀었다. 악수는 어른이 아랫사람에게 하는 게 예의라지만 지금 이 순간은 그런 걸 따지고 싶지 않았다. 그리고 윤선 감독 역시 허식을 따지는 타입이 아니었다.

　"잘 부탁드립니다."

　기다림 끝에 우진에게서 듣는 대답은 무엇보다도 달콤했다. 우진의 손을 마주 잡은 윤선 감독의 얼굴에서 피어나는 미소가 봄꽃같이 화사했다.

　따스한 바람이 어느새 성큼 다가온 봄을 알리고 있었다.

...

따뜻한 시선과 차가운 이성

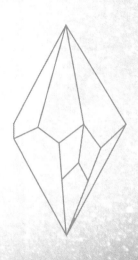

준비된 명환대군.

그게 채우진을 보는 사람들의 시선이었다. 하지만 정작 본인
은 준비해야 할 것이 너무 많아 정신이 없었다. 먼저 윤선 감독
이 이전에 보내줬지만 관심을 두지 않았던 명환대군의 자료부
터 정독해야만 했다.

이토록 많은 사료가 남아 있었나 싶을 정도로 명환대군의 자
료는 방대했다. 그것들을 하나하나 읽어가면서 우진은 이 영화
가 타인의 시선으로 바라보는 명환대군의 이야기라는 걸 깨달
았다.

명환대군이 남긴 그의 작품들과 서신만으론 아무래도 영화
를 만들기에 역부족이다. 결국은 다른 이들이 남긴 그에 관한
자료들을 바탕으로 꾸며갈 수밖에 없었다. '붉을 적'에서 벌어

지는 명환대군에 대한 미화는 결국 그 당시에 살았던 이들이 그를 보던 시선이기도 했다.

우진이 아무리 명환대군에 대해 잘 알아도 당시 타인의 시선에 비친 그에 대해서는 알 수가 없었다.

따라서 영화의 바탕이 되는 사료들에는 우진의 시각에선 생소한 이야기들이 많았다. 대군 자신은 모르고 지나갔던 진실과 그를 바라보던 객관적인 평가가 마치 다른 이야기처럼 느껴졌다. 이에 재미가 붙은 우진은 명환대군뿐만 아니라 다른 인물들에 관한 자료들도 모아 조사했다.

그리고 틈틈이 명환대군이 추었던 검무도 따로 연습해야만 했다. 다행히 윤선 감독은 우진이 '가면의 가왕'에서 췄던 검무를 바탕으로 하자는 제안을 해왔다. 의도치 않게 가장 완벽하게 고증에 맞는 춤을 선택한 것이다.

다만 대군이 추었다는 살기 어리고 패기 넘치는 춤에 맞춰 조금 더 손을 보기로 했다. 이는 전통 춤의 전수자인 장호섭이 담당하게 되었다.

하지만 장호섭 역시 우진의 검무에는 최대한 손을 대지 않았다. 오히려 우진의 의견을 물으며 함께 연구하고 수정하는 쪽을 선택했다.

매체를 통해 전통 춤의 전파에 힘을 쏟던 장호섭은 우진과의 만남을 무척이나 반가워하며 그를 존중해 주었다. 은근히 누구에게 춤을 사사한 거냐며 묻기도 했다. 문화계에 알려지지 않은 은둔의 춤꾼에게 배웠다고 생각하는 것 같았다.

가끔 전통문화계 인사들을 소개해 주려는 걸 희망해서 곤란한 것만 빼면, 통하는 점이 꽤 많은 선생님이었다.

"오랜만입니다."

우진은 권은미를 향해 인사하며 반갑게 그녀를 맞았다. '설하' 역에 캐스팅된 권은미는 우진보다 먼저 장호섭에게 춤을 배우고 있었다.

빌트맨의 화보를 찍을 때만 해도 모델 활동만 하던 권은미는 우진과의 작업으로 연기에 대한 맛을 알게 되었다. 그 후로 연기를 공부하고 몇몇 드라마와 영화에 출연하면서 경력을 쌓고 있었다.

우진은 짧은 시간에 놀라운 성장을 보여주고 있는 그녀를 보면 절로 감탄이 나왔다. 아무리 노력한다고 해도 어느 정도 타고난 게 있어야 하는 법이다. 그런데 권은미는 이 모든 걸 갖추고 있었다.

'설하' 도 오로지 실력으로 오디션을 통해 당당히 캐스팅되었다. 키가 크지만 가녀린 팔다리로 인해 춤 선이 매우 예쁘다는 점과 설하의 당당하고 고혹적인 이미지와 어울린다는 평을 받고 있었다.

실재의 설하를 알고 있는 우진이 평가하기에도 이보다 나은 캐스팅은 없을 정도로 딱 들어맞았다. 무엇보다 명환대군의 가장 친했던 벗인 '설하' 역에 아예 모르는 사람보다는 권은미처럼 한 번이라도 함께 일을 해본 이가 나았다.

"검무는 처음이라 긴장이 되네요."

작년 겨울부터 '붉을 적' 이 제작에 들어갈 거라는 소문이 나돌자, 권은미의 소속사는 발 빠르게 그녀에게 전통 춤을 배우게 했다. 처음부터 '설하'를 목표로 몇 개월을 준비한 덕분에 오디션에서 좋은 결과를 얻을 수 있었다.

하지만 애초 극본에 없던 검무 신이 더해지면서 마치 처음 춤을 배웠던 당시처럼 긴장하여 잔뜩 얼어버렸다.

"보니까 저보다 더 잘 추시던데요? 동작이 시원시원하고 활기 넘쳐서 정말 설하처럼 멋있었어요."

권은미는 모델 출신이라 몸을 쓰는 것에 능숙했다. 더욱이 기본을 잘 배워두어서 장호섭이 가르쳐 주는 대로 곧잘 따라 하고 있었다.

명환대군과 설하가 같은 동작으로 함께 검무를 추는 장면을 위해서는 한 사람만 잘 춰서는 안 되었다. 군무처럼 맞춰 추기 위해 두 사람은 일정을 정하고 오랜 시간 연습을 거듭해야만 했다. 그렇게 자주 만나면서 시간 날 때마다 배역에 관한 이야기를 자주 나누게 되었다.

우진은 은근슬쩍 설하의 성격과 버릇들을 권은미에게 제안 형식으로 알려주었다. 마침 조사한 여러 자료를 근거로 대며 적절하게 설명하자, 자연스럽게 그의 의견이 받아들여져서 연기에 반영되었다.

◆　◆◆◆　◆

'붉을 적'의 첫 번째 대본 리딩을 겸해서 배우들이 서로 인사를 나누는 날, 극 중 인물들이 모두 한자리에 모였다.

"아들~! 여기 엄마 옆에 앉아."

우진을 보자마자 문진왕후 역을 맡은 임지영이 살갑게 그를 부르며 자기 옆자리를 톡톡 쳤다.

"내가 우리 아들 앉으라고 아무도 못 앉게 한 자리야."

지금까지 맡았던 배역 중에 부모가 없었던 우진은 이런 경우 어떻게 대처해야 하는지에 대한 매뉴얼이 없었다. 친어머니조차 우진을 '아들~!'이라고 곰살궂게 부른 적이 없어서, 순간 그는 자신의 뒤에 누가 있는지 뒤를 돌아볼 지경이었다.

"후야~!"

임지영이 그런 우진의 반응에 재미가 붙은 듯 명환대군의 이름인 '후'를 크게 불렀다. 그제야 의심의 여지없이 자신을 부른다는 걸 깨달은 우진은 임지영의 옆자리에 가 앉으며 꾸벅 인사를 했다.

"안녕하세요. 처음 뵙겠습니다. 채우진입니다."

"음음, 알지! 난 문진왕후의 임지영. 내가 첫사랑에만 성공했어도 이만한 아들이 있었을 텐데."

마흔 중반의 임지영은 현재 초등학교에 다니는 두 아이의 어머니였다. 그녀는 우진을 보며 우리 아이들은 언제 이렇게 크냐고 앓는 소리를 했다. 평소에도 어른들의 호감과 애정을 받는 채우진을 대하는 임지영의 그것도 크게 다르지 않았다.

"아까 아들이라고 해서 많이 놀랐어?"

"아, 네! 지금까지 부모님이 있었던 배역은 한 번도 해본 적이 없어서요."

"그러고 보니 그러네. 그럼 내가 우진이 첫 번째 부모구나!"

지금껏 우진의 작품들을 모두 보았는지 그녀는 굉장히 만족스러워하며 활짝 웃었다.

"작품 하면서 부모 자식 역할을 하다 보면 평상시에도 편하게 호칭을 그렇게 부르는 경우가 많아. 앞으로 우진이도 편하게 불러. 흐음, 하지만 쉽지는 않아 보인다."

임지영은 우진의 태도와 반응을 보며 그의 성격을 대충 짐작했다. 남에게 살갑게 대뜸 어머니라고 부를 수완은 없어 보였다.

"너무 어렵게 생각하지는 마. 촬영하다 보면 자연스럽게 그렇게 되는 경우가 많으니까."

여태 아역 배우들과만 연기해 본 그녀로선 우진처럼 큰 '아들'이 생긴 것은 이번이 처음이었다. 이 간극은 그녀에게도 조금은 어색한 거라 부러 살갑게 구는 경향도 없지 않았다.

"우리 아들이야!"

임지영은 우진의 등을 토닥이며 건너편에 앉아 있는 곽은혁에게 자랑을 했다. 명환대군의 형이자, 반정으로 폐위된 인영군 역의 곽은혁은 슬쩍 심술궂게 웃으며 대답했다.

"좋으시겠습니다, 어머니."

"헉! 어머니라니?"

"왜 그러세요. 계모래도 인영군에게 문진왕후는 어머니죠."

조금 전 임지영이 우진에게 했던 말을 빗대며 곽은혁은 살살 그녀를 놀렸다.

"같은 사십 대면서 꼭 이러기야!"

"아직 만으로는 삼십 대거든요!"

예전에 작품을 함께했던 두 사람은 서로 야유하면서 놀려도 어색한 사이가 아니었다.

"처음 뵙겠습니다. 채우진입니다."

"그래, 나는 곽은혁. 이름 발음하기가 좀 어렵지? 그런데 역시 잘생겼군… 그리고 무엇보다 젊어!"

곽은혁은 3년 전에 이미 '인영군'으로 캐스팅이 된 상황이었다. 무려 3년 동안 촬영이 계속 딜레이되는 사이에 삼십 대였던 그는 어느새 사십 대가 되어버렸다.

"우진 씨는 왜 이렇게 늦게 데뷔를 해서 내가 마흔이 넘어 이 영화를 찍게 하냐고."

적어도 재작년에 찍었으면 삼십 대의 아름다움을 고이 남길 수 있었을 거라며, 곽은혁은 품에서 거울을 꺼내 이리저리 얼굴을 살폈다.

"이럴 줄 알았으면 몇 개월 전에 여기에다가 한 방 맞는 건데."

명환대군과 인영군의 실제 나이 차가 14살이었다. 그리고 우진과 곽은혁은 17살 차이라 그는 은근히 눈 밑의 주름에 신경을 썼다.

"멋있게 나이 드셨으니 걱정하지 마시죠. 주상 전하!"

배우들의 대화를 듣고 있던 윤선 감독이 돌돌 만 극본으로 곽은혁의 머리를 퉁 치며 장난을 쳤다.

"게다가 2년 전의 채우진이라면 난 사양일세. 너무 어려!"

명환대군을 하기엔 너무 젊어도 안 된다고 윤 감독은 분명히 했다. 그러자 곽은혁은 우진에게 지금이라도 해줘서 고맙다고 말을 정정했다. 아직 그의 나이가 만으로 삼십 대였으니 최후의 보루는 지킨 격이었다.

"그런데 주상의 짝인 윤씨는 왜 아직인 게요?"

상황극이 아직 끝난 게 아닌지 윤 감독은 배우들을 둘러보며 오하나를 찾았다.

"저가 나이가 많다고 도망갔나 봅니다."

여전히 신경 쓰이는 주름살을 매만지며 곽은혁은 샐쭉거렸다. 대본 리딩 시간이 다 됐는데도 중전 윤씨를 맡은 오하나는 오지 않고 있었다. 21살이어도 아역 배우 출신이라 이미 경력이 10년인 그녀였다.

미리 언질이 있었던 것도 아니고, 첫 번째 대본 리딩이 배우와 제작진에게 어떤 의미인지 모를 초보도 아니었다. 뒤늦게야 그녀의 매니저가 교통 체증으로 도로에 묶였다며 조연출에게 연락이 왔다.

"믿을 수가 있어야지. 어디서 막히고 있다는 말은 안 하지?"

곽은혁의 물음에 조연출은 어색하게 웃으며 대답을 회피했다. 길이 막힌다는 것 이외에 들은 게 없으니 대답해 줄 말도 없었다. 시간을 체크하던 윤선 감독은 결국 오하나를 빼고 먼저 대본 리딩을 시작하기로 했다.

"대군! 어찌 그리 나약하시오! 천한 것의 몸에서 태어난 놈이 지존의 자리에 올라 이리 어미를 능멸하는 걸 보면서도 정녕 분통하지 않으신 게요?"

"대비전 내탕금이 깎인 건 합당한 일이었습니다. 작년에 이어 올해마저 흉년이지 않습니까."

분노하는 어머니와 대조적으로 명환대군은 차분하게 상황을 설명했다.

"재목이 아닌 천한 놈이 왕위를 차지하고 있으니 하늘도 노하신 겁니다."

"어머니, 형님 전하께선 부왕의 장자이시며 이 나라의 주상이십니다. 그분께서 천하시면 저 역시 천한 몸이겠지요."

문진왕후의 독기 서린 말에 명환대군은 빈정거리며 대답했다. 빈말이라도 어머니의 뜻에 동조하지 않고 꼬박꼬박 말대꾸하였다.

"아들은 뭔가 마음에 안 드는 데가 있나 보네?"

대사가 끝나자 임지영이 우진을 살피며 물었다. 그제야 우진은 저도 모르게 미간을 찌푸리고 있었다는 걸 깨닫고 재빨리 표정을 풀었다.

"아니요. 아무것도 아닙니다."

"아무것도 아닌 게 아닌 것 같은데. 아들은 모르겠지만, 내가 대사를 읊을 때마다 여기가 살짝살짝 일그러졌어."

임지영은 우진의 미간을 손가락으로 톡톡 치며 가리켰다.

"제가요?"

"응! 무지 생각이 많은 얼굴로. 그러니까 나까지 궁금해지잖아. 무슨 생각했어?"

"그게……"

시원시원하게 묻는 임지영과 달리 우진은 쉽게 말을 할 수가 없었다. 아무것도 아니지만 거슬리는 문제. 그건 즉, 임지영의 연기가 실재의 문진왕후와 너무도 다르다는 점이었다. 진실을 알고 있으니 이런 게 문제였다. 이건 그냥 영화라고 되새기려고 해도 자꾸만 비교하게 되는 건 어쩔 수가 없었다.

"지금은 서로 의견을 나누자는 자리니까 소신 있게 말해도 좋아."

　우진이 자신만큼이나 많은 사료를 보고 연구하고 있다는 걸 알고 있는 윤선 감독이 그에게 발언의 기회를 줬다. 우진은 먼저 임지영에게 그녀의 연기는 좋다는 운을 먼저 뗐다.

　"하지만 문헌에 의하면 문진왕후는 말속에 서리가 묻어나는 분이라고 하셨거든요."

　"음, 그래서 일부러 독살 맞고 뾰족하게 표현했는데 아닌가?"

　그래서 문제였다. 그걸 표현하자니 어느 순간 임지영의 목청은 커지고 힘이 강하게 들어갔다. 하지만 문진왕후는 어느 순간에도 목소리를 크게 높인 적이 없었다.

　"문진왕후는 명문가에서 태어나 중전이 될 때까지 최고의 교육을 받은 양반가의 규수였습니다. 집안의 규범이 엄격하기로 유명해서 어릴 적부터 조금이라도 목소리를 높이 하면 바로 회초리를 맞을 정도였고요. 원래 타고난 품성이 차갑지만, 교육으로 인해 더욱 단련된 상태에서 궁으로 들어와 많은 고생을 했지요."

　교육은 엄하였지만, 부유한 명문가의 여식으로 무엇 하나 부족할 게 없이 자란 몸이었다. 그러나 경조의 계비로 궁에 들어간 그녀는 위로는 능구렁이 같은 시어머니와 자신을 돌아보지 않는 남편, 아들을 낳은 기세등등한 후궁들에 의해 많은 고초를 당하였다.

　가례를 치르고 5년 만에 명환대군을 낳았는데도 경조는 여전히 그녀를 돌아보지 않았고, 오히려 경시하는 마음은 더욱 커졌다. 그런 시기를 겪고 나서 그녀의 마음에는 한이 들어찼고, 그게 말을 내뱉을 때마다 서리가 되어 나왔다.

그렇지만 기품 있던 그녀가 대놓고 목소리를 높이거나 뾰족한 어투를 사용한 적은 결단코 한 번도 없었다.

"명환대군이 문진왕후에 관해 말하기를, '마주 대함에 있어 언제나 기품 있고 어려운 분이시다. 그분은 한 번도 내게 어머니의 품을 내준 적이 없지만, 한 번도 이 나라 중전으로서의 품격을 버린 적 역시 없었다'라고 할 정도로 고상한 분이셨다고 합니다. 문진왕후의 친부께서 쓴 글에는 '목소리는 그 사람의 인격을 표현하는 것이다. 크면 경박하고 흥분이 잦으면 믿을 수 없는 사람이다'라고 하셨죠. 딸이 어렸을 때부터 궁으로 보낼 계획을 했던 분이 과연 그녀를 어떻게 교육했을지 가늠이 되는 부분이라고 저는 생각합니다."

어머니보다는 중전이란 지위에 더 많은 의미를 준 분이었다. 그런 분의 말투로 임지영의 연기는 맞지 않았다.

우진의 말에 임지영은 상당히 충격을 받은 듯 안색이 희어졌다. 다른 사람의 말이라면 기존에 문진왕후들은 모두 이런 식으로 연기했다고 반박을 했을지도 모른다. 하지만 우진에 대해 많은 것을 알고 있는 임지영은 그의 말을 허투루 넘길 수가 없었다.

공부 잘하는 사람이 사료까지 들먹이며 말하니까, 그게 진실 같아서 믿음이 가는 것이다. 임지영은 아연한 표정으로 극본가이자 감독인 윤선을 보았다.

당황한 것은 그 역시 마찬가지였다. 사실 그가 중점을 주고 새로운 각도로 연구한 것은 명환대군이지 문진왕후가 아니었다. 그녀의 행적과 사고의 흐름을 중요하게 여기기는 했어도 목소리 톤까지는 미처 신경 쓰지 않았다.

그도 그럴 게, 문진왕후는 워낙에 독한 성정으로 유명했다. 그래서 기존에 그녀를 연기하던 배우들의 패턴이 조금씩 다를 지언정 기본은 항상 같았다. 독기 어리고 말 한마디마다 표독스러운 어투에는 변함이 없었다. 그러다 보니 자연 목소리가 커지고 고함을 많이 쳤다.

마치 장녹수와 장희빈을 연기할 때 보이는, 변하지 않는 그 유형과 비슷했다.

"어디까지나 제멋대로 상상한 문진왕후의 이미지이니 크게 신경 쓰지 않으셔도 됩니다."

사료를 보고 조사한 문진왕후와 달라서 순간 실수한 것 같다고 우진은 의기소침하게 말을 이었다. 윤 감독과 임지영의 눈치를 보며 우진은 슬쩍 뒤로 물러났다. 그가 아는 문진왕후가 그렇다는 거지, '붉을 적'의 그녀까지 꼭 그래야만 한다는 법은 없었다.

표정 관리를 잘 못해 선배에게 이게 무슨 무례인가 싶어서, 우진은 이제부터 정신을 바짝 차리기로 했다.

"아니, 아들 생각이 맞는 것도 같아."

먼저 임지영이 손을 내저으며 우진의 의견을 지지했다. 편견에서 조금만 벗어나면 새로운 시도가 눈에 보였다. 그녀 역시 연기에 욕심이 많은 성격이라 지금까지의 문진왕후와 다른 모습은 환영하는 바였다.

새로운 시도를 원해도 사극이란 항상 조심스러울 수밖에 없다. 자칫하면 역사 왜곡이란 비난을 당할 수 있기에 철저한 고증 아래에 적당히 변화를 줘야만 한다. 문진왕후의 자료는 대략 당쟁에 얽힌 것들이라, 각자 견해에 따라 극과 극의 평가를 받았다. 그런데도 두 진영에서 한결같이 표현하는 것은 문진왕후는 말씀에 거침이 없는 독설가라는 점이었다.

"방금 말한 거 진짜지?"

"자료 찾아서 보내 드릴까요?"

"그래주면 고맙고."

아직 크랭크인까지 여유가 있어서 그녀는 그동안 배역 연구를 다시 해볼 참이었다.

"그런데 품… 아니, 아니! 이건 내 몫이지."

품위 어리게 독한 여자를 어찌 표현해야 할지 윤 감독에게 의견을 물으려던 임지영은 고개를 저으며 혼잣말을 했다. 해보다가 안 되면 그때 윤 감독에게 도움을 청해도 늦지 않는다. 극본을 보며 깊이 생각에 빠진 그녀를 제외하고, 대본 리딩은 다시 이어졌다.

그 후로 우진이 캐릭터를 지적한 경우는 없었다. 문진왕후는 워낙에 그가 아는 것과 다른 모습에 표정 관리를 못 해서 들킨 것이었다. 애초 다른 배우들의 연기를 걸고 넘어갈 생각 따위는 없었다.

"우리 동호, 함께 가자꾸나!"

대본 리딩이 끝나고 배우와 제작진은 저녁 식사 겸 회식을 하기로 했다. 스튜디오를 나오면서 우진은 이단우에게 장난을 걸었다.

'그림자의 도시'에서 함께 호흡을 맞춰 친한 이단우가 맡은 배역은 명환대군을 곁에서 모시던 내시 역인 '동호'였다. 동호는 명환대군에게 매우 중요한 인물이었다.

어릴 때부터 명환대군을 곁에서 모시고 궁에서 나올 때 함께 따라 나온 동호는 대군의 마지막까지 같이했다. 지우(知友)는 아니지만, 동호는 끝까지 명환대군을 물심양면으로 보필하고 그를 따랐다. 진심으로 명환대군을 주군으로 모셨던 유일한 신하인 셈이었다.

"동호가 형이어서 정말 다행이지 뭐예요."

윤 감독이 알아서 배려한 것이 아닐 텐데도 설하가 권은미인 것과 동호가 이단우인 게 신의 한 수 같아서 굉장히 기뻤다.

"너도 한번 내시 해봐."

하지만 이단우는 떨떠름한 얼굴로 영혼 없이 대답했다. 영화에 캐스팅되어 좋고 배역 자체에도 불만은 없지만, 단지 내시라는 게 슬픈 이단우였다.

"동호는 위대한 내시였어요. 역사에 이름을 남긴 내시들이 몇이나 있겠어요."

어디 그뿐인가. 이름을 남긴 것으로도 부족해서 충신이란 명예까지 얻은 내시였다.

"전혀 위로가 안 된다."

"사실 제가 형이래도 별로 위로가 될 것 같지는 않네요."

냉정하게 현실을 말하는 우진이 얄밉다며 노려보던 이단우는 문득 주위를 휘휘 돌아보았다. 이미 배우 대부분이 스튜디오를 나와 어느새 그들을 앞서가고 있었다. 이단우가 가방을 챙기느라 뒤처진 결과였다.

"결국 오하나는 끝까지 안 왔네. 대체 어디에 붙은 도로가 3시간이 지날 정도로 정체일까?"

"지방에 갔었나 보죠. 사고가 안 난 것만도 다행이죠."

"엄연히 여주인공인데 첫 리딩 때는 나와야지! 자각이 있는 거야, 없는 거야!"

"여주인공은 설하 아닌가요?"

딱히 오하나에게 불만이 있는 건 아니지만, 우진은 극본을 읽으면 읽을수록 '중전 윤씨'가 여주인공이란 느낌이 들지 않았다.

중전 윤씨가 명환대군과 러브라인을 가지는 것은 맞지만, 나오는 신과 대군과 함께하는 장면들을 계산하면 설하가 더 비중이 컸다. 더욱이 중요하다 싶은 장면은 모두 설하를 통해 이어진다. 그러기에 우진은 어느 순간부터 설하가 여주인공이라고 여겨지기 시작했다.

"중전이 여주인공 아니야?"

러브라인만 보자면 중전 윤씨가 여주인공은 맞다. 하지만 '붉을 적'에서 그녀는 갈등의 주역이지 결코 극을 이끌어 나가는 히로인은 아니었다.

"하긴 명환대군이 주인공인 극에선 중전 윤씨가 항상 여주인공이었으니, 그러기도 하겠네요."

사실 여주인공이 누군들 무슨 상관이 있을까 싶어서 우진의 대답은 심드렁했다. 명환대군은 어땠을지 몰라도, 우진은 개인적으로 중전 윤씨를 좋아하지 않았다. 그래서 욕심을 내자면 '붉을 적'은 치정을 빼고 그냥 순수한 친구 간의 이야기를 다

뤘으면 좋겠다 싶을 정도였다.

"……?"

이단우를 보며 이야기하던 우진은 그가 일순간 움찔하는 걸 보고는 시선을 옮겨 앞을 보았다. 이단우가 누군가를 보고 놀란 것 같아서다.

그리고 그들의 앞에는 우진을 노려보고 있는 오하나가 서 있었다.

우진은 방금 자기가 한 말을 재빨리 떠올려 보았다. 본인이 영화의 여주인공이 확실하다 여기는 사람이라면 충분히 불쾌할 여지가 있는 말이었다. 그렇다고 우진이 끝까지 중전 윤씨를 부정한 것도 아니니 그는 당당했다.

"오하나 씨죠? 채우진입니다."

첫 만남이 이런 식이라 당황스러워도 우진은 먼저 그녀에게 인사를 건넸다. 옆에서 이단우도 알은체를 했지만, 오하나는 오로지 우진을 빤히 보면서 입을 앙다물고 있었다. 풀풀 피어나는 어둠의 기운에 이단우가 슬쩍 옆으로 몸을 피할 정도였다.

아무래도 쉽게 풀릴 것 같지 않아서 우진은 먼저 사과하기로 했다.

"조금 전 말이 불쾌했다면……."

어려도 자신보다 선배인 오하나에게 말을 조심스레 꺼내던 우진은 그녀의 얼굴을 보고는 움찔 놀라며 입을 다물고 말았다. 화가 나서 쌍심지를 켜던 눈에서 갑자기 방울방울 눈물이 흘러내리는 걸 보았기 때문이다.

눈을 부라리며 노려보던 기세는 조금도 수그러들지 않았다.

거기에 더해 커다란 눈에서 쉴 새 없이 눈물방울이 떨어지고 있었다.

"아아앙앙앙~!"

그리고 이내 소리 내어 엉엉 울기 시작했다.

마치 어린아이가 무언가 서러운 일이 있었을 때, 닭똥 같은 눈물을 흘리며 떼를 쓰듯이 말이다. 다 큰 성인이 이렇게 우는 걸 처음 본 우진은 당황한 나머지 어찌할지 몰랐다. 막말로 우희도 초등학교 고학년이 되고선 저렇게 운 적이 없었다.

우진은 이단우에게 자신이 그렇게 심한 말을 했냐고 눈빛으로 물었다. 이단우 역시 어리둥절한 표정으로 어깨를 으쓱이며 고개를 흔들었다.

오하나의 울음은 바로 그치지 않았다. 커다란 울음소리에 놀라 몰려온 사람 중에 오하나의 매니저가 있었다. 묻지도 따지지도 않고 매니저가 그녀를 달래보아도 소용이 없었다. 족히 한 시간은 그렇게 울기만 하는 오하나 때문에 우진은 이도 저도 못하고 눈치만 봐야 했다.

오늘은 표정 관리를 잘 못해서, 말실수를 해서 여러모로 곤욕을 치르는 날이었다.

◆　　◆◆◆　　◆

며칠이 지난 후에야 우진은 강호수에게 오하나에 대한 이야기를 들을 수가 있었다.

대본 리딩에 불참하고 그의 말에 펑펑 운 것은 서로 일맥상

통한 사연을 가지고 있었다.

"어렵게 얻은 정보에 의하면 오하나가 그날, 설하에게 추가된 신이 있다는 걸 알고 펑펑 울었다고 해."

명환대군이 설하에게 검무에 대한 조언을 구하고 함께 춤을 추게 되는 신이 추가되면서 새로운 극본이 나왔다. 대본 리딩이 있는 전날에 윤선 감독은 새로운 극본을 각각 배우들에게 보내줬고, 오하나는 뒤늦게 그걸 확인한 것이다.

그것 때문에 너무 울어 눈이 퉁퉁 부어서 도저히 대본 리딩에 참석할 수가 없었다고 한다. 어떻게든 진정을 시키고 얼음찜질로 붓기를 가라앉힌 후에야 뒤늦게나마 인사하기 위해 서두른 게 그 시간이었다.

대본 리딩을 끝내고 나오는 배우와 제작진들과 만나 인사한 것까지는 괜찮았다. 비록 늦었지만 온 것에 의의를 둘 정도로 대부분이 무던한 성격이었다. 문제는 아직 우진이 나오지 않았다는 걸 알고 그에게 인사하려고 왔는데, 그가 하는 말을 들은 것이다.

"아니, 뭐… 제가 잘한 것은 없지만 겨우 그 정도로?"

울 일이냐고 우진은 반문하고 싶었다. 설하와의 신이 추가되면서 러닝타임이 오히려 늘어났다. 편집을 해봐야 알겠지만 적어도 오하나의 신이 빠지거나 줄어든 상황은 아니었다. 그렇게 각을 세워 분해할 일은 아니라고 여겼다.

"오하나가 배역에 욕심이 많기로 유명하거든. 그렇지 않아도 원래 원했던 게 중전 윤씨가 아니라 설하였나 봐."

"오하나 씨는 거울도 안 본대요?"

우진의 반응은 너무도 당연했다. 오하나는 나이와 외모부터가 설하와는 전혀 맞지 않았다. 이제 겨우 성인이 된 앳된 얼굴은 연기력과는 별개로 온갖 세상 풍파를 다 겪었던 설하와는 매치가 안 된다.

윤선 감독도 2년 전의 채우진이라면 절대 섭외하지 않았을 거라고 할 정도로, 배역에서 나이는 중요한 연기 요소이다.

"일부러 춤도 배우고 나름 노력했는데 소속사에서 절대 안 된다고 했나 봐. 어쩔 수 없이 중전 윤씨의 오디션을 보게 된 거지만, 미련을 버리기 쉽지 않았던 모양이야. 본인은 잘할 수 있다고 자신하는데 주위에서 말리는 바람에 더 억울했을지도 모르고."

승부욕이 강한 사람일수록 못다 이룬 꿈에 대한 미련이 많을 수가 있었다. 그런 상황에서 설하의 신이 늘어나자 분하고 억울했다면 이해는 간다. 그전에 이미 울었다지만, 감정을 완벽히 갈무리하지 못한 상태에서 우진에게 2차 충격을 받았으니 나름 속상했을 수도 있다.

"정식으로 사과해야 할까요?"

굳이 사과할 문제는 아닌 것 같지만, 원활한 촬영 진행을 위해서는 한발 물러서는 것도 나쁘지 않았다. 아역 배우라면 똑부러지고 야무진 성격이라는 선입견이 있었는데, 오하나는 그렇지 않은 것 같아서 의외이기도 했다.

"사과는 무슨! 윤선 감독도 중전 윤씨와 설하, 두 사람이 명환대군에게 중요한 존재인 건 맞지만 '붉을 적'은 명환대군이 원톱인 영화라고 말했잖아."

누가 여주인공이다 아니다 따질 것 없이 그저 주인공은 명환 대군 하나란 소리였다. 그래서 오디션을 보았을 때, 배역 이름 만 있었지 여주인공이란 타이틀은 없었다고 한다.

"그러니까 있지도 않은 여주인공 가지고 왈가왈부할 필요가 없다는 소리지. 게다가 여기서 네가 중전에게 사과하면 설하는 또 어떻게 되겠냐."

물론 여배우들 사이에선 조금의 알력 싸움은 있겠지만, 그건 그들의 문제였다. 지금 우진은 두 사람의 눈치를 보거나 신경을 쓸 위치가 아니었다. 본인이 자각이 없어서 그렇지, 이제 우진을 두고 신인 배우 운운하는 이들은 없었다.

"말이란 게 정말 조심해야겠네요."

아무 생각 없이 나눈 대화가 이런 문제를 만들지 몰랐다. 결론적으로, 뒷말하다가 걸린 것 같아서 개인적으로 개운치가 않았다.

"이런 식으로 좋은 경험한 거지. 그래도 어느 쪽에도 치우치지 않은 신중한 대답이었잖아. 덕분에 윤 감독님으로부터 이 영화는 채우진 원톱 영화라는 확언도 받았고. 나쁘지 않은 결과야."

끝이 좋으면 다 좋다고, 강호수는 이번 결과가 꽤 마음에 든 모양이었다. 그러다 문득 떠올랐는지 우진에게 주의를 환기했다.

"우진아, 눈물이 많다고 해서 마음이 여릴 거라는 착각은 하지 마. 무려 10년이야. 10년 동안 이 바닥에서 성공하고 살아남았다는 것은 그게 아무리 어린애라고 해도 절대 보통내기는 아니라는 걸 명심해."

어린아이가 정글에서 살아남기 위해선 저마다 자기한테 맞는 무기를 만들어낼 수밖에 없다. 오하나에게는 그게 눈물일 뿐이었다.

◆　　　◆◆◆　　　◆

4월 1일.

거짓말같이 '붉을 적'의 크랭크인 날이 왔다.

이날 촬영은 명환대군이 18살이었던 어느 겨울날의 이야기였다.

32살이 되어도 옹주만 있는 주상에게 명환대군을 왕세제(王世弟)로 책봉하라는 대신들의 상소문이 올라오기 시작했다. 새로운 해를 맞이하여 대통부터 단단히 세우자는 파와 주상의 보령을 언급하며 이른 판단이라고 반대하는 이들까지, 당파의 이익에 따른 날 선 주장들이 오갔다.

이로 인해 조정은 한바탕 회오리가 돌고 주상은 병환을 핑계로 처소에서 나오지 않았다.

그러기를 사흘. 결국은 명환대군이 대전 앞에서 석고대죄를 올렸다.

촬영 날은 따뜻하지만, 극 중에선 12월 매서운 한파가 몰아치는 시기였다. 실제로 그날은 정말 추운 날이기도 했다. 명환대군은 석고대죄를 하는 동안 속으로 이놈의 노인네들이 상소든 주청이든 봄에나 할 것이지, 한겨울에 해서 사람을 고생시킨다고 욕을 했을 정도였다.

그도 그럴 게, 석고대죄가 끝나고 명환대군의 온몸은 꽁꽁 얼어 손가락과 발가락이 동상에 걸리고 말았다.

자칫하면 잘라야 한다는 처방을 받을 정도로 심각했지만 무사히 고비를 넘겼다. 그때 손가락 하나라도 잘못되었다면 그 후 명환대군의 생은 조금 편했을지도 모른다. 그렇기에 '무사히'라는 표현이 꼭 다행이라고는 할 수 없었다.

"스프레이 뿌리지 마세요."

우진은 상투를 고정하면서 잔머리를 정리하기 위해 머리에 스프레이를 뿌리려는 메이크업 아티스트를 막았다.

상투를 풀고 석고대죄를 할 때 자연스럽게 머리칼이 흘러내리게 하기 위해서다. 잔머리를 정리한다고 뿌렸다가 다른 사극에서처럼 봉두난발이 되어서는 안 되기 때문이다.

어차피 속알머리도 없는 마당에 고증이라고 주장하기엔 뭣하지만, 당시 명환대군이 상투를 풀었을 때 그의 머리칼은 곱게 휘날렸었다.

매일같이 창포물로 머리를 감고 동백유를 발라 참빗으로 정성스레 빗겨주어서 대군의 머릿결은 굉장히 좋았다. 사모를 벗고 망건과 상투를 풀었을 때, 머리칼이 그대로 고정돼서 떡처럼 뭉치는 일은 현실에선 없었다.

모든 준비가 끝난 우진은 감독과 제작진들이 기다리는 곳으로 갔다.

감독의 '레디 액션!'을 들으며 우진은 감고 있던 눈을 천천히 떴다. 이번에 우진은 새로운 명환대군을 만들었다. '그림자의 도시'를 찍을 때 루이를 새로이 창조한 것처럼, 이번에는 전생과는 다른 '붉을 적'의 명환대군이 탄생했다.

전생에 명환대군이었던 자가 과거의 자신을 연기하는 날.

그래서 새로운 명환대군이 어찌 반응할지는 채우진 본인조차 몰랐다.

◆　◆◆◆　◆

명환대군이 내시 한 명만을 대동한 채로 궁에 들어서자 조용한 혼란이 찾아왔다.

전각을 지날 때마다 몰려왔다가 사라지는 궁인들의 발걸음이 평소와는 다르게 재고 경황이 없었다. 대전에 거의 다다를 때쯤에 자경전의 지밀상궁이 그의 앞에 당도했다. 서둘러 달려왔는지 그녀의 입에선 거친 숨소리가 새어 나왔다.

"대군 대감, 오랜만에 궁을 찾으시어 잠시 길을 잊으셨나 봅니다. 자경전으로 가시는 길은 이쪽이옵니다."

곱게 허리를 숙여 인사한 그녀는 대전으로 가는 길을 막아서며 자신이 왔던 길을 몸으로 가리켰다. 고개를 숙이는 찰나에, 대군의 뒤에 서 있는 동호가 들고 있는 것을 본 그녀의 눈빛이 크게 떨렸다. 하얀 면포로 둘러싸여 있는 둥글고 긴 것이 무언지 대번에 알아챈 거다.

"마침 대비마마께옵서 간밤에 대군이 꿈에 나오셨다며, 이는 필시 그리움이 만든 상념이라며 슬피 우셨답니다. 그런데 이렇듯 대감을 보시는 꿈인 줄 알았다면……."

상궁의 말을 끝까지 듣지도 않고 명환대군은 그녀를 그냥 지나쳤다. 놀란 그녀가 뒤를 따르려 하자 대군은 나지막이 경고했다.

"전하를 먼저 뵈올 것이다. 대비전은 그 후에 찾을 것이니 조용히 하시게."

그 길로 거침없이 대전 앞에 다다른 명환대군은 적막에 싸인 궁을 바라보았다. 미리 알현을 청하였기에 그의 방문에는 문제가 없었다. 하지만 그의 내방이 알려졌을 텐데도 대전에서는 어떠한 지시도 내려오지 않았다.

명환대군도 굳이 대전 앞을 지키는 이들과 궁인들을 부르지 않았다. 가만히 하늘에서 내리는 눈을 바라보며 마음속으로 그림을 그렸다.

붓은 그의 눈과 마음이었다.

차근차근 주위의 풍경이 수묵화로 변하며 필요 없는 배경들은 자연스럽게 지워졌다. 여백이 드리운 공간에 홀로 서서 검은 먹으로 그린 눈[雪]을 맞으며 그는 시간을 잊었다. 일순 그의 입가에 미소가 어리었다. 궁에 들어선 이후로 차갑게 얼어 있던 눈빛이 처음으로 따뜻하게 풀렸다.

잠시나마 이 서늘한 곳도 아름다운 그림으로 변해 마음이 차분해진다. 무생물인 그림에서 위안을 얻던 그의 청정(淸靜)은, 수묵화를 찢고 파고든 상선의 등장으로 깨졌다.

"대군 대감, 어려운 걸음을 하셨는데 이를 어찌합니까. 주상 전하께선 가매(낮잠)에 드셔서 대군의 알현을 받을 수 없으십니다."

“전하를 뵙지 않아도 상관없네.”

“예?”

이미 동호가 들고 있는 것이 무언지 눈치를 챘으면서 노회한 상선은 놀란 척 연기를 했다. 그를 무시한 명환대군은 대전을 바라보며 크게 외쳤다.

“죄인 이후! 전하께 죄를 고하고 벌을 청하려고 왔나이다.”

명환대군은 뒤에 서 있는 동호를 돌아보며 눈짓을 해 보였다. 머뭇거리던 동호는 결국 거적을 차가운 바닥에 깔았다. 눈이 쌓이는 소리마저 들릴 정도의 고요함 속에서 거적이 바닥에 닿는 소리가 유독 크게 울렸다.

명환대군은 공복(公服)과 사모를 벗어 동호에게 넘기다 기린이 수놓인 흉배에 잠깐 시선을 주었다. 오늘은 저 흉배의 의미가 참으로 무거운 날이었다.

일부러 솜이 누벼지지 않은 백면포로 만든 속의를 입고 온 그는 망건과 상투마저 풀고 거적 위에 앉아 먼저 주상에게 절을 올렸다. 명환대군의 옷가지를 들고 동호가 뒤로 물러났다. 이 상황이 놀랍고 당황스럽다는 듯 연기하던 상선도 이내 조용히 대전 안으로 사라졌다.

“주상 전하가 이리도 강녕하신데 어찌 그런 망극한 주청이 올라왔는지는 모르나, 소제(小弟)는 불민하고 어리석어 감히 감당하기 어려운 주제이옵니다. 하오나 나라를 생각하다 잠시 어리석은 판단을 내린 그들은 용서하시고, 부디 이 죄 많은 명환을 대신 벌하여 주시옵소서.”

이후는 부왕이 명명한 ‘명환’ 을 강조하며 큰 소리로 죄를 고

했다. 세제 책봉 건은 분명 대비와 외가에서 추진한 일일 테니, 그들의 죄를 물어서는 아니 되었다. 이후도 그들이 자신을 보호하는 울타리라는 것 정도는 잘 알고 있었다.

그렇다고 가만히 있다가는 정말 왕세제가 될 수 있었다. 그들의 세력이나 하는 짓을 보면 못 할 짓이 없었다. 세제라니 감당할 주제도 못 되지만, 주상의 상황을 보면 웃기지도 않는 주장이었다.

비록 사산하였지만, 중전이 여러 번 회임하였다는 점과 후궁에게서 옹주를 보았다는 게 주요했다. 이는 언제라도 주상이 왕자 아기씨를 볼 수 있다는 걸 의미했다.

"부왕께선 보령 서른여덟에 저를 보시었습니다. 주상 전하께옵서는 그보다 옥체 만강하시고 혈기 넘치시온데 어찌 벌써부터 후계를 걱정한단 말입니까!"

부왕인 경조가 서른여덟에 아들을 보았는데 금상이라고 그러지 말라는 법이 없다. 그렇게 되면 이도 저도 못하고 가운데서 죽어나가는 것은 누구도 아닌 '이후' 그 자신이었다. 이렇게 석고대죄까지 하게 된 이유는, 세제 책봉을 주장하는 이들에게 해도 해도 너무한다 싶은 억하심정이 컸다.

"소신(小臣)의 존재가 충신들의 눈을 어지럽히고 전하께는 근심을 끼치는바. 대통을 어지럽히고 나라의 근본을 흩뜨린 죄를 물어 소신을 죽여주시옵소서!"

이후는 소제가 아닌 소신(小臣)을 강조하며 죽여달라고 크게 외쳤다. 이후의 말이 끝나자마자 여기저기서 숨넘어가는 소리들이 들렸다. 고요한 궁에서 평소 행동과 말을 조심해야 할 이들이 순간 방심하여 감정을 드러냈다.

뒤이어 급하게 달려가는 소리는 아마도 각자 자기가 모시는 상전에게 소식을 알리려 가는 것일 테다. 이 궁의 주인은 하나인데 궁인들이 모시는 주인은 모두 제각각 여럿이었다.

쓸쓸한 현실에 이후는 냉소하였다. 궁에서 태어났으나 어린 나이에 궁을 나와서인지 그는 이 야비한 세계에 도무지 적응되지 않았다.

여전히 조용한 대전에선 어떠한 하교도 내려오지 않았다. 이후는 엎드렸던 자세를 바로 세우고 꼿꼿이 앉은 채로 정면에 있는 대전을 바라보았다. 이제부터는 시간과의 싸움이었다.

대신들이 왕세제 책봉을 이야기했다는 이유로 왕제(王弟)를 죽일 수는 없었다.

주상은 자신의 위엄을 세울 때까지, 이후는 자신의 의지를 확고히 보여줄 때까지 서로 버티는 거다. 죽기 위해서가 아니라 살기 위해서 하는 석고대죄였기에 끝까지 견뎌야만 했다. 그러다가 죽을지언정 말이다.

궁에 도착할 때부터 가늘게 내리던 눈이 본격적으로 눈발을 휘날리기 시작했다. 처음엔 몸에 닿자마자 녹아버리던 눈꽃이 녹고 마르기를 반복하다가, 어느 순간부터 마르기도 전에 얼어버렸다. 그리고 얼어버린 자리 위로 눈이 쌓이기 시작했다.

잠시 눈이 그치고 해가 뜨면 이후의 몸에 쌓였던 눈이 녹아서 머리칼과 속의를 축축하게 적셨다. 그런데 야속하게도 이내 다시 내리기 시작한 눈과 불어오는 한파로 이후의 머리칼과 속의는 뻣뻣하게 얼어붙기를 반복했다.

속의만 입었다지만 그 속의의 수가 여러 벌이라 그나마 버틸 수가 있었다. 엷은 백면포로 만든 속의를 여러 장 겹쳐서 무척 따뜻했던 것이다. 강풍과 눈만 아니라면 그럭저럭 견디기 무던했을 텐데 날이 따라주지 않았다.

어느 누구도 치워주지 않는 눈을 맞으며 이후는 그렇게 이틀을 버텼다.

곱던 얼굴과 입술이 터서 찢어지고 피가 흘렀다. 얼굴 곳곳에는 하얀 버짐이 피었다. 옷깃과 소매 밖으로 보이는 모든 피부가 거칠고 단단하게 변해 버렸다.

시간을 가늠하지 못하는 그의 앞으로 그림자 하나가 길게 드리워졌다. 언제부턴가 감고 있던 눈을 서서히 뜨자 명환대군의 형이자, 이 나라의 임금이 그를 가만히 내려다보고 있었다.

"날이 춥구나."

"소신은 전혀 춥지가 않사옵니다."

"일어나거라."

"부모님께 받은 몸을 스스로 어찌할 수 없어 이런 불충을 저지르고도 아직까지 살아 있습니다. 부디 저에게 사사(賜死)를 명하시어 이 나라의 기틀을 바로 세워주십시오."

명환대군은 말을 끝냄과 동시에 이마를 돌바닥에 연이어 찍었다. 쌓인 눈 위로 붉은 피가 퍼지며 흘러내렸다. 점점이 떨어진 핏물이 명환대군이 평소 그리는 매화처럼 붉고 강렬하다.

스스로 죽음을 청하고, 이마를 돌바닥에 찍는 이후를 바라보는 주상의 표정이 일순 복잡했다. 차가운 입김이 공중에 흩어지는 걸 바라보다 그는 굳게 눈을 감았다.

"일어나라 하였다. 두 번 말하게 하는 것도 불충이다. 그리고 죄를 고하였으니 답하마. 명환은 돌아가 한 달간 근신하여라."

죄를 부정하지 않았다는 건 결국은 명환대군에게도 죄가 있음을 주상이 인정한다는 의미였다. 주상에겐 존재 자체가 죄인 생명이 바로 명환대군 이후였다.

주상이 대전 안으로 사라지자 동호가 재빨리 이후에게 다가와 그의 어깨에 공복을 걸쳐주었다. 엎드렸던 자세를 바로 세우자 찢어진 이마에서 나온 피가 그의 얼굴에서 턱을 타고 흘러내렸다.

동호가 영견으로 주인의 피를 닦아주고 그의 앞에 가서 등을 보였다. 이틀 동안 무릎을 꿇고 있던 대군이 걸어서 궁 밖까지 가는 것은 무리였다.

이후는 잠시 갈등했다. 체모를 생각한다면 절대 동호의 등에 업혀 가는 모습 따윈 보여줄 수 없었다. 그러나 여기서 당당하게 걸어나간다면 이틀 동안의 석고대죄가 희석되고 말 것이다.

일단 자리에서 일어난 그는 동호의 도움으로 의관을 정제하고 대전을 향해 절을 올렸다. 그리고 동호를 손짓으로 불러 그의 어깨에 팔을 걸쳤다. 이게 그가 할 수 있는 최상의 선택이었다.

동호의 부축을 받으며 대전을 나오자 그를 찾은 이들이 우르르 몰려왔다. 그중에 어의를 동반하고 나타난 대비의 지밀상궁을 발견하고 명환대군은 설핏 웃고 말았다.

"대비마마께는 다음 기회에 뵙는다고 전하시게."

이후는 다른 이의 도움은 모두 사양하였다. 가까스로 대령하고 있던 가마 앞에 와서야 다리가 풀려 그 자리에 주저앉았다.

"대군 대감!"

동호가 놀라 그를 붙잡자, 그제야 이후는 크게 숨을 들이마시다 토해내듯 중얼거렸다.

"참으로 이상하구나. 여긴 이렇게 뜨거운데 나는 왜 이리 추운 게냐."

이후는 가슴을 쥐어뜯으며 정말 아무것도 모르겠다는 얼굴로 동호에게 물었다.

◆　　◆◆◆　　◆

"NG!"

NG 소리에도 우진은 가만히 있다가 천천히 손을 들어 자신의 얼굴을 매만졌다. 손가락 사이에 묻어 있는 물방울을 보는데 이게 뭔가 싶어서 일순간 아무 생각이 없었다.

"이거 눈물 같은데… 나 지금 울고 있어요?"

"응."

"왜요?"

우진의 혼잣말 같은 의문에 이단우가 간결하게 답해주었다. 고개를 번쩍 든 우진이 아연한 표정으로 되물었지만, 이건 이단우가 답해줄 수 있는 문제가 아니었다. 극본과는 다른 연기를 한 사람은 우진이었으니 해답도 그에게 있을 터였다.

이상하게 쉽게 그치지 않는 눈물을 손등으로 닦아내며 우진이 당황해하자 윤 감독이 그에게 다가왔다.

"저 왜 이러죠?"

우진의 질문에 윤 감독은 메이크업 때문에 눈이 아파서 그런다며 배우와 스태프에게 잠시 쉬자는 제안을 했다. 윤 감독이 우린 좋은 곳에 가자며 우진을 데리고 촬영장과는 거리가 있는 늙은 고목 아래로 갔다.

고목 주위에 보호막처럼 둘러 있는 커다란 돌 위에 먼저 앉은 윤 감독은 옆자리를 톡톡 쳤다. 그가 손짓한 곳에 살짝 걸터앉은 우진은 이때까지도 흐르는 눈물을 손가락으로 쓱쓱 닦아내고 있었다.

"우리 배우들은 다 울보인가?"

웃음을 참으며 윤 감독이 우진에게 손수건을 건네주었다. 손수건으로 눈을 꾹 누르자 그 너머로 느껴지는 물기가 이제는 무섭기까지 했다. 자신의 의지와는 상관없이 흘리는 눈물이 우진은 도저히 이해가 되지 않았다.

"제가 왜 이럴까요."

원래 마지막 대사에서 명환대군은 세상을 비웃듯 허망한 미소를 지어야만 했다. 자신을 장기짝으로 이용하려는 자들에게 날린 경고는 성공적이었다. 하지만 입맛이 쓴 것은 명환대군이 이렇듯 목숨을 건 모험을 해도 저들의 야욕은 계속될 거라는 걸 알기 때문이었다.

그 정점에는 바로 어머니가 있었다. 순간은 통쾌할지 모르나 끝나지 않은 전쟁을 예감하는 미소가 복잡한 그의 마음을 대변했다.

그런데 우진은 의문이 가득한 표정으로 눈물을 흘렸다. 이런 직접적인 감정 묘사는 극본에 없던 내용이었다.

"자네가 처음 걱정했던 지나친 감정이입이 지금 이 순간이 아닐까?"

"감정이입이라⋯⋯."

감정이입이라고 하기엔 지금 그의 상태가 모호했다. 이 눈물은 명환대군이 실제로 흘린 것이 아니었다. '붉을 적'의 명환대군은 어머니에 대한 치기 어린 마음과 복잡한 감정으로 혼란스럽기는 했으나 슬퍼하지는 않았다.

이 상태가 감정이입은 아니라 자신한 우진은 고개를 저었다.

"그래도 자세히 돌아봐. 연기하다가 평소 생각하지 못한 게 느껴지지 않았나? 이 상황에 대군은 어떤 생각과 감정으로 저 대전을 바라봤을까, 하는 거 말이야."

글로만 읽던 상황을 자신이 연기하다 보면 새삼 느껴지는 게 다를 수가 있다. 윤 감독의 의문에 우진은 손수건으로 눈가를 꾹 누르며 무심결에 대답했다.

"아마도 화장실이 가장 급했을걸요. 동상에 걸린 손가락과 발가락이 그나마 상태가 좋았던 것은 소변을 참느라 힘을 주면서 계속 꼼지락거린 덕분이었을 거예요. 그리고 늙은이들 때문에 이 계절에 뭔 고생이냐며 투덜거리기도 하고, 무료해서 속으로 시도 짓고, 노래도 불렀을 겁니다."

추운 날에 잠이 들면 안 된다고 속으로 얼마나 지랄을 떨었는지 모른다. 정신없이 마음속으로 놀아댄 바람에 주상이 그를 내려다보고 있다는 것도 한참 후에야 알았다. 극본에는 없지만, 당시엔 상선이 옆에서 헛기침을 하며 명환대군의 정신을 깨우기도 했다.

우진의 말에 윤 감독은 왠지 정말 그랬을 것 같다며 수긍했다. 생각해 보면 당시 명환대군은 겨우 열여덟밖에 되지 않았다.

"옛날엔 어른 취급받던 나이라지만, 엄청 조숙하다는 요즘 아이들을 봐도 열여덟 살은 여전히 아이지. 몸도 정신도 아직은 성숙하지 않아 어른이 되지 못한 그 중간 단계."

다만 평균 수명이 짧던 그 당시의 상황을 보면, 이 애매한 나이들은 강제로 어른이 될 수밖에 없었을 것이다. 어린 나이에 혼인하고 부모가 되면서 어쩔 수 없이 철이 들 수밖에 없는 강제된 환경 속에서 살았다. 명환대군이라고 크게 다르지 않았을 것 같다.

"어른인 척 구는 아이라. 그렇다면 심각한 상황에서도 홀로 즐기셨을 가능성이 크겠군."

"네, 분명 명환대군이 당시에 느꼈던 감정 중에 슬픔은 없을 겁니다. 적어도 제 생각은 그런데 왜 저는 이렇게 눈물이 나는 걸까요? 그렇다고 정작 제가 슬픈 것도 아닌데 말이죠."

이제 잦아든 눈물을 마지막으로 훔치며 우진은 망연히 말했다. 우진의 반응에 윤 감독은 깊이 생각해 보았다.

"느끼는 것과 별개로 보고 있었기 때문이 아닐까?"

"보다니요?"

"아는 만큼 보인다는 말이 있지. 우리가 작품이나 어떤 상황을 바라볼 때, 내막을 알고 있을 때와 모르고 있을 때 느끼는 감정에 큰 차이가 있는 것처럼 말이야. 아무것도 모르고 보면 그저 호불호가 갈릴 장면이 어떤 이에게는 비극이거나 희극이 될 수 있거든."

예를 들어 수많은 작품으로 나온 '시몬과 페로'의 이야기가 그렇다.

늙은 죄수에게 젖을 먹이는 젊은 여자의 그림은 사연을 모르는 이들이 처음 보았을 때는 자칫 거부감을 느낄 수가 있다. 하지만 감옥에서 굶어 죽어가는 아버지를 보다 못해, 해산한 지 얼마 안 된 딸이 면회를 가서 아버지에게 젖을 물린 내막을 알게 되면 그림은 또 다르게 보인다.

하지만 그전까지 사람은 시각의 지배 아래서 호불호가 생기고, 그것에 자극을 받아 여러 가지 감정을 느끼게 된다. 그리고 내면의 사연을 알게 되고 반전이 크면 클수록 느껴지는 파장은 크다.

그런데 이미 많은 것을 알고 있는 상태에선 보자마자 상황을 이해하고 공감을 해버린다.

"자네는 크랭크인 전에 누구보다 명환대군에 대해 많은 걸 조사하고 알아보지 않았나. 그래서 연기하는 중에도 포괄적으로 그 장면이 눈에 들어오면서 슬픔을 느꼈을 수도 있어."

윤 감독은 영화나 미술 작품들을 보았을 때 간혹 자신도 그런 일을 겪은 적이 있다고 말해주었다. 그냥 흔한 초상화인데도, 그림의 주인공이 누구이고 그의 삶이 어땠는지 알고 보면 느낌이 색달랐다.

아직 머리가 이해하기 전에 이미 눈에 들어온 것을 보고 그의 감성이 먼저 움직여 버린 것이다. 그러면 자신이 왜 이런 기분을 느끼는지 이유도 모르면서 다양한 감정을 품을 때가 있다.

"하지만 연기 중이었는걸요. 그런 주관적인 시선으로 바라볼 틈이 전혀 없었어요."

완성되지도 않은 장면을 가지고 자기 혼자 비애를 느껴 울었다는 의미인가 싶어서 우진은 정색하며 고개를 저었다.

그는 연기할 때, 채우진이 아닌 '붉을 적'의 이후가 되어 연기했다. 자신이 연기하고 있다는 자각이 없어서 객관적인 사고를 할 여유조차 없었다.

무엇보다 명환대군으로서 그의 삶을 살아가고 있는데 자신이 느끼고 있는 감정과 상반된 슬픔을 느끼면서 비감에 젖을 이유가 없다. 명환대군이 명환대군을 동정하지 않았다면 말이다.

"아……."

순간 우진은 머리를 한 대 얻어맞은 충격을 받았다.

실재 명환대군과 '붉을 적'의 이후는 결론적으로 모두 채우진이었다. 하지만 서로 다른 성격과 인격을 가진 존재들이기도 했다.

우진은 자신의 전생들을 언제나 객관적으로 보면서 평가하고 느꼈다. 그렇다고 해서 '붉을 적'의 이후까지 그러라는 법은 없었다.

그는 굉장히 감수성이 풍부하고 공감 능력이 뛰어났다. 이성적인 사고와는 별개로 충동적이고 미의식이 매우 높았다. 머릿속으로 그림을 그리고, 상상의 세계를 만들어 모험을 떠나기도 하는 '붉을 적'의 이후는 전생의 또 다른 명환대군을 어떻게 생각할까.

열여덟의 그가, 어머니에게 보란 듯이 형님에게 죽여달라고 죄를 청해야 했던 그 상황을 어떻게 보았을까. 자신과 같은 이름과 같은 상황이지만, 조금은 다른 성격이라 더욱 어리고 여려 보이는 실재의 명환대군이었다. 그런 그를 자신보다 더 애처로운 존재로 인식해서 눈물을 주체하지 못했다면?

"젠장……."

의식하지 못하고 나온 욕을 옆에서 들은 윤 감독은 다정하게 우진의 등을 토닥이며 말했다.

"인정을 가지고 다정하게 바라보기 때문에 생긴 실수야."

"하지만 너무 앞섰어요. 명환대군이 명환대군을 동정하다니요."

우진의 말에 윤 감독은 자기 예상과는 조금 다르지만, 상황이 어떻게 된 것인지 빠르게 이해했다.

"아마도 자네의 명환대군은 자신이 실존의 그분과 다른 이라고 생각했던 모양이야?"

"네. '붉을 적'의 이후는 제가 상상하는 대군과 조금 다르거든요."

"뭐, 상관없겠지. 무엇보다 자네의 명환대군이 그런 생각을 했다면 절반은 성공한 셈이 아닌가."

"성공이라니요?"

우진은 젖은 손수건을 만지작거리며 힘없이 중얼거렸다. 연기하기 전에 실재 명환대군의 인격이 튀어나오면 어쩌나 걱정을 했는데, 다른 대군이 이렇게 제멋대로 굴 줄은 미처 몰랐다.

"아마도 자네의 명환대군이 우리 영화의 첫 번째 관객인 것 같으니 말일세."

"관객이요?"

"모든 사연을 알고 있는 그를 울렸으니, 이제 남은 것은 아무런 정보 없이 영화를 본 관객들의 마음을 움직이게 하는 거 아니겠나. 우리 영화를 좋아하든 싫어하든 그들이 느끼는 감정은 하나였으면 좋겠거든."

윤 감독은 우진에게 그들이 앉아 있는 뒤의 고목을 가리켰다. 수백 년을 살았을 나무의 기둥은 굵고 단단했다.

"아름답지? 이 나무를 좋아하지 않은 사람도 보는 순간 감탄하고 멋있다고 말할 거네."

"나무 같은 사람이 되라는 건가요?"

"아니. 지금 우리가 할 것은 저 나무를 보고 힐링을 하는 거지. 매 순간, 보는 것마다 교훈을 얻고 의미를 찾는 삶은 너무 힘들지 않나. 잠시 이렇게 쉬면서 우리에게 그늘과 멋있는 풍경을 제공해 주는 이 자연을 그냥 편안하게 즐기는 거야."

윤 감독의 말에 우진은 눈을 감고 편안히 나무에서 풍기는 향긋한 냄새를 맡았다. 봄의 향기와 같은, 파릇파릇한 새싹들이 돋아나는 향기와 땅에서 올라오는 흙냄새 등등.

"좋긴 한데 마음은 점점 불안해지는 건 왜일까요?"

"풀지 못한 숙제가 가득하니까."

그리고 배우에게 숙제는 결국 연기로 직결된다. 윤 감독은 연기도 저 나무와 비슷한 거라고 말했다. 나무는 수백 년을 치열하게 살아남았겠지만, 보는 우리는 그저 편안함과 아름다움만을 새기는 것처럼 말이다.

"연기에 대한 답은 사람마다 제각각인 만큼 정답은 많아."

"정답이 없는 게 아니고요?"

"사람마다 자기가 찾은 정답이 다 다른데, 정답이 없다면 그들이 찾아낸 답들이 틀렸다는 소리 아닌가."

그리고 같은 사람이라도 그가 찾은 정답은 매번 바뀔 수가 있었다. 사람이 변하듯 그의 연기 방식 역시 함께 변하는 게 오히려 당연한 일이다.

"그걸 잘 아는 대표적인 사람이 임지영이야. 정답이 많은 만큼 누구에게서 답이 나올지 몰라 언제나 사람의 말을 경청하고 살피는 경향이 있어. 그것을 가지고 여배우로서의 자존심이 없다고 평하는 이들이 있지만, 그래서 배우로서 그의 연기가 사람들에게 실망을 준 적이 있는가 하면 절대 아니거든."

윤선 감독은 대본 리딩 때, 우진이 문진왕후의 어투를 거론했던 걸 떠올리며 언급했다. 분명한 근거가 있다면 상대가 누구라도 조언을 듣는 걸 부끄러워하지 않는 임지영이었다. 자존심세우다가 연기에 오류가 생기거나 고증이 잘못되는 게 더 창피하다고 여기는 배우였다.

반면 같은 경우라도 상대가 곽은혁이었다면 어림도 없는 일이었다. 애초에 우진의 표정을 살피며 미흡한 점에 대해 의견을 묻는 일조차 없을 터였다. 그렇다고 해서 그의 방식이 나쁘다거나 틀렸다는 것도 아니다.

"곽은혁은 그만의 연기 방식이 있거든. 아까 보았지만 고뇌하는 임금님의 모습이 굉장히 인상적이었지."

누구의 조언이 없더라도 곽은혁의 연기는 나무랄 데 없이 완벽했다. 마치 진짜 인영군을 마주하는 것처럼 손끝이 떨렸었다.

"그러니 자네도 벌써 답을 정해놓고 연기를 하지 않아도 좋아. 잘못 나간다 싶으면 아까처럼 내가 NG를 주고 잡아줄 테니까. 자네는 자네가 하고 싶은 연기를 마음대로 해. 나를 믿고 NG를 너무 무서워하지 말고."

채우진은 NG가 거의 없는 배우로 유명하다. '그림자의 도시' 초반에는 한 장면에서 수십 번의 NG도 냈다지만, 한번 감을 잡은 이후로는 NG가 나온 일이 거의 없었다고 들었다.

그렇게 NG를 안 내는 배우는 어느 순간 NG가 나면 자신의 연기가 어딘가 잘못되었나 고민하게 된다. 혹은 실력이 줄었거나, 감독이 괜한 트집을 잡는다고 생각할 수가 있었다. 실상 그 NG라는 게 별것이 아닐 경우가 더 많은데도 말이다.

NG를 안 낸다고 좋은 배우인 게 아니고, NG를 많이 낸다고 연기력이 나쁜 배우인 것도 아니다.

"사실 극 중 캐릭터의 감정을 배우만큼 잘 아는 사람은 없어. 극본가나 감독이 요구하는 흐름이 있지만, 가끔 배우가 감정에 이끌려 하는 연기가 뜻밖에 좋을 때가 있거든. 그리고 객관적인 이성으로 그걸 판단하는 게 우리 연출진의 몫이지."

배우가 마음껏 놀라고 펼쳐놓은 무대였다. 그 무대를 꾸미고 정리하고 연출하는 게 제작진의 몫이었다. 이렇게 명확히 나뉜 역할 담당이 있었기에 배우는 자신의 배역에 몰두할 수 있는 것이다.

"자네의 명환대군이 바라본 대군이 불쌍해 보였다면 그 역시 그분의 모습 아닌가. 그리고 그것이 우리 관객들이 보고 느낄 감정이기도 하고. 우리 영화의 첫 번째 관객으로서 아마도 그 느낌과 분위기를 가장 잘 표현할 수 있는 건 아마 자네밖에 없을 거야."

윤선 감독의 말에 우진은 시원한 바람을 맞은 듯 머리가 맑아졌다.

NG에 너무 많은 의미를 두지 말자. 만약 '붉을 적'의 이후가 제멋대로 감정에 빠진다고 해도, 그것도 완벽함에 가까운 연기를 하기 위한 과정으로 여기자. NG를 몇 번 내다보면 바로 잡아갈 테니 말이다.

'나는 아직 완성되지 않은 연기자니까.'

자신이 뽑은 수많은 정답 중에서 하나 정도 틀렸다고 해서 다른 정답들마저 오답은 아닐 테니 말이다. 명환대군을 하기로 한 이후로 우진은 가장 가벼운 마음이 되었다. 배우가 감독을 믿고 연기를 한다는 게 무얼 의미하는지 조금 알 것 같은 기분이었다.

◆　　◆◆◆　　◆

촬영이 끝나고 배우와 연출진들이 모여 오늘 찍었던 것을 다시 돌아보며 의견을 나누는 시간을 가졌다. 곽은혁은 자신이 나왔던 장면을 숨도 쉬지 않고 차가운 시선으로 바라보았다. 무서울 정도로 몰입하던 그는 이내 손가락으로 머리칼을 뒤로 넘기며 흡족해했다.

"피부가 투명하고 눈가의 주름이 잡히지 않았어."

연기와는 전혀 상관없는 평가였지만, 그게 곽은혁 나름의 표현 방법이었다.

"나중에 촬영한 것이 베스트이긴 하지만 처음 NG 나온 이 장면도 나름 괜찮은데요."

곽은혁은 우진이 눈물을 흘려서 NG를 낸 신을 마음에 들어했다. 윤 감독도 같은 마음인지 우진을 극 중 이름으로 부르며 하나의 계획을 세웠다.

"맞아, 나쁘지는 않았어. 이후야, 나중에 우리 진지하게 울어보자."

첫 번째가 배역의 감정이 드러나는 연기였다면, 두 번째는 보는 사람들이 저도 모르게 감정을 끌어내게 하는 연기였다. 그래서 베스트는 후자여도 전자가 꼭 나쁜 게 아니었다. 윤 감독은 언젠가 우진에게 눈물 연기를 시키자고 다짐했다.

"이 장면이 좋았던 게 자기가 울고 있다는 것도 모르는 이명한 표정이 짠한 여운을 준단 말이지. 아우는 참 곱게도 우는군."

이틀간 눈 맞고 석고대죄를 한 모습을 표현하기 위해 피부가 트고 버짐이 일어나게 분장을 했다. 그 얼굴로 눈물을 흘리는데 지저분하기는커녕 단정하고 고왔다.

"아무래도 피부 관리실을 아우가 다니는 곳으로 바꿔야겠어."

데뷔작에서 보여줬던 것과 다르게 채우진의 피부가 점점 좋아지자, 그가 다니는 피부 관리실도 덩달아 호황을 맞이했다.

물론 채우진만큼의 변화는 생기지 않았다. 그래도 플라세보효과라는 게 있는지 평가는 상당히 좋은 편이었다.

"형님 피부도 좋으십니다."

곽은혁과는 극 중의 관계처럼 호칭을 부르자고 해서 자연스럽게 그를 형님이라고 불렀다. 임지영에게 어머니라고 하는 건 어렵지만, 나이 많은 선배에게 형님이란 소리는 잘 나왔다.

"당연히 좋아야지. 내가 여기에 쏟은 돈이 얼만데. 그런데 동생은 화장품은 주로 어떤 걸 쓰나?"

모니터링이 끝나자 어느새 곽은혁의 관심사는 피부 관리로 넘어갔다. 대화하는 중에도 그는 리프팅을 위해 손바닥으로 볼을 톡톡 치고 있었다. 그는 촬영이 끝나자마자 서둘러 피부에 부담이 되는 메이크업을 지울 정도로 관리에 많은 신경을 썼다.

"그게… 전 그냥 코디 누나가 주는 걸 써서 잘 모르는데요."

대본은 한번 쓱 보면 머리에 박히는데 화장품 브랜드는 뭐라고 쓰여 있는지 잘 기억도 안 났다. 화장 용기에 번호를 써서 세수하고 난 후 적힌 순서로 바르는 게 다였다. 우진이 우물쭈물하자 곽은혁은 믿을 수 없다는 표정으로 기함했다.

"배우가 어떻게 그럴 수가 있어! 배우에겐 연기력이 가장 중요하지만, 피부는 자기 관리의 시작이라고!"

곽은혁은 피부는 한 번에 훅 간다면서, 아무리 나이가 젊어도 꾸준한 관리가 중요하다고 열을 올렸다.

"내가 정말 아끼는 인생 템인 마스크 팩이 있는데 몇 개 줄 테니까 써봐."

어느 순간 그에게 끌려간 우진은 그가 보여주는 화장품들의 기능과 성분에 대해 들어야만 했다. 그 대가로 곽은혁에게 마스크 팩과 화장품 샘플들을 한 아름 받았다.

어떤 배우는 가는 곳마다 온갖 영양제를 가지고 다니면서 주위 사람들에게 준다는 이야기를 들었다. 그런데 곽은혁은 영양제 대신 화장품인 것 같았다.

곽은혁에게 받은 화장품을 정리하며 황이영은 연신 감탄했다. 모두가 명품에 비싸고 기능이 좋기로 유명한 것들만 알차게 챙겨줬기 때문이다.

"그러니까 곽은혁 씨 가방이 이런 화장품들로 가득했단 말이지?"

"맞다고 하면 왠지 당장 달려가서 가방을 훔쳐올 얼굴인 거 알아요?"

"흠흠, 우진아, 너도 이제부터 화장품에 관심을 가져보는 건 어떨까."

이건 절대 사심에서 우러난 게 아니라고 거듭 말하는 황이영에게 우진은 진지하게 그래볼까요, 하는 긍정적인 반응을 보였다.

"정말?"

그냥 해본 말에 우진이 반응을 보이자 당황한 것은 오히려 황이영이었다.

"저도 슬슬 서른을 준비해야 할 나이니까요."

곽은혁은 나이가 드는 건 어쩔 수 없지만, 어떻게 늙느냐는 본인에게 달린 문제라고 강조했다. 까딱하면 눈 밑에 주사를 맞아야겠다고 중얼거리는 그였다. 하지만 실상 어떤 주사도 맞지 않는다는 걸 그의 얼굴만 봐도 안다. 그런데도 사십 대에 들어선 그는 아직도 서른 초반으로밖에 보이지 않았다.

그런데 곽은혁은 뜻밖에도 배우로서 나이가 드는 게 재미있다고 했다. 나이가 들수록 자신이 할 수 있는 역할들이 더욱 많아지기 때문이라는 대답이 굉장히 인상적이었다. 하지만 오랫동안 다양한 배역을 맡기 위해선 자기 관리는 필수라고 덧붙이기도 했다.

"반면 나이가 들면 못 하는 배역이 있어서 슬프기도 하지. 그러니까 동생도 기회 있을 때 지금 나이에 맞는 배역들도 좀 해봐."
"그게 어떤 배역인데요?"
"학원 청춘물?"

곽은혁은 이제 자신은 선생 역할밖에 안 들어온다면서 우는 시늉을 했다. 물론 그 순간에도 손가락으로 눈가를 꼭 잡고 있었다. 학원 청춘물은 취향이 아니라 하지 않을 것 같지만, 우진도 바라는 소원 정도는 있었다.

"저는 서른 넘어서 제 배역의 학창 시절 아역을 제가 찍었으면 좋겠어요."

진지한 우진의 대답에 곽은혁은 슬며시 그의 손에다가 안티에이징 화장품 샘플 하나를 꼭 쥐여줬다.

◆　◆◆◆　　◆

중전 윤씨와의 촬영은 초반에 몰려 있었다. 봄에 만나서 봄에 헤어지는 그들의 인연을 그리기에는 요즘이 가장 적기였기 때문이다. 윤씨와의 이야기만을 쭉 이어서 촬영할 계획이라 오히려 감정에 몰입하기 좋았다.

머리에 가발을 붙이기 위해 메이크업실로 지어진 가건물로 향하던 우진은 길에서 메이크업 아티스트와 우연히 만났다.

"어디 가세요? 저 가발 붙이려고 가는 길인데요."

"아, 중전의 머리 장신구 하나가 잘못 와서 바꾸러 가는 거예요."

먼저 가 있으라는 말에 아무 생각 없이 메이크업실을 찾은 우진은 문을 열다가 문득 동작을 멈췄다. 안에는 이미 오하나와 그녀의 코디가 먼저 와 있었다. 조금 전 만난 메이크업 아티스트는 오하나의 머리를 치장하다 장신구를 바꾸러 가는 길이었던 모양이다.

"분명 내가 선배 아니야? 그런데 어쩜 날 보고 그렇게 뻣뻣하게 고갤 들 수가 있어?"

"권은미라면 나름 세계적인 모델이잖아요."

"아무리 지가 잘나가는 모델이래도 배우 한다고 이 바닥에 들어왔으면 신인이고 나보다 후배인 건 맞잖아!"

권은미에게 불만이 많은지 오하나의 목소리는 굉장히 격양되어 있었다.

"생판 연기도 안 하던 게 무슨 수로 '설하'를 할 수 있었겠어! 뻔하지 않아? 그런 것들 때문에 우리 같은 순수한 연기자들이 피해를 보잖아. 하여튼 그런 더러운 것하고 어떻게 같이 영화를 찍어. 생각만 해도 구역질 나!"

본의 아니게 엿듣게 되었지만 이건 너무 지나치다 싶어서 우진은 일부러 인기척을 내며 안으로 들어갔다. 오하나의 말처럼 뒷거래로 배역을 따게 되면 알게 모르게 소문이 나는 경우가 많다. 사실 없던 소문도 나는 게 이 바닥이다.

하지만 결단코 '설하'에 대한 소문은 전혀 없었다. 오히려 모두가 호평이었고, 그건 우진도 같은 생각이었다.

우진이 메이크업실에 들어서자 대화가 중간에서 딱 끊겼다. 오하나는 입을 다물고 우진을 보더니, 순간 복사꽃같이 환하게 웃으며 그를 반겼다.

"오빠~!"

최악의 첫 만남에도 불구하고 오하나는 그 후 우진을 오빠라며 친근하게 불렀다. 서로 원수진 것도 아니라, 그 역시 서먹한 것보다는 나아서 적당히 예의를 지키며 상대했다. 그런데 권은미에겐 선배 대접을 받길 원하는 걸 보니 말 한마디가 조심스러워졌다.

"하나 씨는 벌써 메이크업까지 다 끝났나 봐요."

"전 따로 촬영이 있어서 먼저 했어요. 머리 장식만 달면 끝나요."

머리를 매만지며 웃는 오하나는 양반가 규수답게 곱고 참해 보였다. 우진이 자리에 앉는 걸 가만히 지켜보던 오하나는 그에게서 아무 말도 없자 먼저 입을 열었다.

"오빠는 왜 아무 말도 안 해요?"

"뭘요?"

"들어오기 전에 제가 했던 말 다 들었잖아요."

어느 정도 짐작을 했는지 돌직구로 물어보는 오하나에게 우진은 여상하게 대답했다.

"들었다고 해서 서로 대화 나눌 주제는 아니잖아요."

저번 오하나와의 일이 있고 나서 우진은 제삼자에 관한 이야기는 되도록 하지 않으려고 노력 중이었다. 좋은 내용도 아니고 자칫 루머가 생성될 수 있는 것은 더욱 그랬다. 설혹 우진이 권은미의 편에 들어서 좋게 말을 해준다고 해도 거론하면 할수록 재생산될 뿐이었다.

"그럼 제 의견에 동의한다고 알고 있을게요."

"어떻게 말이 그렇게 되는 거죠?"

"반박하지 않았잖아요. 그건 저와 생각이 같다는 뜻 아닌가요?"

오하나가 해맑게 말하는 걸 들으며 우진은 설핏 웃었다. 이 어린 아가씨는 사람을 당황스럽게 만드는 재주가 있었다. 어떤 반응을 보여도 사람이 말려들게 덫을 놓았지만, 실력이 썩 좋은 건 아니었다.

"그렇게 생각할 수도 있군요. 하지만 전 하나 씨가 했던 이야기는 오늘 처음 들어서 주장할 근거가 없어요. 증거 없이 남을 모략하는 건 감당할 재간이 없으니 확인을 해봐야겠네요."

우진은 폰을 꺼내 연락처에서 누군가를 찾았다. 그 모습에 오하나는 누구한테 전화를 거느냐고 물었다.

"권은미 씨요. 일단 본인한테 사실인지 물어봐야죠."

"그런 걸 당사자에게 물어본다고 대답하겠어요?"

놀라고 당황한 오하나가 자리에서 일어나 전화를 걸려는 우진을 말렸다.

"그럼 누구한테 물어봐요?"

우진이 아무것도 모르겠다는 말간 눈빛으로 오하나를 바라보며 묻자, 그녀는 얼굴을 찡그리고 말았다.

"권은미 씨도 자신을 두고 이런 이야기가 돌고 있다는 건 알아야죠. 해명하든 반론을 하든 그건 그쪽 사정이지, 제가 왈가왈부할 부분은 아니잖아요."

"잘도 그러겠네요."

우진의 대답에 오하나는 콧방귀를 뀌며 입술을 실룩였다.

"오빠가 순진해서 뭘 모르는 것 같은데요. 그런 것들은 사정을 봐주면 안 돼요. 사는 게 다 거짓투성인 것들한테 무슨 진실을 바라요?"

조금의 의심도 없이 확신하는 오하나를 보며 우진은 혼란스러웠다. 권은미에 관한 진실이 무언지 그는 모른다. 소문이란 진실을 덮는 뚜껑이었다. 그만큼 소문은 진실을 감추는 거짓일 수도 있고, 진실과 이어진 한 몸일 수도 있었다. 그래서 뚜껑을 열기 전에는 무어라 말할 수가 없었다.

하물며 지금은 소문조차 없는데도 오하나의 모습은 너무도 확신에 차 있었다. 근거가 있어서 저러는 건지, 아니면 혼자만의 망상에 빠진 것인지 분간하기 어려웠다.

"대군님, 옷 가져왔습니다."

마침 의상을 받아온 황이영이 메이크업실에 들어섰다. 그녀는 서 있는 오하나를 힐끗 보더니 인사하고 옷걸이에다가 우진의 의상들을 걸었다. 지금 우진이 입고 있는 백면포 속의 위에 메이크업만 끝나면 바로 입을 수 있게, 도포에 주름이 잡히지 않도록 정돈부터 했다.

잠시 그 모습을 지켜보던 오하나는 제자리에 앉으며 들으라는 듯 중얼거렸다.

"사람 그렇게 믿다간 언젠간 뒤통수 맞아요."

안타까운 듯 탄식하는 오하나의 말에 황이영이 무슨 일이 있었냐는 듯 우진을 돌아봤다. 모호하게 웃으며 대답을 회피한 우진의 입맛이 썼다.

"진실은 모르겠지만, 소문나서 좋을 게 하나 없는 이야기인 건 맞잖아요."

우진에게 중요한 것은 이 부분이었다. 권은미의 진실이 무엇이든 그가 알 바가 아니었다. 완성도 높은 영화를 만들기 위해 연기만 잘하면 되는 일이었다. 어떻게 해서 배역을 땄다거나, 질투 때문에 오하나가 거짓말을 하고 있든 그게 무슨 상관인가 싶었다.

영화가 출처도 없는 지저분한 소문으로 인해 초기부터 진흙탕에 구르는 일이 없기만을 바랐다.

"뭐, 그 말엔 저도 동의해요. 같이 잿물을 뒤집어쓸 수는 없잖아요."

자신만만하게 대답한 오하나는 메이크업 아티스트가 장신구를 가지고 오자, 단장을 끝내고 먼저 촬영을 위해 메이크업실을 나갔다.

우진이 가발을 붙이고 둘이서만 남게 되자, 황이영은 오하나가 했던 말이 무슨 뜻이냐고 물었다. 예전 자신이 했던 것과 오늘 오하나가 한 실수를 반복하지 않기 위해, 우진은 굉장히 조심스럽게 말을 전했다.

"그런 소문은 들은 적이 없어. 스폰서 있다고 다 소문나는 건 아니지만. 오하나의 주장처럼 캐스팅에 개입하게 되면 이 바닥에 소문나는 건 금방이거든, 박민처럼."

연예계에서 캐스팅 문제만큼 민감한 주제는 없었다. 대개 누가 캐스팅되면 그 이유에 대해 암암리에 소문이 짜하게 퍼진다. 배우의 실력이든, 소속사의 힘과 로비, 혹은 누군가의 압력 등등, 그냥 지나치는 법이 없었다.

그 와중에 '붉을 적'의 오디션은 공정하고 까다로웠다는 평을 받고 있었다.

오하나만이 알고 있는 루트로 알게 된 진실이라고 해도 누구나 들을 수 있는 곳에서 크게 말하는 건 확실히 경솔한 짓이었다. 그리고 진실이 아니라면 멀쩡한 연예인을 매장할 수 있는 악독한 짓이었다.

하지만 이런 게 소문이 나면 영화에 도움이 될 게 하나 없다는 걸 모를 오하나가 아니었다. 그렇다면 우진이 메이크업실에 올 시간에 맞춰 일부러 그런 말을 했을 가능성이 컸다. 오하나는 들을 사람만 들을 수 있게 정보를 제공하는 노림수를 쓴 것이다.

이간질에 정도란 없는 법이었다.

"맹랑한 아가씨네. 연인 역이라 마냥 무시할 수도 없고 우진이 네가 힘들겠다."

황이영의 걱정은 괜한 게 아니었다. 그동안 우진은 이상할 정도로 상대 배우 운이 좋았다. 성격은 각기 달라도 원체 시원시원하고 꼬인 구석이 없었다. 모두 연상이라 우진을 동생처럼 잘 이끌어준 점이 항상 고마웠다.

반면 오하나는 첫 만남부터 오늘의 일까지 겹쳐서 사람이 달리 보이는 게 사실이다.

그런데 잠시 후면 그녀와 사랑에 빠지는 연기를 해야만 했다. 인간적으로 아무런 매력도 안 느껴지는, 오히려 반감마저 생기는 상대와 함께 연인 연기를 해야 한다는 건 우진으로선 처음 있는 일이었다.

"걱정하지 마! 원래 중전은 쌍년이었으니까 오히려 이미지가 딱 떨어지네."

"네?"

"몇 년 전에 중전이 썼던 일기가 발견됐잖아."

중전 윤씨가 개인적으로 몰래 썼던 일기가 몇 년 전에 궁을 수리하다가 우연히 발견되었다. 아마도 반정 중에 중전을 모시던 지밀상궁, 혹은 나인이 상전의 흠을 감추기 위해 몰래 숨긴 것이 아닌가, 하는 설이 가장 그럴싸했다.

그도 그럴 것이, 일기 안에는 중전 윤씨가 궁에 들어오기 전에 이미 대군과 애인 사이였다는 것을 인정하는 내용이 있었기 때문이다. 더욱이 중전이 되고서도 대군을 잊지 못해서 그리움이 절절한 애사(哀思)를 고스란히 드러냈다.

혹시나 그랬을지도 모른다는 소문이 사실로 확증되는 순간이었다. 중전을 모시던 이들로선 아예 없애고 싶었겠지만, 미처 그럴 시간이 없어서 감추는 수밖에 없었던 중전 윤씨의 치부이기도 했다.

"예전엔 관심이 없어서 안 읽었는데 내가 이번에 그 일기를 읽어봤거든. 남들은 다 애절하고 슬프다고 하던데, 웬걸 내가 보기엔 정말 희대의 쌍년이더란 말이지."

말을 할수록 황이영은 점점 흥분하면서 목소리가 커졌다.

"재간택 날이 있기 전에 대군이 찾아와서 어떻게든 떨어지라고, 그러면 그 후는 자기가 알아서 하겠다고 했는데도 기를 쓰고 3명 안에 들어갔잖아. 그러면서 이게 다 가문과 아버지를 위한 희생이라고 질질 짜는 게 어찌나 웃기던지."

고로 중전 윤씨는 기회주의자이며 권력 지향적 이중인격자라고 주장했다.

"결국은 명환대군의 눈이 낮았던 거야. 아니면 나쁜 여자가 취향이었든지. 하지만 희대의 악녀라도 누군가에게는 가장 사랑하는 사람이 되지 말라는 법은 없으니까. 하아, 유부녀에 그런 년도 연애하는데 나는……."

어느 순간부터 넋두리로 변했지만 황이영의 의견도 틀린 것은 아니었다. 우진도 중전 윤씨를 그렇게 평가했기 때문이다.

'아무것도 포기하지 않은 사람이었으니까.'

중전이라는 지고의 자리가 주는 명예와 부, 그리고 명환대군이 주었던 맹목적인 사랑까지. 그녀는 어느 것도 포기하려고 하지 않았다.

주상이 계비를 얻자 문진왕후는 정략적으로 명환대군의 길례를 서둘렀다.

17세에 혼자가 된 명환대군이 그 나이가 되도록 후처를 맞이하지 않은 게 오히려 이상한 일이었다. 대군의 혼례는 일사천리로 진행되었고, 중전 윤씨는 이를 참지 못했다.

궁으로 들어가면서 함께 데리고 갔던 여종을 시켜 편지까지 보낼 정도였다. 마치 부정을 저지르는 연인을 타이르는 듯한 내용이었다. 그걸 또 못난 명환대군은 감격해서 구구절절한 답장을 보내기도 했다.

"그 일기와 함께 발견된 대군의 편지를 보면……."

"누나, 제발!"

"왜?"

"그냥 그 편지 이야기는 더는 하지 마세요."

아마도 중전의 일기를 감춘 것은 그 여종 출신의 상궁이었을 것이다. 두 사람의 관계를 알고 있으며 중전의 일기 내용을 알 만한 이는 유일하게 그녀뿐이었다.

자기를 버리고, 그것도 형님과 결혼해서 형수가 된 여자가 너는 혼인하지 말라는 편지에 명환대군은 뭐라고 답했더라.

내가 원하는 것은 주인의 손에 꺾여 집 안으로 사라진 꽃이지, 화원에 핀 이름 모를 꽃들이 아니라고 했다. 어느 꽃이든 자신의 가슴에 스며든 향기를 대신할 수 없으며 술 향기만이 벗이 되어 아쉬움을 함께한다는, 별 유치한 내용의 답장을 썼다.

'그 누구도 아닌 내 전생이!'

그런데 모자란 놈이라고 전생만 욕할 수 없는 게, 우진도 그와 비슷한 짓을 몇 년 전에 했었다. 첫사랑에게 차이고 나서 본인이 했던 지질한 짓들이 떠오르자 우진의 얼굴이 점점 창백해졌다.

어쩌면 자신의 영혼은 이토록이나 일관성이 있을까 싶었다. 자기를 사랑해 주지 않는다고 상대 앞에서 자살한 전적까지 있으니, 어느 전생만 못났다고 탓할 수가 없었다. 그냥 이건 그의 영혼에 새겨진 성격이고 취향이었다.

그는 마치 예술을 사랑하는 방식으로 그녀들을 사랑했다. 때론 광기가 어리게 집착하고 소유하려고 했다. 아니면 뭐든지 퍼주고 조건 없이 베풀면서 지키려고 했다.

우진은 아직도 남아 있는 첫사랑에 대한 이 미련을 버릴 필요성을 처음으로 느꼈다.

마음이라는 게 정리를 한다고 사라지는 것이 아니었다. 우진은 어딘가에 고이 접어놓은 이소현에 대한 미련을 굳이 버리지 않고 있었다. 만약에라도 그녀와 다시 잘된다고 해서 나쁠 건 없다고 생각했다.

하지만 지난 전생들을 돌아보고, 명환대군이 했던 짓들을 이번 기회에 돌아보니 그건 정말 아니었다.

만약에 그에게 다음 생이 있다고 치자. 그래서 또 배우가 되었는데 '채우진'의 일대기를 그린 영화에 캐스팅돼서, 첫사랑과의 사연을 그대로 풀어낸다면 어떻게 될까. 이건 명환대군과는 비교도 안 되는 흑역사였다.

'그건 죽어도 죽는 게 아니야.'

명환대군의 과거는 조금 부끄러운 정도지만, 자신이 했던 짓들은 차마 돌아보기 힘든 수치였다. 그리고 명환대군처럼 평생 헤매며 마음잡지 못하고 한 여자에게 인생을 저당 잡히고 싶지 않았다.

"우진아, 괜찮아? 얼굴이 너무 안 좋다. 감독님께 말해서 촬영 미뤄달라고 말할까?"

"아니요. 그냥 중요한 것을 깨달았을 뿐이에요."

"중전이 쌍년이라는 거?"

황이영의 무심한 말이 또 비수가 되어 우진에게 꽂혔다. 새삼 자신이 사랑했던 여자들의 유형이 확연하게 가슴에 와닿았다. 연인을 대하던 자신의 태도도 일관성이 있었지만, 사랑했던 연인들의 성격 또한 조금의 차이는 있어도 대동소이했던 것이다.

"네, 무지하게 나쁜 년이었어요."

그리고 자신은 무지하게 멍청한 놈이었다. 멍청한 놈의 사랑이란 게 언제나 그렇듯 사람을 볼 줄 모르고 무모하고 맹목적이었다.

그래, 그런 여자도 좋아했는데 오하나는 정말 아무것도 아니었다.

중전 윤씨와 처음 만나고 그녀에게 사랑을 느끼는 신을 준비하면서 우진은 많은 고민을 했다. 과연 그녀에 대한 사랑을 어찌 표현해야 할까. 원래 명환대군의 미친 사랑을 그대로 표현할 것인가, 아니면 순화시켜야만 할까.

차갑게 머리를 식히며 우진은 명환대군에게 찾아왔을지도

모르는 평범한 사랑을 상상해 보았다.

"레디 액션!"

윤 감독의 큐 사인을 받자마자 우진은 스무 살의 명랑한 명환대군이 되었다.

◆　　◆◆◆　　◆

"대, 대감, 꼭 이러셔야 하겠습니까?"

화공(畵工)은 누추한 도포 차림의 명환대군을 보고서 희게 질린 얼굴로 연신 고개를 저었다. 평소 대군의 지원을 받던 화공은 오늘 같은 날이 올 줄 상상조차 못 했는지 연신 땀을 흘리며 당황해했다.

"어허, 오늘은 내가 자네 제자래도! 잘 부탁드립니다, 스승님."

오늘 화공을 따라나선다며 명환대군은 가난한 환쟁이로 분장했다. 아직 실력이 부족하여 화공을 스승 삼아 따라다니는 제자라는 설정까지 잡아놓았다.

"그래, 오늘은 어느 기방으로 가는가?"

초상화가 특기인 화공은 특히나 여인을 잘 그리기로 유명하다. 하지만 남녀가 유별하였기에 양반가에서 그를 부르는 일은 별로 없었다. 화공의 일터는 주로 기방으로, 그곳의 기녀들을 그려주는 게 업이었다.

"오늘은 잘못 고르셨습니다. 어느 효심 깊은 분이 늙으신 어머니의 초상화를 그려달라는 청이 들어왔습니다."

"이런, 안타까울 수가!"

"네, 그러니 오늘은 이만……."

"할미꽃이라 하여 꽃이 아닌 것은 아니지."

오히려 화공이 노부인을 어찌 묘사하고 그릴지 흥미로워서 이후는 더욱 기꺼워했다. 그가 화공을 따라가려는 것은 그리려는 대상을 구경하기 위함이 아니라, 초상화 기법을 배우기 위해서다.

"그러다가 정체가 들통나시면 어찌하시려고요."

"조정 대신 중에 이런 모습을 보고 날 알아볼 이는 없을걸세. 되레 기방이 더 위험하지."

그만큼 친분을 나누는 이들도 없을뿐더러 누가 상상이나 하겠냔 말이다. 이후는 자신이 생각해도 있을 수 없는 일이라는 걸 너무나 잘 알고 있었다. 의기양양한 대군을 보며 화공은 어찌할 바를 몰라 쩔쩔맸다.

화공이 찾은 곳은 고관대작 댁은 아니어도 제법 명망 높은 양반가로 보였다. 하인이 나와 그들을 볕 좋은 남챗방으로 안내해 주었다.

"어머님, 초상화를 그릴 화공이 왔답니다."

"뭐? 누가 와?"

마흔쯤으로 보이는 안방마님이 오늘 초상화의 주인공에게 설명하였지만, 노모는 잘 듣지 못하고 고개를 갸웃거렸다. 침침한 눈으로 화공과 이후를 쳐다본 노부인은 이내 사정을 이해했는지 손짓으로 앉으라며 자상하게 일렀다.

"늙은이 면상을 그려서 어디에다 쓰려고. 괜히 나중에 아범 마음만 아프지."

늙은 어미의 모습을 지금이라도 남겨서 오래 보고자 하는 아들의 마음을 아는지 노인은 바르게 자세를 잡았다.

"연세가 있으시니 오랫동안 앉아 있지 못하시네."

"예, 오늘은 초본만 간단히 그리겠습니다."

화공의 말에 이후는 능숙하게 화구들을 정리하여 유지와 유탄을 꺼내 앞에다 놓았다. 송구해하면서 이후의 시중을 받던 화공은 유탄을 잡는 순간, 모든 걸 잊은 듯 유지 위에 선을 그려 나갔다.

대상을 뚫어지게 바라보며 특징과 작은 주름 하나도 놓치지 않고 표현하는 화공을 이후는 열렬한 학생이 되어 관찰했다. 손가락으로 화공의 선을 따라 그리고, 노부인의 모습을 살피며 자신이라면 저 부분을 어찌 그릴까 골몰하기도 했다.

"할머니, 어머니!"

어린 낭자가 다과를 가지고 안으로 들어오는 소리가 들렸다. 화공이 초상화의 초본을 그리는 걸 보느라 정신이 없던 이후는 자신의 옆으로 스쳐 지나가는 기척에도 고개를 들지 않았다. 여기가 어디라고 왔냐는 어머니의 잔소리와 맑게 웃으며 구경 왔다는 변명이 오가는 소리가 언뜻 들리는 것 같았다.

화공이 잠시 손을 멈추고 노부인을 관찰하자, 이후도 그를 따라 고개를 들었다. 평생 힘든 일이라곤 해본 적이 없을 것 같은 고운 손과 인자하게 나이 든 입가의 주름을 살피던 이후의 시선이 언뜻 그 옆으로 옮겨갔다.

찰나의 순간 노부인의 옆에 앉아 있는 낭자와 시선이 엉켰다.

'희대의 쌍년.'

"풋!"

불현듯 황이영이 했던 말이 떠올라 버린 이후는 이 자리가 어떤 곳이라는 것도 잊고 그만 박장대소를 하고 말았다.

"하하하!"

우진이었다면 이렇게 시원하게 웃지 않았을 테지만, 지금은 거칠 것 없는 대군이신 이후였다. 상대가 희대의 쌍년이라도 사랑할 남자는 이마저도 유쾌했다. 편안하게 앉아서 손으로 무릎을 치며 웃는 자세가 대군 그 자체였다.

"NG?"

윤 감독의 어리둥절한 외침에야 어느 정도 정신을 차린 이후는 눈가를 훔치며 뒤를 돌아봤다. 개구지게 웃는 얼굴 그대로 윤 감독에게 잠시만 양해를 구했다. 지금은 너무 웃겨서 아무것도 할 수가 없었다.

한참을 그렇게 시원하게 웃은 후, 이제는 우진으로 돌아온 그는 자신을 멀뚱히 보고 있는 배우들 사이로 오하나를 보았다.

아니, 그녀는 지금 중전 윤씨, 윤화은이었다.

황이영의 말대로 윤화은은 전형적인 나쁜 여자였다. 그리고 명환대군은 그걸 다 알면서도 그녀를 사랑했다. 그녀가 어떤 사람이냐는 것은 그에게 중요한 논점이 아니었다.

우진은 이 젊고 순수한 젊은이에게 따스하고 아름다운 사랑이 무언지 알려주고 싶었다.

정작 채우진 본인도 잘 모르나, 세상 어디에나 있지만 어디에도 없는 그들의 사랑이 예쁘게 꽃피우기를 바랐다. 지금이, 이랬다면 좋았을 명환대군의 또 다른 사랑을 만들어줄 절호의 기회였다.

우진이 진정하고 준비를 끝내자 촬영이 다시 이어졌다.

윤화은과 시선이 마주친 순간, 이후는 그녀에게 묘한 운명을 느꼈다. 첫눈에 사랑에 미쳤던 명환대군 대신 이 자리에는 온화하게 사랑을 시작하려는 이후가 있었다.

반짝반짝 빛나는

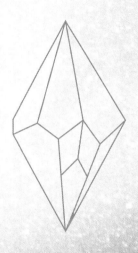

봄에 내리는 비는 마치 찬란한 연녹색빛으로 만든 방울 같다. 투명한 물방울 너머로 나무에서 돋아나는 새싹이 반짝반짝 빛나고 부서진다.

　깨끗한 유리 창문을 열고 손을 내밀어 비를 맞고 있던 남자는 문득 들리는 소리에 천천히 고개를 돌린다. 시선이 마주치자 남자의 얼굴에 찬연한 미소가 퍼진다. 반짝이는 눈동자에 담긴 애정과 미련이 그대로 느껴져서 숨이 막힐 지경이었다.

　―우리 내년에도 같이 오자.

　"네! 우리 절대 헤어지지 말아요. 언제라도 어디든지 함께할 거예요!"

　남자의 말이 끝나자 여자는 자신의 두 손을 마주 잡으며 맹세했다. 그녀의 열에 들뜬 목소리에 깃든 희망이 공허하더라도 이 순간만은 행복하다.

몇 번이나 광고 영상을 돌려본 여자는 이제는 '그림자의 도시' 1화를 클릭했다.

수없이 봐서 이젠 대사까지 다 기억하는데도, 다시 봐도 늘 새롭고 재미있었다.

철컥철컥.

방문이 열리는 대신 들리는 소리에 방 밖에선 날이 선 목소리가 들렸다.

"너, 또 문 잠갔어? 저녁 먹게 어서 나와! 대체 방에 뭐가 있기에 맨날 문 잠그고 다니는지 몰라. 계속 이러면 너 없을 때 문 따고 들어간다?"

"그러기만 해! 여긴 내 영역이야. 누구든지 들어오기만 해봐, 가만 안 둘 거야!"

"알았어, 알았으니까 나와서 밥이나 먹어. 시간 되면 알아서 척척 나오면 좀 좋아? 왜 매번 불러야 나오는데!"

함께 사는 언니의 볼멘소리에 여자의 눈빛이 시시각각 변하였다. 저 참견하기 좋아하는 언니는 밥 한 끼 안 먹으면 무슨 큰일이라도 생기는 줄 안다. 어쩔 수 없이 모니터를 끄고 자리에서 일어날 수밖에 없었다. 계속 무시한다면 오지랖 넓은 언니는 이 방까지 침범해 들어올 수가 있었다.

여자는 방을 나가기 전에 불도 켜지 않아 어두운 방 안을 둘러봤다.

열린 문틈 사이로 들어온 거실의 빛이 방 안을 비추었다. 어둠 속에서 벽에 빼곡히 붙어 있는 채우진의 사진과 한쪽에 서 있는 등신대 간판이 보였다.

계속 보고 싶은 유혹을 겨우 참고 그녀가 문을 닫자, 철컥거리며 문이 잠기는 소리가 고요히 울려 퍼졌다.

◆　　◆◆◆　　◆

박은수는 '가온' 매장에 걸린 우진의 사진을 보며 올라가려는 입꼬리를 애써 내렸다.

목걸이를 팔찌처럼 차고 반지를 낀 오른손으로 얼굴 반쪽을 가리고 있는 화보였다. 보이는 한쪽 눈과 입이 시원하게 웃는 모습이 20대의 경쾌함과 발랄함을 고스란히 보여주고 있었다.

남자인데도 여성 주얼리를 착용하고 아무렇지도 않게 소화해 내는 걸 보면 연예인은 연예인이구나 싶었다. 아들이라 그런지, 타 브랜드의 다른 모델들 사진은 눈에 들어오지도 않았다.

때마침 박은수를 발견한 매장의 매니저가 그녀에게 다가왔다. 이 백화점에 입점한 '가온' 매장은 본사 직영점이었다. 자주는 아니어도 시장조사와 매장 디스플레이 때문에 종종 찾아오는 박은수를 매니저는 기억하고 있었다.

"팀장님, 오셨어요."

브리싱가멘의 대표인 최민우의 아내지만, 박은수는 디자이너로서의 직분을 우선으로 하는 사람이었다. 그리고 워낙에 드러내 놓고 다니는 성격이 아니라서 회사 내외에선 그녀가 최 대표와 부부인지 모르는 일반 사원도 제법 있었다.

특히 헤드헌터를 통해 스카우트돼서, 올해 초에 '가온' 의 직영점 매니저가 된 경우는 더욱 알기 어려웠다. 박은수의 성격을 아는 사람들은 굳이 말해주지 않았고, 가끔 매장을 찾는 박은수는 더욱 말할 것도 없었다. 그래서 그녀를 대하는 매니저의 태도가 편안했다.

"오늘은 저 신경 쓰지 않으셔도 돼요. 시장조사 겸해서 백화점을 둘러보려고 온 거예요."

백화점 내에 있는 다른 주얼리 매장도 보고 디자인 선호도를 조사할 겸 나온 거라 박은수는 매니저에게 자신은 신경 쓰지 말라고 했다.

"오늘은 팀장님이 오해하셨네요. 저 부탁 좀 하려고 일부러 팀장님 부른 거랍니다."

"부탁이요? 저한테요?"

"네! 본사에다 제안서를 제출하긴 했는데 만약 기회가 있으면 팀장님도 힘이 돼주셨으면 해서요."

매니저는 멋쩍게 웃으며 박은수를 매장 안쪽으로 데리고 가서 조용히 이야기했다.

"채우진 씨요."

"우, 채우진 씨가 왜요?"

"사인회 하면 안 될까 해서요. 채우진 씨가 모델이 돼서 신생인데도 우리 브랜드 인지도가 굉장히 높거든요. 그래서인가 다른 회사들 견제가 심해요. 얼마 전에도 타 브랜드 모델들이 와서 사인회도 하고 그랬거든요."

비즈니스와 마케팅 관련해선 아는 게 없는 박은수는 매니저의 말에 어색하게 웃으며 그런 일이 있었느냐고 되묻는 게 다였다.

"요즘 채우진 씨가 학교에서 수업 들을 때 앞머리 고정용으로 쓰고 있는 핀이나, 하고 다니는 목걸이들 반응이 정말 좋아요. 전 채우진 씨가 그냥 광고 모델인 것만도 좋은데, 이렇게 적극적으로 우리 제품을 홍보해 줄 줄은 정말 몰랐거든요."

공식 석상에서 협찬품으로 사용하는 것이 아닌, 일상에서도 계속 사용하는 모습을 보여주는 광고 모델들은 드문 편이었다. 그래서 채우진처럼 직접 착용하는 모습을 보여주면 광고 몇 편을 찍는 것보다 나은 효과를 준 경우가 많았다.

"확실히 핫한 배우라서 한번 움직이면 인터넷에서 바로 소식이 올라오거든요. 그래서 사인회까지는 아니더라도, 한 번 정도 매장에 찾아와 주면 좋겠다는 의견을 어제 올렸거든요."

'가온' 은 본점이 따로 없는 상황이라 이곳이 가장 큰 직영점이었다. 전체 매출도 가장 높고, '가온' 을 대표할 만한 매장이었다. 그래서 사인회를 한다면 이곳이 적소였다.

아무래도 타 브랜드의 모델들이 한번 뜨면 확실히 그날 매출에 영향이 왔다. 하루만 장사하는 게 아니라지만, 백화점 내에 있는 주얼리 브랜드가 여러 개이다 보니 그들이 번갈아 가면서 그러면 그만큼 노출도가 떨어질 수밖에 없었다.

채우진이라면 다른 브랜드 모델들과 비교하기 어려운 파급력을 가지고 있었다. 많이 바라는 건 아니고 한 번만이라도 '가온' 의 매장을 찾아와 주었으면 하는 욕심이 생겼다.

"아무래도 그건 디자인팀이 관여할 문제가 아니네요. 가능하다면 마케팅 부서에서 진행하지 않을까요?"

"그렇겠죠? 지난주부터 연달아서 다른 브랜드 모델들이 사인회다 뭐다 해서 계속 오다 보니까 마음이 조급했나 봐요. 괜히 부담스럽게 해서 죄송해요."

사과하는 매니저에게 박은수는 괜찮다고 손을 내저었다. 서로 잘해보자는 마음에서 나온 의욕이라는 걸 모를 리가 없었다.

"그런데 채우진 씨가 요즘 영화 촬영이 있잖아요. 학업과 병행하다 보면 시간이 없을 가능성이 클 거예요."

"아, 그렇지!"

아쉬워하는 매니저를 위로하고 매장을 나온 박은수는 슬쩍 다른 매장들을 둘러보며 발걸음을 옮겼다. 아니, 그러려고 했었다.

"박은수 씨… 맞죠?"

하지만 그녀의 팔을 잡고 이름을 부르는 중년 부인에 의해 저지당했다.

"누구세요?"

"저… 강혜민이에요."

중년 부인의 이름을 듣고도 박은수는 고개를 갸웃거렸다. 모르는 얼굴과 모르는 이름이었다. 경계하며 잡힌 손아귀에서 빠져나오려고 했지만, 중년 부인은 절박하게 박은수를 붙잡고 있었다.

"저, 채무석 씨 두 번째 부인이었던… 사람입니다."

채무석이란 이름에 박은수는 모든 동작을 멈추고 멍하니 자신을 강혜민이라고 밝힌 여자를 보았다. 채무석이라면 우진과 우희의 생부였다.

이혼 후에 그가 재혼한 사람의 이름은 모르지만, 박은수 그녀보다 열 살은 어린 아가씨라고 들어 알고 있었다. 하지만 지금 박은수의 앞에 있는 여자는 그녀보다 훨씬 늙고 병들어 보였다.

"길을 가는데 우연히 당신을 봤어요. 그래서 무작정 쫓아온 거예요. 어디… 가까운 곳에 가서 이야기할 수 없을까요? 그냥 잠시만……."

"제가 왜 강혜민 씨와 그래야 하죠? 우린 서로 볼일 없는 사람들이잖아요. 특히나 강혜민 씨도 그 사람과 이혼했다면 더욱이요."

상대의 정체를 알았으니 경계하는 마음은 누그러졌다. 그렇다고 해서 같이 앉아 이야기를 주고받을 사이는 아니었다. 강혜민이 어떻게 자신을 알고 있는지는 모르지만, 박은수는 그녀가 부담스러웠다.

"잠시면 돼요. 제발 당신한테 꼭 해주고 싶은 말이 있어서 그래요."

너무도 간절히 바라는 청에 박은수는 잠시 갈등했다. 강혜민은 깡말랐다는 표현이 맞을 정도로 뼈와 가죽만이 남아 있었다. 해골처럼 푹 파인 눈가와 자글자글한 주름들 때문에 중년으로 보이는 그녀는 이제 겨우 서른 후반이었다.

자세히 보면 마르고 핼쑥한 얼굴에 한때는 고왔을 외모가 언뜻 보였다. 부스스한 머리칼과 값비싸 보이지만 정돈되지 않은 옷차림이 현재 그녀가 정상이 아닌 것 같다는 인상을 주기도 했다.

"당신 아들에 대해 꼭 할 말이 있어요."

"제 아들을 아세요?"

우진의 이야기인가 싶어서 박은수가 잔뜩 경계하며 묻자, 그 반응에 강혜민이 되레 어리둥절해했다.

"예? 아, 아니요. 하지만 당신에게 아들이 있다는 것은 알고 있어요. 예전 저처럼요……."

마지막 말에서 그녀의 슬픔과 고단한 삶이 느껴졌다. 서서히 눈가가 젖는 그녀를 차마 모질게 내칠 수가 없었다. 박은수는 백화점을 나와 근처 카페로 강혜민을 데리고 갔다.

할 말이 많은 것처럼 보이던 강혜민은 막상 자리가 마련되니 머뭇거리며 망설이는 모습을 보였다. 따뜻한 찻잔을 계속 만지작거리며 입을 열려다가 도로 다무는 강혜민을 보면서도, 박은수는 인내심을 가지고 기다려 주었다.

한참이 지나서야 강혜민은 옛이야기부터 풀어내기 시작했다. 본론을 말하기 전에, 풀어야 하는 실타래부터 해결하고 싶은 모습이었다.

"처음 그 사람과의 혼담은 숙부를 통해 들어왔어요. 그는 재혼인 데다가 나이도 훨씬 많아서 처음엔 싫다고 했어요. 그런데 이야기를 들으면 들을수록 우리로선 감히 상상도 못 할 집안이더라고요. 조금 이상하기도 했어요. 그런 집안이라면 재혼이래도 저보다 더 나은 여자와 할 수 있을 텐데 하고요. 당시 저희 아버진 대학교수셨어요. 그리고 아버진… 그 사람을 통해서 대학 총장을 꿈꾸셨지요."

아닌 말로 그와 결혼하자마자 강혜민의 아버지는 바로 대학 재단의 실세로 급부상했다. 원래 학장 정도가 부친에겐 가장 높이 오를 수 있는 지위였다. 그런데 결혼 4년 만에 부친은 대학 총장이 될 수 있었다.

"그와의 결혼은 확실한 신분 상승이었어요."

나름대로 어려움 없이 풍요롭게 살았다고 여겼는데 채무석과 결혼한 후로 그녀의 신분은 급상승했다. 하루아침에 개인 비서와 운전기사가 생겼다. 굳이 백화점에 갈 필요 없이 그들이 찾아왔고, 원하는 시간이라면 그때가 새벽이라도 매장을 열고 그녀를 맞았다.

홍콩에 있는 백화점에서 신상이 나왔다는 연락이 오면 그날 비행기를 타고 가서 사오는 건 아무것도 아니었다. 문득 예전 일본에서 먹었던 음식이 생각나면 당장 그곳에 가서 점심만 먹고 돌아오기도 했다. 무슨 색으로 살까 고민할 필요 없이 마음에 들면 가격에 구애받지 않고 색상별로 모두 구매할 수 있는 생활이었다.

"처음엔 꿈만 같았죠. 그 사람도 친절하고 점잖아서 전 제가 전생에 나라를 구해서 이런 복을 받나 착각할 정도였어요. 제가 그 정도로 바보 멍청이였어요."

자조적으로 웃는 강혜민을 보니 남의 이야기 같지가 않았다. 정략결혼이었지만, 박은수는 채무석이 다정하지는 않더라도 신사적이고 매력적인 사람이라고 생각하며 살았었다.

"그게 다 가면이죠."

"네, 가면이었어요. 아버님이 갑자기 쓰러지자 본색을 드러내더라고요."

결혼한 지 2년이 지났을 때, 시아버지가 뇌졸중으로 쓰러져 반신불수가 되자 채무석이 가업을 모두 이어받게 됐다.

손이 귀한 집안이라 경영권 다툼할 형제와 일가친척이 없어서 잡음조차 없던 승계였다. 오로지 홀로 그 모든 것을 차지한 그는 더는 눈치를 보고 신경 쓸 필요를 느끼지 못하는 사람처럼 굴었다.

"아버님 요양 때문에 시부모님이 프랑스로 떠나자마자 그 여자가 바로 집으로 들어왔어요."

그날을 생각하면 아직도 치가 떨리는지 강혜민은 이를 악물며 말을 이었다.

"시부모님과 함께 살지는 않았지만, 아마도 그 여잔 나름 눈치를 봤던 모양이에요. 전 정말이지 그때까지 우라가 박은수 씨, 당신 딸인 줄 알았다고요. 매주 엄마 보러 간다는 말에⋯ 엄마가 그 여자일 줄 상상조차 못 했어요."

갑자기 집 안으로 쳐들어온 여자는 강혜민을 안방에서 쫓아냈다. 상대가 워낙 유명한 배우라서 처음엔 왜 저 여자가 우리 집에 있을까, 의문이 들기도 했다.

"지금까지 남의 방을 차지하고 있었으면 알아서 처신해야지."

경찰을 부르겠다는 강혜민에게 그 여자가 한 말이었다. 그런데 더 어이없는 건 집에서 일하는 고용인 모두 그녀를 알고 극진히 대접한다는 점이었다. 놀라서 남편에게 전화하자, 그도 모르는 일이었는지 처음에는 당황해하는 게 전화기 너머로 보일 정도였다.

두 사람의 합의 없이 그 여자 마음대로 벌인 일이었던 거다.

그러나 귀가한 채무석은 '사정이 이렇게 됐으니 당신이 그냥 이해해'라며 그냥 안방으로 들어가 버렸다. 그를 따라 방으로 들어가려고 하자 그 여자가 앞을 막았다.

"여긴 우리 방이야. 당신이 들어올 곳이 아니라고."

"무슨 소리야! 여긴 우리 부부 침실이라고. 나가야 할 사람은 바로 당신이지!"

"이런, 이런. 저곳은 아주 오래전부터 우리 방이었어. 우리 우라가 저 방 침대에서 생겼거든."

조금의 부끄러움도 없이 당당하게 말하는 모습에 어처구니가 없었다. 첫째 부인이 둘째를 임신하고 입덧이 너무 심해서 친정에 가 있을 때부터 사용했으니, 강혜민보다 역사가 오래된 다고 자랑까지 했다.

"앞으로 한 집에서 같이 살게 됐으니 잘 부탁해."

손가락을 살랑살랑 흔들면서 그녀는 당당하게 안방으로 들어갔다. 차마 그녀를 쫓아 안으로 들어갈 수가 없었다.

다음 날, 안방의 인테리어가 바뀌면서 강혜민이 사용했던 물건들은 다른 방으로 옮겨졌다. 계모란 소리를 듣고 싶지 않아서 최선을 다해 키웠던 우라는 그 여자를 보자마자 '엄마~! 우리 이제 같이 사는 거야?' 라며 좋아서 깡충깡충 뛰어다녔다.

이게 대체 어떻게 된 일이냐고 채무석에게 따졌지만 돌아온 것은 무심한 답변이었다.

"품위 없이 소리 지를 게 아니라, 못 참겠으면 그냥 이혼하면 되는 일이야."

그러면서 전 부인이었던 박은수와 그녀를 비교했다. 역시 집 안과 배운 게 다르니 행동거지도 다르다며 혀를 찼다. 한 번 했던 이혼을 두 번은 못하겠냐며 언제든 원하는 대로 해주겠다고 했다.

"내가 원하는 대로 해주겠다고요? 그럼 그 여자를 이 집에서, 우리 집에서 내쫓아줘요."

그러면 당신들이 밖에서 뭘 하고 다니든 상관 않겠다는 말에 채무석은 소리 내어 웃었다.

"이 집에서 당신이 마음대로 할 수 있는 건 오로지 당신 하나뿐이야. 처음 이 집에 왔을 때부터 지금까지, 당신이 마음대로 할 수 있었던 게 본인 말고 또 있었던가?"

그때야 왜 이 남자가 자신과 결혼했는지 알 수 있었다. 시부모님 역시 마찬가지였다. 아들을 너무 잘 알기에 그가 변하지 않을 거라는 걸 알던 그분들이 찾던 적당한 상대가 자신이었던 거다.

첫 번째 부인처럼 모든 게 완벽한 여자는 채무석을 감당하며 참고 살 이유가 없었다.

너무 격(格)이 떨어지지 않으면서 함부로 대해도 끽소리 못 하고 참고 살 여자를 찾다가 걸린 게 강혜민이었다. 그렇게 참고 산 보상으로 그녀의 아버지는 대학 총장이 될 수 있었다. 그리고 딸의 이혼과 동시에 재단 비리에 연루돼서 쫓겨났다.

"그렇게 3년을 더 버텼는데, 그게 제 한계더라고요. 우영이를 두고 오는 대신에 위자료는 많이 받았어요."

그나마 채무석이 아들은 아끼는 편이라 그 여자도 채우영에게는 함부로 하지 못했다. 그 집안에 남아서 후계자가 되는 게 엄마를 따라 나오는 것보다는 나을 것이라 생각하기도 했다.

"후계자라. 그 여자가 아들이라도 낳으면 어떻게 나올 거라는 생각은 하지 않았어요?"

채무석에게서 부정을 바라는 것만큼 어리석은 짓은 없었다. 차라리 그냥 아들이 너무도 사랑스럽고 예뻐서 편애하는 사람이라면 조금이라도 안심이 되었을지 모른다. 하지만 그는 단지 손이 귀한 집안이라는 강박관념과 꼭 아들이 대를 이어야만 한다는 가부장적인 사고만이 가득한 남자였다.

"그 사람, 우영이 낳고 수술했거든요. 더는 자식이 필요 없다면서요."

2남 2녀라면 그 집안에선 몇 대만에 이룬 쾌거라 할 정도로 자식을 많이 낳은 편이었다. 강혜민의 말에 비로소 이해가 된 박은수가 고개를 끄덕였다.

"그리고 두 사람이 싸운 걸 들었거든요. 그 여자는 아이를 더 낳기를 원했는데… 뻔하잖아요. 그런데 그 사람이 그러더라고요. 우라를 보면 너한테서 태어날 아이의 수준을 알 수 있다면서. 그런 아이라면 열이라도 소용없다고 딱 잘라 거절하더라고요."

마냥 서로 애틋하고 사랑이 넘칠 것 같던 두 사람에게도 견해 차인 있었다. 그리고 그 여자라고 해서 채무석에게 존중받고 있던 건 아니라는 걸 알게 되었다.

"그래서 안심하고 이혼하면서 우영이를 두고 나왔는데……."

과거를 돌아보다가 갑자기 울먹이는 강혜민을 보며 박은수는 그녀의 손을 두 손으로 꼭 잡아줬다. 어머니로서 자식의 죽음은 상상조차 못 할 아픔이란 걸 가슴으로 느끼기 때문이다.

"전 이혼하고 그 집안 소식은 아예 끊고 살았어요. 그저 그 사람이 재혼하고 아들을 낳았다는 것만 알았죠."

그래서 안심했다. 일단 그 남자가 우진이에게 더는 미련을 가지지 않을 거라는 걸 알게 되었으니 말이다. 어느 날 갑자기 우진이를 뺏길 위험은 사라진 셈이었다. 그러다가 몇 년 전에 백화점에서 그 여자를 만났고, 채무석이 또 이혼하고 결국 두 사람이 결혼했다는 소식을 알게 되었다.

"그런데 작년에 방송에서 우라 그 아이가 자기를 외동이라고 말하는 걸 듣고 놀랐어요. 분명 아이가 또 있을 텐데 무슨 소리인가 싶어서 알아봤더니……."

TV스타를 보고 의문이 생겨서 알아본 결과, 강혜민의 아들인 채우영이 재작년에 사고사했다는 걸 알게 되었다. 그걸 안 순간 당시 진행 중이었던 아이들의 성본 변경과 입양 건을 중단시켰다.

성본 변경은 친부의 승낙이 없어도 진행할 수 있지만 입양은 아니었다. 그리고 성본 변경도 나중에 친부가 이의를 제기해서 취소된 판례가 있었다. 지금 채무석은 아직 우진을 염두에 두지 않고 있었다. 그 여자가 그렇게 만들 리도 없고 말이다.

이 상황에 괜히 그의 관심을 이쪽으로 쏠리게 해서 긁어 부스럼을 만들 필요는 없었다. 이제는 아버지와도 관계가 회복돼서 법적으론 크게 걱정하지 않지만, 굳이 일을 시끄럽게 만들 이유는 없었다.

그쪽도 나름대로 노력 중이라니, 그들의 소원이 이뤄질 때까지 조용히 지내고 있는 편이 상책이었다.

"뭐라 위로할 말이 없어요."

박은수는 강혜민의 손등을 토닥이면서 씁쓸하게 위로했다. 한때 자식을 뺏길까 봐 전전긍긍했던 박은수는, 자식이 세상에 사라진 슬픔이 어떤 건지 절대 알고 싶지가 않았다.

"우리 우영이, 분명 그 여자가 죽였을 거예요!"

"설마요."

괜한 억측이라며 강혜민을 달랬다. 만약 그랬다면 채무석이 모를 리가 없고 아무리 그 여자라 해도 용서할 리가 없다. 그런데도 강혜민은 오히려 강경하게 고개를 저었다.

"아니요. 당신은 몰라요. 그 여자가 얼마나 끔찍한 인간인지. 그러니까 당신도 조심하세요."

강혜민은 자신을 위로하던 박은수의 두 손을 꼭 잡으면서 서슬이 시퍼렇게 흥분하며 외쳤다.

"내가 미친년 같겠지만 조심한다고 해서 나쁠 건 없잖아요. 그 여자가 얻고 싶은 걸 얻지 못했을 때… 무슨 짓을 저지를지 아무도 몰라요. 그년은 앞뒤 생각 없이 무작정 저지르고 보는 성격이에요. 뒷감당 같은 거요? 그런 거 일일이 신경 쓰지도 않아요. 그년을 움직이게 하는 건 오로지 탐욕뿐이에요."

강혜민은 쉽게 진정하지 못했다. 덜덜 떠는 손의 진동이 건너편에 앉아 있는 박은수에게까지 느껴졌다. 덩달아 착잡해져서 자연스레 그 여자의 얼굴이 떠올랐다.

뻔뻔하고 안하무인이긴 해도 그녀는 박은수의 인격을 파괴하지는 못했다. 시도는 몇 번쯤 했지만, 먹히지 않아서 결국은 빈정거리고 시비 거는 게 그녀가 할 수 있는 전부였다. 그래서인지 지금 와서 그녀에 대한 감정은 한심함 그 이상도 이하도 없었다.

그건 아마도 지금 삶에서 누리는 만족감에서 오는 너그러움에 가까웠다. 만약 자신이 강혜민과 같은 처지였다면 이렇게 차분할 수 있을까. 아니라는 걸 알기에 강혜민의 슬픔과 분노가 도리어 이해가 됐다.

하지만 이런 분노와 억측은 사람의 정신을 피폐하게 만들고 몸을 병들게 한다. 그래서 어떤 식으로 진정시키고 위로할 수 있을까 생각해 보았지만, 선뜻 떠오르는 게 없어서 침묵할 수밖에 없었다.

이럴 때는 어설픈 위로보다는 그냥 이야기를 들어주는 것만으로도 속이 풀리는 경우가 있었다.

"당신처럼 되고 싶었어요."

"……?"

"당신처럼 당당한 엄마가 되고 싶었어요. 그래서 정말 열심히 살았는데… 언젠가 우리 우영이와 살 수 있는 날을 기다리며……"

이혼을 준비하면서 강혜민은 박은수에 대해 알아봤다. 그녀는 어떻게 채무석과 이혼했고 자식들의 양육권을 챙길 수 있었는지 말이다.

처음엔 그녀의 집안을 보고 역시나 싶었다. 저런 집안이니 당당하게 아이들을 데리고 채무석과 이별할 수 있었다고 여겼다. 하지만 그 이혼으로 박은수가 친정과 의절했다는 걸 알고는 경악했다.

남매를 데리고 전셋집에서 전전긍긍 살아가고 있다는 것도 충격이었다. 만약 우영이를 데리고 이혼한다면 자신이 겪을 미래였기 때문이다.

당시 딸의 이혼을 극구 반대하던 친정 부모님을 원망하던 마음도 많이 진정되고 그분들을 이해하는 계기가 되기도 했다. 저런 집안도 채무석과의 이혼을 반대했는데 우리 부모는 오죽하겠냐 싶어서, 그분들을 더는 미워하지 않았다.

강혜민은 박은수를 동경하면서도 그녀를 따라 할 수가 없었다. 차마 채무석이 제시한 위자료를 거부할 수 없었고, 박은수처럼 맨몸으로 아들과 살아갈 자신이 없었다. 아들인 우영이

후계자가 되기 위해선 아버지와 함께 사는 게 낫다며 주장했지만, 실상 그녀는 무서웠다.

자신의 무능력함이 아들에게 줄 수 있는 게 아무것도 없다는 걸 알고 있었다. 예전의 생활로 돌아가기엔 이미 사치에 익숙해져서 도저히 용기가 나지 않았다.

"만약에 가난하더라도 우영이와 함께 살았으면… 우린 지금 행복했을까요?"

강혜민의 물음에 누구도 답해줄 수 없었다. '만약'이란 가보지 않은 길에 대한 상상이지 결론이 날 수 있는 과정이 아니었다. 신조차 알 수 없는 걸 박은수가 답해줄 수 있을 리가 만무하다.

"당신은 나와 다르니까… 부디 꼭 지켜야 해요……."

길에서 우연히 박은수를 보고 무작정 쫓아온 이유가 이것이었다. 자신과는 다른 길을 가는 박은수는 꼭 다른 결말에 도달하기를 바랐다. 떠나 버린 아들의 형과 누나만은 건강하고 행복하게 살아가길 소원했다.

과거와 미래에 대해 수많은 만약을 상상해 보았지만, 이제 강혜민에겐 아무런 소용이 없는 '만약'이었다. 그녀가 꿈꾸던 미래는 2년 전에 단절되고 말았다.

◆　　◆◆◆　　◆

"부탁 들어줘서 고마워."

송재희가 우진에게 두 손 모아 고마움을 표현했다.

로맨틱 코미디를 찍고 있던 송재희가 우진에게 특별 출연을 부탁했는데 그가 흔쾌히 받아들인 것이다. 배역은 여주인공의 첫사랑으로, 나오는 시간은 짧아도 매우 중요한 역이었다. 다행히 '붉을 적'보다 두 달 미리 개봉할 터라 겹치지도 않았다.

하지만 장르에 코미디가 붙은 만큼 이 '첫사랑'도 마냥 멋있는 배역은 아니었다. 어느 정도 망가져야만 했기에 과연 우진이 수락할까 걱정이 많았다.

"말했잖아요. 저 이런 역할 정말 해보고 싶었다고요."

재벌 3세에 망상병에 걸린 스토커! 대본을 보면서 우진은 쿡쿡거리며 웃기에 바빴다. 대본이 잘빠졌다고 칭찬하자, 송재희가 어깨를 으쓱이며 자기가 보는 눈이 좋다고 셀프 칭찬을 했다.

"최 감독님도 이 영화 좋다고 말씀하셨겠네요?"

"응! 로맨틱 코미디치고 억지 전개가 없어서 정말 마음에 든……."

말하다 말고 얼굴을 붉히는 송재희를 보고 우진은 축하한다고 해주었다. 최이건 감독과 송재희, 둘 모두를 알고 서로 연락하는 처지에서 이 두 사람이 언젠가부터 사귀게 되었다는 걸 우진은 짐작할 수 있었다.

"그런데 장 대표님도 아세요?"

"당연히 알지. 겨우 9살 차이밖에 안 나는데 그 늙은이가 뭐가 좋으냐고 툴툴거리셔. 우리 이건 씨가 어디가 어때서!"

두 사람이 사귀는 거야 예상했던 일이라 아무렇지 않았는데, '우리 이건 씨'라는 호칭에 우진은 온몸에 두드러기가 나는 느낌이었다.

"최 감독님 나이와 성격으로 봤을 때, 가벼운 마음으로 누나를 만나는 게 아닐 테니까요. 장 대표님이 보기엔 아무래도 누나가 아깝죠."

장수환으로선 송재희가 어렸을 때부터 함께해 왔기에 소속 연예인이란 개념보다는 마치 어린 딸 같은 느낌이 컸다. 그 딸이 커서 9살이나 많은 남자와 연애한다니 걱정도 이만저만한 게 아니었다.

"그만한 각오가 없었으면 나도 이건 씨하고 시작도 안 했어."

"그럼 결혼도 생각하시는 거예요?"

놀라서 묻는 우진에게 송재희는 당연한 거 아니냐고 되레 이상해했다.

"내가 이 나이 되도록 연애 한 번 안 해봤겠니. 그래서 더욱 확신할 수 있는 거야. 이 사람은 내 거라고. 놓치면 평생을 후회하겠구나 싶은 거 있지. 난 우리 이건 씨한테서 운명을 느낄 수가 있었어!"

"그럼 예전에 사귀던 사람한테는 운명을 못 느끼셨어요?"

우진의 진지한 물음에 송재희는 순간 멈칫하며 시선을 피했다. 굳이 대답을 듣지 않아도 알 것 같아서 그는 설핏 웃으며 다른 질문을 해보았다.

"운명을 느낄 정도로 좋아했던 사람과 헤어질 때 어떠셨어요? 어떻게 하면 아름다운 이별을 할 수 있을까요?"

우진의 물음에 송재희는 두 눈을 동그랗게 뜨며 도리어 되물었다.

"세상에 아름다운 이별도 있어?"

"네?"

"원인이 뭐든, 이별은 결국 추접스럽고 질척거릴 수밖에 없어. 그게 아름답길 바라는 건 욕심이지. 쿨한 이별? 그게 가능하다는 건 두 사람 관계가 그만큼 쿨했다는 뜻 아니야?"

사랑이 클수록 이별은 그만큼 더럽게 질척인다고 송재희는 단언했다.

"그래도 저는 이별이 아름다웠으면 좋겠어요."

우진은 며칠 전 일을 떠올리며 한숨지었다.

◆　　◆◆◆　　◆

사법시험 1차 합격자 명단에 채우진이 들어 있자 지도 교수님이 수업 전에 그를 급하게 불렀던 날이었다.

우진이 시험을 본다는 것은 알았지만 정말 합격할 거라고는 기대하지 않았던 터라 지도 교수님이 상당히 당황해하셨다.

채우진 자체야 나무랄 데 없는 학생이라 어찌 보면 당연한 결과일 수도 있었다. 저번 학기도 출석률 때문에 학점을 일정 이상 줄 수 없어서 그랬지 제출한 리포트들과 시험 성적은 누구보다도 우수했다. 교수로선 연예계로 빠진 게 아까울 정도로 훌륭한 인재였다.

다만 휴학하고 시험에 매달려도 떨어지는 이가 다반사인 걸 생각하면 이건 기적에 가까웠다. 그만큼 이 아까운 학생을 어찌해야 하나 고민도 깊어졌다. 지도 교수님 입장에선 우진이 2차도 합격하길 바라지만, 현재 영화 촬영 중인 걸 고려하면 이는 어려울 것 같아 안타까워하기도 했다.

조언과 걱정으로 가득한 면담이 끝나도 수업까지 20여 분이 남아서 현민과 함께 시간을 보내야만 했다. 그들이 있던 곳은 외부로 연결된 비상계단이라 사람들이 거의 다니지 않는 곳이었다. 그 말인즉슨 이 비상계단을 사용하는 이들이 아예 없지는 않다는 소리였다.

"여기서 뭐 해?"

비상구 문을 열고 나오던 이소현이 두 사람을 발견하고 놀라 물었다. 하고 많은 사람 중에 왜 하필 이소현이냐며 현민은 대놓고 인상을 찌푸렸다.

"곧 수업이 있거든."

우진의 짤막한 대답에 이소현은 잠시 멈칫거리다 슬쩍 그의 앞으로 다가와 조용히 물었다.

"이번에 1차 합격자 명단에 채우진이 있던데, 너야?"

"맞다면?"

"축하해 주려고."

예전 두 사람이 사귀었을 때 우진은 자신의 계획을 이소현에게 말한 적이 있었다. 그걸 기억하고 있던 그녀는 합격자 명단에서 채우진의 이름을 보고 그냥 넘기지 않았다.

"꿈을 이뤘네. 그런데 사람들한테는 아직 비밀이지? 아는 사람이 없는 것 같더라."

"소문나 봤자 2차 준비에 아무런 도움이 안 되니까. 너도 그냥 모른 척해줬으면 좋겠다."

지도 교수님도 같은 생각이라 최대한 소문나는 걸 막아주시겠다고 하셨다. 이름만으로 신상까지 파헤쳐지는 게 아니니 우선은 모르쇠로 일관할 작정이었다.

"그럼 축하는 나중에 해야겠다. 최종까지 합격하면 축하 의미로 내가 밥 살게."

"네가 왜 밥을 사? 안 사줘도 돼."

"옛 친구로서 사면 안 돼? 그리고 오해하지 마. 나 남자 친구 있거든."

이소현은 우진에게 너무 예민하게 굴지 말라며 인상을 썼다. 막말로 동기끼리 밥 한 끼 못 사겠냐고 예쁘게 투덜거리기도 했다.

"네가 남자 친구가 있든 남편이 있든 그건 나와 상관없는 일이고. 너 아니라도 나한테 밥 사줄 사람은 많아. 솔직히 말해서 너한테 낼 시간 자체가 없다는 소리였어."

이소현이 오해를 하는 것 같아서 우진은 솔직하게 심정을 고백했다.

"너… 어쩜 축하한다는 사람한테 이렇게 무례해?"

"뭐가? 돌려서 말하니까 예민하다고 해서 솔직하게 말했을 뿐이야."

그전까지 우진은 이소현과는 언제나 열린 결말을 기대하고 있었다. 예전처럼 가슴 애틋한 애정이 넘치는 건 아니었지만, 가족을 제외하고 그녀만큼 사랑한 사람은 없었다. 그 사랑의 기억이 늘 우진을 절실하게 만들고 희망을 버리지 못하게 했다.

하지만 우진이 그녀와의 미련을 끊어내고자 결심한 이상 굳이 예전처럼 예의를 지키고 잘 보이기 위해 노력할 필요가 없었다.

그렇게 헤어질 때는 언제고, 제대 후에 학교에서 만날 때마다 이소현은 우진에게 늘 사근사근하고 무언가 여지가 있는 것처럼 굴었다. 그 때문에 우진은 갈팡질팡 마음을 못 잡고 헤매기도 했다.

만약 이소현이 아직 솔로였다면 그녀도 자신처럼 복잡한 심정이라고 이해했겠지만, 지금 그녀의 손가락에는 반짝이는 커플링이 있었다. 작년 가을부터 사귀었다는데 대체 자신한테 뭘 바라는 건지 이해하기 어려웠다.

"너 이런 성격 아니었잖아."

"그 녀석 원래 그런 성격이었어. 그동안은 너한테만 너무 무르던 거였지."

비상계단 중간에 서서 위쪽과 아래쪽에 사람이 오는지 감시 중이던 현민이 돌연 대화에 끼어들었다. 우진을 가리키며 쟤가 그런 성격인 건 이소현 너만 몰랐다고 싱글벙글 웃는 모양이 굉장히 신이 나 있었다.

"네가 나한테 강요하던 같은 과 동기로 널 대하겠다는 거야. 예전부터 이러길 바랐잖아."

원래 우진은 친하지 않은 동기들과는 거의 대화도 하지 않는 편이었다. 그런 마당에 함께 식사라니, 그것만큼 어불성설이 없었다.

"너 요즘은 안 그러잖아."

"너도 사회생활 해봐. 나처럼 된다."

"그럼 나한테는? 남에게도 잘하는 걸 왜 나한테는 안 하는 건데!"

이소현의 지적처럼 최근의 그는 많이 변했다. 친하지 않은 동기는 물론 모르는 사람에게도 친절하고 학과 활동에도 적극적으로 참여하였다. 아마도 이소현이 원했던 것은 지금의 채우진이었던 모양이다. 아니, 정확히는 남들보다는 조금 더 특별하게 자기를 대하길 바라는 듯했다.

그녀의 요구에 우진은 고개를 갸웃거렸다.

"네가 바란다고 해서 내가 꼭 그렇게 해야 할 의무가 있어?"

"그건!"

"그래, 인정할게. 솔직히 너한테 지금까지 미련 못 버렸던 거, 맞아. 너도 기억하다시피 내가 널 좀 좋아했었냐."

우진의 대답에 비로소 이소현의 입가에 만족스러운 미소가 걸렸다. 원하던 대답을 들었다는 표정이다.

"그런데 말이야. 그게 정말 한순간에 눈 녹듯 사라지더라. 난 정말 그게 불가능하다고 여겼는데 어느 날 그게 가능해졌어. 그리고 이제 더는 네가 그렇게 특별해 보이지가 않아. 그런 너에게 내가 굳이 인맥 관리를 할 필요가 있을까?"

머리로 생각하고 이성이 결심했다고 해서 마음이 바로 따라주는 건 아니다. 정리되지 않은 마음이 늘 그를 지배하고 결심을 무너뜨리곤 했는데 정말 우연히, 어느 순간 갑자기 이소현에 대한 그의 마음이 사그라졌다.

모두가 '붉을 적'을 찍으면서였다.

명환대군은 윤화은에게 사랑을 느끼고 가난한 화공인 척 다가갔다. 화공이 여염집 낭자의 초상화를 그리는 일은 거의 없는 일인데, 어째서인지 그녀의 부친은 노모에 이어 딸의 초상화도 의뢰했다.

　　이유는 혼담이 오고 갈 때 상대편 어머니에게 보일 목적이라고 했다. 당시 대군은 그 말을 믿었고 죽을 때까지 그게 사실인 줄 알았다.

　　하지만 몇 년 전에 발견된 윤화은의 일기에 의해 다른 진실이 밝혀졌다. 기녀들의 초상화를 그려주는 화공에게 윤씨가 군이 노모의 초상화를 의뢰했던 것, 그리고 딸까지 그리게 했던 것이 모두 계획된 일이라는 걸 말이다.

　　모든 게 부부인을 잃고 혼자였던 명환대군에게 딸을 시집보내기 위한 계략이었다. 윤씨 집안은 문진왕후의 친정과는 연이 없었다. 따진다면 오히려 주상 쪽 세력에 가까웠다.

　　하지만 주상에게는 중전이 있었고 궁으로 들어가려면 후궁밖에는 길이 없었다. 아마도 윤씨는 주상의 후궁이냐, 대군의 부부인이냐 하는 갈림길에서 후자를 선택한 듯싶었다.

　　그리고 세력을 따지라면 아무래도 대비 쪽이 조금 더 우세했다. 권력의 중심으로 다가가기 위해 윤씨는 큰 결단을 내린 것이다. 일단은 대군과 연줄이 있고 자주 상면한다는 화공에게 초상화 의뢰를 했다. 그러면서 자연스럽게 딸의 초상화까지 의뢰할 계획이었다.

대군이 화공의 화실에 자주 찾으니 어쩌다가 윤화은의 초상화가 그의 눈에 들 수 있다고 여겨서였다. 그만큼 윤화은의 미모가 발군이라 윤씨는 자신이 있었다. 그런데 화공과 함께 대군이 그의 집에 직접 올 줄은 상상조차 못 한 수확이었다.

화공이 호의를 보이며 다가오는 걸 마다치 않는 양반가 규수는 존재하기 어렵다. 신분을 넘나드는 운명적 사랑이란 착각에 빠졌던 대군이 순진했던 것이다.

그나마 다행이라면 부친의 명에 따라 움직였던 윤화은 역시 어느새 진심으로 대군에게 마음을 줬다는 점이다. 하지만 그건 어디까지나 그가 대군이라는 것을 알았기에 가질 수 있는 마음이었지, 절대로 화공에게 준 진심은 아니었다.

그 와중에 중전이 출산 중 아기씨와 함께 승하하고 말았다. 주상의 계비를 뽑기 위해 금혼령을 내리고 처녀 단자를 올리게 하자, 윤씨는 태세를 전환했다. 왕위에는 관심 없는 명환대군을 버리고 부원군이 되기로 선택한 것이다. 윤화은은 이에 순응하며 동조했다.

그냥 알고 있던 것과 연기하면서 윤화은의 마음이 변화하는 걸 지켜보는 것은 또 달랐다.

'붉을 적'에서 보름달이 유난히 밝던 날, 이후는 한밤중에 치미는 그리움에 윤화은을 찾았다. 높지도 낮지도 않은 담에 걸터앉아 윤화은을 내려다보며 서로 마음을 확인하고, 입술을 맞추는 신을 촬영했다.

둥근 보름달을 배경으로 이제 막 시작하는 연인들의 모습은 그 자체가 꽃이었다. 사람이 향기롭다는 표현을 이후가 처음으로 안 날이었다. 돌아가는 길에 이후는 사랑이 무언지 알았고 행복이란 걸 처음으로 느꼈다.

컷 사인이 나고 이후가 사라진 자리에 우진이 돌아왔을 때도 그 여운은 여전히 그의 가슴에 남아 있었다.

이런 게 사랑이구나. 수백 년이 지나도록 사람들에게 회자되는 저들의 사랑 이야기는 정작 허무하고 부질없는데도, 이후가 느낀 감정만은 진실이었다.

그것이면 충분했다. 최선을 다해 사랑했으니 후회할 이유가 없었다. 그리고 미련도 남기지 말자고 결심한 순간 시원한 밤바람과 함께 우진의 마음속에 쌓였던 재가 흔적도 없이 그렇게 날아가 버렸다.

◆　◆◆◆　◆

"이제 너를 봐도 편안해."

"거짓말."

"예전에 너를 귀찮게 했던 거, 늦었지만 사과할게. 사랑이라는 이유로 모든 게 정당화되는 건 아니지만 미안했어."

그리고 전생에 내가 너에게 했던 무수한 잘못들 역시 사과할게.

우진은 이소현에게 직접 말하지 못할 사과를 마음속으로 전했다. 그의 영혼이 최초로 사랑했던 인간. 소유하고 사랑받기 위해 그토록 노력하고 몸부림치며 그의 모든 전생을 통해서 가장 사랑했던 사람. 그게 바로 지금의 이소현이었다.

그건 어느 순간 알게 되었다. 명환대군을 연기하면서 당시의 감정들이 떠오르고, 다른 전생들을 돌아보면서 그의 영혼이 자연스럽게 외쳤다. 이 모든 사람이 바로 똑같은 한 영혼이라고 말이다.

'그토록 내가 사랑하고 사랑받기 원했던 유일한 영혼이 바로 너, 이소현이었어.'

언제나 절실하게 매달리는 것은 그였고 그들의 관계를 끊어낸 것은 항상 그녀였다. 악연인지 우린 절대로 함께할 수 없는 운명을 의미하는지는 모르겠지만, 한 번도 제대로 이뤄진 적이 없었다.

그리고 우진은 이번에는 순순히 이별을 받아들일 결심을 했다.

그의 전생이 그녀에게 수많은 민폐를 끼치고 많은 죄를 저지르기도 했지만, 그에 못지않게 많은 희생을 하기도 했다. 전생을 돌아보면 변화가 없는 듯하면서 조금씩 바뀌고 진화하는 부분이 있었다.

그는 생을 거듭할수록 그녀에게 지은 죄를 뉘우치기라도 하듯 헌신하고 최선을 다해 보상했다. 반면 그녀는 사랑받는 자들이 가지고 있는 특유의 오만함으로 점점 그를 지배하려고 했다.

모든 전생에서 항상 그녀를 만난 건 아니지만, 어쩌다 한 번씩 만날 때마다 그녀에 대한 그의 미련과 애련(愛戀)은 점점 옅어졌다. 그에 비해 그녀의 집착과 소유욕은 점점 강해지는 걸 느낄 수가 있었다. 그라는 존재가 그녀의 영혼에 악영향을 끼치는 게 아닌가 의심이 드는 부분이었다.

이만하면 두 사람의 인연을 끝낼 이유가 충분했다.

"이제는 너를 봐도 여기가 떨리지 않아."

우진이 가슴에 손을 얹고 진실을 말했다.

"거짓말이라는 거 다 알아! 너, '가가'에서 불렀던 노래들 다 날 못 잊어서 부른 것들이잖아."

"뭐?"

이소현의 말에 우진은 자신이 '가면의 가왕'에서 불렀던 노래들을 줄줄이 기억해 내야만 했다. 그리고 헤어진 애인을 잊지 못해 괴로운 심정을 담았던 노래들을 자신이 불렀다는 것을 깨닫고 경악했다. 어떻게 하면 그렇게 해석할 수 있냐고 물으려는데 이소현이 더 빨랐다.

"네 마음 알아. 그래서 나도 너한테 죄책감 느껴서 잘해주려는 거야. 그런 내 마음을 어떻게 네가 거부할 수가 있어?"

"난 거부하면 안 돼?"

너무 어이가 없어서 우진은 황망하게 물었다.

"네가 날 이렇게 만들었잖아. 누구도 너만큼 날 사랑해 주는 사람이 없다는 걸 알아버렸는데 어떻게 네가 날 버리려고 해?"

"이게 왜 버리려는 거야? 게다가 너한텐 애인도 있잖아."

"헤어지고 너한테 갈까?"

너무나 아무렇지도 않게 말하는 걸 들으며 우진은 점점 머리가 차가워졌다. 바로 전 생애에서 만났을 때만 해도 그녀는 이 정도까진 아니었다.

"올 필요 없어. 이제는 정말 너와 끝인가 보다. 그리고 오해하는 것 같아서 말하는데 '가가'에서 불렀던 노래들은 모두 선생님이 정해준 거야. 내가 고른 게 아니라고!"

물론 우진이 직접 선곡한 것도 있지만, 여기서 더는 괜한 오해를 사고 싶지가 않았다.

"내가 전에 너한테 했던 것 때문에 지금 복수하는 거야?"

이소현은 여전히 우진이 거짓말을 하고 있다고 여기는 듯했다. 자신감이 엿보이는 모습에, 언제라도 우진의 마음을 사로잡을 수 있다고 단단히 믿고 있었다. 기가 막힐 정도로 어이없는 태도에 맥이 빠지는 건 우진이었다.

"맞아, 쌍년이었지."

"……!"

"……."

이소현을 보면서 괜히 윤화은을 떠올린 우진은 저도 모르게 속마음을 중얼거리고 말았다. 그의 영혼이 소나무 같은 취향을 가졌다면 그녀 역시 일관성 있게 뚝심 있는 성격이었다. 어찌나 윤화은과 비슷한지 저도 모르게 쌍년이란 말이 입 밖으로 튀어나오고 말았다.

놀라서 어버버거리는 이소현을 보고 우진도 당황하긴 마찬가지였다.

여기서 유일하게 정신이 똑바른 현민이 애써 웃음을 참으며 수업 시간이 됐다고 우진을 잡아끌었다. 비상구 문으로 향하면서 현민은 잘했다며 우진의 등을 탁탁 쳤다.

"잘했어. 쟤는 그 소릴 들어도 싸."

"아니, 아무리 그래도 내 이미지가 있는데… 잠깐, 금방 했던 말은 너한테 한 게… 읍읍!"

현민은 이소현에게 사과하려는 우진의 입을 틀어막았다. 질질 끌려가는 우진과 정신이 나가 버린 이소현 사이에는 싸한 바람이 마구 불었다. 이소현과 완벽한 절단을 원했지만 이런 식은 아니었다.

전생을 통틀어 한 번도 그녀와의 이별이 아름다웠던 적이 없었다. 아무래도 이번 생에서도 그건 마찬가지일 모양이다.

◆　　◆◆◆　　◆

신기할 정도로 아무 일도 없었다.

첫사랑에게 욕 좀 했다고 세상은 변하지 않는다. 변하는 건 각자를 바라보는 시선의 온도이다. 정확히는 이소현을 향했던 채우진의 온도계는 얼마 전부터 고장이 나 있던 상태였다. 어느 순간 멈춰 있던 것이 이번 기회에 산산이 부서져 버렸을 뿐이다.

그래서 세상은 변하지 않았고 여전히 아름다웠다. 누군가와의 작별은 이렇듯 아무런 의미 없이 스치고 지나갈 수 있는 일이었다.

"대군이 힘이 없어서 빼앗긴 줄 아십니까? 아니요. 야망이 없어서입니다. 힘 있는 자가 이를 이용할 줄 모르니 가지고 있는 걸 계속 빼앗기는 겁니다!"

"제가 무얼 빼앗겼습니까? 왜 저의 야망이 작다고만 여기십니까.”

명환대군에게도 커다란 꿈이 있었다. 그것은 역사에 길이 남을 예술품과 악곡을 만들어내는 것이다. 하지만 그의 꿈을 문진왕후는 이해할 수도, 하고 싶지도 않았다.

“고론 나약함이! 대군을 패자로 만드는 겁니닷!”

대청마루를 탁탁 치며 고함을 지르는 황이영 때문에 우진은 결국 웃음을 터뜨리며 바닥을 뒹굴었다.

“누나 때문에 도저히 감정이입이 안 되잖아요!”

황이영의 문진왕후는 표독하지만 카리스마가 없었다. 예전 혹독한 평가를 받았던 모 배우의 문진왕후 연기와 많이 닮아 있기도 했다. 하필 모델로 삼은 연기가 그거냐고 우진이 놀렸다.

“따라 하고 싶어서 했겠니. 연기 못하는 사람들의 연기는 원래 다 거기서 거기야.”

마음은 문진왕후인데 몸은 상궁 연기밖에 못 하겠다고 황이영은 들고 있던 극본을 옆으로 치웠다. 그러다 안채로 들어서는 사람을 발견하곤 눈을 동그랗게 떴다. 그녀의 시선을 따라간 우진은 그 끝에서 오하나를 발견하고 슬며시 자리에서 일어났다.

“오빠~! 뭐가 그렇게 재미있어요? 담장 너머까지 오빠 웃음소리가 다 들려요.”

“중전마마께서 여기까지 어인 행차이십니까?”

촬영 대기 중에 우진이 쉬고 있던 한옥으로 오하나가 찾아오는 일은 지금까지 없었다. 당의와 가체를 하지 않았지만, 곱게 차려입은 모습으로 등장한 오하나는 중전 윤씨의 모습이었다.

그래서 우진은 일부러 오하나를 예를 다해 맞이했다.

"내가 못 올 곳을 왔나."

토라진 척 입을 예쁘게 삐쭉인 오하나는 단청 마루 끝에 사뿐히 걸터앉았다. 그녀의 등장에 황이영은 조용히 뒤로 물러났고, 우진은 마루에 양반다리를 하고 앉았다.

"촬영 기다리면서 곰곰이 생각하다가, 아무리 노력해도 윤화은을 이해할 수가 없어서 오빠 찾아온 거예요."

"무엇이 말입니까?"

편하게 말을 놓는 오하나와 달리 우진은 그녀를 중전 윤씨로 대했다. 그게 딱히 싫은 건 아닌지, 오하나는 슬쩍 그를 돌아보다가 대청에서 보이는 화원으로 시선을 옮겼다.

"윤화은은 왜 명환대군을 버렸을까요?"

오하나는 윤화은을 연기하면서 그게 가장 이해가 되지 않았다. 계획적인 만남이었으나 일기에 남긴 그녀의 감정은 거짓이 아니었다. 진실로 대군을 은애하고 끝까지 미련을 버리지 못했다. 그렇게 사랑하는 사람을 버리고 중전이 된 윤화은을 오하나는 공감하지 못했다.

"마음이 복잡해요. 현대인의 시선으로 보고, 객관적으로 평가해도 그녀의 선택이 굉장히 냉정하고 정치적으로 옳았다는 건 알아요. 하지만 그렇다고 대군이 꼭 조건이 나쁜 편도 아니잖아요."

그런 사랑을 하고 받았다면, 자신은 명환대군을 택했을 거라며 도저히 윤화은에 이입이 안 된다고 토로했다.

"왜 버렸다고 하십니까?"

황이영과의 어설픈 대사 연습보단 이런 주제의 대화가 우진에게는 더욱 흥미로웠다. 오하나 옆으로 가까이 자리를 옮겨 앉으며 우진은 그녀의 말에 응대했다.

"선택받지 못한 게 버려진 거 아닌가요?"

"윤화은은 대군을 버린 적이 없었어요. 아마 여기서 하나 씨의 오해가 생긴 것 같네요."

"다른 남자와 결혼했으면 버린 거죠."

"그녀는 하나를 택한 것이 아니라 둘을 다 가진 겁니다."

21살의 오하나가 우진의 말을 이해하지 못하고 고개를 갸웃거렸다. 아직 연애조차 해본 적이 없는 그녀는 남녀 간의 복잡한 감정과 타협에 대해서 잘 모르고 있었다.

"윤화은은 알고 있었거든요. 자신이 중전이 되더라도 명환대군이 자길 버리지 못할 거라는 걸. 대군을 선택하면 그녀가 얻을 수 있는 건 그의 사랑뿐이죠. 하지만 중전이 됨으로써 권력과 가문의 영예까지 함께 얻었잖아요. 잃을 거 없는 가장 현명한 선택을 한 겁니다."

"하지만 명환대군도 대군이잖아요! 중전만은 못해도 부부인으로서 충분히 권력을 누릴 수가 있었고, 반정 때 대군이 죽지 않았다면 중전이 될 수 있었잖아요. 뭐래도 결국 자기가 제 복을 찬 거 아니에요?"

역사를 아는 처지에선 윤화은의 선택이 너무 어리석어 감정을 이끌어가기 어려웠다. 하지만 그건 이미 결말을 알고 있기에 나온 평가이다. 그건 화공이 이미 대군이라는 걸 알고 있었기에 쉽게 사랑에 빠진 윤화은의 선택과 비슷했다.

"아마 그녀는 알았을 겁니다."

"뭘요?"

"대군이 왕위에 한 톨만큼의 관심조차 없다는 걸요."

그것이 문진왕후와 윤화은의 속을 태우는 가장 큰 이유였다. 다만 전자에겐 아무런 선택권이 없던 반면 후자에게는 다른 길이 있었을 뿐이다.

"몸은 함께 있지 못해도 영원히 사랑받을 거라는 자신감이 있는데 굳이 대군과 혼인할 이유가 있나요?"

"몸 따로, 마음 따로?"

"그렇기에 버린 게 아니죠. 그냥 하나를 더 취했을 뿐입니다."

"아우~! 더 싫어졌어!"

손으로 자신의 팔을 문지르며 오하나는 끔찍해했다. 아마도 그녀가 윤화은 대신에 설하를 원했던 것 역시 이런 공감할 수 없는 감정의 흐름 때문일 것이다.

이 복잡한 내면 연기를 어떻게 이끌어갈지는 오로지 오하나의 몫이었다. 하지만 배우로서 '중전 윤씨'는 굉장히 매력적인 배역이라는 걸 그녀가 알았으면 싶었다. 윤씨만큼 복합적인 인물이 '붉을 적'에는 없었다.

"그럼에도 불구하고 사랑받던 사람이었죠. 그렇기에 아름답고 눈부신 여자인 건 분명합니다."

외모의 아름다움을 떠나서 그녀의 영혼은 참으로 당당하고 눈부셨다. 어딜 가나 사람들의 시선을 사로잡고 누구에게나 쉽게 사랑을 받았다. 지금이야 남아 있는 자료로만 평가를 받아서 그렇지, 당시에는 백성들에게 무한한 사랑을 받으며 중전으로서 조금의 부족함 없는 면모를 갖추기도 했다.

우진은 그것을 사랑받은 자의 오만함이라 표현했지만, 그 자신감은 언제나 사람을 홀리게 만드는 구석이 있었다. 생을 거듭할수록 그녀의 그런 특성은 더욱 강해졌다.

"그러니 오하나 씨가 잘 연기해 주세요. 그 당시, 조선에서 가장 사랑받던 여인이었으니까요."

"가장 사랑받던?"

"문헌에도 남아 있지만, 중전 윤씨에 대한 백성들의 애정이 문진왕후에겐 위협으로 느껴졌을 정도였답니다. 남녀 간의 문제는 일단 뒤로하더라도 홀로 아름답게 빛나는 분이셨던 것은 분명합니다. 백성을 긍휼하는 마음에 국모로서 부족함이 없던 분이죠."

오하나의 물음에 우진은 담담하게 대답했다. 윤화은이 잔인하고 오만하게 굴었던 것은 오로지 명환대군 하나뿐이었다. 중전으로서, 국모로서 그녀는 충분히 칭송받을 자격이 있었다. 그의 대답을 듣고 그를 한참 바라보던 오하나가 살짝 얼굴을 붉히더니 고개를 휙 돌렸다.

"뭐 그렇다면야, 최선을 다해보죠."

무언가를 떠올리며 고개를 끄덕인 오하나는 상기된 볼을 두 손으로 감싸며 부끄러워했다. 그러면서 힐끔힐끔 우진을 볼 때마다 점점 얼굴이 불타올랐다. 쟤가 왜 저러나 가만히 지켜보던 우진에게 결국 오하나는 참지 못하고 툭 하니 말을 걸었다.

"오빠 나한테 언제 고백할 거예요?"

"뭘요?"

"고백이요."

"그러니까 뭘 고백해요?"

애가 혼자서 얼굴을 붉히다 괜히 부끄러워하더니 무슨 말을 하는가 싶어서 우진은 찬찬히 오하나를 바라봤다. 그러자 더는 붉어질 수 없을 정도로 발개진 얼굴을 한 오하나가 팩하고 소리치듯 말했다.

"날 좋아한다고 언제 고백할 거냐고요?"

"누가 누구를 좋아한다고요?"

뜬금없는 소리에 놀란 우진이 오하나에게 반문했다.

"오빠 나 좋아하잖아요."

"내가? 널? 미쳤습니까?"

너무 놀란 나머지 우진은 손으로 자신을 가리켰다가, 오하나를 가리키고 주위를 돌아보며 물었다. 우진이 오하나를 좋아한다는 게 미친 짓인지 그가 자기를 좋아한다고 여기는 오하나가 미친 건지 의미를 알 수 없는 말이었다.

그만큼 우진은 넋이 빠져서 정신을 차리지 못했다.

어이없기는 강호수와 황이영도 마찬가지여서 오하나를 미친 뭐를 보듯 보았다. 저것이 얼마 전에 도를 치더니 레를 거치지 않고 바로 미를 치는구나 싶었다.

이곳에서 유일하게 정신을 차리고 있는 것은 오하나의 매니저였다. 그는 결국 이 일을 막지 못했다는 좌절감에 어쩔 수 없다는 듯 절망하고 있었다.

"애써 거짓말하지 않아도 돼요. 오빠가 날 좋아한다는 건 이미 눈치챘으니까요."

"대체 어떻게 하면 그런 오핼 할 수가 있습니까?"

당황한 것도 있고, 오하나에게 거리를 두기 위해 우진의 목소리와 어투는 굉장히 딱딱했다.

"연기할 때 보면 모르려야 모를 수가 없는걸요. 오빠가 날 얼마나 좋아하는지."

두 손으로 볼을 감싸며 오하나는 불평 어린 시선을 보냈다. 계속 자기감정을 부인하는 우진이 못마땅하기도 하고, 고백을 안 해서 결국 자기 입으로 이런 말을 꺼내게 한 그가 원망스러운 것이다.

"그건 연기잖아요?"

"무슨 연기가 그렇게 리얼해요? 저번에 키스할 때도… 막 엄청 야하고 열정적으로 하고……."

본심이 아니고선 절대 그런 연기는 하지 못한다는 오하나의 주장에 우진은 어처구니가 없었다.

"전 여태 그렇게 연기했어요!"

"내가 경력이 얼만데 연기하고 실제를 분간도 못 할까 봐요! 눈을 보면 알아요. 오빠가 날 얼마나 사랑하는지 느껴져서 연기할 때마다 얼마나 부끄러운지 알아요?"

그런 것도 경력이라면 그냥 버리라고 말하고 싶은 걸 우진은 꾹꾹 참았다. 10년의 연기 경력이 있어도 오하나가 지금껏 연기했던 러브신들은 어린애들의 풋사랑이었다.

더욱이 상대 배우들도 그만큼 어렸고, 기껏 해봐야 아이돌 출신의 배우들과 찍었던 게 전부였다. 본격적이고 제대로 된 성인 남자를 상대로 한 성인 연기는 그녀에겐 이번이 처음이었다.

그녀의 연기는 부족함이 없지만, 그녀가 눈을 마주하고 연기했던 상대 배우들의 연기력엔 조악한 구석이 많았다.

솔직히 채우진의 연기력과 비교하기에도 부끄러운 상대들과 했던 사랑 연기에 익숙한 오하나는 현재 지독한 혼돈에 빠져 있었다. 그걸 자각하지 못한 채로 채우진이 진짜로 자신을 사랑하고 있다고 자신해 버렸다.

"나도 생각을 많이 해봤는데 오빠 정도라면 괜찮을 거 같아요. 그래서 우리 오늘부터 1일 해요."

두 사람이 사귀는 게 당연하다는 듯 말하는 오하나에게 우진은 손짓으로 제재를 가했다.

"1일은 무슨! 오하나 씨 뭔가 착각하고 있나 본데요. 저는 하나 씨에게 아무런 사심이 없어요. 제 연기에 오해했다면 미안하지만, 사랑하는 연기를 하는데 사랑이 안 느껴지면 그게 더 문제 아닙니까?"

우진의 해명에도 오하나는 이해를 못 했는지 도통 모르겠다는 표정이었다. 도리어 이 사람이 왜 이렇게 자기감정을 감추는지 답답하단 표정이었다.

"그럼 쉽게 말을 할게요. 저는 그저 명환대군이 윤화은을 사랑하는 것처럼 연기했을 뿐입니다. 만약 내가 사랑을 느꼈다면 그건 윤화은이지 오하나 씨가 아니에요."

우진의 말에 강호수와 황이영이 부지런히 고개를 끄덕였다. 옆에서 오하나의 매니저만 부끄러워서 고개를 들지 못하고 있었다.

"그럼 그게 다 거짓말이란 거예요?"

"거짓말이 아니라 연기죠."

"그럼 키스할 때 왜 나한테 그렇게 했어요?"

"내가 뭘 했다고 그럽니까?"

연기한 거 말고는 아무 짓도 하지 않은 우진은 답답해서 저도 모르게 언성이 올라갔다.

"정말 사랑하는 것처럼, 세상에서 가장 소중한 사람처럼 대했잖아요. 키스도 입만 대고 하는 게 아니라 혀까지 넣고 몸도 부드럽게 안아주고……."

그때를 떠올리자 오하나는 얼굴을 붉히며 부끄러워했다. 연기하면서 그냥 입술만 대는 뽀뽀는 많이 했지만, 설왕설래하는 키스는 우진과 한 것이 처음이었다.

"잠깐, 그건 리허설 때 감독님하고 합의해서 했던 촬영이잖습니까! 설마 우리 채 배우가 하나 씨에게 합의에 없던 연기를 강제로 진행하기라도 했습니까?"

보다 못한 강호수가 결국 두 사람 사이에 끼어들어서 변론했다. 자칫 잘못하면 우진이 성추행범으로 몰릴 수도 있는 상황이라 말 한마디 한마디가 굉장히 조심스러웠다.

"그건 아니지만……."

"형! 하나 씨한테는 제가 잘 설명할게요."

워낙에 덩치가 크고 얼굴이 험악한 강호수가 인상까지 쓰고 따지자 오하나는 놀라서 딸꾹질을 했다. 우진은 이 한심한 상황에 관자놀이를 지그시 누르며 오하나에게 차근차근 설명하기 시작했다.

"오하나 씨 연기 타입과 그동안 함께 연기했던 분들이 어떤 스타일인지 모르지만! 저는 연기할 때 원래 그렇게 합니다. 사랑하는 연인을 연기하는데 당연한 거 아닙니까?"

지금까지 그의 연기를 두고 착각한 상대 배우가 없어서 우진은 이런 일이 벌어질 거라곤 상상조차 하지 못했다.

"거짓말! 그게 나라서 더욱 불타오른 거 아니에요. 만약에 다른 배우가 윤화은이었으면 오빠가 그렇게 했을 리가 없어요."

자신만만한 오하나의 얼굴에선 자신이 믿고 싶은 것만 보겠다는 고집이 엿보였다.

"그럼 반대로 설명하죠. 만약 하나 씨가 부부인 박씨를 맡았다면 어땠을까요?"

"부부인 박씨요?"

윤화은이 중전이 되고 문진왕후에 의해 정략혼을 하게 된 명환대군의 부인이 바로 박씨였다. 역사에는 이름이 남겨지지 않아 그저 '부부인 박씨'인 캐릭터를 우진이 거론하자 오하나는 움찔 어깨를 움츠렸다. 며칠 전에 있었던 촬영이 생각나서였다.

"얼마 전에 제가 부부인 박씨와 함께했던 촬영을 하나 씨도 구경했죠? 만약 하나 씨가 박씨였다고 해도 제 연기는 그대로였을 겁니다."

우진의 설명에 오하나는 충격을 받았다. 명환대군과 부부인 박씨가 함께하는 신을 촬영할 때, 우진의 그 냉혈한 연기에 놀라서 다리에 힘이 풀렸기 때문이다. 그의 연기를 마주해야만 했던 상대 배우 역시 마찬가지였다. 그녀는 우진의 눈빛에 다리가 풀려 그 자리에서 풀썩 주저앉아 여러 번 NG를 내고 말았다.

그걸 보고 오하나는 더욱 확신했다. 저 남자는 역시 자길 좋아한다고 말이다.

"상대 배우에 따라 제 연기가 변하는 게 아니라, 상대 배역에 따라 달라져야 하는 게 연기라고 생각합니다."

"하지만 부부인이라니… 내가 부부인이었어도 그렇게 연기했을 거라고요?"

"그거야 당연한 거 아닙니까? 상대 배우에 따라 연기가 달라진다면 그게 어디 배웁니까."

분명하게 말하는 우진의 얼굴을 빤히 쳐다보던 오하나의 눈에 눈물이 글썽이기 시작했다. 순간 우진을 비롯한 모든 사람이 '또?' 라고 속으로 외쳤다.

"어떻게 하고많은 배역 중에서 꼭 부부인하고 비교해요? 정말 너무해요!"

우진의 말을 이해한 것도 같고, 아닌 것도 같은 반응을 보이며 오하나는 눈물을 흩뿌리고 달려 나갔다. 오하나를 따라 나가려던 그녀의 매니저는 걸음을 멈추고 우진을 돌아보며 거듭 사과했다.

"죄송합니다. 하나가 워낙에 순진해서 잠깐 현실과 연기를 착각한 것 같습니다. 연기하다 현실과 혼동해서 착각에 빠졌다고 생각해 주세요. 제발… 하나는 제가 잘 이해시키겠습니다."

"이해를 못 시켜서 오늘 같은 일이 생긴 거 아닙니까?"

강호수가 따져 묻자 오하나의 매니저는 찔끔하며 시선을 피했다. 그 역시 오하나에게 상황을 계속 설명했지만 통하지 않았다. 워낙에 자기가 생각하는 게 진실이라고 믿는 경향이 있어서 스스로 이해하기 전까지 절대로 받아들이는 성격이 아니었다.

그러다가 제 분을 못 이기면 울음으로 그 상황을 벗어나려고 해서 매니저도 도저히 손을 볼 수가 없었다. 어릴 때부터 예쁜 아이가 그렁그렁 울면서 말하면 주위에서 알아서 다 받아줬기에 생겨 버린 나쁜 버릇이었다.

"죄송합니다. 하나는 어떻게든 제가 잘 이해시키겠습니다. 이게 다 채우진 씨가 연기를 너무 잘하셔서 그러는 거니까, 너무 기분 나쁘게만 생각하지 말아주세요."

빠르게 말을 끝맺고 서둘러 오하나를 쫓아가는 매니저를 보며 황이영은 어처구니가 없어서 혀를 찼다.

"아무리 어리다지만 지 말대로 경력이 얼만데 연기와 실제를 구별을 못 해? 이거 어디 가서 이상하게 말해서 우진이만 이상한 사람 만들면 어떡해?"

사실 오하나만 걱정인 상황이 아니었다. 우진의 연기를 보고 정말 오하나를 좋아하는 거 아니냐고 오해하는 스태프들이 있을 정도였다. 그만큼 윤화은을 사랑하는 명환대군의 분위기가 장난이 아니었다. 따스하면서 눈이 부실 만큼 환하고 아름다웠다.

"일단 이 일은 내가 보고할게. 저런 건 소속사에다가 확실하게 항의하고 분명하게 선을 그을 필요가 있어."

"저렇게 망상증 있는 애들이 꼭 나중에 스토커로 변하던데 걱정이네요."

아이돌들을 따라다니는 스토커를 많이 본 황이영은 치를 떨며 우진에게 괜찮으냐고 물었다.

"이거 제 연기가 좋아서 다행이라고 해야 하나요. 아니면 오해를 사게 해서 미안하다고 사과할 일인가요?"

"오하나가 어려서 그래. 경력과 연기력과는 별도로 또래들과 했던 사랑 연기가 풋풋했을 거 아냐. 사실 우진이 네 연기를 감당하기엔 너무 어린 게 사실이야."

오하나를 욕하는 것과는 별개로 강호수는 그녀가 이해되기도 했다.

오하나는 흠잡을 데 없이 좋은 연기를 하고 있지만, 우진과의 연기 대결에서는 많이 밀리고 있는 게 사실이었다. 그나마 명환대군의 사랑에 압도당해서 정신을 차리지 못하는 윤화은을 연기하는 데는 매우 자연스러웠다.

그런데 그게 알고 보니까 정말로 휩쓸려 버린 모습이라니. 이거야말로 웃기면서 슬픈 일이었다.

"진짜 명환대군을 만나지 않은 게 그녀한테는 다행인 거네요."

광풍처럼 몰아치던 맹렬한 명환대군의 사랑을 오하나는 받아들이지 못했을 것 같았다. 막판에 온화하고 반짝이는 사랑으로 표현을 바꾸길 잘한 것 같아서 우진은 안심이 되었다. 안 그랬으면 아마도 오하나는 우진을 스토커로 여겼을 가능성이 컸다. 스토커보다는 그래도 사랑에 빠진 채 우진으로 오해를 받는 게 나았다.

"그런데 부부인 박씨와 대입해서 말한 게 그렇게나 충격인가요? 이상하게 그것에 더 충격받은 것 같던데요?"

오하나의 반응에 우진이 의문을 가지며 황이영에게 물었다.

"부부인 박씨와 촬영할 때 너 정말 무서웠어. 아니, 엄청 차가웠거든. 만약 정말 부부인 박씨라면 못 견뎠겠다 싶을 정도로."

"그 정도로 뭘요. 실제로는 더⋯⋯."

말을 하다 말고 우진은 입을 다물었다. 실제로 명환대군은 자신의 정실부인인 부부인에게 냉담하고 관심을 두지 않았다. 이름조차 기억하지 못할 정도로 말이다.

전생이라고 해서 모든 걸 다 기억하는 게 아니다. 그건 옆집 사람의 이름을 들어도 기억하지 못하는 것과 비슷했다. 들었던 것 같은데 기억하지 못한 상황에 대해서는 우진도 분명하게 알지 못했다.

그리고 명환대군은 후처의 이름을 기억하지 못했다. 그만큼 대군이 자기 부인에게 무관심했다는 의미였다. 영화에서 부부인 박씨를 대하는 태도도 많이 순화된 모습으로, 실제로는 그보다 더했다.

"어떻게 자기 부인 이름조차⋯⋯."

새삼스럽게 알게 된 사실에 우진은 충격을 받았다. 자기 사랑에 미쳐서 돌아다녔던 명환대군의 뒤에는 홀로 쓸쓸히 그 자리를 지키고 있던 부인이 있었다는 걸 처음으로 깨달은 것이다. 문득 무언가를 떠올린 우진이 자리에서 벌떡 일어났다.

"저 잠깐 전화 좀 하고 올게요."

갑자기 안색을 굳힌 우진은 폰을 챙겨 안채 뒤쪽으로 걸어갔다.

―그래, 우진아.

반갑게 전화를 받는 어머니에게 우진은 언젠가 들었던 걸 물어봤다.

"어머니, 예전에 '붉을 적'을 읽으셨을 때 괜히 신경이 쓰이는 배역이 있다고 하셨죠?"

—그랬지.

"그게 혹시 명환대군의 부인이었나요?"

우진은 어머니에게 물었다. 이렇게 확인하는 이유는, 만약 마음에 쓰였던 배역이 '부부인 박씨'라면 그녀의 심정을 가장 잘 이해할 수 있는 사람이 어머니 같아서다.

—아… 맞아. 내 처지와 대입돼서 그랬는지 이상하게 마음이 쓰이더라. 대군이 죽고 혼자 남은 부부인은 어떻게 살았을까 하는 상상을 하면 너무 슬퍼서 말이야. 그렇게 남편의 뒷모습만 보다가 그 젊은 나이에 평생을 혼자 살아야만 했을 그녀를 생각하면 너무 불쌍하지 않니?

요즘과는 다르게 재가는 물론 사회생활조차 불가능하던 시대였다. 부부인이라는 명예만이 남았던 그녀는 자식조차 없이 무엇에 기대며 남은 생애를 살았을까. 박은수는 며칠 전에 만났던 강혜민이 생각나서 입맛이 더욱 썼다.

—아마도 그녀 역시 누구처럼… 꿈꿀 미래가 없었을 것 같아. 그렇게 하루하루 살아가면서 사랑받지 못한 게 혹시 자신한테 문제가 있었던 거라고 자책하고 채찍질하지 않았을까 싶어. 만약 그랬다면 그녀의 삶은 얼마나 지옥이었을까.

누군가를 동정하는 어머니의 말에 우진은 눈을 꼭 감았다. 박씨의 인생을 지옥으로 만든 게, 그 누구도 아닌 바로 자신의 전생이었다.

그리고 왠지 부부인 박씨가 누구인지 알 것 같아서 숨이 탁 막혔다.

이소현이 누구인지 일순간 깨달았던 것처럼 우진은 전생에 자신의 부인이 누구였는지 불현듯 알게 되었다.

그녀와의 인연 역시 이소현과 마찬가지로 여러 번이었다. 세 사람이 함께 같은 시대를 살았던 적이 있는가 하면, 각각 따로 만나 연을 맺은 적도 있었다.

이소현은 그가 사랑했던 연인인 반해, 그녀는 항상 그의 부인이었거나 정혼녀였다.

그러나 한 번도 그가 원해서 했던 결혼과 약혼은 아니었다. 그래도 이소현을 알기 전까진 어느 정도는 존중하며 예의를 지키는 사이였다. 문제는 항상 사랑에 빠진 후였다. 그는 그녀를 냉대하고 방해물로 취급했다. 그저 그 자리에 존재한다는 이유로 말이다.

그렇다고 해서 그녀에게 갑자기 별다른 감정이 생기는 건 아니었다. 미안하긴 해도 그것은 전생의 일이었다. 처음부터 그녀를 사랑했던 적이 없기에 배신을 했다는 자책 역시 없었다. 무엇보다 잘못을 저지른 것은 전생의 그였고, 당한 것도 그녀의 전생이지 현재가 아니었다.

다만 우진은 자신이 그렇게나 경멸하던 짓을 전생에서 그대로 했었다는 것에 새삼 충격을 받았다.

사랑, 두말할 필요 없이 고귀하고 위대한 감정이다. 종교에서나 원론적으로나 사람들이 주장하는 것처럼 그중에 제일은 사랑이라지 않는가.

그런데 우진의 전생은 그 사랑을 좇다가 주위의 사람들을 매우 아프게 만들었다. 사랑 없이 이룬 가정이라고 해도 지켜야만 하는 도리라는 게 있는 법이다. 그리고 전생의 그는 도리를 저버리고, 매번 가족들을 도외시하고 버렸다. 우진의 친부처럼 말이다.

당시 상황이 법적으로나 사회적으로나, 지금보다 책임과 윤리적으로 덜 비난받는 시대라고 해도 변명이 될 수 없었다. 왜냐하면 누구도 아닌 그 자신이 싫었기 때문이다.

생을 거듭할수록 우진은 변해갔다. 그것은 이소현 역시 마찬가지였다. 그리고 그것은 '부부인 박씨'였던 그녀도 비슷한 것 같았다. 굳이 따진다면 그녀는 더욱 우울해지고 자신 없어 하며 사랑을 받기 위해 갈구했다.

"우리 세 사람은 정말 악연인가 보다."

다행이라면 이소현과는 다르게 그녀는 우진에게 아무런 미련이 없었다. 오히려 꺼리고 가까이하고 싶어 하지 않았다. 연예인에게 보이는 조금의 호감조차 보이지 않던 그녀는 본능적으로 그를 거부했다. 그저 자신과 친한 현민 선배의 친구로만 우진을 인식했다.

반대로 우진은 그녀가 불편하고 꺼려지면서도 뭔가 도울 일이 있나 계속 신경을 썼었다.

"나도 모르게 많이 미안했었나 보다."

김태화, 그녀와의 인연 역시 이번 생에서 완전히 끝을 맺고 싶었다. 자신이 저지르지도 않은 짓을 가지고, 단지 전생을 기억한다는 것만으로 그녀에게 느끼는 부채감이 싫었다. 더욱이 이로써 새삼스럽게 느끼고 만 자기혐오는 더욱 지양해야 할 감정이었다.

다만 새롭게 깨달은 감정으로 똑같은 실수를 저지르지 않을 용기와 이유는 분명하게 새길 수 있었다.

바람이 있다면 앞으로 꼭 사랑하는 사람하고 연애와 결혼을 하고 싶었다. 그리고 만약 슬프게도 그 사랑이 식어버린 날이 오더라도 전생의 자신이 그랬던 것처럼, 소모적인 열풍에 몸과 마음을 맡기는 짓은 절대 하지 않을 각오였다.

어딘가 삐뚤어지고 병들어 버린 세 사람의 인연은 각자의 길을 갈 때가 가장 완벽할 것이다. 그리고 이번 생이 그를 증명할 유일한 기회였다.

'부부인 박씨'에게 충격받은 또 한 사람, 오하나는 윤선 감독과 장시간의 대화를 나눠야만 했다. 몇 번의 경험으로 스태프들은 이제 그녀가 왜 우는지에 궁금해하지도 않았다.

무슨 이야기가 오갔는지는 모르겠지만, 걱정했던 것과 다르게 다시 만났을 때 그녀는 괜찮아 보였다. 아니, 너무 괜찮아서 문제였다.

"오빠가 날 좋아하는 게 아니라는 걸 확실히 깨달았어요. 그 점은 사과할게요. 하지만 오빠가 마음에 들었던 것은 진짜예요. 그리고 오빠와 그… 키스도 좋았고요. 그래서 우리 이번 기회에 정말 사귀지 않을래요?"

"싫습니다."

얼른 오하나에게서 두 걸음 뒤로 물러나며 우진은 단호하게 외쳤다. 너무나 강경한 반응에 오하나는 불퉁거리며 말했다.

"오빠 너무 뻣뻣해요. 이제 말도 편하게 놓고 찬찬히 서로에 대해 알아가면 좋잖아요."

"아니요. 아직 연애 생각은 없을뿐더러 일 관계로 만난 사람과는 일만 해야죠. 그리고 감히 선배님한테 함부로 말을 놓으면 안 되지요."

할 수만 있다면 극존칭을 하더라도 거리를 두고 싶었던 우진은 오하나에게 극진히 선배 대우를 해줬다.

"하지만!"

"일할 때는 일만 하지요, 선배님!"

단호한 대답에 오하나는 충격을 받고 또다시 눈물을 터뜨리고 말았다. 만성이 된 눈물은 전혀 두려운 무기가 아니었다. 무기를 잃어버린 오하나는 이제 우진의 상대가 되지 못했다.

◆　　◆◆◆　　◆

길이감 있는 머리칼에 웨이브를 주고 자줏빛 정장을 차려입은 우진은 모호한 표정으로 카페를 둘러봤다.

오늘은 송재희의 부탁으로 특별 출연하게 된 영화의 촬영일이었다. 그런데 하필 촬영 장소로 섭외된 장소가 딩키 Cafe였다. 우진과 현민이 자주 찾기도 하고, 김태화가 아르바이트하는 곳이었다.

저번 드라마를 계기로 연예계와 줄이 닿아 이렇게 장소 협찬까지 하게 된 모양이었다.

다행이라면 김태화는 이곳에 없었다. 현민을 통해 들은 이야기론, 1차에 합격한 그녀는 카페를 그만두고 고액 과외만 몇 개유지하고 있다고 했다. 사법시험 1차 합격이 주는 프리미엄을톡톡히 이용하면서 말이다.

그런 면을 보면 똑 부러지는 아가씨가 왜 그런 소모적인 감정에 매달려 어렵게 사나 싶었다.

"나 때문이… 아니, 이후 때문이구나."

바로 이해하고 반성하려던 우진은 재빨리 명환대군에게 탓을 돌렸다. 이후만 나쁜 놈으로 만들고, 자신은 무고한 채우진으로 돌아온 그는 가벼운 걸음으로 2층으로 올라갔다.

촬영을 위해서 카페의 2층은 아예 손님을 받지 않고 있었다. 단역배우들이 채울 테이블 몇 개만 남긴 휑한 카페 내부에는, 장비를 정리하는 스태프들과 혼자 자리에 앉아 있는 송재희만있었다.

그녀가 앉은 자리는 창밖으로 보이는 풍경이 예뻐서 평소 경쟁이 심하기로 유명한 명당자리였다. 우진이 조용히 와서 앉자창밖에서 시선을 거둔 송재희가 반갑게 그를 맞았다.

"곤란한 일을 겪었다며."

"벌써 소문이 났어요?"

우진이 자리에 앉자마자 송재희는 웃음을 참으며 오하나와의 일을 언급했다.

"아니, 장 대표님이 오하나에 관해 물으면서 알게 됐어. 아역배우라고 해도 함께 일한 적이 없으니 내가 알 턱이 있나."

업계에 도는 소문에 그리 나쁜 말은 없었다. 눈물이 많다는 것과 고집이 세다는 정도였다. 하지만 웬만큼 나쁘지 않고선 아역부터 차근차근 올라와 이제 막 성인 배우로 거듭나려는 아이에게 악평을 하지는 않았다.

그래서 장수환 대표도 개인적인 평가를 알고 싶어서 송재희에게 물어본 것이다.

"하지만 알지? 이게 시작이라는 거."

송재희의 물음에 마침 어깨의 먼지를 털어내던 우진은 그 동작 그대로 그녀를 보았다.

"작품 찍다가 눈 맞아서 결혼한 커플은 가장 아름답게 끝난 경우야. 연인 연기하다가 사귀고 헤어지는 커플들은 대중이 아는 것보다 훨씬 더 많아. 사실 그 정도는 약과지. 내 경험을 말하자면, 평소 잉꼬부부로 유명한 유부남이 원나잇 하자고 들러붙은 일도 있었어."

송재희의 말에 우진은 충격을 받아 아연해서 아무 말도 하지 못했다. 다른 건 몰라도 유부남이 그러는 건 도의적으로 너무 끔찍했다. 반대로 유부녀가 그에게 그랬다 상상하면 우진은 소름이 끼쳤다.

"연기와 현실을 분간 못 하고 열에 들떠서 순간 사랑에 불타오르는 이들이 아예 없지 않거든. 어떤 경우는 작품 찍으면서 육체관계까지 가다가 끝나면 쿨하게 헤어지는 경우도 종종 있고 말이야. 그게 반복되면 나중에는 그냥 그 자체를 즐기는 인간들도 있어. 한마디로 연기를 핑계로 엔조이하자는 거지."

처음엔 분명 연기에 빠져서 오하나 같은 오해에 빠졌을지 모르나 점차 그게 반복되다 보면 그 상황을 즐기고 모험처럼 도박을 걸기도 한다.

"상대가 진짜로 자기한테 빠지게 작정하고 유혹해서 작품 끝나면 버리는 거야. 그리고 그걸 마치 트로피처럼 자랑하는 놈도 있어."

"전 지금까지……."

그런 경우는 본 적이 없어서 믿기 힘들다는 반응을 보이는 우진에게 송재희는 가늘게 혀를 찼다.

"그동안은 운이 좋았던 거지. 오하나? 그 정도는 귀여운 거야. 애가 발랑 까진 것 같지만 아직 어려서 사귀자는 둥, 아직은 낭만적으로 행동하잖아. 조금만 더 큰 여우들 만나봐라. 일단 널 침대로 데려가지 못해서 안달한 발정 난 여우가 더 많을 테니까."

송재희가 말하는 여우는 여자 배우의 줄임말일 수 있고, 말그대로 짐승을 가리키기도 했다. 이중적인 이 단어는 어느 쪽으로 해석해도 결국 의미가 같았다.

그녀는 조심해야 할 것이 꼭 여자만 있는 건 아니라고 말해주고 싶었지만, 벌써 충격을 받아 정신을 못 차리는 우진에게 아직은 무리다 싶었다.

"그리고 우리 회사에서 관리 좀 잘하라고 경고했다며. 그런데도 오하나가 저렇게 너한테 들러붙는다는 건 그쪽에서 별다른 제재를 하지 않고 있다는 이야기야."

"그럼……."

이번엔 어느 정도 감을 잡은 우진이 운을 떼자 송재희는 고개를 끄덕였다.

"만에 하나 네가 정말 넘어올 수 있으니까. 나이 차도 얼마 안 되고, 예쁜 애가 살랑거리는데 혈기 넘치는 젊은 남자가 가만히 있기 힘들지. 사귀면 좋은 거고, 아니더라도 네 약점 하나는 잡을 수 있을지 모르니까. 어쩌면 뒤에서 오하나를 부추길 수도 있어."

두 사람이 사귄다면 여론이 어찌 반응할지는 몰라도 오하나의 처지에선 크게 손해 볼 게 없었다. 채우진의 여자였다는 게 자랑거리일 정도로 지금 그의 입지와 이름값은 높았다. 잘하면 호감 커플로 시너지 효과를 볼 가능성이 컸다.

"그런데 약점은 또 뭔가요?"

스캔들을 이용하는 연예인들이 많은 건 우진도 잘 알고 있었다. 단지 사귀지도 않는데 잡힐 약점이 무엇일까 싶었다.

"하아, 이건 좀 낯 뜨거운 말인데……."

송재희는 주위를 둘러보며 주위에 자신의 말을 들은 사람들이 없다는 걸 재차 확인한 후에 입을 열었다.

"만약 네가 오하나와 사귀지 않고 그렇고 그런 관계를 맺으면 그 아이 소속사에 약점이 잡힐 수도 있다는 말이야. 가끔 연예인들이 엉뚱한 곳으로 소속사를 바꾸는 경우가 있잖아. 다는 아니지만, 뜬금없이 예전보다 못한 조건으로 소속사를 바꾸는 경운 일단 이유가 있거든."

이미지로 먹고사는 연예인의 치부를 잡았다면 그를 상대로 갑이 되는 건 매우 쉬운 일이었다. 한 번도 생각해 보지 않은 경우라 놀랍기는 해도 가능성을 부인할 수 없었다.

"그럼 오하나 씨는요? 그런 식으로 수를 쓰면 하나 씨한테 좋을 게 없을 텐데요?"

다만 송재희 말처럼 되면 오하나가 얻는 건 하나도 없었다.

"회사로선 오하나라는 패를 버릴지언정 채우진이라는 월척을 낚는 게 더 이익일 거라는 생각은 안 들어? 여자를 미끼로 톱스타를 낚는 소속사들도 있다는 거 명심해. 소속사 대표와 공모해서 적극적으로 나서는 애도 있지만, 뭣도 모르고 이용당하는 경우도 은근히 많아."

아직은 이르다는 생각에 장수환 대표나 강호수가 우진에게 해주지 않았던 이야기들이었다. 두 사람에게 있어 채우진은 아직은 어리고 순수한 이미지가 가득한 청년이라 이런 연예계의 어두운 비밀은 이르다고 여겼다. 하지만 우진과 함께 연기해 본 송재희는 그가 마냥 어린 남자애로만 여겨지지 않았다.

"상대가 남자라고 마음 놓지 마. 이 바닥에서 양성애자들이 얼마나 많은데. 그리고 굳이 성적인 문제가 아니더라도 술자리 가지다가 약을 먹일 가능성도 없지 않아. 같잖지도 않게 파티라고 초대해 마시는 음료에 몰래 약 타서 자기들 마음대로 조종하려는 쓰레기들이 몇몇 있거든."

지금까지 우진이 함께했던 배우들의 경우, 그럴 위험이 없었기에 굳이 말하지 않았던 것도 있었다. 계속 관계를 유지하면 좋을 배우를 두고 미리부터 경계하고 멀리할 이유는 없기 때문이다.

조심해야 할 블랙리스트에 대해서는 아직 우진이 그들과 접할 기회가 없을뿐더러, 소속사와 강호수가 중간에서 잘 막고 있기도 했다. 그걸 잘 알기에 송재희가 나서서 할 이야기는 아니었다. 다만 오하나의 일로 생각나는 김에 말하게 되었다.

여자의 눈으로 보는 채우진은 참 탐이 나고 멋있는 남자였다. 연인이 있는 자신의 객관적인 시선에도 이토록 매력적인데 어린 친구들은 오죽할까 싶었다.

"지금의 너는 누가 봐도 탐이 나는 존재거든."

순수한 욕망의 대상으로서나, 상업적인 가치로서나 지금 채우진의 가치는 굉장히 높았다. 그를 얻기 위해 포기해야 할 것이 있다면 과감하게 버려도 좋을 정도로 말이다. 그런데 정작 본인은 잘 모르는 것 같아서 송재희는 답답했다.

"정글이네요."

"맞아. 정글도 멀리서 보면 아름답잖아."

우리는 그런 곳에서 살고 있다는 송재희의 말에 우진은 씁쓸하게 고개를 끄덕였다. 그런데도 빠져나올 수 없다는 게 그들의 숙명이었다.

세트 준비가 끝나자 바로 촬영이 진행되었다. 낯익은 장소에서, 낯선 제작진과 찍는 영화는 색다른 경험이었다. 이 짜릿한 맛이 정글을 벗어날 수 없는 이유이기도 했다.

◆　◆◆◆　◆

"이건 그냥 순수하게 묻는 건데, 어제저녁 8시 25분부터 10시 8분까지 어디서 뭘 했어?"

곱게 자란 도련님은 세상에 자기 뜻대로 되지 않는 건 없다고 생각하는 남자였다. 하지만 처음으로 제 마음대로 되지 않는 사람을 만나 굉장히 곤란한 지경에 빠져 있었다.

"이보세요, 박광헌 씨! 우리 3개월 전에 헤어졌어요. 대체 왜 아직도 나한테 사람을 붙이고 감시하는 거죠?"

"감시? 그게 왜 감시야? 보호지!"

이 험난한 세상에 밤거리가 여자에게 얼마나 위험한지 아느냐고 박광헌은 오히려 따졌다.

"그러니까 그 시간에 어디서 누구와 무얼 했냐고? 그것만 말하면 되잖아."

손짓 하나조차 우아한 남자는 자신이 어떤 표정과 어떤 동작을 할 때 가장 멋있는지 잘 알고 있었다. 철저히 계산된 각도로 여자를 보며 아름다운 눈매를 살짝 찌푸렸다. 고압적이지 않은 매력적인 눈동자를 보면 그냥 빠져들 것 같아서 여자는 일부러 고개를 저으며 눈을 감았다.

"제발 내 사생활에 관심 꺼요! 난 당신 어머니도 무섭고, 당신의 숨 막히는 집착도 싫단 말이야!"

"집착 아닌데……."

옛 연인의 말에 남자는 금세 눈물을 글썽이며 고개를 옆으로 돌렸다. 우아하게 손수건을 꺼내 눈가를 찍은 남자는 왼손으로 가슴을 툭툭 치더니, 어느 정도 진정하자 여자를 돌아봤다.

촉촉하게 물든 눈가와 순진하게 울먹이는 얼굴을 보면 세상에 이런 남자는 없을 것 같은 착각이 들게 하였다. 한순간 넘어가기 딱 좋지만 다행히도 입만 열면 이미지를 깨는 망발만 해댔다.

"당신은 너무 험악하고 가끔은 경박한 데다가 무식할 때가 많아."

"이런 내가 좋다고 쫓아다니는 건 너거든!"

이제 여자는 남자에게 예의를 지키는 걸 포기했다.

"노노, 그럼에도 불구하고 사랑한다는 거지. 이 내가, 박광헌이가 이채령이를 말이야. 고맙지 않아?"

박광헌은 도저히 이해가 안 된다는 표정으로 이채령을 보았다. 어떻게 네가 날 거부할 수 있냐는 의문은 진심이었다.

"전혀 고맙지 않아. 나 너 아니래도 좋은 남자 만나서 행복하게 살 테니까 이제 우리 정말 헤어지자."

"네가 어디 가서 나보다 더 좋은 남잘 만날 수 있는데? 아니, 우리나라에서 나보다 더 나은 남자가 있긴 해?"

동그랗게 뜬 눈으로 되묻는 박광헌의 얼굴을 보고 이채령은 순간 말을 잃었다. 그녀의 시선은 길게 쭉 뻗은 그의 다리에서부터 시작해서 군살 하나 없는 몸매와 아름다운 얼굴에서 멈췄다.

웨이브가 있는 긴 머리를 하고 있는데도 저렇게 잘 어울리는 남자는 우리나라뿐만 아니라 이 세상 어디에도 없을 거라는 확신에 이채령의 눈동자가 잘게 흔들렸다. 외적인 조건은 물론 물질적인 면까지 모두가 완벽한 남자였다.

"그렇게 노골적으로 보지 않아도 내가 완벽하다는 건 나도 알아. 너의 눈동자에 담긴 내 모습에 나조차 숨이 막히니까."

다만 저런 말을 얼굴색 하나 변하지 않고 진지하게 말할 수 있을 정도로 정신 상태가 정상이 아닐 뿐이었다.

"그러니 어제 내가 파악하지 못한 103분 동안 우리 채령이는 무얼 했는지부터 말해. 설마 나한테 말 못 할 짓을 한 것은 아니지? 가령 다른 남자를 만났다거나, 그 사람과 손을 잡고 거리를 걸었다거나, 혹은 키스를 하다가 그만 넘어선 안 될 선을 넘고… 어떻게 네가 나한테 그럴 수가 있어?"

그리고 저 변하지 않는 망상증도 문제다. 자기가 멋대로 말하고선 상상하다가 결국 이상한 결론에 다다라 혼자서 폭주했다.

"우리가 헤어진 지 겨우 97일밖에 안 됐는데 어떻게 그렇게 쉽게 마음이 변하니, 더럽게 몸까지 함부로 구……!"

박광헌의 말을 더는 들을 수 없던 이채령은 결국 참다못해 앞에 있는 물컵을 들어 그의 얼굴에 물을 뿌렸다.

"제발 정신 좀 차려!"

차가운 일갈과 함께 머리와 얼굴에 쏟아진 생수 물에 박광헌은 입을 다물고 눈을 감았다. 머리카락을 타고 흐르는 물줄기가 그의 턱에서 뚝뚝 떨어져 내렸다.

천천히 눈을 떠서 정면을 바라보는 박광헌의 눈빛이 야릇하게 변하기 시작했다. 위험한 짐승이 잠에서 깨어나는 것처럼 그를 둘러싼 분위기가 위험하게 울렁거리는 게 느껴졌다.

고개를 좌우로 흔드니 그의 머리칼에서 맑은 물방울이 보석처럼 빛을 내며 사방으로 흩어졌다. 오른손으로 이마를 덮은 앞머리를 뒤로 넘기자, 곧고 모양 좋은 이마가 드러나면서 그의 아름다운 얼굴이 더욱 빛이 났다.

"너 실수한 거야."

"……."

박광헌의 착 가라앉은 조용한 목소리에 이채령은 움찔 놀랐다. 자신이 너무 과한 짓을 했나 싶어서 겁먹은 얼굴로 그의 상태를 조심히 살폈다.

박광헌은 물기가 뚝뚝 흐르는 얼굴을 손으로 쓸어내다가 잠시 손바닥을 내려다보았다. 손가락을 타고 손목에 흐르는 물방울을 혀로 살짝 핥으며 그는 이채령을 옆 눈으로 보았다. 광고 속 한 장면처럼 관능적으로 아름답게 웃는 그의 미소에 이채령은 순간 숨이 멎었다.

"난 물과 잘 어울리거든."

그의 말에는 조금의 거짓도 없었다. 그라면 지긋지긋해서 치를 떨던 이채령이 순간 숨 쉬는 것도 잊고 멍하니 그만 바라보고 있으니 말이다.

"네가 봐도 내가 아름답지?"

사람을 홀리는 미소가 너무 아름다운 남자와 마주 앉은 이 순간, 이채령은 깨달았다. 이곳을 나가서 만나는 아무나하고 바로 사귀어 버리자. 그렇지 않고는 이 남자한테 벗어날 방법이 없다는 걸 분명히 알아버렸다.

저 아름다운 짐승에게 또 넋을 빼앗기기 전에 말이다.

◆　　◆◆◆　　◆

"컷!"

컷 사인이 나자 황이영이 달려와서 수건으로 우진의 머리를 닦아주었다. 카페 안이 따듯했지만 초봄의 들쑥날쑥한 날씨에 혹시나 감기라도 걸릴까 봐 조심해야만 했다.

"우진아, 너 느끼하게 정말 잘했어!"

"그거 칭찬이에요?"

"칭찬이야, 칭찬!"

우진이 기존에 맡았던 배역과는 다른 캐릭터라서 황이영은 굉장히 흥미롭게 구경했다. 나르시시즘에 빠진 미친놈을 이렇게 섹시하게 표현할 수 있는 남자는 단연 채우진 하나라고 자신할 수 있었다.

황이영에게서 수건을 건네받은 우진이 얼굴을 닦고 있을 때, 감독과 카메라 감독은 자기들끼리 화면을 돌려보며 이야기하고 있었다.

"자칫하면 굉장히 우스꽝스러운 장면이 될 수 있겠다 싶어서 걱정 많았는데, 괜한 짓이었어. 역시 채우진이다 싶다. 채령이가 박광헌에게 더 빠질까 봐 무서워서 남친 찾기 대작전을 벌이는 이유를 설득력 있게 만들어줬어."

매력적으로 미친 남자는 너무 위험하다. 이성적인 이채령이 그걸 깨닫고 애인을 구하는 과정이 이 영화의 내용이었다.

"하지만 위험해도 이런 매력적인 남자는 그만큼 욕심이 나잖아요. 포기한다는 게 더 설득력이 없지 않을까요?"

카메라 감독은 우진이 연기를 너무 잘해줘서 오히려 역반응이 생기는 거 아니냐고 걱정을 했다. 사실 이전부터 이번에 찍을 신을 그들 영화에서 코믹 요소로 뽑았는데 오히려 매력 포인트로 변해 버렸다. 자칫하면 남자 주인공보다 더 멋있어서 인기가 높을 수 있었다.

"파멸이 따르는 욕망은 위험한 법이죠. 앞으로 찍을 신에서는 그걸 더 강조하면 되겠네요."

어느새 두 사람 뒤에 와 있던 우진이 그들의 의견에 제 생각을 보탰다. 아직 남아 있는 신에서 박광헌의 위험성을 조금 더 강조해야겠다는 우진을 보고, 감독과 카메라 감독은 서로를 바라보았다.

아직 물기가 묻은 머리칼이 까맣게 빛나는 채우진은 마치 보석 같았다. 과연 자신들이 저 보석을 탐내는 이들의 욕망을 사그라뜨릴 수 있을까.

왠지 그럴 수 없을 것 같았다. 두 사람은 특별 출연으로 채우진을 섭외하면서 영화의 남자 주인공에게 매우 큰 잘못을 해버렸다는 걸 비로소 깨달았다.

"그럼 잘 부탁합니다."

그럼에도 불구하고 감독은 채우진에게 웃으며 다음 촬영을 부탁했다. 이미 그 역시 채우진을 탐내는 자들 중의 하나가 되어 있었다.

출구가 없다

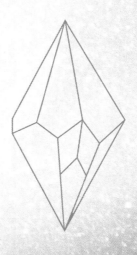

가느다란 줄과 6㎜의 진주로 만든 작은 펜던트는 굉장히 깔끔한 디자인이었다. 하지만 땀을 많이 흘리는 여름에 진주는 아닌 것 같아서 집었다 내려놓기를 계속했다.

의외로 고민은 오래가지 않았다. 결국은 결심한 듯 목걸이를 집어 든 여자가 계산을 위해 카운터로 향했다.

아무리 인기가 많아도 일정 수량만 판매하고 단종시키는 '가온' 제품은 욕심날 때 바로 구매하는 게 답이었다.

"저, 여기 계산 좀 해주세요."

이상하게 매장에 직원들이 보이지 않았다. 카운터에는 등을 보이고 서 있는 남자 하나만 겨우 있을 뿐이었다. 무언가 바쁘게 일하던 그는 손님의 부름에 뒤를 돌아봤다.

"어……?"

돌아서는 남자를 보고 손님은 멍하니 의문을 표시했다. 그녀는 자신을 향해 환한 미소를 지으며 다가오는 남자와 매장 벽에 붙어 있는 광고판을 번갈아 보았다.

바람에 긴 머리카락을 휘날리며 반쯤 눈을 감고 매혹적으로 웃고 있는 광고판의 남자와 지금 눈앞에 있는 사람의 얼굴이 같았다. 다른 점은 긴 머리칼을 자르고 단정하게 정리했다는 것뿐이다.

깔끔하게 정리해서 뒤로 넘긴 머리 스타일과 하얀 셔츠를 입고 있는 남자는 긴소매를 두어 번 접어 왠지 남성미가 물씬 풍겼다. 딱 달라붙지 않고 적당히 피트감 있는 검은 바지가 그의 긴 다리를 돋보여 주고 있었다.

"채, 채우진?"

"어서 오세요, 고객님. 무엇을 도와드릴까요?"

뻔한 멘트를 날린 남자는 자기가 한 말에 괜히 머쓱해져서 어색하게 웃었다. 남자의 가슴에 달린 '채우진'이라고 쓰여 있는 이름표까지 확인한 손님은 그 자리에서 비명을 지르고 말았다.

"아아악! 정말 채우진이다!"

그녀의 비명 같은 외침에 다른 매장에 있던 손님들까지 관심을 보였다, 처음엔 비명에 놀랐다가 채우진이란 단어에 목을 쭉 빼고 '가온' 매장을 살폈다. 그러다 정말 그곳에 채우진이 있는 걸 발견하고 우르르 달려가기 시작했다.

가온의 전속 모델인 채우진의 등장에 매장은 물론, 백화점 전체가 들썩거렸다. 그와 동시에 다른 곳에서 대기 중이던 가온의 직원들이 돌아와 몰려든 사람들을 정리했다.

"구매하실 상품이 이 목걸이인가요?"

우진이 목걸이를 케이스째로 들어 보이자 아직도 정신을 차리지 못한 손님은 무의식중에 고개를 끄덕였다. 반응으로 봐선 최소 채우진에게 호감이 있거나 그의 팬이 분명했다.

"귀여운 디자인으로 고르셨네요. 잘 어울리실 거 같아요."

"어, 어떻게 여기 계신 거예요?"

"지금부터 2시간 동안 이곳에서 아르바이트하기로 했습니다."

우진의 대답에 주변에서 구경하던 사람들이 이해의 함성을 내질렀다. 사인회와 비슷한 일종의 이벤트에 사람들은 재빨리 이 상황을 파악했다. 우진이 있는 곳이 카운터라는 것은, 즉 무언가를 구매해야지만 그와 마주 보는 자리에 설 수 있다는 뜻이었다. 원래 이런 유의 이벤트는 이렇게 구매를 유도하면서 진행하는 게 보통이었다.

그를 구경하고 사진을 찍는 것에 만족한다면 상관이 없겠지만, 채우진과 좀 더 색다른 경험을 원한다면 방법은 하나였다. 하지만 고가의 주얼리 제품을 선뜻 살 수는 없어서 우선은 구경부터 하는 이들이 더 많았다.

"저, 저, 한 번만 안아봐도 되나요?"

우진이 직접 결제를 하고 카드를 돌려주자 여자는 망설이다가 결국 큰 용기를 내서 그에게 물었다.

"내가 그렇게 헤프게 굴었으면 좋겠어요?"

우진의 말에 여자를 비롯한 다른 사람들은 기분 상해하기는커녕 오히려 좋아서 비명을 질렀다. 이게 다 우진이 특별 출연한 '라이온을 찾아서'의 영향 때문이었다. 영화가 개봉되고 사람들은 박광헌이란 캐릭터에 열광했다.

우진은 이해를 못 했지만, 그가 박광헌같이 행동하면 사람들은 좋아서 어쩔 줄을 몰라 했다. 그래서 요즘은 난처한 처지에 놓이면 아예 박광헌처럼 굴었다. 이때는 그가 무슨 말을 해도 좋아하면 했지 불쾌해하는 사람이 없었다.

예전이라면 우진도 가볍게 포옹하는 거야 아무렇지 않았다. 팬들이 사진이나 사인, 혹은 포옹을 원하면 언제든지 들어주는 편이었다. 그런데 얼마 전에 당한 일로 여자 팬들과는 웬만해선 신체 접촉을 하지 않게 되었다.

당시 포옹을 원하는 여성 팬을 우진은 허리를 숙여 상체만 가볍게 안았다. 그런데 느닷없이 여자 쪽에서 우진을 꼭 끌어안고 하체를 밀착시키며 그의 몸을 더듬는 일이 벌어졌다. 강호수가 강제로 떼어놓기 전까지 그녀는 우진의 엉덩이를 거침없이 주물럭거렸다. 당황해서 어쩔 줄 몰라 했지만, 거기까지는 그러려니 했다.

문제는 며칠 후에 다른 팬이 그에게 백허그를 요청했을 때였다. 저번 일이 있었지만, 마주 보고 안는 게 아니라서 우진은 그녀가 원하는 대로 뒤에서 살며시 여성을 안은 채로 함께 사진을 찍으려고 했다. 사실 말이 백허그지 어깨에 가볍게 손을 올리는 동작에 가까웠다.

그런데 그녀는 우진의 손을 강제로 잡아끌어서 자기 옷 속으로 집어넣었다. 그의 의도와 전혀 상관없이 여자의 가슴을 만지게 한 것이다. 여름이라 옷의 목둘레가 넓어서 가능한 일이었고

228 **별이 되다**

이건 상당히 충격적이었다.

우진은 연예인이 된 이상, 남들이 그의 몸을 더듬는 것까진 어느 정도 각오하고 포기하자는 마음이 있었다. 그런데 자기 의지와는 상관없이 타인의 맨살을 강제로 더듬게 만든 행위만은 용서가 되지 않았다.

황이영이 재빨리 그 여자를 밀어내고서 대신 고래고래 소리를 지르고 화를 내준 바람에 무사히 넘어갔지, 하마터면 그 여자의 뺨을 때릴 뻔할 정도로 순간 감정을 조절하지 못했다. 손에 남아 있는 그녀의 피부 감촉이 기분 좋기는커녕 뱀이 지나간 것처럼 불쾌하고 징그러웠다.

그 후로는 포옹이나 백허그 요구를 단호하게 거절했다.

"난 아무나 안지 않아요."

"와! 미친 자기다!"

그런데 거절을 당했어도 우진의 첫 번째 고객은 오히려 좋아했다.

미친 자기. 박광헌의 이름을 광허니라고 부르다가, 미칠 광에 'Honey'의 허니가 합쳐져 우진의 현재 새로운 별명은 '미친 자기'였다.

'붉을 적' 촬영이 끝나서 헤어스타일을 바꿨지만, 박광헌 고유의 분위기를 만들어내는 건 매우 쉬운 일이었다. 우진이 '라이온을 찾아서'의 박광헌과 비슷한 투로 말하고 행동하자 모두 좋아서 숨을 헐떡였다.

"저 얼굴에 물 뿌려도 돼요?"

"당연히 안 되죠. 후회한다니까요."

"후회하고 싶어요!"

열렬한 반응에 우진은 방금 결제가 끝난 목걸이를 들어서 그녀의 목에 걸어주었다.

"예쁘다! 잘 골랐네요."

자기 돈으로 사준 것도 아니면서 뿌듯해하는 우진을 보고 줄을 서던 다음 구매자가 앞사람을 살짝 밀치며 앞으로 나왔다. 구매가 끝난 손님은 직원이 다가가서 이미 준비한 채우진의 사인과 '가온'에서 마련한 소정의 선물을 챙겨주었다.

"반지 구매하시게요?"

"네!"

두 번째 손님은 우진과 마주할 생각에 아무거나 손에 잡히는 것을 골랐는데 그게 운 좋게도 반지였다. 앞사람의 경우처럼 우진이 직접 끼워준다면 너무 떨려서 심장이 멈출까 걱정이었다.

"반지가 아주 작네요."

"새끼손가락용으로 나온 애끼 반지라서 그럴 거예요."

"귀엽네요. 이런 건 사이즈를 안 맞추나 봐요?"

"이것도 사이즈가 있어서 아예 안 들어갈 수도 있어요. 그럼 새로 맞춰야 해요."

손님은 한숨을 내쉬었다. 만약 반지가 손가락에 안 맞으면 귀찮은 것은 둘째 치고 채우진이 끼워준 반지를 계속 차고 다닐 기회를 잃는 거였다.

"그럼 이게 고객님 손가락에 딱 맞도록 기도해야겠네요."

우진이 반지를 들어 입으로 직접 '두근두근' 효과음을 내면서 손님의 새끼손가락에 반지를 끼웠다. 마디에서 살짝 걸렸지만, 무리 없이 딱 맞는 걸 보고 우진은 두 손을 들어 손님에게 하이파이브를 청했다. 채우진이 끼워준 반지를 그대로 끼고 돌아갈 수 있다는 생각에 그녀 역시 기뻐하며 우진과 하이파이브를 했다.

구매 의사 없이 가만히 지켜보던 다른 이들은 이런 상황을 보고 서둘러 매장을 둘러보기 시작했다. 채우진은 봐야겠고, 무언가는 사야 해서 정신이 없는 손님들을 직원들이 능숙하게 이끌면서 구매를 도왔다.

"저, 오빠라고 불러도 되나요?"

딱 봐도 스물 후반으로 보이는 여성이 머뭇거리며 우진에게 물었다. 나이로 보면 절대로 오빠라고 부를 수 없지만, 우진을 보면 절로 오빠라는 소리가 나와서 도저히 참을 수가 없었다.

"뭐라고 부르던 제가 채우진인 건 변하지 않죠."

우진이 흔쾌히 허락하자 여자는 활짝 웃으며 바로 그를 불렀다.

"오빠! 영화에서 미친 자기가 했던 대사 저한테 한 번만 해주세요."

"정말 괜찮겠어요?"

영화 속 박광헌의 대사는 인기가 많았지만, 대부분 맨정신으로 일상에서 사용하기에는 무리가 있는 것들이었다. 실은 우진도 감정이 잡히지 않은 상태에서 바로 말하기에는 낯이 뜨거울 정도였다.

"아무거나 해주세요, 제발!"

두 손을 꼭 모아 기도하는 자세를 보이는 상대에게 우진은 슬쩍 웃으며 손으로 앞머리를 쓸어 올렸다. 박광헌의 대사 중에 정상적인 게 없어서 일반인에게 대놓고 말하기가 쉽지 않았다. 고르고 골라, 그나마 나은 것을 찾아 읊었다.

"어둠의 자식들과 어울리다가 날 보니 눈이 부시지?"

"네!"

맹렬하게 고개를 끄덕이는 손님과 달리 영화 속 이채령은 박광헌에게 '미쳤냐' 라고 냉소했었다. 고객이 대본대로 따라주지 않았지만, 우진은 혼자서 대사를 마무리했다.

"나도 내가 눈부셔서 미칠 것 같아."

이 뻔뻔한 대사에 사람들은 그래서 박광헌이 미쳤나 보다 하고 당연하게 받아들였다. 무슨 말을 하고, 무슨 짓을 하든 박광헌이 하면 그건 다 이해를 받았다. 그만큼 대중들에게 인기가 좋았고 사랑을 받고 있었다.

이벤트가 진행될수록 무리한 요구를 하는 손님이 있는 반면에 얌전히 사인만 받고 가는 이들도 많았다. 가끔은 어린 학생 같은데 너무 무리한 구매를 한 것 같으면 우진은 어울리지 않는다는 핑계로 다른 것을 골라주기도 했다.

"저 노래 한 구절만 불러주실 수 없을까요?"

"원하는 곡이 따로 있으세요?"

"그냥 아무거나 편하신 거로요."

부끄러움을 많이 타는 성격인지 우진과 눈도 마주치지 못하고 웅얼거렸다. 갑자기 노래를 청하니 떠오르는 노래가 없었다. 하지만 적극적인 손님들 사이로 이렇게 수줍게 행동하는 것도 나름 오래 머리에 남을 것 같다는 생각을 하는 순간, 문득 떠오르는 노래가 있었다.

우진은 고개를 숙여 손님이 고른 핀을 머리에 꽂아주며 조용히 노래를 불렀다. 임태경의 '흔적'을 부르며 우진은 수줍은 팬의 가슴속에 자신의 흔적을 조용히 꽂아 넣었다.

하지만 모두가 이런 고객만 있는 건 아니었다.

"브로치는 여기에 달아주세요."

손가락으로 콕 가리키며 지정해 준 위치는 바로 가슴이었다. 화려하지만 얇은 새틴 소재의 블라우스를 입은 그녀는 우진이 보기엔 절대로 속옷을 입지 않고 있었다. 아마도 작정하고 화장실에서 벗고 온 게 아닌가 싶었다.

절로 한숨이 나오는 상황이었다. 왠지 요즘은 이런 팬들이 부쩍 는 것 같아서 헛웃음이 나오기도 했다. 그는 브로치를 들어 고객이 원하는 곳보다 좀 더 윗부분에 손가락이 몸에 닿지 않게 조심하며 달아주었다.

"제가 원하는 곳은 여긴데요."

가슴을 강조하는 자세를 취하며 그녀는 볼멘소리를 냈다.

"여기가 더 잘 어울려요. 브로치를 밑에 달면 시선이 아래로 가서 고객님의 예쁜 얼굴을 볼 수가 없잖아요."

눈을 마주치며 우진이 자상하게 말하자 상대는 얼굴을 붉히며 수긍했다. 그의 말에 부끄러움을 느꼈는지, 아니면 그저 듣기 좋은 소리로만 받아들였는지는 모르겠지만 다른 잡음 없이 무사히 넘어갔다.

원래 계획했던 2시간은 후딱 지나갔다. 몇몇 난처한 상황을 만든 손님들을 제외하면 우진은 이 시간을 기쁘게 즐겼다. 아직 줄을 서서 기다리던 고객들에게는 일일이 악수하고 사인을 해주며 아쉬움을 달래줬다.

"어, 제가 마시던 커피가 없어졌네요."

우진은 이벤트를 끝내면서 카운터 주변을 살펴봤다. 고객들을 상대하면서 틈틈이 마시던 커피가 사라지고 없었다. 커피는 며칠 전에 우진이 계약한 광고 제품으로 일부러 챙겨온 것이기도 했다. 기억하기론 몇 모금 마실 양은 남은 것 같았는데 없어서 당황스러웠다.

"아무래도 손님 중에 한 분이 가져갔나 보네요."

"커피가 조금 남아 있었는데 쓰레기인 줄 알고 치우셨을까요?"

채우진의 순진한 말에 매장 매니저는 어색하게 웃으며 그런가 보다며 대답해 줬다. 채우진이 입을 댄 빨대가 꽂혀 있던 커피가 사라졌다면 뻔한 거다. 하지만 그의 편안한 저녁을 위해서 조용히 묻어두었다.

백화점 임원이 함께 식사하자는 걸 스케줄을 핑계로 빠져나오며 우진은 녹초가 되어 늘어졌다.

"팬 사인회는 이것보다 더 힘들겠죠?"

아직 정식 사인회를 해본 적이 없는 우진이 상상만으로 혀를 내둘렀다. 지금은 팬카페만 있지만, 내년에 팬클럽 창단을 계획 중이라 언젠가는 다가올 미래였다.

"몸은 힘들더라도 마음은 더 편할 거야. 오늘은 광고성 이벤트라 일반인들이 많았잖아."

"팬들은 일반인이 아닌가요?"

"아니지. 절대 달라."

그냥 채우진을 좋아하는 사람들과 팬으로서 집단을 이룬 그의 팬들은 전혀 달랐다. 특히 소원바라기의 회원들이라면 오늘 있었던 몇몇 진상들과 같은 짓은 절대 하지 않는다. 그것만은 믿을 수 있었기에 강호수는 우진의 걱정을 덜어주었다.

◆　　◆◆◆　　◆

비록 특별 출연이었지만 남주인공보다 더욱 빛나는 우진이 나온 영화가 개봉됐다. 그리고 오늘은 가온에서 갑자기 벌인 이벤트로 '소원바라기'가 시끌벅적했다. 거의 6개월 동안 가뭄이 었다가 요즘은 단비가 종종 내리고 있었다.

〈오늘 XX 백화점 '가온' 매장에서 깜짝 이벤트 있었던 건 알고 계시죠? 많은 분이 기회를 놓치신 것 같아서 후기 남깁니다. 저도 몇 분만 늦었어도 지니를 못 봤을 거예요. 일 다 보고 백화점 나가려는데 어떤 분이 비명을 질러주신 덕분에 우리 지니를 직접 보았답니다.

정신 차리고 보니까 제가 카운터 앞에서 줄을 서고 있더라고요……;;

전 귀고리를 샀는데 지니가 직접 꽂아줬어요. 마음 같아선 평생 이 귀고리만 하고 다니고 싶지만 불가능하겠죠. ㅜㅜ

카드 결제도 직접 해줬는데, 왠지 없어 보일까 봐서 떨리는 목소리로 일시불로 해달라고 했거든요. 그런데 지니가 실수로 3개월 눌렀다고 미안해하는 거예요. 그러면서 결제 취소 안 하고 영수증 주는 거 있죠. 아우, 센스쟁이!!!

완전 2시간 동안 다른 매장에는 사람 하나 없고, 가온만 들썩들썩. 그런데도 원래 연예인들이 자주 이벤트하는 곳으로 유명한 백화점이라 그런지, 직원들이 정리를 잘해줘서 별 소동은 없었네요.

지니 이번에 바꾼 헤어스타일 완전 죽여주고요. 오늘 하얀 셔츠와 검은 바지인데도 굉장히 금욕적인 것 같으면서 섹시한 분위기였어요. 빛나는 얼굴은 말할 것도 없고, 군살 하나 없는 허리 라인과 다리에 계속 눈이 가는 저는 변태인가요. 지니야, 미안해, 이런 누나 팬이라서ㅠㅠ

그렇지만 지니가 딱 잘라 거절했는데도 계속 한 번만 안아보자는 몇몇 사람들, 브라 안 하고 가슴 내밀면서 거기에 브로치 달아달라던 미친년에 비하면 저는 양반인 거죠? 요즘 지니의 분위기가 너무 섹시해져서 이런 벌레들이 좀 꼬이는 것 같다고 생각하면 제가 너무 예민한 건가요?〉

오늘 이벤트 경험담을 적은 후기들과 사진들이 속속 카페에 올라오자 발악들은 기뻐하면서 분개하기도 했다.

─발악 님. 오늘 저와 같은 시간, 같은 공간 속에 있었네요. 저도 그 미친년 봤어요. 제 뒤에 있었는데 설마설마했거든요. 여름이라 브라 안 하시는 분들을 좀 봐서 그러려니 했는데 세상에나! 만져달라고 아예 작정했더라고요. 설마 그런 미친X이 우리 발악이는 아니겠죠?

ㄴ설마, 아닐 거예요. 그런데 혹시 지니가 흔적 불러줬던 분이 발악 님이세요?

ㄴ네, 지니가 머리에 핀 꽂아주면서 불러줬어요. 저 평생 머리 안

감을 거예요.

채우진 앞에서는 그렇게 얌전하고 수줍어하던 고객님은 실은 발랄한 발악이었다.

─전 나중에야 소식 듣고 달려갔는데 간발의 차이로 늦었어요. 가온은 이런 이벤트를 열면 좀 미리 공지라도 해줄 것이지.

└그랬으면 백화점이 완전 마비됐을 거예요. 깜짝 이벤트인데도 사람들이 순간 몰려드는 게 무서울 정도였다니까요.

└가온 홈페이지에 영상 올라왔네요. 마케팅팀에서 당시 상황을 찍은 거 올렸는데 사람들 몰려가는 속도가 장난 아니게 무섭더라고요. 우리 지니가 어느새 이렇게 유명해졌어요. 뿌듯뿌듯!!

─울 카페에 가온 디자이너이신 분 있잖아요. 성덕하신 그분이 지니 광고 촬영하고 화보 찍을 때마다 소식 전해주셨는데, 오늘은 가셨을까요? 이야기 듣고 싶어요.

└그게 바로 접니다! 하지만 오늘의 저는 성덕이 아니에요. 그 이벤트는 마케팅 부서에서 진행한 거라 저도 소식이 늦었거든요. 게다가 우리 팀장님이 오늘 과제를 너무 많이 주셨어요.

└토닥토닥, 팀장님이 너무했네요.

└앗! 진희엄마 님이 절 위로해 주시다니. 그래도 저희 팀장님 좋은 분이세요. 와~! 이 댓글 쓰고 있는데 팀장님이 오늘 고생 많았다고 케이크 기프티콘 보내주셨어요. 헤헤. //ㅁ//

─윗 발악 님 좋은 상사분을 두셨네요. 그러고 보니 제가 이번에 들어간 곳 대표님(제가 비서예요)이 아무래도 지니 팬이신 것 같아요.

일흔이 넘으셨고, 업계에선 냉철하고 무서운 분으로 유명하신데 세상에나 폰 배경이 진희엄마 님이 일전에 올려주신 사진인 거 있죠.

└지니가 은근히 남자들한테도 인기가 많은 것 같아요. 제가 요즘 썸 타고 있는 동기가 있는데 그 친구가 걸핏하면 자기가 지니와 닮았다고 말하는 거 있죠. 그런데 은근히, 아닌 것처럼 미묘하게 닮은 게 함정이긴 해요. 저번에 블루핏 사태 때 저보다 더 화를 내는 거 보고 알았죠. 얘도 팬이구나 하고요. 이름만 빼면 모든 게 완벽한 친구라 예전부터 좀 미묘하긴 했었어요. 뭐, 그때부터 본격적으로 호감이 생기기 시작했는데 아무래도 곧 저한테 고백할 것 같아요.

소원바라기에 올라오는 글들이 모두 채우진에 관한 것들만 있는 건 아니었다. 직장을 다니면서 생긴 애환과 덕질하다가 연애하게 생겼다는 사연 등등도 소소하게 올라왔다.

―지금 지니가 고객들 상대하는 영상들이 하나씩 올라오는데 웃겨 죽겠어요. 세상에 어떤 분이 미친 자기 대사 좀 해달라고 해서 지니가 '이쁘게 미친년!' 이라고 했는데 포스가 정말 영화 속 미친 자기 그대로인 거 있죠.

└미친 자기는 정말 역대급 캐릭터인데 너무 조금밖에 안 나와서 아까워요. 정말 주옥같은 대사들이 많았는데 전 특히 '아침마다 거울에서 벗어날 수가 없어!' 라면서 슬퍼하는 거요. 아, 이 나르시시즘 환자, 너야말로 이쁘게 미친놈이다.

다른 사람이 아닌 채우진이 그 배역을 맡았기에 공감을 사면서 효과가 높았다. 어중간한 배우가 했다면 우스꽝스러운 코믹으로 끝났을 것을 채우진이 엄청난 캐릭터로 만들어 버린 것이다. 적당히 흥행하고 말았을 영화는 채우진이 '미친 자기' 신드롬을 만들면서 흥행을 이끌어가고 있었다.

ㅡ'붉을 적'은 언제 개봉하죠? 라이온에서 너무 감질나게 나와서 오히려 더 속이 타요.

ㄴ추석에 맞춰 개봉한다네요. 감독님이 오래전부터 준비한 영화라 촬영 전부터 웬만한 건 다 준비 마치고 진행해서 편집이 빨리 끝날 것 같대요.

ㅡ보니까, '붉을 적'은 여배우들끼리 정말 사이가 좋은 것 같더라고요. 우리 지니 그 사이에서 외로웠을 것 같아요.

ㄴ그러게요. SNS 보면 언니 동생 하면서 정말 친하더라고요. 그러고 보면 소문이 믿을 것이 못 돼요. 처음엔 두 사람 사이 안 좋다고 소문나지 않았어요?

소원바라기에 올라온 글들을 보며 황이영은 가늘게 한숨을 내쉬었다.

"그게 사이가 좋은 것 같아요? 완전 톰과 제리인데……."

황이영의 말에 강호수는 잘게 고개를 저으며 반론했다.

"정확히는 박광헌과 이채령의 여여 버전이잖아. 물론 권은미 씨가 박광헌처럼 미친 캐릭터는 아니지만."

강호수의 말에 황이영은 웃음을 참지 못하고 웃기 시작했다. 그러고 보니 그 두 사람의 관계가 미묘하기는 했다.

오하나는 중전 윤씨의 촬영이 끝나고도 계속 현장에 나왔더랬다. 권은미의 설하 연기를 두 눈으로 보고 평가하겠다며 으름장을 놓으면서 말이다. 그때만 해도 두 사람의 관계는 톰과 제리였다.

오하나가 두 팔과 다리를 버둥거리며 공격해도 권은미에게는 닿지 않았다. 시큰둥한 권은미의 반응이 더욱 그녀를 발끈하게 했다. 언제나 오하나가 자랑하던 10년의 경력은 모델계에서 활동한 권은미의 7년에 비하면 너무 꽃밭이었다.

어른들과 대중에게 사랑받고 보호받으며 자란 오하나는, 십대 후반부터 세계 패션쇼를 다니며 구르고 깨지면서 여기까지 온 권은미의 굳셈을 감당할 수가 없었다.

덤볐다가 도리어 깨지기를 반복하던 어느 날, 오하나가 권은미의 '설하'를 인정하는 날이 오고야 말았다. 명환대군과 함께 검무를 추는 설하의 모습이 너무 아름다워서, 자신은 도저히 저런 장면을 연기할 수 없다는 것을 비로소 깨달은 것이다.

설하의 어른스러움과 깊은 슬픔을 오하나는 가슴 깊이 이해하지 못하고 있었다. 기녀인 설하의 '한'을 표현하기엔 오하나의 인생은 너무나 순탄하고 아름다웠다.

성별과 신분의 차이를 벗어난 명환대군과 설하의 우정 역시 마찬가지였다.

보기만 해도 야하고 여성미 넘치는 권은미가 어떻게 명환대군과의 순수한 우정을 연기할 수 있을까, 의심했던 게 부끄러울 정도로 그들은 완벽한 친구의 모습을 보여줬다. 오하나는 '설하'가 애당초 자신이 감당할 수 있는 배역이 아니라는 걸 인정할 수밖에 없었다.

"당신 좀 괜찮았어. 하지만 이건 내가 연기력이 부족한 게 아니라 단지 어리고 경험이 부족해서야. 결코, 당신에게 진 게 아니라는 걸 명심해 줬으면 좋겠어!"

그냥 깔끔하게 칭찬만 하면 되는 것을 구구절절 길게 말하는 오하나를 권은미는 찬찬히 주목하기 시작했다.

"너, 하는 짓이 귀엽구나!"

권은미가 오하나에게 무얼 봤는지는 모르겠다. 어쩌면 그녀가 활동하던 세계와는 다른 꽃밭에서 자란 오하나를 신기하고 재밌는 존재로 인식했을 수 있다.

그 후부터였다. 권은미가 오하나를 예뻐하며 옆에 끼고 다니기 시작한 게. 싫다고 바락바락 대들며 버둥거리던 오하나는 권은미의 한 손에 잡혀 파닥거리는 어린 짐승일 뿐이었다. 싫다면서도 권은미의 카리스마에 눌리고, 가끔은 매료되면서 오하나는 오늘까지 권은미에게 끌려다니고 있었다.

"다행히 우진이는 편해졌죠."

권은미 덕분에 오하나의 소속사 대표가 원했던 그림은 초안부터 이뤄지지 못했다.

◆　　◆◆◆　　◆

{레이, 이 영상 한번 보겠어?}

휴 밀러는 친구인 레이폴드에게 태블릿을 건네며 동영상 하나를 보여줬다. 유튜브에 올라온 영상은 한 드라마의 메이킹 영상이었다. 건물과 건물 사이를 실제로 건너는 아찔한 장면에도 레이폴드는 시큰둥한 표정으로 친구를 보았다.

{나름 하는데, 스턴트맨?}

{아니, 배우! 이건 실제 방영된 드라마의 장면.}

휴는 처음 보여준 동영상 다음에 이어, 드라마의 한 장면을 보여줬다. 배우 본인이 직접 찍어서 촬영한 드라마의 장면은 굉장히 활동적이고 극적이었다. 확실히 대역을 쓰는 것과 아닌 것의 리얼리티의 차이가 어마어마하다.

{배우 본인이 직접 찍은 거야? 멋있는데!}

그제야 레이폴드는 관심을 가지며 두 개의 영상을 몇 번이나 반복해서 보았다.

{요즘 유튜브에서 화제야. 코리아에서 한창 인기 있는 배우라는데 외모와 연기력은 물론 프로 정신까지 완벽해.}

휴의 칭찬에 레이폴드는 미간을 찌푸렸다. 다른 말은 안 들리고 배우의 국적만 귀에 들어온 거다.

{코리아라면 사우스 코리아? 이런, 난 일본인 배우를 원한다고.}

휴가 이 영상을 그에게 보여준 이유는 뻔했다. 현재 그들이 준비 중인 영화에 동양인 조연이 하나 필요하기 때문이었다. 주인공의 캐스팅은 끝났지만, 조연들은 이제부터 시작이었다. 특히 이들이 중요하게 여기는 '진'은 동양인 캐릭터로 비중이 제법 컸다.

이왕이면 액션 잘하는 배우로 찾고 있던 레이폴드가 꿈꾸던 이상은 일본인이었다.

{동양이라면 사무라이잖아!}

레이폴드의 대답에 영화의 공동 제작자이자 극본가이기도 한 휴 밀러가 혀를 찼다.

{이봐, 친구! 극본을 쓴 사람이 나야. 난 그 글을 쓰면서 한 번도 사무라이를 생각한 적이 없다고. 글에서 동양인이라는 언급만 있지 국적이 나오지 않은 이유가 뭐라고 생각해? 그만큼 자유로이 캐릭터를 잡기 위해서야. 난 네가 너무 편견에 사로잡히지 않았으면 좋겠다.}

친구이자, 동업자이며, 그의 극본가이기도 한 휴 밀러의 지적에 레이폴드는 부끄러움으로 살짝 얼굴을 붉혔다. 편견에 사로잡히지 않은 세상을 영화로 담아내자, 그것이 그들이 이상으로 여기는 영화관이었다.

하지만 레이폴드에게도 변명거리는 있었다.

{미안해. 하지만 너도 잘 생각해 봐. 이건 우리의 세 번째 영화야. 앞서 영화들이 세계적으로 크게 흥행한 만큼 이번이 얼마나 중요한지는 너도 잘 알잖아. 난 그만큼 신중할 수밖에 없고, 대중성을 고려하지 않을 수가 없어. 사실 코리아는 몇몇 배우만 빼고 아직 할리우드에선 존재감이 미미하잖아.}

레이폴드의 대답에 휴도 그에 대해서는 할 말이 없었다. 서양권에서 친숙한 동양 문화는 아무래도 일본이었다. 그들 영화에 나올 '진'은 비록 조연이지만 무척이나 중요한 배역이었다. 신중한 선택이 필요한 것은 부인할 수 없었다.

{게다가 우리 영화에 동양인 캐릭터가 있다는 이야기에 벌써 일본과 중국 투자자들이 붙고 있어. 코리아? 거긴 조용하

잖아.}

영화의 막대한 제작비를 고려하면 해외 투자를 마냥 무시할 수가 없었다. 하지만 레이의 대답에 휴는 격렬한 반응을 보이며 난색을 보였다.

{잠깐! 너 그쪽 투자를 받으려고 했어? 미친 거 아니야? 그들이 투자를 핑계로 영화에 얼마나 간섭이 많은지 너도 잘 알잖아. 저번 데이비드 영화에서 영국인이 젓가락으로 스테이크를 먹게 한 게 바로 그쪽 투자자들이라고! 그리고 우리에게 투자자가 딱히 부족한 것도 아니잖아. 아닌 말로, 그들 투자를 받느니 차라리 콘스차 재단의 지원을 받는 게 나아!}

열변을 토하는 휴의 말에 이번에는 레이폴드가 경색했다.

{콘스차 재단? 거긴 마피아잖아. 난 절대 싫어!}

{비록 무기 회사지만, 이제는 마피아가 아닌 합법적인 법인 회사라고! 게다가 콘스차 재단의 문화 지원은 정말 순수한 후원이고. 이미 많은 스튜디오가 그들의 후원을 받고 있는데 왜 너만 유난이야!}

이탈리아계 뉴욕 마피아로 시작했던 콘스차 가문은 이젠 합법적인 기업으로 돌아섰다. 하지만 그 근본이 마피아라는 건 변함이 없었다. 무엇보다 합법적인 기업이라 내세우는 곳이지만 무기 회사라는 점에서 레이폴드는 치를 떨며 싫어했다.

{돈 랜스키가 유언으로 수익의 10%는 무조건 문화 사업을 지원하라고 해서 생긴 게 콘스차 재단인 건 알지만, 그들의 뿌리가 마피아고 그 돈이 사람 죽이고 나온 거라는 점은 변하지 않아.}

정의파는 아니어도 레이폴드에게는 포기할 수 없는 신념이란 게 있었다.

{네가 콘스차 재단의 지원을 싫어하는 만큼 나 역시 중국과 일본의 투자를 받는 건 반대야. 나는 마피아보다 우리 영화의 정체성을 망치는 것들이 더 싫으니까.}

적어도 콘스차 재단은 예술가의 본질은 지켜줬다. 현 콘스차 가문의 수장이 존경하던 할아버지의 유지를 철저하게 받들고 있는 덕분이었다.

{레이, 완벽한 영화를 만들고 싶은 네 욕심도 이해는 해. 하지만 영화 제작비는 이미 충분하잖아. 여기서 더 욕심낸다고 해서 꼭 좋은 영화가 나올 거라는 보장은 어디에도 없어.}

굳이 자신이 추천한 배우가 아니어도 휴는 상관없었다. 그러나 제작비를 이유로 과한 요구를 하며 영화 자체에 영향력을 행사하려는 자본을 레이폴드가 끌어온다면, 그들의 오랜 우정이 끝날 거라는 경고를 분명히 했다.

그가 냉정하게 사무실을 나가 버리자 태블릿만이 테이블 위에 덩그러니 남아 있었다. 멋쩍게 손가락으로 볼을 긁적인 레이폴드는 태블릿을 들어 휴가 보여줬던 영상을 다시 틀어봤다.

{멋있기는 하네.}

불퉁거리며 중얼거린 그는 'Genie'라고 불리는 배우의 다른 영상들도 찾아보았다. 영화와 드라마에 나오는 영상들을 하나하나 찾아보던 레이폴드는 몇 시간 후에 크게 외쳤다.

{Shit, He's prince charming!}

레이폴드는 두 손으로 머리카락을 움켜잡으며 괴로워했다.

일본의 사무라이에 반해 있던 그의 고민과 갈등이, 대한민국의 한 배우로부터 시작되었다는 걸 당장은 아무도 몰랐다.

◆　　◆◆◆　　◆

한편 지구의 반대편에서 우진은 매일 고행 같은 하루를 보내고 있었다.

먼저 그는 9월 말에 개봉할 '붉을 적'과 10월 초에 발표할 사법시험 2차 결과를 두근거리는 마음으로 기다리고 있었다.

제작진과 배우가 아무리 자신을 해도 영화란 대중의 선택에 따라 그 결과가 좌지우지될 수밖에 없었다. 그리고 그건 누구도 장담할 수 없는 문제였다.

시험 결과도 마찬가지였다. 객관식으로만 이뤄진 1차의 경우는 답이 명확해서 어떤 문제를 맞고 틀렸는지 채점할 수 있었다. 하지만 2차는 주관식이라서 모호한 구석이 많았다.

그로선 잘 본 것 같지만, 시험을 본 대부분의 수험생이 이런 자신감을 느끼고 있었다. 상대적인 평가이니만큼 그가 아무리 잘 봤다고 해도 그보다 더 잘 본 이들이 있다면 소용없는 게 시험의 결과였다.

그리고 만약 합격한다면 3차 면접을 볼 것인지 말 것인지도 아직 결정하지 못한 상태였다.

"일단은 결과 나온 거 보고 결정하자."

미리부터 설레발치며 계획을 세우는 것도 웃기는 일이었다. 그보다 현재 우진에게는 다른 일거리와 고민이 있었다. 침울한 우진은 컴퓨터를 켜고 요즘 그가 하루에도 수십 번씩 찾는 사이트에 들어갔다. 그리고 로그인을 하고 숨을 크게 들이마셨다 내쉬기를 반복했다.

"어제 연참하고 바로 잤는데……."

새로운 작업을 시작한 우진은 매일 심장에 좋지 않은 경험을 하고 있었다.

예전 전생에 못다 이룬 꿈을 대신 해보자는 마음으로 우진은 틈틈이 글을 쓰기 시작했다. 영화가 끝나고, 학교는 방학이고, 사법시험 결과만 나오기를 기다리는 시간에 무료함을 견디지 못한 결과였다.

하지만 아무리 전생에 대문호였다고 해도 막상 직접 글을 쓰려니 잘되지 않았다. 머릿속에선 할리우드 대작을 찍고 있는데 손은 어린애가 아무렇게나 셔터를 누른 결과만도 못했다.

글을 쓴다는 것은 그림을 그리고 악기를 다루는 것과는 다른 수고가 필요했다. 문장을 구성하고 이야기를 전개하는 방식과 전반을 아우르는 개연성, 또한 주제를 놓치지 않고 글을 진행해 나가는 게 얼마나 어려운지 글을 쓰면 쓸수록 깨달았다.

그래도 전생의 지식과 경험이 그에게는 선생님 역할을 해줬다. 우진은 자신만의 오리지널을 유지하기 위해 조금씩 글을 쓰다가, 한 달 전부터 문학 사이트에 연재를 시작했다.

무작정 시작한 것은 아니었다. 여러 장르를 연재할 수 있고 누구나 소설을 쉽게 올릴 수 있는 사이트를 찾아 나름 사전 조사도 철저히 했다.

많은 작가의 글을 읽어보고, 사이트의 특성을 점검한 후에 판타지 소설부터 시작해 보았다. 어려운 주제의 문학 작품보다는 시작은 가벼운 주제부터 차근차근 나아갈 계획이었다. 일단 전생의 지식을 첨부해 가며 그만의 독특한 세계관을 만들어냈다.

써놓은 글을 매일 두 번씩 풀면서 우진은 여태까지 경험하지 못한 색다른 경험을 하고 있었다.

작가님이란 소리도 듣고, 칭찬과 재미있다는 댓글과 쪽지에 힘을 얻었다. 하지만 어느 순간, 그의 소설이 인기를 얻기 시작하면서 댓글의 절반이 악플로 도배되기 시작했다.

우진이 느끼기에 배우 생활하면서 얻은 악플보다 요 한 달 동안 받은 게 더 많다고 느낄 정도였다.

이상하게 배우 채우진으로서 받은 악플에 마음이 상한 적은 없었다. 그는 연기에 어느 정도 자신이 있었다. 해석이 달라서 그가 연기한 것과 다르게 이해하고 문제를 지적한 이들이 있어도 그는 당당하게 자신의 의견을 말할 수가 있었다. 그만큼 자신의 연기에 확신과 자신감이 있어서 누구도 그를 상처 입히지 못했다.

연기 외의 것을 가지고 억지를 쓰며 악평을 하는 것은 귀담아들을 가치가 없어서 신경도 쓰지 않았다.

그런데 소설은 조금 달랐다. 그는 지금 자신이 연습 중이며 완성되지 않은 문체를 가지고 있다는 걸 분명히 인지하고 있었다. 그래서인지 자신도 알고 있는 문제점을 지적받으면 짜르르하게 마음이 상했다.

그리고 오늘도 달린 지적 댓글에 미간을 찌푸렸다.

"만연체가 문장을 지루하게 만들고 있다? 나도 알아, 알고 있는데 못 고치는 걸 어떻게 하라고!"

소설을 쓰다 보면 글에 대해 자신만큼 잘 아는 사람은 없겠다는 생각이 들었다. 그만큼 단어 하나 고르고 쓰는 데 신중해지고, 그 안에 내포된 의미를 숨겨놓았다. 그걸 발견한 이들이 나오면 신기하면서도 기분 좋았다. 다르게 해석한 이들이 있으면 또 다른 의미에서 흐뭇해하기도 했다.

그래서 글에 대한 문제점은 누구보다 잘 알고 있었다. 그런데도 고치지 못하는 것은, 먼저 취향이 아니라서 그렇게 하지 못했다. 우진은 글을 쓰다가 자신이 만연체를 좋아한다는 걸 알게 되었다. 그렇게 글을 쓰다 보니 가끔은 문장이 길어져서 가독성이 떨어지고 멋만 부린 글이 되곤 했다.

그런데도 포기할 수 없는 고집이 가끔은 글의 질을 떨어뜨리고 있었다.

그걸 아는데도 다른 방안을 찾지 못하는 것은 아직 실력이 되지 않기 때문이었다. 실력이 안 돼서 못 하는 걸 지적하면 사람이 묘하게 자존감이 떨어지고 별것도 아닌 말에 며칠을 괴로워하기도 했다.

"아, 이 사람! 보기 힘들면 안 읽으면 되잖아. 뭐 하러 시간 버려가면서 내 글을 읽는 건데? 내가 당신 읽으라고 이 글을 쓰는 줄 알아? 나도 바쁜 몸… 은 아니구나."

요즘 우진은 혼잣말이 늘고 말이 과격해지고 있었다. 요즘은 작품도 하지 않고 학교까지 방학이어서 그는 하루 대부분을 글을 쓰는 데 소비하고 있었다. 매일 머릿속에 소설의 내용을 구상하면서 혼자서 중얼거리다, 악플 같아 보이는 댓글들을 보며 분노하는 게 일상이었다.

악플러도 기분 나쁘지만, 더 싫은 것은 예의 없는 관심종자들이었다.

우진은 자신이 관심종자라는 걸 잘 알고 있었다. 연예인으로서 사람들의 관심을 받고 싶고, 혼자 연습해도 되는 글을 굳이 연재하는 것도 모두가 대중의 관심을 받고 싶어서라는 것을 인정했다.

"관심을 받고 싶으면 제 능력으로 좋은 쪽으로 받아야지. 남한테 예의 없이 굴면서 관심받으려는 당신 같은 사람들 때문에! 우리같이 선한 관심종자들이 한데 묶여서 욕을 먹는 거라고."

같은 관심종자로서 예의 없이 남한테 피해를 주는 이들이 우진은 싫었다. 막말로 안 읽으면 되는 일을 아까운 시간 낭비해 가면서 읽고 댓글을 남기는 수고까지 하는지, 참 할 일 없다며 한심해하기도 했다.

"그런데 신경이 쓰여……."

문제는 그거였다. 신경을 끊으면 되는 일을 계속 질질 마음에 담아두는 게 자신이 생각해도 이상했다.

"윽, 또 쪽지가 왔다."

댓글을 읽고 새로 고침을 하는 사이에 그에게 쪽지 하나가 왔다. 사이트에서 누구와도 교류가 없는 우진에게 오는 쪽지는 항상 세 종류였다.

칭찬과 함께 응원하는 쪽지와 이런 것도 글이라고 썼냐는 악담으로 가득한 쪽지, 그리고 출판을 제의하는 출판사에서 온 쪽지였다.

애초에 출판 계획이 없던 그는 처음 출판사에서 온 쪽지들에 놀라고 신기해했지만, 이제는 시큰둥해진 상태였다. 그래서 이제는 어떤 쪽지가 오든 관심을 끊고 아예 읽지 않고 있었다. 그래도 일단은 누구한테 온 것인지 궁금하기는 했다.

그래서 숫자가 늘어난 쪽지창으로 들어가 보았다. 출판사 이름이 적힌 것을 보고 우진은 미련 없이 인터넷 창을 뒤로 돌렸다.

지금 그에게 중요한 것은 완성되지 않은 문체를 정리하고 완벽하게 만들어 나가는 것과 글의 구성력을 높이는 것이었다. 다른 것은 생각하지 않기로 한 우진은 오늘도 열심히 창작 욕구에 불타올랐다.

"헉! 오빠 얼굴이 왜 그래?"

언제나 깔끔하고 밝았던 오빠의 얼굴이 까칠해지고 퀭한 것 같아 우희가 놀라서 물었다.

"넌 이 시간에 왜 집에 있어? 학교 안 가?"

"오늘 일요일이잖아."

"아⋯⋯!"

시간과 날짜도 잊어버리고 방에 틀어 앉아 글만 쓰던 우진은 밝은 빛을 받으며 눈살을 찌푸렸다.

"요즘 오빠가 매일 방에만 있다고 엄마가 걱정하던데 대체 뭘 하는 거야?"

"창작의 고통을 몸으로 표현하고 있을 뿐이야. 우리 모두가 고민을 가지고 머릿속의 생각을 하나로 표현하기 위해 몸부림치며 고통 속에 살고 있지."

우진은 그가 좋아하는 만연체로 자신의 처지를 표현했다.

"오빠, 말만 길었지 무슨 말을 하는지 쉽게 와닿지 않아. 그런 식으로 리포트 쓰면 낙제받겠다."

별 뜻 없이 말한 우희의 평가에 우진은 소파로 가서 쓰러졌다. 왠지 우희의 말이 그에게 항상 악플을 남기던 독자의 댓글과 뉘앙스가 비슷했다.

"너 혹시 인터넷에서 소설 읽고 댓글 쓰고 그러니?"

평소 만화와 소설을 좋아하는 우희라면 가능한 일이었다. 혹시나 있을지도 모를 가족 상찬의 아픔을 확인하기 위해 우진은 진지하게 동생에게 물었다.

"오빠, 나 고3이야! 그럴 시간이 어디 있어."

"난 고3 때도 하고 싶은 거 다 했는데?"

무심한 우진의 말에 우희는 오빠에게 달려가 그의 등에다가 '인디안 밥'을 날렸다. 우희도 어디 가서 머리 나쁘단 소릴 들을 수준이 아니었다. 그런데 오빠와 비교하면 그냥 보통의 학생이 되곤 했다.

"너 자신을 믿으란 소리야. 아무렴 내 동생인데 다르면 얼마나 다르겠냐. 너 정도면 조금 쉬엄쉬엄해도 충분해."

"하지만 공부 안 하고 있으면 조마조마하고 무서운걸."

"그래서 지금도 무서워?"

일요일이라 집에서 쉬고 있는 지금 이 순간조차 불안하냐고 묻는 우진에게 우희는 고개를 저었다.

"그 정도는 아니고. 그냥 적당히 긴장감을 유지하는 정도?"

고3 수험생의 스트레스는 아직 보이지 않는 동생의 반응에 안심하면서도 우진은 재차 확인을 해보았다.

"너, 정말 인터넷에서 소설 보고 그러는 거 아니지? 혹시 닉네임이 하늘꽃잎 같은 거 아니야?"

"난 소설이든 만화든 종이로 보는 게 더 좋아. 인터넷으론 눈 아파서 못 본다는 거 오빠가 더 잘 알잖아. 게다가 지금 내가 그런 것에 신경 쓸 여유가 없어요!"

우희는 다음 주에 학교에서 '골든볼'을 촬영한다면서 짜증을 냈다.

"무슨 학교가 고3까지 나오라고 난리야."

"너도 나가? 그거 신청자만 나가는 거 아니었어?"

"교장이 각 학년에서 전체 10등까지는 의무적으로 나가래. 아우~! 내가 오빠 동생이라는 걸 다 아는데 나가서 초반에 떨어지면 그게 무슨 창피야!"

우희에게 중요한 건 이거였다. 이 우울한 고민이 이해가 되었지만 우진은 건성으로 동생의 어깨를 토닥여 줬다. 동생에게 미안하지만, 지금 그의 머릿속은 소설로 가득했다. 골든볼이든 뭐든 우희라면 걱정할 필요가 없었다.

도리어 발등에 불이 떨어진 건 본인이라 생각했다. 왠지 글을 연재하면서 삶의 질도 떨어지고, 사람이 너무 예민해지는 것 같았다.

"오래 할 짓이 아니야."

이렇게는 못 산다고 생각한 우진은 그냥 100회까지만 연재하고 소설은 습작으로 돌리거나 삭제하기로 했다. 아직 문장가로서 길이 먼 그에게 연재는 너무 이른 욕심이었다. 무모했던 한 관심종자가 조용히 패배의 깃발을 올리는 순간이었다.

한가한 연예인이 창작 욕구를 태우다가 한계에 도달한 결과이기도 했다.

"하늘꽃잎! 이건 당신한테 져서 글을 내리는 게 아니라… 그래, 리메이크를 위해서야!"

악플러와 예의 없는 관심종자들에게 시달리다 지친 우진은 이렇게 자기변명과 이유를 만들어냈다. 며칠 후에 결국은 100편까지 몰아서 올린 우진은 미련 없이 소설을 삭제해 버렸다.

연재 시작부터 파란을 몰며 인기몰이를 하던 소설의 허무한 퇴장이었다. 많은 독자가 안타까워하며 소설이 다시 연재되기를 바라면서, 작가에게 쪽지를 보내고 공개적으로 게시판에 글을 남기기도 했다.

하지만 우진은 소설을 삭제함과 동시에 다시는 그 사이트에 로그인하지 않았다.

이로부터 2년이 지난 후에, 해외 출판사에서 영문판으로 출판된 소설이 역으로 국내에 들어오며 독자들은 그토록 원하던 그의 글을 다시 읽을 수 있었다. 작가가 누구인지 알려지기 전까지, 그 소설은 표절 의혹과 작가에 대한 무수한 의혹을 만들며 화제를 모을 수밖에 없었다.

하지만 그건 아직 오지 않은 시간 속의 이야기다.

◆　　◆◆◆　　◆

비축분을 다 털어서 100편까지 연재 글을 올린 우진은 오랜만에 찾아온 심적인 평화 상태를 누렸다.

연재는, 전생에 길거리 예술을 행하는 도중에 면전에서 대중의 비난과 야유를 고스란히 들어야만 했던 것과 비슷한 경험이었다. 물론 후자와 비교하면 전자는 비교도 안 되게 상황이 나았고, 익명의 가면 뒤에 안전하게 숨을 수 있었다.

그런데도 정신적인 스트레스는 우진이 보기에 비슷한 것 같았다. 적어도 후자였을 때는 대중이 자신의 수준을 따라오지 못한다는 자부심과 오만함이 있었다. 반면 지금의 우진은 내글 구려병에 걸린 상태였다. 그것도 아주 중증이었다.

완전하지 않은 글을 가지고 비난을 받으니 자신감이 사라지고 위축되었다. 결국, 삭제를 결심하고 나서야 마음이 진정되고 이성적인 사고가 가능하게 되었다.

"일보 후퇴일 뿐이야."

샤워하고 거울에 맺힌 수증기를 손으로 훑어내며 우진은 중얼거렸다. 연재가 나빴던 것만은 아니었다. 객관적으로 볼 수 없었던 문제점도 깨닫고, 확실히 쓸수록 구성이나 문체가 정돈되고 나아졌다.

"절대 포기하지 않아. 꽃잎인가 뭔가, 나중에 확 콧대를 눌러줄 테니까!"

그냥 악플러보다 살살 말 돌려가면서 조언인 듯 비웃던 이들 중의 대표 주자를 지목하며 우진은 결심을 다졌다. 익명성이란 이런 점에서 좋았다.

누구도 채우진이 소설을 썼다가 마음의 상처를 얻고 글을 내렸다는 걸 모른다. 자신을 괴롭혔던 예의 없는 관심종자를 채우진이 알아낼 일 역시 없을 것이다. 우진에게나 상대에게나 도망갈 수 있는 여지가 이렇게 남아 있었다.

욕실을 나온 우진은 까칠해지고 퀭해진 얼굴을 쓰다듬으며 냉장고에서 마스크 팩을 꺼냈다.

인생 템이라고 곽은혁에게 추천받은 마스크 팩은 확실히 좋았다. 직접 체험한 우진은 대량으로 팩을 구매해서 가족들과 함께 쓰고 있었다. 차가운 팩을 하고 나서 안티 에이징 크림으로 마무리한 우진은 우사를 꼭 끌어안으며 침대 위로 올라갔다.

잠을 자면서도 소설을 구상하고 꿈까지 꾸는 바람에 최근 깊이 잠들어본 적이 없었다. 그러나 오늘은 깨끗이 목욕한 후 우사를 안고 침대에 눕자마자 오랜만에 깊은 잠에 빠져들었다.

◆　　◆◆◆　　◆

"우진 학생, 자?"

몇 시간이 흐른 후에 집안 살림을 해주시는 아주머니가 전화기를 들고 그의 방을 찾았다.

침대에서 자는 그를 발견하고 아주머니는 당황해서 어찌할까 잠시 망설였다. 먼저 인기척을 느낀 우사가 벌떡 일어나자 그 기척에 우진도 눈을 뜨고 자리에서 일어나 앉았다. 눈을 비비며 아주머니를 발견한 그가 의아한 듯 바라보았다. 아주머니는 웬만해선 그의 방에 오지 않았기 때문이다.

"우희 학교에서 전화가 왔는데 받아봐요."

"학교에서요?"

학교란 말에 무슨 일이 생겼나 싶어서 놀란 우진이 얼른 전화를 받았다. 온갖 안 좋은 상상을 하며 전화를 받는 우진의 목소리가 잘게 떨렸다.

"여보세요, 전화 받았습니다."

—저… 혹시 우희 오빠, 채우진 씨 되세요?

"네, 맞습니다. 우희한테 무슨 일이라도 생겼습니까?"

—그게 아니라…….

잠시 망설이던 우희 담임 선생님의 말은 간단했다. 오늘은 '골든볼' 촬영이 있는 날이었다. 그런데 현재 우희가 최종 3인에 남았다는 거였다. 담임이 확신하기에 우희가 최후의 1인이 될 가능성이 가장 크다는 이야기도 덧붙였다.

지난 일요일에 우희가 골든볼 촬영이 있을 거라는 걸 지나가듯 말했는데 그게 오늘이었던 모양이다.

보통 이럴 때는 부모님이 학교에 찾아가 얼굴을 보이는 게 보통이다. 문제는 지금 그들의 부모님이 한국에 안 계신다는 점이었다. 파리에서 열리는 보석 박람회에 참석 중인 부모님 대신 현재 우희의 보호자이자 학부모는 우진이었다.

"아…….."

—네, 아무래도 우희가 최종 1인에 남을 것 같은데 가족 중에 아무도 오지 않는 것도 곤란해서요.

대놓고 우진보고 오면 안 되겠냐는 말을 쉽게 꺼내지 못하는 담임 선생님의 곤란함이 전화기 너머로 느껴졌다. 우희는 분명 내버려 두라고 했을 거고, 평소 전해 들은 말에 의하면 담임 선생님도 부모님 대신 우진을 굳이 찾을 분 같지는 않았다.

아마도 학교 측, 즉 교장 선생님과 방송국 제작진이 전화 좀 해보라고 종용했을 가능성이 컸다.

"저도 동생 일이라 가고 싶은데, 이게 제 마음대로 할 수 있는 일이 아니라서요. 일단 회사에 연락해 보고 허락을 받아야 합니다."

우연히 찍힌 게 아니라, 우진이 직접 가서 방송에 출연하는 문제는 달라서 그는 신중하게 대답했다. 그만으로도 충분한지 담임 선생님의 목소리가 한결 편안해졌다. 최후의 1인이 결정되고 나서 학교에서 준비한 행사가 있으니 시간적인 여유가 있다며 무리하게 서둘지는 말라고도 했다.

전화를 끊고 우진은 강호수에게 전화를 걸었다. 그 역시 회사에 직접 연락하기 전까지 뭐라 할 수 없는 처지라 바로 대답을 들을 수는 없었다.

몇 분이 지난 후에 강호수는 '괜찮다' 라는 대답을 받아왔다. 대신 강호수와 황이영이 갈 때까지 꼼짝 말고 집에 있으라고 분부했다.

이것도 방송 출연이니 학부형의 신분에 앞서 연예인으로서 지켜야 할 TPO가 있었다.

동생이 골든볼을 던지느냐 마느냐의 순간 학교에 가는 거라 황이영이 골라준 우진의 옷은 심플한 정장이었다. 여름이라

남색의 슬랙스 정장과 안에는 하얀색 밴드 셔츠를 받쳐 입었다. 메이크업은 색조 화장 없이 선크림에 파우더로 피부만 정돈했다.

"얼굴 살은 빠진 것 같은데 화장은 잘 받네? 파우더가 잘 먹어서 티도 나지 않고, 이 정도면 조명에도 얼굴이 번들거리지 않을 거야."

피부 좋은 우진이 굳이 파우더를 바르는 이유는 카메라 조명에 자칫 얼굴이 번들거리는 것을 방지하기 위해서였다. 최소한의 목적만 달성하게 메이크업을 끝내니 이것이야말로 모두가 속아 넘어갈 민낯 화장의 완성이었다.

준비가 다 끝날 때쯤에 우희의 담임 선생님으로부터 동생이 최후의 1인으로 남았다는 연락이 왔다.

늦지도 빠르지도 않게 적당히 학교에 도착한 우진은 방송 촬영 중인 강당으로 향했다. 주차장에서 강당으로 가는 길에 만난 학생들과 선생님, 그리고 학부모들까지 그를 보자마자 함성을 내질렀다.

"어떻게 채우진이 여기에?"

채우진의 여동생이 이 학교에 다닌다는 걸 몰랐던 학부모들이 놀라는 반응을 보이자 우진은 새삼 현실감을 느꼈다. 근래 인터넷에서 판타지 작가로서 욕을 먹고 별의별 말을 다 듣던 것과는 아예 딴판인 현실이었다.

그를 보자마자 우르르 몰려오는 인파들을 헤치고 강당으로 가기가 어려울 정도였다.

"저, 잠시만 실례하겠습니다."

우희의 학교인 것을 고려해서 우진은 강호수 없이 혼자 움직였다. 그래서 그의 주변을 정리해 줄 사람이 없었다.

"우진 오빠, 우희가 최후의 1인이 된 거 아세요?"

똑같은 교복에 비슷한 헤어스타일을 한 아이 중에서 하나가 외치듯 말하자, 우진은 고개를 끄덕이며 그것 때문에 온 거라고 대답했다.

"그러니까 길 좀 비켜주세요. 저 강당으로 가야 해요. 저 오늘 학부형으로 온 겁니다."

동생 학교에 와서 함부로 굴 수 없어서 우진은 최대한 난처한 티를 팍팍 내면서 사람들을 돌아봤다. 학부형이란 말에 학생들은 뭐가 그리 재미있는지 까르르 웃으며 길을 터줬다. 그가 걸을 때마다 함께 따라붙는 것은 매한가지였지만 말이다.

"오빠도 골든볼에 나간 적 있으세요?"

"아니요. 저 고등학교 다닐 때 우리 학교에선 촬영이 없었어요."

"오빠 왠지 살이 쭉 빠진 것 같아요. 다이어트하세요? 아님 다음 작품 준비?"

"슈트가 이번 아르마니 신상이네요. 협찬이에요?"

한 걸음 뗄 때마다 던지는 질문의 수준들이 점점 예리해지고 있었다. 다행히 밖에서 일어나는 소란에 방송 제작진이 눈치 좋게 나와서 그를 맞았다.

하지만 우진에게는 방송사 관계자들보다 더 잘 보여야 할 인물이 따로 있었다. 언젠가 보았던 우희네 반 전체 사진 속의 담임 선생님을 대번에 알아본 우진이 먼저 인사를 했다.

"안녕하세요. 우희 오빠, 채우진이라고 합니다. 동생을 맡겨놓고 이렇게 찾아뵙게 되었습니다."

"네, 안녕하세요. 그렇게 긴장하지 않으셔도 돼요. 학부모님을 만나면 반응들이 어쩜 한결같으시다니까."

40대 중반의 선생님은 뻣뻣하게 서서 인사하는 우진을 보며 웃음을 터뜨리고 말았다. 나이가 몇이고 직업이 무엇이든, 웬만큼 오만하고 경우 없지 않다면 대부분 피보호자의 담임 선생님을 처음 만날 때 보이는 반응들이 거의 비슷했다.

"우희도 그렇고, 우진 씨도 정말 어머님을 똑 닮았네요."

진로 상담 때문에 박은수와 몇 번 만난 적이 있던 담임 선생님은 감탄하며 우진을 교장 선생님에게 데리고 갔다.

우진이 강당 안으로 들어서자 우레와 같은 함성이 터져 나왔다. 채우진이 학교에 온다는 소문이 언제 퍼졌는지, 선생님들이 그렇게 모이라고 해도 오지 않았던 학생들이 어느새 강당 안에 빼곡히 들어차 있었다.

우희는 슬쩍 그를 돌아보더니 미묘한 표정을 지었다. 기대하지 않고 있던 오빠의 등장에 반가워하는 것 같기도 하고, 조금 창피해하는 것 같기도 하는 미묘한 표정이었다.

'왜 왔어?'

아니나 다를까, 우희는 입 모양으로 우진을 꾸짖듯이 말했다.

'내 맘이다.'

'창피하단 말이야!'

'운명이라고 생각해.'

이런 오빠를 두고 하필 부모님이 해외 출장을 가신 걸 운명이라 평하며 우진은 슬쩍 웃었다.

골든볼을 자주 보지는 않았지만, 매번 가족이 나와 최후의 1인을 응원한다는 건 알고 있었다. 그런데 우희가 아무도 오지 않은 상황에서 혼자 방송을 하게 내버려 둘 순 없었다. 나중에 부모님이 방송을 보면 무척이나 속상해하실 게 분명했다.

우진 역시 그런 걸 방송에서 보고 싶지 않았다. 차라리 면이 팔리더라도 이렇게 나와서 동생을 응원하는 게 더 마음이 편했다.

전교 학생들과 선생님들, 그리고 방송 관계자들 앞에서 우진 남매는 입 모양으로 서로 대화 나누는 모습을 고스란히 보여줬다.

서로 옆에 앉은 친구들의 어깨를 치며 좋아하는 여학생들이 무엇 때문에 그러는지 우진은 알지 못했다. 방송에서만 보던 그가 보여주는 평범한 오빠의 모습에 포인트가 있다는 걸 말이다.

교장 선생님과 인사하고 그의 옆자리에 앉으며 우진은 경직된 자세로 두 손을 주먹 쥔 채 무릎에 올려놓았다.

그 모습 또한 일일이 학생들에게 찍혀 실시간으로 SNS에 올라가고 있었다. 어느 각도로 고개를 돌리고 시선을 두는 곳마다 카메라가 있었다. 하지만 이미 그게 일상인 우진은 조금의 이상함을 느끼지 못했다. 오히려 이런 관심과 우호적인 시선이 따라오지 않는다면 그게 더 이상하고 불안한 일이 되었다.

45번부터 홀로 남은 우희가 문제를 풀어가는 모습을 보면서 우진은 크게 걱정하지 않았다. 문제들이 어렵지 않고 우희라면 풀 수 있는 수준이라 판단했다. 다만 그를 긴장시키는 것은 양쪽에 앉아 있는 교장 선생님과 우희의 담임 선생님이었다.

학창 시절에는 막상 선생님이 어려운 적이 없었는데 보호자의 처지로 이렇게 앉아 있으니 머릿속이 하얀 백지가 되었다. 연예인 채우진을 떠나 자칫 잘못 행동하거나 무례하게 굴었다가 동생에게 불이익이 가지 않을까, 평가에 안 좋은 결과가 생기면 어찌하나 하는 걱정밖에 없었다.

"긴장하지 않으셔도 됩니다. 우희라면 워낙에 명석하고 야무져서 긴장하지 않고 잘할 겁니다."

교장 선생님은 자상하게 우진에게 말을 걸었다. 그의 긴장을 우희에 대한 걱정이라고 오해한 듯싶었다. 우진은 속으로 당신 때문이라고 외치며 어색하게 웃었다.

카메라가 그런 그의 모습을 계속 잡는 게 느껴져서 표정 관리에 신중해야만 했다.

마지막 찬스를 사용할 수 있는 48번 문제를 우희는 그냥 풀었다. 동생이 든 칠판에 쓰인 답을 보고 우진은 피식 웃었다. 아직 아나운서가 정답을 말하지 않은 상황에서 우진은 정답을 확신하고 여유로운 자세를 보였다.

"채우희 학생의 장래 희망은 무엇인가요?"

정답을 듣기 전에 진행 MC가 우희에게 질문을 건넸다.

"검사가 되고 싶습니다."

어머니의 기대에 부응하기 위해 사법시험을 보는 우진과 다르게 우희의 꿈은 예전부터 확고했다. 누구의 뜻이 아닌 오로지 본인의 의지와 희망이었다. 그래서 그런 동생의 장래 희망이 우진은 대견했다.

"그럼 제가 미래의 검사님을 마주하고 있는 건가요? 우희 학생이 바라는 검사는 어떤 모습입니까? 혹시 꿈꾸는 모습이 따로 있나요?"

"검사가 검사지요. 다른 모습이 따로 있나요. 전 그냥 제대로 법을 지키는 검사가 되고 싶습니다."

그것 말고 다른 모습의 검사 따윈 필요 없다고 우희는 단호하게 밝혔다. 현실을 이미 알고 있는 MC의 눈에 살짝 쓸쓸한 기색이 스치고 지나갔지만, 그는 카메라를 등지고 있었다.

"그럼 혹시 롤 모델로 삼은 분이 계신가요?"

"네! 저희 외삼촌이요!"

바로 대답하던 우희는 아차 하고 우진을 보았다. 가족 관계를 이런 식으로 밝혀도 되나 싶었던 거다. 우진은 살며시 고개를 끄덕여 줬다.

이미 우진이 연예인이 되고 외가와 화해를 이룬 상황에서 언젠가는 밝혀질 일이었고, 그에 관한 이야기도 모두 끝난 상태였다. 다만 우희는 그것이 자기로 인해 시작하는 것에 부담을 느끼는 모양이었다.

하지만 우희가 예전부터 관계를 떠나 객관적으로 외삼촌을 롤 모델로 삼은 것은 사실이었다. 굳이 부담을 느끼고 거짓말할 이유는 없었다.

"외삼촌이 훌륭한 검사님이신가 보네요. 이렇게 조카가 존경하는 것도 드문데 말이죠."

우희의 외삼촌이란 말은 채우진의 외삼촌이라는 의미이기도 했다. 사실 채우진의 가족 관계에 대해서는 여동생 말고 그리 알려진 게 없었다. 그래서 이 자리에 있는 많은 이들이 관심을 가지고 우희의 다음 말을 기다렸다.

"지금은 변호사세요."

검사 덕후인 우희는 시무룩한 반응을 보이며 대답했다. 검사였던 외삼촌은 참으로 멋졌는데 변호사인 그는 예전만큼은 아니었다. 대신 요즘 우희의 관심과 애정은 사촌 오빠인 박이연에게로 넘어갔다.

"하하하, 그럼 우희 학생은 오빠가 별로 멋있게 보이지 않겠네요."

"네!"

우희는 조금의 주저도 없이 바로 대답했다. 그에게 느끼는 애정과는 별도로 딱히 오빠가 멋있게 보인 적은 거의 없었다. 특히 최근엔 집에서 퀭하니 머리 위로 먹구름을 달고 다니는 모습만 봐서 더욱 그랬다.

"지금 이 자리에 우희 학생 가족 대표로 오신 오라버니께선 어떻게 생각하십니까?"

MC가 채우진을 언급하자 강당이 떠나가라 함성이 터졌다. MC가 부르자 우진은 자리에서 일어나 우희가 있는 곳으로 갔다.

그가 우희와 나란히 서자 강당 안 여기저기서 감탄성이 터져 나왔다. 가족이라는 걸 감추기도 어려울 정도로 닮은 남매는 누가 딱히 더 잘생기고 아니고를 따질 수가 없었다. 닮았으면서 각자의 개성이 살아 아름다운 외모를 가진 남매가 나란히 서 있었다. 확실히 보는 것만으로도 눈이 정화되는 기분이었다.

"우희 학생 오라버니는 굳이 소개하지 않으셔도 누군지 다 아실 것 같습니다만, 소개 부탁드립니다."

"여기 있는 우희의 오빠인 채우진이라고 합니다."

우진은 카메라를 향해서 꾸벅 인사하고 선생님들과 학생들에게도 일일이 인사를 했다. 마치 우리 동생 잘 부탁한다는 몸짓이 고스란히 드러나는 태도에 우희는 우진의 옆구리를 쿡쿡 찌르며 그만하라고 했다.

"오빠가 동생에게 왠지 꼼짝을 못하는 것 같습니다. 그런데 남매가 이렇게 서 있는 걸 보니, 남인 저도 흐뭇한데 부모님이 굉장히 뿌듯해하시겠어요. 그런데 부모님은 안 오셨나요?"

이미 이유를 알고 있지만, 시청자들에게 정황을 설명하기 위해 MC는 우진에게 질문했다.

"하필 부모님께서 어제 해외로 출장을 가셔서 제가 대표로 나왔습니다."

"두 분이요?"

"네, 같은 직장에서 일하시거든요."

우진의 대답에 전교 학생들은 손뼉을 쳤다. 부모님이 함께 출장을 간 덕분에 채우진을 이렇게 눈앞에서 보게 되었으니 그들에게는 행운이었다.

"그런데 우희 학생은 아까부터 오빠가 온 게 별로 마음에 들지 않은 것 같아요. 제가 아까 우희 양이 오빠에게 입 모양으로 왜 왔냐고 말하는 거 다 봤습니다."

MC의 말에 학생들 역시 자기들도 봤다고 외쳤다.

"이런 데서 보면 이상하게 창피하단 말이에요."

"내가 창피해?"

우진이 두 손을 가슴에 대며 말하자 우희는 뚝심 있게 고개를 끄덕였다. 그러자 우진은 발로 동생의 발꿈치를 툭툭 치는 것으로 서운함을 표현했다. 이 모습이 퍽 다정해 보여서 누구도 우희의 말을 믿지 않았다.

"그래도 저흰 평상시 남매의 모습을 상상할 수 있어서 재밌었습니다. 채우진 씨는 우희 양이 골든볼을 던질 수 있을 거로 여기십니까?"

"던지든 못 던지든 동생이라면 최선을 다할 거라 생각합니다. 잘할 겁니다. 저는 이런 경험이 없어서 몰랐는데, 오늘 와보니 학생들한테는 색다른 경험이 되고 즐거운 추억이 될 것 같아서 무척 부럽네요."

우진은 친구들 이름표가 덕지덕지 붙은 모자를 쓰고 있는 우희의 머리를 쓰다듬었다. 학교생활이라면 그저 공부만 했던 게 떠올라서 조금은 후회가 들기도 했다.

이렇게 배우의 길을 갈 줄 알았으면 TM에 들어가는 게 아니라 좀 더 학창 시절을 누렸으면 하는 아쉬움이 생겼다. 그렇기에 우희가 자신이 누리지 못했던 것까지 포함해서 모든 걸 경험하고 즐기길 바랐다.

그런 오빠의 심정을 누구보다 이해하는 우희는 우진의 옷자락을 잡고 그를 올려다보았다. 친부모님의 이혼과 그 후 어려웠던 가정 형편에 대해서 우희는 잘 실감하지 못했다.

친부의 부재는 크게 문제가 되지 않았다. 딱 그 정도의 존재감밖에 없던 분이었기에 그리움도 아쉬움도 없었다. 생활이 어려워졌다지만, 어린 우희는 크게 체감하지 못했다. 그저 어머니와 오빠가 함께하는 모든 날이 행복했다.

어머니와 함께 어려움을 겪고 헤쳐 나간 것은 오빠였다. 어린 그가 경제적으로 도움이 될 리는 없었지만, 언제나 어머니의 큰 이해자로서 든든하게 중심을 잡았던 것은 확실하다. 그리고 우진이 어린 동생을 챙겨주고 돌봐줬기에 어머니가 마음 편히 직장 생활을 할 수가 있었다.

우진은 스스로 자신이 한 일은 없다고 주장하지만, 그의 소년기는 어머니와 동생을 위해 포기해야만 했던 것들로 가득했다. 동생과 눈이 마주친 우진이 자신은 괜찮다는 의미로 웃어 보이며 동생의 이마에 가볍게 딱밤을 줬다.

"우희 양, 창피하다 어떻다 해놓고 사실은 사이만 좋은 남매였네요."

포옹이라도 한번 하라는 MC의 말에 남매는 동시에 학을 떼며 고개를 저었다. 약속하지도 않았는데 동시에 똑같은 표정으로 같은 동작을 취하는 남매 때문에 강당은 웃음바다가 됐다.

감동을 주는 사연이나 고백으로 가족의 사랑을 보여주는 방법도 있으나 우진 남매는 그냥 평소 그들의 모습 그대로를 보여줬다. 조금은 가볍지만, 그들의 일상처럼 행복이 넘쳐나는 가족의 모습이었다.

48번부터 49번까지 우희는 정답을 맞혔고, 이제 마지막 문제만을 남겨두었다. 우희가 뽑은 질문지를 펴고 교장 선생님이 문제를 읽을 때 잠시 강당 분위기가 경직됐다. 문과인 우희가 뽑은 문제가 하필 이과 문제였기 때문이다.

하지만 마지막 문제를 듣고 우희가 답을 쓴 칠판을 든 순간, 우진은 답을 확인하고 느긋하게 웃었다. 동생이 골든볼의 우승자로 확정되는 순간 지은 그의 오빠 미소는 그 후로도 오랫동안 사람들에게 회자했다.

절로 이 사랑스러운 남매가 행복하길 바라는 마음이 생길 정도로 따뜻한 모습이었다.

그러나 이날 우진은 여고생의 무서움을 깨닫게 되었다. 방송이 모두 끝나자 수백 명의 전교생이 우르르 그에게 몰려오는 진풍경이 연출되었다. 최근 소설을 연재하면서 하루에 10시간이 넘도록 계속 타자를 치느라 고생했던 경험은 아무것도 아니었다. 그만큼 무리하게 사인을 해야만 했다.

일일이 학생들과 사진을 찍어주고 사인하느라 정신이 없는 우진을 보며, 우희는 결국 참지 못하고 사자후를 터뜨렸다.

"우리 오빠야! 아무도 만지지 마!"

포옹해 보라는 MC의 제안에 그렇게나 학을 떼던 우희는 달려가서 우진의 허리를 꼭 안으며 사방을 노려봤다.

우진이 피곤하고 힘들어할까 봐 일부러 그러는 게 아니라, 정말 화가 나서 하는 행동이었다. 우리 오빤데 왜 너희들이 유난이냐는 생각과 아무리 친구들이라고 해도 오빠를 그들과 공유하고 싶지 않은 욕심 등등.

밖에 나가면 대중의 채우진일지 몰라도, 자신과 있을 때의 그는 그저 채우희의 오빠여야만 했다.

"야, 평상시처럼 해."

우진이 너의 이런 모습, 낯설다고 어색해하자 우희는 자기 역시 자신이 이상하다고 인정했다.

"어차피 난 아직 질풍노도의 시기잖아. 뭔 짓을 해도 이유 따윈 필요 없는 나이라고!"

그러니 이런 낯 뜨거운 짓은 지금 마음껏 하겠다며 우희는 당당하게 선언했다. 이런 우희의 행동은 도리어 다른 학우들의 공감을 샀다. 누군들 채우진 같은 오빠를 두고 독점하고 싶지 않겠냐며 웃기에 바빴다.

참 쉽게 술렁이고, 쉽게 감동하고, 쉽게 공감하는 나이였다.

까르르 웃으며 그들은 대신 채우진과 단체 사진을 찍었다. 우스갯소리로 그의 주변 30㎝ 안은 우희존이라고 부르면서 말이다.

◆　　◆◆◆　　◆

채우진은 드라마와 영화 대본이 쌓인다는 표현은 다른 연예인들 이야기인 줄 알았다. 하지만 자기 앞에 쌓이는 대본들을 보며 마냥 기뻐할 수만은 없었다. 어차피 그들 중에 선택되는 것은 단 하나뿐이었다. 어쩌면 그마저도 아예 없을 가능성이 컸다.

신중한 선택을 위해 우진은 자기 앞에 쌓인 대본들을 하나도 빼지 않고 모두 읽어보았다. 그런데 대본을 읽고 느껴지는 감상이 예전과는 사뭇 달랐다. 소설을 써본 경험은 대본을 다른 각도로 평가하고 분석하게 했다.

예전에는 전체적인 내용과 캐릭터의 개성에 중점을 두었다면, 이제는 전체적인 구성력과 대사를 중점으로 보았다.

최근 유행이 적용된 소설들을 많이 읽어본 덕에 초반을 읽어보면 글이 어떻게 전개될지 대충 감이 왔다. 초반의 참신함을 따라오지 못하거나, 산만하게 전개된 내용을 수습하지 못하고 막장으로 흘러가는 내용도 눈에 보였다.

솔직히 말해서 우진은 대본들보다 자신이 쓴 글이 더 재미있었다. 부족함은 많았지만, 재미 면에서 그의 소설은 확실히 나쁘지가 않았다. 지금까지 작품 운이 좋았다고 할 정도로 현재 그에게 오는 작품들 대부분이 수준 미달이었다.

덕분에 후속작을 결정하지 않은 상태로 우진은 홀가분하게 2학기를 시작할 수 있었다.

"L본능 우진이 왔다."

우진이 강의실에 들어서자 동기 하나가 웃으며 그를 맞았다. '골든볼'이 방송되고 나서 우진에게는 여러 말들이 따라왔다. 먼저 교장 선생님 옆에서 허리를 뻣뻣하게 펴고 벌받듯이 앉아 있던 그의 자세를 보고 L본능이라고 불렀다.

학부형의 모습으로 골든볼에 나온 우진은 기존에 완벽했던 그의 인상에 부드럽고 인간적인 면을 더해줬다. 부모님도 재미있어하셨고, 만나는 사람마다 그런 면이 있었냐며 신기해하고 좀 더 친근하게 대했다. 하지만 순기능만 있는 건 아니었다.

"우리 형님한테 왜 그래! 형님, 여기 앉으세요."

"형님?"

놀리는 동기에게 핀잔을 준 다른 이가 옆에 있는 의자를 탁

탁 털며 우진에게 자리를 권했다. 하지만 자신을 부르는 호칭에 우진은 이미 경계 태세를 보였다.

"결혼하면 와이프 오라버니 되실 테니 형님이 맞지."

"야야, 고등학생을 상대로 그건 좀 아니다! 방금 우진이 눈빛 변하는 거 봤냐? 너 이 순간부터 블랙리스트에 올라갔다."

형님 운운하는 동기를 꾸짖는 말에 우진은 크게 동의하며 고개를 끄덕였다. 그것도 모자라 우진은 아예 요주의 인물이 있는 곳과 떨어진 자리로 가서 앉았다.

불행히도 골든볼 이후로 우진에게 우희를 소개해 달라는 사람들이 생겨났다. 학교는 물론, 같은 연예인 중에서도 몇몇 있었다. 상대가 아직 고등학생이라면 그러려니 하는데 20대 중반의 성인들이 그러니 징그럽기까지 했다.

겨우 고등학생인 애를 두고 무슨 소리냐고 화를 내면 몇 개월 후면 대학생인데 무슨 상관이냐는 반응이었다.

채우진의 동생이란 점, 그에 못지않은 외모와 명석한 두뇌까지 있으니 무엇 하나 모자랄 게 없는 우희였다. 하지만 연애는 당사자의 문제인데 오빠라고 해서 소개해 주고 말고 할 문제가 아니었다. 무엇보다 우진이 보기에 당치도 않은 것들이 설친다는 게 문제였다.

우진이 보기에 정작 괜찮다 싶은 사람들은 가만히 있는데, 동생 옆에는 절대 가까이 두고 싶지 않은 사람들이 나서서 저런 소리를 했다.

"왜? 내가 당장 사귀자는 것도 아니고 내년이면 우리 학교 들어올 거 아냐. 그때 좋은 관계로……."

그냥 농담 삼아서 말해보는 이들이 있는가 하면, 정말 진지하게 덤비는 놈들이 있었다. 그리고 이놈은 후자였다.

"내 동생 눈 높아."

우진과 다르게 우희는 따지는 게 많았다. 외모, 학벌, 집안 배경, 인품까지 날이 갈수록 바라는 게 점점 세밀해지고 있었다. 그렇게 따지면 평생 혼자 살 수 있다고 진지하게 말하니, 원래 기준은 높게 잡아서 조금씩 낮추는 거라는 대답이 돌아왔다.

여태 연애 한 번 못 해본 게 이런 데서 꼭 티를 냈다.

그런 의미에서 한 말이었지만, 듣는 이들은 다르게 받아들였다. 매일 채우진이란 오빠를 보고 자란 동생으로선 웬만한 남자는 눈에 찰 리가 없다는 뜻으로 말이다.

"왠지 반박할 수가 없어서 더 기분 나빠."

집에서는 천하제일 왕자님 취급을 받는데 채우진 앞에서는 근거 없는 자신감이 되어 침몰할 수밖에 없었다. 이 경우는 언감생심이라는 표현이 너무 적절해서 누구도 그의 편을 들어주지 않았다.

"그런데 외삼촌께선 서울지검에 계셨어?"

그리고 골든볼의 다른 부작용이 또 하나 있었다. 연예인 채우진에게는 관심이 없던 이들이 부쩍 그의 외삼촌에게는 관심이 많았다. 주로 이번에 사법시험을 보았고 2차 시험 결과를 기다리는 이들이었다.

진상을 피한다고 앉은 자리가 하필 이번에 2차 시험을 함께 본 동기의 뒷자리였던 거다.

"응."

"성함을 알 수 있을까?"

"왜? 지금은 그만두셔서 알아봤자……."

인맥을 원한다면 외삼촌만큼 훌륭한 이도 없었다. 그래서 우진은 차마 거짓말은 하지 못하고 뒷말을 얼버무렸다.

"내 주변엔 법조계에 종사하는 분들이 안 계시거든. 만약에 이번에 2차 합격하면, 면접 준비할 때 조금이라도 조언을 들을 수 있을까 해서… 내가 좀 염치없지?"

말을 하다가 결국 면구함을 느꼈는지 동기는 머리를 긁적였다. 염치없는 건 사실이지만, 누구라도 이런 상황에 할 만한 고민이고 욕심이었다. 우진은 이런 것까지 따지고 부정적으로 생각하지는 않았다. 반대의 경우라면 자신 역시 얼굴 팔리는 걸 포기하고 한 번은 부탁했을지도 모르는 일이었다.

"외삼촌은 힘들 거야. 요즘 매우 바쁘시거든. 그리고 2차에 합격하면 면접은 괜찮지 않을까? 요 몇 년 동안 면접에서 떨어진 경우는 없잖아."

"그렇겠지?"

우진의 말에 실망하기보다 오히려 긴장이 풀린 동기가 화색이 돼서 슬쩍 주변을 살폈다.

"너는 어때? 붙을 것 같아?"

2차 시험 때 우연히 우진과 마주친 그는 누구도 듣지 못하게 작은 목소리로 물었다. 1차 합격자 명단에서 채우진의 이름을 봤을 때만 해도 설마설마했다. 그런데 소문도 나지 않고 교수님들도 언급하지 않아서 동명이인인 줄 알았다. 인터넷에서도 잠시 말이 돌았다가 바로 수그러든 것으로 알았다.

그런데 시험을 끝내고 나오다가 떡하니 우진과 만나고 말았다.

당시에는 우진이 뭐 하러 사법시험을 보나 했는데 골든볼을 보고 나서 조금 이해가 됐다. 비록 외가라고 하지만, 집안에 법조계 인물들이 있다면 자신의 의지와는 다르게 이어지는 절차가 있었다. 그가 추측하기로 우진의 외가에는 법조계 인물이 외삼촌 하나만 있을 것 같지는 않았다.

"난 붙을 것 같아."

"와~!"

가감 없이 솔직하게 대답하는 우진을 보며 동기는 감탄했다. 그의 탄성에 주위의 몇몇이 시선을 주기도 했다.

"부럽다."

말을 하면서도 동기는 무엇이 부러운 것인지 판단이 서지 않았다. 저렇게 자신만만하게 합격을 이야기할 수 있는 능력을 갖춘 면인지, 아니면 당당함이 넘치는 저 채우진이란 사람 자체에서 느껴지는 감탄인지 알기 어려웠다.

하지만 채우진과 함께 학교에 다니는 이들은 모두 그의 실력만은 인정하고 있었다. 요행이나 부정이 없는 그의 능력은 의심할 필요가 없었다. 그래서 자신 있게 합격을 확신하는 모습에도 딱히 질투가 생기지 않았다.

뭐랄까, 점점 질투하는 것조차 의미가 없을 정도로 완벽해지는 것 같아서 부럽기도 하고 무섭기도 했다. 반면 채우진이 도착할 최종 종착지가 어떤 곳일지 궁금하기도 했다. 같은 공간에 함께 있지만, 우진은 이미 이곳에 있지 않았다.

◆　◆◆◆　◆

공항을 빠져나오면서 레이폴드는 사방을 둘러봤다.

{왜 그래?}

친구의 이상행동에 휴가 눈살을 찌푸리자 레이폴드는 믿을 수 없다는 표정으로 외쳤다.

{기자가 없어! 아무도 우릴 마중 나오지 않았다고. 이런 게 가능해?}

{당연하지. 우린 지금 비공식적으로 한국에 온 거라고.}

{그래도 내가 왔는데 아무도 모르다니!}

영화 두 편을 연달아 성공시킨 세계적인 영화감독이자 제작 자인 레이폴드는 파파라치를 달고 다니는 유명인이었다. 그가 어디를 가나 카메라가 따라오고 행적이 노출됐다. 물론 이번에 는 첩보 영화를 방불케 하면서 한국에 입국했기에 누구도 그의 한국행을 알 리가 없었다.

{이런 허접스러운 정보력을 가지고 있는 사람들에게 무얼 바 라겠어.}

레이폴드는 이번 영화에 한국만 아무런 접촉이 없었다는 걸, 이상한 이유로 이해하고 말았다.

서울에 도착하고 호텔에서 짐을 푼 그들은 무작정 도심으로 나왔다. 어쨌든 그들은 현재 여행차 한국에 들른 관광객이었 다. 미리 알아본 맛집들과 관광 코스를 체크하며 길을 걷던 중,

휴가 빌딩에 걸린 커다란 전광판을 발견하고 친구의 옆구리를 쳤다.

{오오, 저기 네 왕자님이 있다!}

전광판에선 전통 의상을 입고 있는 지니가 검을 들고 춤을 추고 있었다. 뒤에 이어 나오는 영상을 보니 딱 영화 예고편이었다.

{저 펄럭이는 의상은 뭐지? 치마 같은데 여성스럽지 않고 굉장히 우아하고 멋있는데? 머리 위에 쓴 저 까만 것은 모자야?}

계속 질문을 하면서도 레이폴드는 예고편에서 눈을 뗄 수가 없었다. 영화 자체는 모르겠지만, 이 짧은 영상만으로도 시선을 모을 만큼 영상이나 구도가 굉장히 멋있었다. 검을 들고 춤을 추는지 싸우는 것인지 모를 강맹함과 예리함이, 보는 것만으로도 숨이 벅찼다.

그만큼 호흡이 빠르고 구도가 변화무쌍했다.

{한국의 전통 의상이야. 이번에 시대극을 찍었다는데 저것인가 보네. 어이, 저기 좀 봐봐.}

대답하는 와중에 휴는 레이폴드에게 주변을 가리켰다. 길을 가다가 멈춰서 넋 놓고 예고편을 보는 이들의 시선이 몽롱했다. 그들의 시선에는 지니에 대한 감탄과 애정으로 가득했다.

{한국에서는 인기가 많은가 봐.}

{딱히 활동도 하지 않는데 요즘은 중국과 일본에서도 슬슬 반응을 보이는 것 같아.}

한류를 노리고 작품을 하거나 해외에서 활동하는 것도 아닌데 최근 동아시아에서 지니에 대해 심상치 않은 반응들이 보였다. 억지로 만든 인기가 아니라, 저절로 생겨나는 팬들이 대다수로 조만간 크게 터질 조짐이었다. 이게 불과 데뷔한 지 1년 된 배우가 만들어낸 결과였다.

{많이 알고 있네?}

레이폴드가 '채우진'이란 배우 하나에만 집중한 사이, 휴는 그 밖의 외적인 요소들까지 조사하고 가능성을 점쳤다.

{레이, 너에 못지않게 나도 이번 영화에 사활을 걸었어. 아무렴 내가 아무나 점찍은 줄 알아?}

유튜브에서 우연히 영상을 발견하고 반했지만, 겨우 그것만으로 지니를 선택한 게 아니었다. 시장성과 여러 가지 조건들을 따져보지 않았다면 그건 제작자로서 자격 상실이었다. 바로 레이폴드처럼 말이다.

{저 영화 지금 하고 있나?}

휴의 말은 귓등으로 들으며 레이폴드가 끝나 버린 예고편을 아쉬워했다.

{며칠 후에 개봉한다고 하더군.}

{너 정말 모르는 게 없구나.}

{나는 네가 더 대단해 보인다.}

어쩌면 이렇게 대책도 계획도 없냐고 휴는 한숨을 내쉬었다. 즉흥적인 열정이 레이폴드에게는 가장 큰 에너지였지만, 솔직히 냉정하고 차분한 휴가 옆에 없었다면 그의 성공은 지금보다 조금 늦어졌을 것이다.

{일단은 저녁부터 먹자. 우리는 지금 여행 중이잖아.}

{그래, 여행 중이지.}

유쾌하게 대답하며 레이폴드는 무작정 앞으로 걸어갔다.

{그쪽 길 아니야.}

{Yes!}

지도 앱을 보며 휴가 말하자 레이폴드는 바로 돌아서 친구 옆으로 돌아왔다. 관광 책자에 나온 불고깃집은 손님만 많고 가격 대비 양도 적었다. 맛이라도 좋았다면 흐뭇했겠지만, 고기는 질겼고 곁들여 나온 채소들은 시들고 서비스는 엉망이었다.

{걱정이네.}

{뭐가?}

{나의 왕자님도 이럴까 봐. 소문만 무성하고 막상 만나보니 껍데기만 그럴싸한 인형이면 난 무척이나 실망할 것 같아.}

{실망만?}

{슬프겠지.}

레이폴드가 결정적으로 지니에게 반한 것은 그가 찍은 광고를 보고였다. 양복을 입고 등에 검을 멘 지니는 평소 레이폴드가 상상하던 '진'의 모습 그대로였다.

그들이 준비 중인 영화 속 '진'은 양복을 입은 채, 안경을 쓰고 앞 머리칼을 깔끔하게 뒤로 넘긴 냉정하고 이성적인 이미지를 가진 검사(劍士)였다. 그런데 안경만 빼고 그 모습을 그대로 재연한 듯한 모습의 지니를 보고 반하지 않을 수가 없었다.

사실 레이폴드가 은연중에 생각하고 있던 일본인 배우는 키가 별로 크지 않았다. 게다가 혼혈이라 딱히 동양인 같은 분위기도 풍기지 않아서 내내 갈등만 하고 있었다. 그에 비해 늘씬한 키에 동양적이면서 시원시원한 이목구비의 지니가 나타나니, 이건 고민할 의미가 없었다.

무엇보다 지니는 영어가 가능했다. 그가 나왔다는 예능에서 외국인과 영어로 대화하는 것을 들으니 아이비리그를 나온 레이폴드와 휴보다 더욱 완벽한 발음을 구사하고 있었다.

이는 당장 함께 일을 하는 데 아무런 무리가 없다는 걸 의미했다. '진'의 후보로 올라왔던 동양인 배우들 대부분이 사실 의사소통에는 조금씩 문제가 있었다. 언어가 통한다는 것은 작품을 이해할 수 있는 깊이가 달라지고, 함께 작업할 때의 수고를 덜어줄 터였다.

하나씩 알게 되는 완벽한 면모에 점점 기대만 커지고 있었다. 할리우드나 같은 영어권 배우의 경우, 그들의 능력과 한계를 어느 정도 파악할 수가 있다. 그래서 그들에게 알맞은 배역을 캐스팅하는 데 어려움이 없었다. 그런데 지니는 워낙에 보이는 게 화려하고 완벽해서 도리어 불안했다.

겉으로 꾸며진 배우의 모습에서 그의 진정한 실력을 추측할 수 없으니 답답했다. 무엇보다 한국어를 모르니 정말 이게 연기를 잘하고 있는 건지 일말의 의심이 들었다. 만약 저 한국어가 영어로 바뀌었을 때, 똑같은 연기력을 유지할 수 있을까 하는 의심을 떨칠 수가 없었다.

그래서 공식적으로 오디션을 제안할 수 있었지만, 의심 많은 레이폴드가 이를 거부했다.

{캐스팅 하나 하는데 참 어렵게 빙빙 돈다?}

{오디션이 믿을 게 못 된다는 건 네가 더 잘 알잖아. 알고 보니 똑같은 것만 죽어라 준비해 와서 완벽하게 연기하고 나머지

는 아예 꽝이었던 적이 많았잖아.}

레이폴드의 주장에 휴는 어처구니가 없어서 따졌다.

{지금 말하는 경우들 모두가 네가 뽑았잖아! 내가 다른 것도 보자고 하니까 저거면 충분하다고, 다른 것은 볼 필요 없다고 했었지? 그런데 왜 지니한테는 유독 깐깐하게 구는 건데?}

{그래서 조심하는 거다! 이번에는 그런 실수 안 하려고. 넌 내가 이번에도 그랬으면 좋겠어?}

레이폴드의 변명에 휴는 한숨을 내쉬며, 그래서 지금 이 자리에 너와 함께 있는 거라고 대답했다. 친구가 모처럼 조심하고 신중하게 구는데 반대할 생각은 없었다.

{그런데 어떻게 지니의 실력을 확인할 건데? 우리 같은 '일반인 여행객'이 톱스타를 만날 수 있는 길이 있냐고. 그리고 만난다고 해도 어떻게 그의 연기력을 시험할 거야?}

휴의 질문에 레이폴드는 미처 생각하지 못한 문제에 봉착한 표정을 지으며 눈만 깜박였다. 지니의 소속사에 오디션을 요청하자는 휴의 주장을 꺾고, 갑자기 일정을 잡아 한국에 오는 바람에 현재 그에게는 아무런 생각도 계획도 없었다.

{그게… 흐음… 잘?}

{정말이지, 30년 전에 너희 집 옆집으로 이사 간 우리 부모님이 원망스럽다.}

{난 네 부모님을 평생의 은인으로 생각하며 살고 있어.}

분통을 터뜨리기 일보 직전인 휴에게 레이폴드가 눈을 깜박이며 예쁜 짓을 해 보였다. 하지만 서른 후반의 남자가 그래 봤자, 30년 동안 레이에게 당한 게 많은 휴에겐 전혀 통하지 않는 애교였다.

{역겹다. 고개 돌려.}

{Yes!}

실망만 안겨준 저녁을 마치고 한국에서의 첫날은 그렇게 지나갔다. 다행히 호텔의 침대는 폭신했고, 다음 날 조식은 마음에 들었다.

더는 관광객에게 유명한 맛집 찾기를 포기한 그들은 적당히 사람 많아 보이는 식당에서 점심을 해결했다. 오히려 전날 불고기보다 만족스러운 식사였다. 그리고 관광이란 면목으로 지니가 다니는 한국대에 갔다.

{없다.}

{없구나.}

정보력을 앞세운 휴가 지니의 학과 건물을 알아내 그곳을 찾아갔지만 그를 볼 수가 없었다. 한국어를 모르는 데다 대놓고 그를 찾을 수가 없어 건물 밖에서 몇 시간을 지켰어도 소용이 없었다. 그날은 금요일로 우진의 수업이 없는 날이었다.

{없는데?}

{그러게…….}

한국대에서 허탕을 친 다음 날, 휴는 이번에도 인터넷을 활용했다. 한국을 찾은 외국인 관광객들이 이용하는 사이트에서 지니에 관한 정보를 찾았던 것이다. 관광객들이 우연히 백화점에서 지니를 보았다며 호들갑을 떨면서 실시간으로 올린 글을 보자마자 그곳을 향했다.

그리고 보긴 보았다. 지니와 많이 닮은 듯 보이는 남자를. 하지만 스타일을 그대로 따라 하고 얼굴도 지니와 비슷하게 메이크업을 했을 뿐 그는 아니었다.

{설마 저 남자를 보고 지니라고 한 건 아니겠지? 딱 봐도 메이크업과 성형인데?}

{아무래도…….}

오해와 착각이 있었던 것 같았다. 위로라면 제법 많은 사람들이 그 남자를 지니로 알고 접근하는 걸 본 것이었다. 여기에 바보는 그들만 있었던 게 아니었다.

{너 대체 뭘 검색한 거야?}

{정보는 많을수록 좋은 거야. 그것들을 종합해서 나는 최고의 결과를 내기 위해…….}

{닥쳐!}

이번에는 휴가 입을 다물 차례였다. 입이 마른 두 사람은 지니가 광고하는 커피를 사서 마시며 길거리에 있는 벤치에 앉았다.

{배우를 만나는 게 이렇게 어려운 일인 줄 정말 몰랐다. 보통은 집 밖을 나서면 5분도 안 돼서 한두 명은 보는데…….}

레이의 푸념에 휴는 오랜만에 공감하며 열심히 고개를 끄덕였다. 한국어라도 할 수 있었으면 실시간은 아니래도 현재 지니가 무얼 하고 있는지 소문은 알 수 있을 텐데.

{이참에 한국어나 배울까?}

{파이팅!}

학구적인 휴의 고민에 레이가 반색을 했다. 모처럼 마음에 드는 말을 했다고 실실 웃는 레이에게 휴는 조용히 말했다.

{그래, 싸우자!}

그렇게 이틀을 허비한 레이와 휴 일행은 일요일에는 한풀 꺾인 기색으로 거리를 활보했다. 우린 지금 그냥 관광 중이라고 계속 되뇌며 자신을 스스로 위로하는 것도 잊지 않았다. 그런데 왠지 고개를 돌리는 곳마다 지니가 있었다.

지니의 등신대 간판이 서 있는 가게를 지나, 길거리 전광판에서 보여주는 지니의 영화 예고편을 감상하다, 식당에선 지니가 나오는 광고를 보며 밥을 먹었다.

{이렇게는 안 돼!}

레이폴드는 더는 걸어 다니는 것을 거부하고 '지니 캐스팅 작전'을 짜기 위해 쉴 만한 곳을 찾아다녔다. 그리고 오래 앉아서 계획을 짜기에는 카페만 한 곳이 없었다.

{Dinky cafe?}

이름과는 달리 건물 전체가 카페로 보이는 곳을 가리키며 레이폴드는 휴를 그곳으로 끌고 갔다. 하지만 불행히도 1층은 이미 사람들로 가득해서 더는 앉을 자리가 없었다.

평상시라면 그냥 나왔겠지만, 지금 그들은 관광객의 눈으로 가게 안을 둘러보았다. 넓은 카페에 앉아 있는 대부분이 현지인이었다. 그렇다면 관광 책자에서 나온 뻔한 곳이 아닌 이곳 사람들에게는 유명한 명소란 의미였다. 이런 곳은 또 놓칠 수가 없었다.

{저 실례합니다. 여기 말고 다른 자리는 없습니까?}

레이폴드와 같은 생각을 한 휴가 먼저 지나가는 종업원을 붙잡고 물었다. 그러자 외국인을 발견한 종업원은 두 눈을 크게 뜨며 대답했다.

"I don't speak English!"

{방금 그 말은 충분히 영어로 들리는데요? 발음도 좋군요.}

휴의 말에도 종업원은 고개를 저으며 곧장 어디로 가버렸다.

{뭐야? 이 불친절한 서비스는?}

{아무래도 우리가 어려운가 보지.}

{우리 어떻게 하지? 그냥 나가?}

{글쎄, 저기가 2층으로 올라가는 계단으로 보이는데 그냥 올라가 볼까?}

밖에서 보았을 때는 2층까지 카페로 보였다. 1층에는 자리가 없으니 일단 2층에 한번 올라가 보자는 생각이 들었다. 휴가 레이폴드에게 손짓을 하며 걸음을 옮기려던 찰나, 사장으로 보이는 이가 그들에게 다가왔다.

"Hello! 나이스 미츄였던가? 하여튼 어서 오세요."

종업원과 마찬가지로 영어에 취약한 사장님은 어색하게 웃으며 그들을 바로 2층으로 안내했다. 말은 통하지 않아도 상대가 손님이라는 것 정도는 눈치로 알 수 있었다. 김태화가 아르바이트할 때는 외국인 손님을 맞이하는 데 전혀 어려움이 없었기에, 이럴 때마다 그녀가 정말 그리웠다.

2층도 손님으로 가득했지만, 다행히 테이블 하나가 비어 있었다. 그곳으로 외국인들을 안내한 사장은 빈 테이블 옆, 창가에 앉아 있는 손님에게 말을 걸었다.

"저, 우진 씨! 죄송한데 영어 잘하세요?"

"무슨, 아……."

우진은 사장님 뒤에 서 있는 외국인을 발견하고 그의 곤란함을 바로 이해했다. 현민과 만나기로 약속한 시각보다 먼저 와 있던 우진은 선뜻 사장님의 부탁을 들어줬다.

자리에서 일어난 우진은 그를 멍하니 보고 있는 남자들에게 다가가 말을 걸었다.

{실례하겠습니다. 사장님이 저에게 통역을 부탁하셨는데 괜찮겠습니까?}

{아아······.}

휴가 멍하니 고개를 끄덕이자, 우진은 손님으로 오신 거냐고 물으며 그렇다면 테이블이 이 자리밖에 없다면서 양해를 구했다.

{제가 주문을 도와드려도 될까요?}

{그, 그럼 우리야 좋죠.}

우진이 사장님에게 대신 메뉴판을 건네받으며 솔직히 말했다.

{사실 저는 이곳에서 블렌딩한 아메리카노만 마셔서 다른 음료는 어떤지 권해 드리기 어렵습니다. 따로 좋아하는 원두가 있으면 여기에 있는 단종 커피 중에 주문하셔도 되고요.}

메뉴마다 한글 밑에 영문으로 표기되어서 우진의 설명이 일일이 필요하지는 않았다. 하지만 레이폴드와 휴가 자신들의 취향을 말해준 덕분에 우진은 그들에게 메뉴를 추천해 줬다.

휴는 우진이 권한 아메리카노를, 레이폴드는 시나몬을 뿌린 카페모카로 메뉴를 고르고 나서 서로를 바라보았다. 이곳을 선택하고 휴를 끌고 온 레이폴드의 콧날이 유독 높게 솟은 듯 보였다.

레이폴드는 다소 거만한 표정으로 휴를 보았다.

휴가 제기했던 '일반인 여행객'이 톱스타를 만나는 방법이란 이렇게 카페만 잘 찾아와도 되는 일이었다. 학교 앞에서 죽치고 기다리는 것? 인터넷 검색? 한국어 습득? 그런 거 다 아무 소용이 없었다.

물론 사장의 안내로 2층으로 올라왔을 때만 해도 이런 행운이 기다리고 있는 줄은 몰랐다. 카페 사장이 다정한 목소리로 창가에 앉아 있는 남자에게 말을 걸 때만 해도 누군가 했다. 상대가 그들을 향해 고개를 돌리고 자리에서 일어서는 순간, 레이폴드는 창 너머로 쏟아지는 햇빛에 잠시 눈을 감았다.

역광을 받아 눈이 부신 존재가 점점 그들에게 다가왔을 때, 두 사람은 눈앞의 남자가 누구인지 대번에 알 수 있었다.

지니의 모든 작품을 구해 큰 영상으로 몇 번이나 감상한 레이폴드였다. 그 덕에 지니의 얼굴이라면 언제 어느 순간에 보더라도 알아볼 자신이 있었다. 그러니 모자와 마스크를 하지 않고 겨우 안경만 쓴 지니를 몰라볼 리가 없었다. 무엇보다 전날 이미테이션 지니를 보았기에 그 감상은 더욱 남달랐다.

지니가 그들에게 다가와 말을 걸고 통역도 해준다고 하자 두 사람은 처음으로 연예인을 만난 팬의 입장을 절감할 수 있었다.

카페 안의 다른 손님들은 이미 알고 있는 듯 얼핏얼핏 지니에게 시선이 머물다가 사라지곤 했다. 레이폴드와 휴가 오기 전에 이미 휩쓸고 지나갔는지, 아니면 연예인의 사생활을 존중해 주는 성숙한 문화인지는 모르나, 지니는 평온하게 여가를 즐기고 있는 모습이었다.

휴는 테이블 밑으로 레이폴드의 발등을 지그시 눌렀다. 넋
놓고 지니를 보고 있는 레이폴드에게 어떻게든 말이라도 걸어
보라는 뜻이었다. 이런 상황에서 낯 두껍게 행동하는 건 역시
레이폴드가 제격이었다.

{한국은 이번이 처음이라 뭐가 뭔지 하나도 모르겠네요.}

주문을 도와준 지니가 일어서려 하자 레이폴드가 다급하게
외쳤다. 사실은 이곳에서 너를 만나 무얼 해야 할지 모르겠단
말을 하고 싶었던 그였다.

{한국엔 관광차 오신 건가요?}

다행히 관심을 가지며 묻는 지니에게 휴는 고개를 끄덕였고
레이폴드는 고개를 젓다가, 서로를 죽이듯 노려봤다. 이것도 하
나 딱딱 못 맞추느냐고 속으로 한숨을 내쉬고는 이번엔 휴가
고개를 저었다. 당연하게도 레이폴드는 고개를 끄덕였다.

{겸사겸사 온 겁니다.}

결국, 휴가 관광 겸 비즈니스 문제로 한국에 왔다고 대답했
다. 그리고 테이블에는 잠시의 정적이 감돌았다. 어색함인지 긴
장인지 모를 감정들이 공중에 둥둥 떠다니는 것 같아서, 손만
내뻗으면 잡을 수 있겠다는 착각이 들 정도였다.

{굉장히 잘생겼는데 혹시 배우인가?}

침묵을 견디기 힘든 레이폴드가 사근사근한 태도로 먼저 지
니에게 말을 걸었다. 그리고 바로 테이블 밑에서 휴에게 정강
이를 맞았다. 정체를 숨기는 거야 그렇다 쳐도, 상대에게 운을
떼는 듯한 이 전형적이고 뻔한 작업 멘트에 부끄러움을 느낀

것이다.

할리우드에서야 레이폴드가 이렇게 말하면 모두가 감지덕지하며 기뻐했을 것이다. 하지만 이곳에서는 오히려 상대의 경계만 살 뿐이었다.

{좋게 봐주셨다니 고맙습니다.}

지니는 긍정도 부정도 하지 않고 그저 레이폴드가 한 칭찬만 받았다. 제법 처세를 아는 태도였다.

{그럼 저는 이만 가보⋯⋯.}

{우리 같은 외국인에게 꼭 추천해 주고 싶은 여행지가 있습니까?}

관광객 휴는 지니의 말을 끊으며 순진하게 그를 보았다. 재빨리 가방에서 여행 책자와 메모지를 꺼내는 것도 잊지 않았다. 이러면 제법 열성적인 관광객으로 보여 조금이라도 관심을 받을 수 있을 것 같았다.

{우리가 자유 여행을 계획하고 왔는데 보다시피 한국어는 전혀 못합니다. 계획 없이 무작정 떠나온 여행이라 아무것도 아는 게 없답니다. 실례라는 걸 알고 있지만, 며칠 만에 이렇게 말이 통하는 분을 만나니 반가워서 그럽니다. 당장 도움을 청할 데가 당신밖에 없군요.}

레이폴드에게 극본가가 되지 않았더라면 사기꾼이 되었을 거라는 평을 듣는 휴가 그렁그렁한 눈으로 지니에게 애걸했다.

{저보다는 여행사를 통하시는 게 훨씬 나을 겁니다.}

관광이라면 자기도 아는 게 없다는 무구한 표정의 지니를 보며 휴는 포기하지 않았다.

{자유 여행인데 여행사는 낭만이 없잖아요. 이렇게 여행지에서 만난 '낯선 이'와의 조우와 뜻밖의 인연이 여행의 묘미 아니겠습니까?}

휴는 말하면서도 발끝으로 레이폴드의 정강이를 다시 툭툭 쳤다. 가만히 있지만 말고 어서 지원사격하라는 의미였다. 그러나 이는 잘못된 선택이었음을 이내 깨닫고 말았다.

{이것도 인연인데 우리 전화번호나 교환할까요?}

폰을 꺼내며 반짝반짝 눈을 빛내는 레이폴드를 보는 지니의 눈빛이 잘게 떨리는 걸 휴는 놓치지 않고 보았다. 헌팅하는 것도 아니고 대체 이게 무슨 추태인가 싶었다. 그래서 휴는 온 힘을 발끝에 모아 친구의 정강이를 공격했다.

{윽!}

갑자기 고개를 숙이며 괴로워하는 레이폴드를 보고 의아해하는 지니에게 휴는 차분하게 말했다.

{괜찮아요. 원래 지병이 있거든요. 지금 딱 발작할 시각입니다.}

{그럼 약이라도……}

{저 병엔 약이 없어요.}

휴는 손을 내저으며 방금 저 친구가 한 말은 잊으라고 당부했다.

{아! 그러고 보니 우리 이름도 서로 모르는군요. 나는 휴, 저 병자는 레이폴드인데 그냥 레이라고 부르면 됩니다.}

초면에 한 사람은 폰 번호를 교환하자고 하고, 다른 친구는 아무렇지도 않게 이름을 말하고 있었다.

이런 두 사람을 보며 우진은 한숨을 내쉬었다. 한국은 처음이고 여행 중이란 말이 과연 진실인지 의심스럽고 이들의 정체는 더욱 수상했지만, 한국에서 우진의 이름은 비밀도 아니고 숨길 이유도 없었다.

{우진이라고 합니다.}

다행히 그의 이름은 외국인이 발음하기 어렵지는 않았다. 한데 그의 이름을 들은 외국인 둘은 뭔가 감격해하며 저들끼리 눈빛을 교환하고 속삭였다. 대충 들리는 소리가 '진'과 데스티니 어쩌고 하는 소리였다. 대화 중인 두 사람을 보며 이곳에 있을 이유가 더는 없어서 우진은 정말 자리를 뜨려고 했다.

그런데 뭔가 잡아당기는 느낌에 우진이 아래를 내려다보니 레이폴드라는 외국인이 그의 옷자락을 붙잡고 있었다.

잡힌 부분과 레이폴드의 얼굴을 번갈아 보며 우진이 의문 어린 표정을 짓자 레이폴드는 잡은 옷자락을 슬며시 내려놓고 결 좋은 자신의 금발을 쓸어 올리며 물었다.

{혹시, 나 모릅니까?}

금발에 푸른 눈을 가진 백인이 반짝반짝 빛나는 눈으로 자신을 보며 묻자 우진은 우선 주위를 둘러봤다. 아까부터 조금 이상하다 싶었는데 비로소 상황이 이해됐다. 혹시 이게 말로만 듣던 몰래카메라가 아닌가 싶어서다.

다만 요즘 몰래카메라를 하는 방송이 없어서 마지막 확신이 서지 않았다.

{모르겠는데요.}

우선은 솔직하게 대답하자 레이폴드는 충격받은 얼굴로 몸을 부르르 떨었다. 건너편에 앉은 휴가 주먹으로 입을 가리고 끅끅거리며 억지로 웃음을 참는 게 보였다. 이 순간 우진은 확신이 들었다. 아무래도 이건 몰래카메라 같다고 말이다.

고정으로 하는 게 아니라 무슨 예능이나 연예 프로에서 잠시 이벤트로 하는 몰래카메라가 아닌가 싶었다. 이제 곧 '붉을 적'이 개봉하니 홍보 차원으로 제작사나 소속사에서 자신 몰래 계획한 게 아닌지 추측했다.

장수환 대표는 여전히 예능은 좋아하지 않았지만, 예전처럼 막무가내로 반대만 하지는 않았다. 필요하다면 홍보를 위해 이 정도는 OK 했을지도 모른다.

{정말? 정말 날 몰라?}

재차 절실하게 묻는 레이폴드를 보며 우진은 잠시 갈등했다. 어떻게 해야 최대한 재미있게 이 상황을 끌어갈 수 있나, 너무 받아주면 호구 이미지가 생겨서 나중에 생활할 때 어려울 것 같고, 매정하게 굴면 이미지가 안 좋아질 수 있다는 것까지 빠르게 계산했다.

{제가 알아야 하나요?}

최대한 예의를 지키며 거리를 두는 우진의 대답에 레이폴드가 머리를 쥐어뜯으며 외쳤다.

{믿을 수가 없어! 어떻게 날 모르지?}

레이폴드의 말에 우진은 찬찬히 그를 자세히 살펴보았다. 혹시나 외국의 유명인인가 싶어서 보았지만, 그가 기억하는 이들 중에는 없는 인물이었다.

{미안합니다. 이 친구가 원래 미국에선 좀 유명한 친구라 어

딜 가나 자기를 다 알아볼 줄 알아요. 세상 넓은 줄도 모르고 말이죠.}

{아, 그러시군요. 그럼 실례하겠습니다.}

영혼 없이 대답한 우진이 꾸벅 인사하고 제자리로 돌아갔다. 아마 오늘 몰래카메라의 콘셉트는 외국의 유명인일지 모르는 상대를 만났을 때 채우진의 반응인 것 같았다. 여기서 자존심을 지키느냐, 아니면 쩔쩔매는 모습을 보여줄 것인지에 대한 실험인 게 분명하다.

자리로 돌아온 우진은 이미 식어버린 커피를 마시는 척하면서 창가에 비치는 외국인들을 관찰했다. 흐릿하게 보이는 와중에 레이폴드가 휴에게 따지는 모습이 보였다. 아마도 다음 계획을 논의하거나 지시를 받는 중일 거라고 우진은 추측했다.

{대체 날 뭐로 만든 거야?}

{사실이잖아? 네가 미국에서나 유명한 감독이지 여기선 아니야. 한국에선 네가 만든 영화의 주인공들이나 유명하지, 네가 누군지도 모른다고.}

레이폴드는 감독치곤 노출이 많아서 세계적으로 얼굴이 많이 알려진 편이었다. 그렇다고 해외에서 우연히 만난 사람까지 그를 알아볼 정도는 아니었다. 휴는 연예인병에 걸린 친구를 안타까워하며 가늘게 혀를 찼다.

{그래도 배우잖아?}

한편 레이폴드의 주장 역시 어느 정도 타당성은 있었다. 일반인이라면 몰라볼 수 있겠지만, 배우라면 유명한 해외 감독들 얼굴 정도는 인지하는 경우가 많았다. 특히 자신 같은 '유명한 감독'이라면 말이다.

{알아봤자 사진으로만 봤을 거 아니야. 게다가 너 같은 경우 사진이 실물보다 훨씬 낫잖아. 누구와는 달리.}

휴는 턱으로 지니를 가리키며 레이폴드를 비웃었다. 배우만이 가지고 있는 아우라와 외모를 평가하자면 지니는 영상보다 실물이 훨씬 좋았다. 그래서 보자마자 알아볼 수 있었고 의심의 여지가 없었다.

{그러게 파파라치와 기자들에게 포토샵 요구는 적당히 하라고 했잖아! 네가 날려 버린 우리의 이미지를 회복하기 위해 드디어 내가 움직일 때가 왔군.}

휴가 커피 잔을 들고 자리에서 일어서자 유리창을 통해 그들을 지켜보던 우진이 얼른 시선을 내렸다. 이제 본격적으로 몰래 카메라를 시작할 모양이라고 그는 잔뜩 긴장했다.

{그런데 혼자 왔습니까?}

슬며시 우진의 앞자리에 앉으며 휴가 말을 걸었다.

{아니요, 친구와 만나기로 해서 기다리고 있습니다.}

{아까는 저 친구 때문에 놀랐죠? 자기가 무슨 유명한 배우인 줄 알아요.}

{정말 배우인가요?}

우진은 이쪽을 힐끔힐끔 살피고 있는 레이폴드를 슬쩍 보며 물었다. 흔하게 말하는 배우상은 아니지만, 나쁘지는 않은 외모였다. 진짜 외국의 배우인지, 아니면 국내에서 활동하는 재현 배우인지도 몰라서 은근히 물어봤다.

{배우는 무슨! 절대 저 친구한테 그런 소린 하지 말아요. 그

날로 아주 기고만장해져서 정말 배우 되겠다고 설칠 수 있으니까.}

그러면서 휴는 지갑에서 명함 한 장을 꺼내 우진에게 내밀었다. 명함을 받아 읽어본 우진의 눈썹이 살짝 올라갔다 내려왔다.

〈LL—Studio. Hugh Miller〉

LL—Studio의 휴 밀러는 우진도 잘 아는 사람이었다. 할리우드에서 이미 성공한 극본가이며 LL—Studio의 창립 멤버로 영화 제작에 직접 참여하는 제작자이기도 했다. 하지만 유감스럽게도 그의 얼굴은 알지 못했다.

{유명한 분이셨군요.}

우진의 무심한 반응에 휴는 당황하고 말았다. 레이폴드가 원하는 대로 정체를 숨기고 접근해서 상대를 시험하고 캐스팅한다는 건 그저 희망 어린 꿈일 뿐이었다. 실상 그들은 지니와 대화 몇 마디 주고받는 것도 어려운 낯선 이방인이었다.

차라리 정체를 밝히고 정식 오디션을 제안하는 게 가장 현실적이고 절차에 맞는 방법이었다. 무엇보다 이것이 그들이 원하는 배우에게 할 수 있는 가장 예의 바른 제안이기도 했다. 그래서 명함을 보여주고 허심탄회하게 사실을 고백하려고 하는데 정작 당사자는 시큰둥했다.

{유명한 것은 당신도 마찬가지 아닙니까? 지니.}

더는 모른 척하는 것을 포기한 휴가 채우진을 별명으로 불렀다. 우진이란 본명이 발음하기 어려운 건 아니지만, 그들은 지니란 별명에 너무 익숙해져 버린 상태였다.

{역시 저를 아시는군요. 뭔가 이상하다 싶었습니다. 그런데 제가 채우진인 건 사실인데 당신이 휴 밀러라는 건 어떻게 입증하실 건가요? 설마 이 명함 하나가 신분증은 아닐 테고 말이죠.}

역시나 우진이 자신들의 얼굴을 모르고 있다는 것을 확인한 휴는 폰을 꺼내 들었다. 서둘러 자신들의 사진이 첨부된 기사를 찾아 우진에게 건네주었다. 저번 영화의 시사회에서 배우들과 나란히 서서 찍은 사진이었다.

우진은 휴와 사진을 번갈아 보고 나서, 다시 레이폴드를 보았다. 그리고 피식 나오려는 웃음을 가까스로 참았다.

{아! 그 사진은 저 친구가 기자에게 보정을 요구해서 그런 사진이 된 겁니다. 저 인간이 맞아요.}

진실을 이야기해 봤자 우진은 대충 들을 뿐 깊이 새겨듣지는 않았다. 그러기엔 사진 속 인물과 레이폴드라 주장하는 이와의 차이가 컸다. 두 인물이 닮은 건 확실하지만, 동일인이라고 하기엔 무리가 있었다.

그래도 이 정도로 닮은 사람을 찾아낸 몰카 제작진의 노고는 인정할 만했다. 적어도 휴 밀러는 사진 속 인물과는 빼닮았으니 말이다.

휴와 레이폴드 사단은 길거리 캐스팅에도 유연하기로 유명했다. 우연한 계기로 그들의 눈에 띄어서 데뷔한 배우가 제법 있었다. 그들은 현재 할리우드에서 성공한 배우로 자리 잡아가고 있었다. 이 때문에 그들이 가는 길에 일부러 진을 치고 기다리는 이들도 있다는 이야기를 언뜻 들은 기억이 났다.

이제야 확실히 오늘의 주제를 파악한 우진은 저절로 지어지는 비웃음을 애써 참으며 명함을 휴에게 다시 돌려주었다.

할리우드의 유명 제작진으로 분장한 이들이 그에게 캐스팅 제안을 하고, 그에 따른 반응을 보기 위한 몰래카메라였던 것이다. 우진은 앞 머리칼을 손으로 쓸어 올리며 잔잔하게 웃었다. 이 사람들이 정말 해도 해도 너무한 거 아닌가 싶었다.

배우라면 누구나 할리우드를 꿈꾼다. 그건 우진도 마찬가지였다. 이게 몰래카메라라는 걸 몰랐다고 해도 속지는 않았겠지만, 사람에게 헛된 꿈을 꾸게 하는 이런 실험은 질 나쁜 장난으로밖에 보이지 않았다.

{왜 이 명함을 저에게 보여준 겁니까?}

우진은 일단 속아 넘어간 척했다. 저들이 무슨 말과 행동을 할지 무척이나 궁금해졌다.

{우리가 지금 준비 중인 영화가 있어요. 그 영화에 조연이지만, 동양인 배우가 한 명 필요한데 우린 자네를 생각하고 있거든. 자네의 다른 작품들을 보았고, 저 친구는 '지니'라는 배우에게 매료당해 버렸지 뭔가. 물론 자네 소속사에 정식으로 오디션을 제안하고 섭외를 의논하는 게 절차라는 걸 알지만, 자네에 대한 궁금증이 우릴 여기까지 오게 만들었지.}

진지하게 고백하는 휴의 말에도 우진은 팔짱을 낀 채로 가만히 있었다. 살짝 입꼬리가 올라간 그의 표정은 왠지 기분 좋은 소릴 들은 얼굴은 아니었다.

{그런데 우연히도 이곳에서 저를 만났군요.}

{그러니까! 이것이야말로 운명 아닌가!}

웬만해서 이런 표현은 쓰고 싶지 않았지만, 휴는 이런 구태의연한 표현 말고는 지금의 상황을 설명할 단어를 찾지 못했다. 작가인데도 이럴 때는 표현의 한계를 느끼곤 했다.

{아마 운명까지는 아닐 겁니다.}

{음?}

{당신이 말한 운명이란, 우리에게 생길 미래에 대한 어떤 가능성을 희망차게 표현한 것에 불과한 단어니까요.}

우진은 말을 하다가 살짝 고개를 저었다. 저도 모르게 작가 본능이 올라와서 만연체로 이야기하려는 걸 간신히 참아냈다. 미간을 찌푸리는 그의 얼굴이 날카로우면서 의연해 보였다. 도저히 방금 막 유명한 영화 제작진에게 프러포즈를 받은 배우의 모습이 아니었다.

잔을 들어 우아하게 커피를 마신 우진은 고소를 지으며 휴를 바라봤다. 현재 우진은 어느 각도에 있을지 모르는 카메라를 의식하며 표정을 짓고 있었다.

{제작진은 작품에 맞는 배우를 고르는 게 중요하겠지만, 그에 못지않게 작품을 최종적으로 선택하는 건 배우의 몫입니다. 설령 작품이 마음에 든다고 해도 과연 제게 시간이 있는가도 중요하죠. 이 중에 하나라도 충족하지 못한다면 제가 당신들과 함께 작품을 할 일은 절대 없을 겁니다.}

너희들이 함께 작품을 하자 하고, 오디션을 본다고 하면 내가 딸랑거리며 좋아할 줄 알았냐는 의미를 되도록 점잖게 표현했다. 물론 이는 앞에 앉아 있는 휴의 대역에게 하는 소리는 아니었다. 이런 같잖은 기획을 짜고 배우를 조롱할 계획이나 세운 몰카의 제작진에게 하는 소리였다.

어떤 반응을 바랐는지는 모르겠으나 적어도 사람들의 웃음거리가 되는 일만은 사양하고 싶었다. 오만하다는 평을 듣는 한이 있어도 배우로서 품위를 지키는 게 그의 자긍심이기도 했다. 할리우드라고 해서 앞뒤 가리지 않고 헐떡이는 모습을 보이는 일은 절대 없을 터였다.

의자 끄는 소리도 없이 조용히 자리에서 일어난 우진은 휴에게 정중하게 말했다.

{모처럼 시간 내서 오신 거니 관광 잘하고 돌아가셨으면 합니다. 만약 저를 캐스팅할 의사가 있다면 공식적으로 제 소속사에 극본과 촬영 일정에 대한 서류를 보내셨으면 합니다. 일단 보고 나서 저도 마음에 들어야 가부를 결정할 테니까요. 그럼 행운을 빕니다.}

레이폴드에게도 가볍게 고개를 까닥이는 것으로 인사를 건넨 우진은 마침 2층으로 올라오는 현민을 보았다.

{마침 제 일행이 왔네요.}

우진은 자신을 향해 손을 들어 보이는 현민을 가리켰다.

{아니, 그러니까 우리는……}

휴가 떠나려는 우진을 붙잡으려고 했지만 그는 벌써 저 멀리 가버렸다. 서두르지도 않은 것 같은데, 우아하게 몇 걸음만에 거리를 두고 떠나 버렸다. 이 황당한 상황에 휴는 눈만 깜박였다.

{엄청 도도해! 정말 멋있어! 그야말로 '진' 그 자체잖아!}

어느새 쪼르르 휴의 앞자리, 방금까지 지니가 앉았던 자리를 차지한 레이폴드가 촉촉한 눈빛으로 연신 감탄을 터뜨렸다. 굳이 동양인이 아니더라도, 지금까지 할리우드에 도전하는 배우 중에 저렇게 도도하고 자신감이 넘치는 사람은 본 적이 없었다.

애써 겉으로 꾸며서 당당하게 보이려는 것과는 확연히 다른 진정성이 느껴지는 오만함이었다.

{내가 이런 것에 약한 건 또 어떻게 알고.}

레이폴드는 '진'이 검에 묻은 피를 털어내며 적들에게 나아가는 장면을 떠올리며 저절로 지니를 대입해 상상해 보았다.

안경의 유리알에 빛이 반사되어 더욱 냉혹해 보이는 '진'이었다. 절대로 누구에게도 굴복하지 않는 고결한 영혼의 소유자는 자신을 강압하려는 것들을 단호하게 끊어내는 자이기도 했다.

{이렇게 좋아할 때가 아닌 건 같은데…….}

할리우드에서 명성이란 대단한 값어치가 있다. 두 사람이 스튜디오를 열고 자신들의 작품을 만든 건 겨우 두 편이지만, 그들은 이전부터 할리우드에서 입지를 다진 경력자들이었다. 그래서 지금까지 그들의 러브콜을 거절한 배우는 없었기에 휴는 이런 경험이 무척이나 색달랐다.

만약 여권을 보여줬다면 쉽게 해결될 수도 있었을 일을 괜히 기사의 사진을 보여줘서 일을 키워 버린 휴는 엉뚱한 고민에 빠지고 말았다.

우진에게 끌려가면서 현민은 뒤를 돌아보며 물었다. 낯모를 외국인 둘이 있는 걸 얼핏 본 것 같아서 이유가 궁금했다.

"무슨 일이야?"

"기분 나쁜 장난에서 벗어나는 중이야."

혹시나 몰래카메라 제작진들이 우르르 몰려올까 봐 우진은 걸음을 더욱 재촉했다. 웬만하면 적당히 넘어가 주고 싶었는데 이런 식으로 사람의 야망과 욕망을 건들면서 놀리는 것은 상당히 불쾌했다.

하지만 어디에서도 제작진은 나타나지 않았다. 카페를 빠져나오고 한참이 지나도 조용했다. 하물며 강호수에게도 연락이 오지 않았다. 몰래카메라라 해도 매니저는 이미 알고 있었을 텐데 어떠한 언급도 없는 건 며칠이 지나도 마찬가지였다.

그리고 '붉을 적'이 개봉한 다음 날, LL—Studio에서 공식적으로 캐스팅 제안서를 첨부한 영화의 극본을 DS에 보내 왔다.

일렁이다

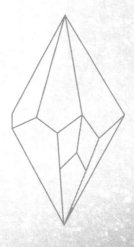

〈붉을 적〉은 윤선 감독이 명환대군에게 헌정하는 한 편의 서사시와 같은 영화다〉

많은 예를 두고 하필 시(詩)라고 표현한 것은, 먼저 이 영화에는 군더더기가 없다. 깔끔하게 정리되어 있어 쓸모없는 부연 따위가 존재하지 않는다. 쓸모없는 부분은 과감하게 쳐내고, 가장 아름답고 의미 있는 단어들로만 이루어진 한 편의 시를 만들어낸 것이다.

시를 읽고 느끼는 감정은 다양하겠지만 대부분이 서정적인 여운을 가슴에 담듯, 이 영화를 보고 나면 많은 생각을 하게 된다. 또한 내가 한 편의 역사극을 본 것인지, 치유물을 본 것인지 헛갈리기도 한다.

아프면서 이해하고, 원망스러우면서 애잔하고, 그리우면서 슬프다. 그리고 마지막에는 사랑할 수밖에 없는 명환대군만 남게 된다.

명환대군을 주제로 한 영화와 드라마는 지금껏 많이 있었다. 하지만 '붉을 적'만큼 고증을 확실히 하고 다른 시각으로 바라본 작품은 없었던 것 같다. 이 영화는 여러 면에서 우리가 가지고 있던 상식을 깨뜨렸다.

기녀 설하와의 관계 역시, 기존에 중전 윤씨와 함께 삼각관계로 엮던 것에서 벗어났다.

남녀를 떠난 명환대군과 설하는 건조하면서 애틋하고 신의를 가진 관계로 변화했다. 영화를 보고 우리가 얼마나 세속적이고 저속한 관점으로 그들을 보았나, 잠시 부끄러웠던 것은 비단 본인만의 생각은 아닐 것 같다.

그만큼 우리가 가지고 있던 편견이 얼마나 고루한지 이 영화는 깨닫게 해주었다. 재밌는 것은 이 영화에는 배우가 없다는 점이다. 오로지 실존했던 그들만이 살아서 우리에게 그 당시의, 그 순간을 보여주고 있다.

문진왕후는 차갑고 명철한 정치인의 모습을 연상케 했다. 차분하고 고상한 어투로 내뱉는 신랄한 비난은 보는 이의 오금을 저리게 만들 정도로 카리스마가 넘쳤다.

그러나 반정의 성공과 함께 아들의 죽음을 전해 들었을 때, 저절로 흘러내린 눈물이 문진왕후 역시 어머니였음을 느끼게 했다. 그리고 잠시 눈을 감았다가 뜬 그녀의 삭막하고 공허한 눈동자는 관객들에게 많은 생각을 안겼다.

정치인으로서, 한 사람의 어머니로서, 그녀는 실패한 삶을 살았다는 걸 말이다.

아름답고 이기적인 중전 윤씨. 그녀에 대한 평은 다양하다. 아니, 다양했다. 문헌에 남아 있던 국모로서 보여준 흠잡을 데 없는 모습이 일기장 하나로 무너져 버리기 전까지는 그랬다.

한 남자에게는 계산적이고 가혹했던 그녀가 백성들에게는 하늘이고 땅이었다. 왕이 아닌 왕비의 죽음에 백성들이 그리 분노하고 통탄해 마지않았다는 것은 분명한 역사적인 사실이다. 그것만은 부정할 수 없는 중전 윤씨의 업적이었다.

어쩌면 그것은 사랑받는 자의 자신감과 오만함이 만들어낸 여유로움의 결과가 아니었을까 하는 생각이 든다.

그리고 역사의 피해자라 불리는 인영군. 명분도 불분명한 반정으로 시해당한 이 비운의 왕은 언제나 나약하고 우유부단하다는 평을 들었다. 하지만 '붉을 적'에서는 준비된 군왕으로서 나라를 걱정하지만, 손에 닿지 않는 권력이 그를 늘 무력하게 만들었다.

힘이 없어서 나약한 것인지, 나약하였기에 힘을 얻을 수 없었는지는 불분명하나 우리가 알고 있었던 것처럼 무능력하기만 했던 왕이 아니었다는 게, 그리고 이제라도 그것을 알게 되어서 다행이라는 생각이 들었다.

명환대군의 정실인 부부인 박씨 이야기도 꺼내지 않을 수가 없다. 한 번도 사랑받지 못하고, 마지막까지 부군의 뒷모습을 봐야만 했던 그녀를 명환대군은 철저히 외면했다. 노력해도 돌아오지 않는 대답이 있음을 영화는 그녀를 통해 보여줬다.

한 점 희망조차 주지 않는 명환대군의 냉정함은 오히려 보는 이로 하여금 깔끔한 감상을 남겼다. 만약 대군이 부부인에게 어설픈 동정과 감정을 베풀려고 했다면 그것이야말로 위선이었을 것이다.

행복한 추억이 없다는 것은 가슴 아파할 이유도 없음을 이 영화는 말하고 있다.

그런데 이 부부는 참 많은 점에서 서로 닮아 있다. 부군에게 사랑받지 못하는 부인, 사랑받고자 하는 사람들에게 외면과 버림을 받은 남편. 그리고 우리는 자연스럽게 한 가지 사실을 깨닫게 된다.

사랑받지 못해서 불행한 것이 아니라 포기하지 못해서 아프다는 것을 말이다.

영화에서 명환대군은 아낌없이 사랑하고 삶을 즐기고 무엇보다 자기 자신을 사랑했다. 돌아보지 않는 모친, 책임감 없이 소유하려고만 하는 연인, 정략으로 이루어진 사랑하지 않는 부인을 두고도 그는 전혀 불행하지 않았다. 아니, 이제 불행할 수가 없다.

명환대군이 마음속에 가지고 있는 화를 불덩이라 표현하며 늘 추위에 떨었다는 문헌의 기록이 있다.

이런 그를, 우리는 영화를 보고 나면 명환대군의 열정과 고고한 자기애와 예술혼에 반하고 만다. 영화는 마치 팬의 눈과 귀로 명환대군이란 인물을 몰래 엿보며 스토킹하는 듯한 기분을 느끼게 한다.

반정이 결정되고, 후일을 예방하기 위해 주상과 회임한 중전을 소란 속에 밀살하기로 했다는 것을 안 대군은 검을 들고 궁으로 향했다.

마지막에 갓을 쓰고 도포를 갖춰 입으며 멋을 내는 그의 모습에선 마치 소풍 가는 어린애의 장난기마저 느껴졌다. 마지막까지 조금의 주저와 망설임조차 없던 그는 분명 죽음조차 자신의 결정에 따라 선택하는 삶의 주체자였다.

아름다웠던 조선의 왕자, 이후는 마지막까지 자신의 인생을 즐겼고 책임을 졌다. 숭고함은 없으나 지독한 자기애가 사랑스럽고 존경스럽다. 대군이 느끼지 못했던 따스한 봄을 정작 우리는 그를 통해 느꼈으며, 이제는 그를 사랑하게 되었다.

'세상에 아름다운 붉음이 있다면 그건 아마 내 가슴속에 타오르고 있는 불꽃일 것이다. 이 불꽃이 나를 살게 하는 나의 예향(藝鄕)이다'.

명환대군의 대사가 바로 이 영화의 제목이 '붉을 적'인 이유다.

(영화 평론가. 박환)

사전 예매율 100%를 기록하며 개봉한 '붉을 적'은 아름다운 서사시라는 평을 받았다. 그런데도 전혀 지루함 없이 2시간이 훌쩍 지나갈 정도로 내용 역시 알차고 훌륭했다.

이상하게도 영화를 보는 동안 채우진이란 배우는 잊히고 오로지 '명환대군'만이 뇌리와 가슴에 남았다. 그건 채우진의 팬들 역시 비슷한 반응이었다. 영화 내내, 그리고 영화가 끝나고도 많은 이들이 명환대군만을 떠올렸다. 그의 인생, 그의 예술과 사랑에 관해 생각하고 궁금해했다.

그 '명환대군'을 연기한 게 채우진이라는 걸 떠올리고 놀라는 건 차후의 일이었다.

영화 어디에서도 외모 학살자라 불리고 그 밖에도 여러 별명을 가진 채우진의 존재감은 없었다. 오로지 그가 연기한 명환대군만이 있을 뿐이었다. 그리고 그가 아닌 명환대군은 더는 생각할 수 없게 만들어 버렸다.

그건 채우진이 명환대군이 아니라, 명환대군은 채우진밖에 없다는 의미였다. 사람들은 그걸 각인이라고 평했다.

"영화 반응도 뜨거운데 우진이는 왜 저래요?"

황이영은 탁자에 엎드려 있던 우진이 갑자기 발을 동동 구르는가 하면, 이마를 탁자에 콩콩 박아대는 바람에 식겁해서 물었다. 당장에라도 우진에게 가려는 그녀를 막아선 강호수는 모호하게 웃으며 고개를 저었다.

"지금 우진이 속에선 자존심과 야망이 치열하게 싸우는 중이야."

그러면서 이틀 전 LL—Studio에서 우진에게 캐스팅 제의가 들어온 이야기와 그 전에 있었던 우진의 오해에 대해서 말해주었다. 강호수도 오늘 아침에서야 알게 된 일이라 아직 얼떨떨한 상태인데 당사자인 우진은 오죽할까 싶었다.

"할, 할리우드~!"

황이영이 크게 소리를 지르자 엎드려 있던 우진이 스르르 고개를 들어 그녀를 보았다. 만화로 표현하면 머리 위로 먹구름이 둥둥 떠다니며 비가 내리고 있을 것 같은 인상이었다.

"비중이 얼마나 돼요? 조연이라면 그리 많지 않으려나. 하지만 레이폴드 감독이라면 무조건 해야죠. 1분을 나오더라도 해야지! 할 거지, 우진아~!"

반색하는 황이영을 본 우진은 며칠 전에 자신이 한 말들을 다시 떠올리며 눈을 꾹 감고 고개를 돌려 버렸다. 몰래카메라인 줄 알고 아주 당당하고 거만하게 대했는데 그들은 정말 LL 사단의 감독과 극본가가 맞았다.

"그래도 자존심이 있는데……."

현실적으로 말하면 지금 시점에서 자존심은 별로 중요하지 않았다. 기회가 왔는데 머뭇거리는 것이야말로 어리석은 짓이었다. 그저 자기가 한 말이 있어 바로 꼬리 흔들면서 헐떡이지 못하는 거다. 별로 중요하지 않은 그놈의 자존심 때문에.

"요즘 몰래카메라 하는 방송이 어디 있다고."

강호수의 이야기를 들은 황이영이 의문을 가지자 우진은 이젠 두 손으로 자기 머리를 쥐어뜯기 시작했다.

"우진이가 저러는 거 처음 봐요."

"레이폴드 감독이 2주일은 한국에 더 있을 거라고 했대. 만약 극본을 읽고 마음이 있다면 그 안에 직접 만났으면 좋겠다고 했나 봐."

"그게 뭐가 어려워요?"

"시기의 문제 아닐까? 우진이 마음 같아선 오늘 당장에라도 만나고 싶은데 그놈의 자존심이 발을 묶고 있는 거지."

LL—Studio에서 공식 제의를 받고 장수환 대표는 사실 확인을 끝낸 오늘 오전에야 우진에게 이야기를 전했다. 그리고 우진이 제일 먼저 한 일은 바로 문제의 극본을 읽어보는 것이었다.

"유감스럽게도 '진'이란 캐릭터가 굉장히 마음에 드나 봐."

차라리 허접스러운 망작의 향기가 풍기는 영화였다면 할리우드고 뭐고 비웃으며 끝까지 자존심을 지킬 수 있었을 것이다. 그랬다면 지금 우진의 머리 위에는 먹구름 대신 태양이 반짝이고 있었을 터였다.

미처 할리우드까지 생각해 본 적이 없었던 장수환 대표도 부랴부랴 현재 LL—Studio에서 준비 중인 영화에 대해 알아봤다. 이미 주연 배우 캐스팅은 끝났고, 자연스레 '진'을 노리는 타국의 몇몇 배우들에 대해서도 알게 되었다.

"그 '진'을 노리는 배우들이 다 쟁쟁한 이들이라서 지금 우진이가 많이 긴장한 상태야. 며칠은 생각하는 척이라도 해야 하는데, 그사이에 저쪽이 생각을 바꾸면 어떻게 하냐고."

"대체 뭐가 걱정이야! 오디션 보자는 것도 아니고 바로 캐스팅 제안에, 우진이 만나려고 한국에까지 올 정도면 그건 확실하다는 거잖아. 우진아, 자신감을 가져."

황이영은 우진에게 다가가서 그의 헝클어진 머리칼을 손가락으로 쓸어주었다. 오늘은 영화 무대 인사와 인터뷰 일정이 잡혀 있어서 이렇게 마냥 뭉그적거릴 시간이 없었다.

"만나도 문제예요."

황이영에게 머리를 맡기며 우진은 우물거렸다. 받아들이는 건 당연한 일이지만, 그 두 사람을 만날 때 어떤 태도를 보일 것인지가 걱정이었다. 며칠 전 그날처럼 도도하게 굴 것인지, 아니면 우진이 평소 감독님들을 대하던 그대로 할 것인지.

'마음 같아선'이라는 표현은 쓸 수가 없었다. 며칠 전처럼 끝까지 꿋꿋하고 당당하게 나가고 싶은 마음과 조금은 비굴해도 나쁠 게 없다는 생각이, 현재 그의 머리와 가슴에서 충돌 중이었다.

"그래도 네가 요구하는 대로 극본과 기획서까지 공식적으로 보내왔다는 건 당시 네 태도를 문제 삼지 않는다는 뜻이잖아? 아메리칸 정서는 우리와는 다른 데가 있다잖아. 너무 조심스러워할 필요는 없다고 생각해."

강호수의 조언에 우진은 일그러진 미소를 지으며 '그럴까요?' 라고 물었다.

"안 되면 또 어때. 할리우드가 뭐 별건가."

자신의 외모에 맞게 강호수가 대담하게 말하자 우진과 황이영이 멈칫 동작을 멈추고 그를 쳐다보았다.

"별거 맞는 것 같은데요."

"오빠, 무리하게 센 척하지 않아도 돼요."

황이영은 할리우드라는 말이 나올 때부터 잘게 떨리는 손을 들어 보였다.

요즘은 해외 진출이 유명 스타에게는 당연한 일이 되고, 몇몇 배우는 할리우드 영화에 출연하면서 활동 영역을 넓히고 있는 것도 사실이다. 새삼스러울 건 없지만, 그렇다고 해서 당연한 일은 절대 아니었다.

국내에 활동 중인 배우가 얼마인데, 개중에 할리우드로 진출한 이들은 손가락으로 꼽을 정도밖에 되지 않는다. 물론 영화 한 편 찍는다고 세계적인 스타로 갑자기 부상하는 일은 없겠지만, 그 발판이 시작된 것은 확실하다.

"영화는 어떤 내용이야? 요즘 대세인 히어로물?"

"비슷해요. 판타지물인데 각 대륙을 지키는 수호자들의 이야기예요. 당연히 주인공은 북아메리카의 수호자고요."

각 대륙을 수호하는 자들, 즉 'Guardian'은 처음엔 분명

인간이었다. 그러다가 가디언으로 발탁이 되어 수백 년 동안 늙지도 죽지도 않으면서 대륙을 수호한다는 게 영화의 기본 세계관이었다.

그러던 어느 날 북아메리카의 가디언이 어떤 이유로 소멸하고 새로운 가디언이 인간 중에 선택된다.

"원래 소명을 다한 가디언은 후계자를 골라 찬찬히 자리를 인계해 주고 죽는 게 보통인데, 영화에서는 그럴 시간도 없이 갑자기 북아메리카의 가디언이 살해를 당해요. 그래서 북아메리카의 새로운 가디언을 다른 대륙의 가디언들이 돌아가면서 가르치는 와중에 가디언들을 죽이려는 세력과 맞선다는 내용이에요."

간단하게는 영웅의 탄생이 주 이야기지만, 각 대륙의 문화에 대한 깊은 이해와 수백 년을 살아온 인간이면서 인간이 아닌 존재들의 사연이 흥미로웠다.

'진'은 당연하게도 아시아를 지키는 가디언이다. 중국과 일본의 투자자들이 자기 나라 배우를 적극적으로 추천하며, 이 영화에 발을 걸치려는 이유이다. 바로 아시아의 수호자가 자기 나라의 인물이라는 상징성을 원하기 때문이다.

카페에서 우진의 이름을 듣고 데스티니 어쩌고 했던 것도 '진'이란 발음이 같아서였던 모양이다. 거기에 우진의 별명이 '지니'였으니 그들로선 이래저래 흥분할 만했는데 그걸 우진은 다르게 해석했다.

그것만 생각해도 얼굴이 활활 타올라서 우진은 지금의 상황을 온전하게 즐기지 못했다.

오늘 일정은 지방에서 하는 무대 인사에 참석하고 저녁에는 연예 방송에서 진행하는 길거리 인터뷰가 있었다. 대충 메이크업을 받고 밴에 올라타자마자 황이영이 우진에게 무릎 담요를 건넸다.

"이제부터 계속 바쁠 테니까 조금이라도 눈 좀 붙여."

하지만 오전부터 하도 위아래로 날뛰던 심장 때문에 피곤은 커녕 오히려 정신은 점점 멀쩡했다. 결국 자는 걸 포기한 우진은 폰을 꺼내서 인터넷에 들어가 봤다.

게임을 하는 것도 없고, 잘 가는 사이트도 없어서 이곳저곳 아무 글이나 클릭하며 읽어댔다. 그러다 연예 관련 글들 사이로 눈에 익은 이름을 발견하고 놀랐다.

〈개 뻔뻔한 이형진〉

이형진은 우진이 TM에 있었을 때부터 알고 지낸 형이었다. 그와 비슷한 시기에 TM에서 나온 그는 작년 상반기에 화려하게 데뷔했지만, 고등학생 시절에 왕따를 주도해 친구를 자살로 몰고 갔다는 누명을 쓰고 연예계에서 퇴출당했다.

이형진을 계기로 우진은 TM의 일면을 깨닫고 그 경각심으로 망설임 없이 DS에 들어오게 되었다. 그동안 잊고 있었던 이름에 우진은 서둘러 그 글을 클릭해 보았다.

글에는 길거리에서 노래를 부르고 있는 이형진의 동영상이 있었다. 사람들은 그에게 야유와 쓰레기를 던지며 비난했고, 동영상을 찍고 있던 이도 서슴없이 욕을 하면서 이형진을 찍고 있었다.

그런데도 이형진은 끝까지 노래를 다 부르고 나서 사람들에게 허리 숙여 인사했다.

동영상을 다 보고 나서 우진은 폰을 끄고 눈을 감아버렸다. 두근거리는 심장은 그에게 여러 가지 말을 하고 있었다.

이형진의 노래는 여전히 사람을 설레게 만드는 마력을 가지고 있었다. 그리고 야유와 쓰레기를 맞아가면서도 끝까지 노래를 부를 정도로 아직 그는 포기하지 않고 있었다.

가슴을 누르는 답답함이 노래를 끝까지 포기할 수 없는 이형진의 심정을 이해하기 때문인지, 아니면 그의 노래를 아끼는 마음에서 오는 안타까움인지 아직은 잘 모르겠다. 그러나 원인이 무엇이든 이형진은 차가운 거리에서 노래를 부르고, 사람들의 야유를 받을 만한 짓은 하지 않았다.

지금의 현실이 너무 불공평하게 느껴질 정도로 이형진은 안타까운 가수였다.

◆　　　◆◆◆　　　◆

"오늘 제가 만나볼 길거리 데이트의 주인공은! 누구일까요?"

'연예가 보도'의 리포터 김우형은 그를 보고 몰려온 이들을 바라보며 크게 물어봤다. 김우형이라고 하면 '길거리 데이트'를 떠올릴 정도로 그는 '연예가 보도'의 간판 리포터였다.

그런 그가 늦은 오후에 카메라를 대동하고 번화가에 나왔다는 것은 길거리 데이트의 촬영을 의미했다. 오늘의 게스트가 누구인지 몰라도 사람들은 일단 몰려들고 보았다. 이 코너에 나오는 이들이 보통 이상의 유명세와 인기를 가진 연예인이었기에 가능한 일이었다.

정보가 없는 상태에서 사람들은 김우형의 물음에 서로 자신이 원하는 연예인의 이름을 부르기 시작했다. 오후 7시가 넘은 시각에 거리를 채운 대부분은 2~30대의 남녀로 비율은 엇비슷했다. 그래서 그들의 입에서 나오는 이름들은 배우에서부터 가수에 이르기까지 다양했다.

하지만 이 프로가 영화와 드라마 홍보를 위해 배우가 나오는 경우가 압도적으로 많다는 것은 누구나 아는 사실이었다. 그래서 제법 눈치가 빠른 이들은 최근 영화와 드라마들을 정리해 주인공을 추려냈다.

"채우진!"

20대 초반의 남성이 두 손을 입가에 갖다 대고 크게 외쳤다. 그러자 사방에서 비명과 환호가 더해졌지만, 크게 기대하는 분위기는 아니었다. 지금껏 매주 촬영이 있을 때마다 이 순간 채우진의 이름이 거론되지 않은 적이 없었다.

그걸 어떻게 아냐면 일전에 '연예가 보도'에서 채우진 특집을 한 적이 있었다. 내용 중에서 지금처럼 길거리 데이트 시작 전에 김우형이 질문하면 사람들이 매번 채우진의 이름을 외친다는 장면이 있었다. 그런 경우가 정말이지 한두 번이 아니었다.

MC는 사정이 이러니 제발 한 번 정도는 나와달라고 방송에서 채우진에게 부탁 아닌 사정을 하기도 했다. 그게 이미 반년이 지난 이야기였다.

"지금 뭐라고 하셨어요, 채우진 씨요?"

김우형이 어이없는 표정으로 되묻자, 사람들은 김빠진 표정을 지으며 이번에도 아닌 것 같다고 빠르게 포기했다. 그런 행운이 지금 이 순간에 찾아올 리 없다고 아쉬워하면서 말이다.

"하지만! 오늘은 여러분의 예상이 맞았습니다. 오늘의 게스트는 사채업자, 조교, 킬러에 재벌 3세에서 이제는 대군이 되어 돌아온 채우진 씨입니다!"

김우형의 외침에 맞춰 건너편 건물에서 숨어 있던 우진이 밖으로 나왔다. 카메라와 조명이 움직이는 곳으로 몸과 시선을 돌린 사람들 앞에는 어느새 채우진이 서 있었다.

사람들의 비명과 환호성이 건물과 건물 사이로 메아리치며 저 멀리까지 울려 퍼졌다. 우진과 김우형이 있는 곳까지는 50m도 되지 않는 거리였다. 하지만 쩌렁쩌렁한 음파를 만들어내는 사람들의 파도는 너무도 험난한 고비였다.

경호원들이 조심스럽게 몰려드는 사람들을 막으며 길을 터 주지 않았다면 오늘 안으로 우진이 김우형을 만나는 일은 요원해 보일 정도였다. 탄식과 함께 사방에서 뻗어 나오는 손들이 그를 붙잡고 흔들어대기도 했다.

가까스로 김우형의 앞에 도착한 우진의 차림은 처음 그가 등장했을 때와는 사뭇 달라 있었다.

정갈했던 머리칼은 여기저기 헝클어질 대로 흐트러져서 엉망이었다. 어깨를 드러내며 흘러내린 카멜색 반코트를 다시 고쳐 입은 우진은 손으로 머리부터 쓸어 올렸다. 그러면서 주위를 살피는 것도 잊지 않았다.

건너편에서 지켜보고 있었을 때보다 배는 늘어난 인파가 이쪽에서 저쪽 끝까지 길을 막고 있었다. 그 사이 언제 또 이렇게 모였나 싶을 정도로 삽시간에 불어나 있었다.

"와우! 채우진 씨가 게스트라고 하니 금세 이렇게 많이들 모이셨네요. 오, 저기 건너편 건물에 계시는 분들도 다 이쪽을 보고 계시네요? 손이라도 흔들어주세요."

김우형이 손으로 가리키는 곳을 시선으로 따라가니 건너편 상가 건물들 유리창에 정말 많은 사람들이 다닥다닥 붙어서 이쪽을 구경하고 있었다.

우진이 그들을 쓰윽 훑어보고 손을 흔들어주자, 우렁찬 환호 소리가 다시 메아리쳤다. 순간 지진이 난 것처럼 그들이 딛고 서 있는 길바닥이 잘게 울리는 느낌을 받을 정도였다.

"제가 지금까지 길거리 데이트를 진행하면서 이런 인파와 환호는 또 처음 본 것 같습니다."

"저도 처음 봅니다."

한정된 공간 안에서 그 안에 있는 팬들하고 만나본 적은 있지만, 이렇게 길거리 전체를 꽉 채운 사람들과 직접 대면하는 건 우진도 처음이었다. 저번 백화점에서 했던 이벤트에서도 사람들이 우르르 몰려오긴 했지만, 공간의 제한 때문인지 이렇게 크게 소리를 지르지는 않았다.

"오~! 이런 반응에 익숙하지 않으세요? 어딜 가나 이러실 것 같은데요."

"지금은 방송 녹화 중이라 구경하려고 많이 모이신 거겠죠.

저도 여태 이런 경험은 없었습니다."

아예 없는 건 아니었지만, 이 정도로 대놓고 몰려들고 덤비지는 않았다.

우진이 경험해 본 바에 의하면 몇몇 진상을 제외하고, 대중은 카메라가 있을 때 더욱 대담해지고 무분별해지는 것 같았다. 아마도 카메라 앞에서는 연예인이 일반인을 함부로 대하지 못할 거라는 자신감이 생기는 듯했다.

일상에서 적당히 서로 예의를 지키고 눈치를 보며 우진의 사생활을 지켜주던 분위기와는 전혀 달랐다.

"그런데 우리 걸을 수는 있을까요?"

길거리 데이트의 묘미는 아무래도 길을 걸으며 길거리 가게들을 이것저것 구경하고, 사람들과 소통하는 것이다. 그런데 이런 상태라면 조금도 앞으로 나아가기 힘들어 보였다.

"혹시 모르니 모세처럼 두 팔을 들어 올리고 '길을 비켜라~!'라고 해보면 어떨까요?"

"길을 비켜라! 이렇게요?"

우진은 김우형이 시키는 대로 하면서 그를 돌아보며 물었다. 그러자 김우형이 웃음을 참으며 손으로 그들 앞을 가리켰다. 어느새 모세의 기적처럼 사람들이 양쪽으로 갈라져서 그들에게 길을 만들어주고 있었다.

우진은 멋쩍어서 아직도 들어 올리고 있던 팔을 서둘러 내리며 고맙다고 사람들에게 인사했다.

"그럼 이제 본격적으로 길거리 데이트를 해볼까요?"

"데이트인데 설레지 않은 건 또 처음이네요."

"대신 심장을 아주 쫄깃쫄깃하게 만들어 드릴까요?"

짓궂은 질문이라면 한가득 있어서 언제라도 채우진을 곤란하게 만들 자신이 있는 김우형이 의미심장하게 굴었다.

"제가 잘못했습니다. 지금 무척이나 설레고 기분이 좋아요."

우진이 두 손을 들어 올리며 항복하자 김우형이 시원하게 웃었다.

"으음, 그런데 설레지 않은 건 처음이라면 설레는 데이트는 여러 번 해보셨다는 뜻인가요?"

"제가 나이가 얼만데 데이트 한번 안 해봤겠습니까."

"오오~! 솔직하시네요."

"나쁜 짓 한 것도 아니니까요."

"그럼 지금도?"

"솔직하게 말하면 군대 가기 전에 거하게 차인 뒤로는 없습니다."

채우진의 고백에 김우형이 놀라 눈을 동그랗게 떴다. 촬영 전에 질문지를 보여주기는 했지만, 이에 대한 답은 채우진의 마음대로 결정하라고 한 상태였다.

의례적으로 물어봐야 하는 질문이라 당사자가 싫어해도 꼭 해야만 하는 게 있었다. 연애 관련 질문이 그것이었다. 이에 답하고 말고는 당사자의 몫이라 당연히 피해갈 것으로 예상한 질문에 채우진은 정면 돌파를 선택했다.

"채우진 씨도 차인 적이 있어요?"

하지만 김우형을 놀라게 한 것은 채우진이 연애를 했다는 고백보다 그 결말이었다.

"유감스럽게도."

"왜요?"

"이별에 이유는 하나뿐이죠. 더는 사랑하지 않기 때문이 아닐까요?"

"차였다면서요. 그럼 채우진 씨는요?"

헤어졌다는 표현 대신 차였다는 말은 우진의 사랑은 계속 이어갔다는 걸 의미했다.

"아직 이별을 준비하지 못한 상태였기에 그 당시에는 힘들었었죠. 지금은 이렇게 담담하게 말할 정도로 아무렇지 않은 걸 보면 제 사랑도 이제는 완전히 끝난 것 같네요."

홀가분하게 웃고 있는 채우진의 얼굴에도 사랑의 아픔은 없어 보였다. 그저 그런 일이 있었다는 체험담 이상의 의미는 없는 이야기였다.

"그분 혹시 지금은 후회하지 않을까요?"

김우형의 질문에 우진은 그렇지 않아도 다시 시작하자던 이소현이 떠올랐다. 쌍년이란 소리를 들은 후, 그녀는 조금 이상한 행동을 보였다.

동기들 모임에 이미 사회인인 애인을 데리고 오지를 않나, 우진의 앞에서 그에게 받았다는 다이아몬드 반지를 자랑하기도 했다. 마치 그런 행동들이 그에게 상처를 줄 거라고 자신하는 듯이 말이다.

예전이라면 그녀의 행동을 이해하지 못하고 당황했을 것이다. 하지만 이제는 어느 정도 파악이 가능해서 되레 재미있기까지 했다.

"이미 끝난 사랑에 아쉬워할 친구는 아닙니다. 그리고 예전이나 지금이나 제가 채우진이라는 건 변하지 않았는데 떠난 마음이 돌아올 이유는 없지요. 이제 이 이야기는 여기서 끝. 이미 몇 년이 지난 이야기인데 새삼스럽기도 하고, 그만큼 의미도 없네요."

이것으로 채우진의 연애담은 끝이 났다. 하도 이곳저곳에서 물어보는 이들이 많아 한 번 정도는 이야기하고 넘어갈 필요가 있어서 꺼냈지만, 그것이 주 화젯거리가 되는 걸 원하지는 않았다. 이런 그의 마음을 김우형은 눈치 빠르게 잡아내고 더는 묻지 않았다.

"그럼 원래의 목표로 돌아갈까요?"

"홍보요?"

"채우진 씨 알고 보니 내숭이 없으시네. 그런데 홍보가 목적이었으면 전에 나오시지 왜 이제 나오셨어요? 벌써 '붉을 적'이 개봉한 지 며칠이나 지나 버렸는데."

영화는 사흘 전에 개봉했고 이 방송 역시 이틀 후에 방영되니 참된 홍보라고 하기에는 부족한 감이 있었다.

"지난주에 권은미 씨와 오하나 씨가 나왔고 이번은 저니까 적절하다고 보는데요."

사실 홍보라면 이미 지난주에 권은미와 오하나가 동반으로 길거리 데이트에 나왔었다. 그때 방송 제작진이 두 사람에게 채우진이 출연할 수 있도록 도와달라는 부탁을 한 것이다. 영화 홍보에 나쁠 게 없다는 판단에 두 사람이 연달아서 우진을 귀찮게 하는 바람에, 결국 그도 출연을 결정하게 되었다.

이런 일련의 귀찮은 과정은 모두 생략하고 우진과 김우형은 자본주의자들답게 서로 마주 보며 웃고 넘어갔다.

"지난주에 두 분은 '붉을 적'의 촬영이 굉장히 힘들었다고 하셨는데 채우진 씨는 어떠셨나요? 두 분 이야기론 채우진 씨는 굉장히 여유가 넘쳐 보여서 매우 부러웠다고 하던데요."

특히 검무를 집중적으로 다시 배워야만 했던 권은미는 고생이 많았다. 반면 채우진은 검무는 물론 서화를 직접 쓰고 그리는 데 대역 없이 모든 것을 직접 소화했다. 그런데도 힘들어하는 모습을 보인 적이 없었다며 부러워하기도 하고 감탄했다.

"여유 있어 보이려고 많이 노력한 결과입니다."

"저도 어제 영화를 봤는데 대역 없이 직접 붓글씨를 쓰시고 그림도 그리셨잖아요. 그게 풀샷으로 잡히면서 클로즈업하는 장면에서 정말 절로 짜릿한 게 느껴지더라고요. 우린 붓만 잡아도 막 흔들리고 먹물을 뚝뚝 흘리는데 어떻게 그렇게 또박또박 한 점 흐트러짐 없이 쓰실 수 있나요? 게다가 그게 남아 있는 명환대군의 글씨체랑 그림과 완전 똑같다면서요!"

김우형이 흥분해서 묻는 걸 우진은 여유 있게 웃으며 대답했다.

"밤에 잠 안 자고 계속 연습했거든요. 백조의 발길질과 비슷하다고 생각하시면 됩니다."

"그럼 여유롭고 우아하게 보이려고 뒤에선 계속 연습하고 훈련했다는 의미인가요."

"당연히 그랬죠. 세상에 쉽게 얻어지는 게 있나요. 저 그렇게 완벽한 사람 아닙니다."

우진은 약간의 거짓말과 함께 자신의 숨은 노력에 대해 자랑했다. 아무리 그가 명환대군의 전생을 기억한다고 해도 붓을 잡자마자 옛날의 솜씨를 그대로 재연하기란 쉽지 않았다. 저녁마다 연습한 게 사실이라서 우진은 당당하게 자신의 고생을 광고했다.

"그래도 노력하면 결과가 따라와 준다는 점은 다르지 않나요? 사실 저만 해도 아무리 노력해도 안 되는 건 안 되던데요."

"사람은 자기가 타고난 특기가 따로 있으니까요. 해도 안 되면 다른 방법을 찾아야죠."

"끝까지 노력해 보라는 교훈적인 말씀은 안 하시네요."

김우형이 이미지 메이킹 좀 해보라는 제안을 했다. 백조 운운하거나 안 되는 것들에 대한 포기를 종용하는 건 아니지 않으냐고 은근히 물었다.

"제가 데뷔하고 사람들에게 가장 많이 듣던 이야기가 너는 운이 좋다는 것과 타고난 재능이 많아서 뭐든지 쉽게 한다는 소리였어요. 저도 그 말에는 항상 동의합니다. 하지만 그건 제가 가지고 있던 재능이 제 꿈과 맞은 덕분에 일어난 시너지 효과였을 뿐이죠. 만약에 제가 과학자나 의사가 꿈이었다면 아무런 필요도 없었을 재능이잖아요. 아마도 취미 생활에서 끝나고 말았을 거고, 누구도 제게 운이 좋다거나 넌 재능이 있어서 뭐든지 쉽게 한다고는 말하지 못했을 겁니다."

재능을 가지고 있어서 다행인 게 아니라, 자신의 꿈과 맞아떨어진 것이 행운이었다.

"그리고 쉽게 포기하라는 건 아닙니다. 자신이 잘하는 것과

하고 싶은 것을 분명하게 알라는 거죠. 그것만 잘 알아도 사람은 덜 지치고 포기하지 않을 수 있거든요. 재능은 단지 지름길일 뿐, 그 지름길만 바라보다가 다른 길까지 놓치지 말라는 당부를 하고 싶었습니다."

글을 쓰면서 우진은 자신이 글재주가 썩 좋은 편은 아니라는 걸 깨달았다. 그런데도 연재 사이트에서 인기를 끌 수 있었던 건 전생에서 비롯한 노하우가 있기 때문이었다. 그건 지식이었지 재능이 아니었다.

지식은 누구라도 경험과 노력으로 쌓을 수 있는 후천적인 결과물이었다. 이걸 얻기 위해서 첫 번째로 해야 하는 것이 자기에게는 재능이 없다는 걸 인정하고 받아들이는 것이었다. 그런데 많은 사람이 그걸 하지 못해서 쓸데없이 괴로워하며 오랜 시간을 낭비한다.

"그런 의미에서 채우진 씨는 행운아시군요."

"그렇다고 생각합니다. 그리고 다행히 게으르지 않아서 계속 노력 중이고요."

"오오~! 왠지 자신감과 성실함이 느껴져서 좋은데요."

"전 아직 꿈 많은 스물넷이니까요."

"아직도 꿈을 꾸세요?"

이십 대 중반이라면 인생을 시작하는 단계에 불과하다. 하지만 지금의 채우진은 이미 모든 것을 다 갖추고 있었다. 막말로 자기 관리만 잘하고 추문만 일으키지 않는다면, 그는 앞으로도 꾸준히 이 인기와 명성을 계속 누릴 가능성이 컸다.

"아마도 죽을 때까지 꾸지 않을까요."

"꿈꾸는 청년인가요?"

"꿈꾸는 노인이 될 때까지 멈추지 않는 게 제 소원입니다."

"배우로서 나이 드는 게 두렵지 않으세요?"

채우진처럼 특별하고 아름다운 외모를 가진 소유자라면 아직 젊다고 해도 점점 나이 드는 게 두려울 것 같았다. 그래서 아무렇지도 않게 노인을 언급하는 게 오히려 이상해 보였다.

"곽은혁 선배님이 그러시더군요. 나이가 들수록 할 수 있는 배역이 점점 늘어나서 즐겁다고요. 물론 그러다 어느 순간부터는 한정된 배역만 하겠지만, 그건 제가 젊었을 때 해보지 못한 역할들일 테니 그 역시 즐겁지 않을까요."

"오로지 연기 생각밖에 없으신 것 같아요."

"제가 좋아하는 걸 할 수 있는 지금이 행복하고 감사하니까요."

채우진은 그 후로 연기에 관한 이야기를 더 주고받았다. 번화가의 중심에 있는 광장에 다다르자 두 사람은 걸음을 멈추고 주위를 돌아봤다. 이제부터 시민들과 소통하며 채우진에 관한 질문과 풀이를 하는 시간이었다.

"그럼 여기서 질문 하나 하겠습니다. 먼저 정답을 맞히신 분에게는 채우진 씨에게 한 가지 소원을 말할 기회를 드립니다. 물론 이 자리에서 해결할 수 있고, 방송에 나갈 수 있는 소원들만입니다."

가끔은 무리한 소원을 말하는 이들이 있어서 김우형은 처음부터 그 점을 짚고 넘어갔다.

"그런 채우진 씨가 국민 짝사랑남이 되기 위해서 남아 있는 작품 수는?"

작년 인터뷰 도중에 짝사랑만 한다고, 이러다가 국민 짝사랑남이 되는 게 아니냐는 소릴 들은 적이 있었다. 이에 우진은 짝사랑 배역만 서른 작품은 해야지 받아들이겠다고 말했다. 그런데 공교롭게도 지금까지 했던 모든 작품이 다 짝사랑만 하는 역이었다.

"스물다섯 개!"

서른에서 채우진이 했던 작품 수만 빼면 나오는 답이지만, 잠깐 멈칫하는 사이에 가장 먼저 정답을 말한 이가 나왔다. 김우형이 정답이라며 손짓으로 부르자 앞으로 나온 이는 서른쯤으로 보이는 남성이었다.

"의외롭게도 정답을 맞힌 분이 남자분이시네요. 어떤 소원을 말씀하실지 벌써 기대가 되는데요."

김우형에게서 마이크를 받은 남자는 쑥스러워하며, 품에서 폰을 꺼내며 소원을 말했다.

"사실 제 아내가 지금 임신 중이거든요. 예쁜 사람 사진을 보면 태교에 좋다고 해서요."

"저로 괜찮으시겠어요?"

"그럼요. 아내가 우진 씨 팬이거든요."

"그런데도 질투 안 나세요?"

행복해하는 남자를 보고 김우형이 의아해하며 물었다. 보통 아내가 좋아하는 남자 연예인의 사진을 직접 찍어서 태교에 쓰라고 주는 남편은 드물었기 때문이다.

"창피한데, 아내가 우진 씨 보고 절 봐도 여전히 사랑스럽다고 하더라고요. 여기 근처에 자주 가던 식당의 떡갈비가 먹고 싶다고 해서 사러 왔는데, 다른 선물도 가지고 가게 돼서 기쁩니다."

폰을 들어 우진과 함께 사진을 찍은 남자의 행복한 미소는 전염성이 강했다. 우진도 좋은 남편을 두신 부인에게 축하한다고 말을 전했다. 그리고 뒤에서 경호원들과 함께 있는 강호수에게 눈짓을 보냈다. 남자를 따라가서 떡갈비를 대신 사드리라는 의미였다.

말은 하지 않아도 충분히 그 뜻을 이해한 강호수가 고개를 끄덕이며 남자의 뒤를 따라갔다.

그 후로 김우형은 두 개의 질문을 더 했다. 두 번째 정답자는 우진과 1분 동안 눈을 바라보는 것과 우진이 꼭 해주길 바라는 대사를 종이에다 써서 주었다.

그걸 읽고 몇 번이나 헛기침을 한 우진은, 1분이 지난 후에 진지하게 그녀를 바라보며 대사를 읊었다.

"기억해. 오늘 8시 12분은 오로지 너와 나만의 1분이었는 걸."

"꺄악~!"

좋아서 깡충깡충 뛰어가던 그녀는 뒤에서 콰당 넘어져서 모두를 놀라게 했다. 하지만 이마에 생채기를 몇 개 만들고도 아무렇지 않다는 듯 두 팔을 휘휘 저었다. 그녀는 카메라를 향해 손가락 하트를 만들어 보이는 것으로 괜찮다는 의사를 보냈다.

마지막 정답자는 남학생이었다.

"제가 사실 우진이 형 안티였거든요."

뜻밖의 고백에 우진이 관심을 보였다. 왜냐하면 남학생이 과거형으로 말했기 때문이다.

"워낙에 부모님이 우진이 형하고 절 비교해서 정말 싫었거든요. 그래서 얼마나 잘난 놈인가 관심을 가지고 보다가……. 잘났더라고요."

머리를 긁적이던 남학생은 그저 아무것도 필요 없이 저를 좀 안아달라고 했다. 질투의 대상이었으나 결국은 동경하게 된 이의 위로가 필요한 시점이었다. 많이 지치고 힘들어하는 게 보여서 우진은 남학생을 꼭 안아주며 등을 토닥였다.

그에게서 예전 자신의 모습이 보였던 것이다. 우진은 마이크를 끄고 남학생을 조용히 다독였다.

"일단 너만 생각해. 네가 행복해야지 다른 사람도 행복하게 해줄 수 있어."

"그게 어디 가능한가요. 형… 부모님은 좋으시겠어요."

힘든 것은 부모의 기대에 못 미치는 자신의 능력이었다. 다른 누구 탓도 아닌 자신이 못나서 이런 것인가, 하는 자괴감이 늘 남학생을 괴롭혔다.

"나라고 뭐 다른 게 있나. 나 때문에 우리 어머닌 많이 울기도 했고, 내가 연예인이 되는 것도 바라지 않으셨어. 그분이 바라던 내 삶은 지금의 이런 모습이 아니었거든. 그래도 내가 행복하니까 참으신 거지."

"우리 부모님은……."

남학생은 말을 하려다 입을 다물었다. 어느 때는 당신들 꿈을 자기한테 바라는 것 같기도 하고, 한편으론 아들이 잘되기를 바라는 마음에 조급해하는 것 같아서 두 분을 이해할 수가 없었다.

"우리가 앞으로 걸어갈 길을 이미 지나오셨던 분들이잖아. 당신들의 실수, 후회, 노하우 등을 자식에게 알려주고 싶은 거야. 단지 그 방법이 서툴러서 그래. 그분들도 부모는 처음일 테니까."

그래서 부모였을 때 했던 실수를 만회하기 위해 할아버지, 할머니가 되어서 못다 한 사랑을 손주들에게 주는 경우가 있다. 전생에 우진도 그랬다. 아버지 노릇이 어색해서 언제나 그릇된 방향으로 표현했다. 엄하기만 하고 사랑을 줄 줄 몰랐던 그의 전생은 자식에게 해주지 못했던 사랑을 손자에게 주었다.

"저도 자식 노릇 하기는 처음인걸요."

"맞아, 같은 초보인데 좀 봐주시지. 너무하다, 그렇지? 그래도 너를 보니 좋은 분들이실 것 같다. 네가 이렇게 고민하는 걸보면. 사랑하니까 실망시켜 드리기 싫어서 더 힘든 거잖아."

남학생은 주저하다가 작게 고개를 끄덕였다. 사랑하지 않으면 애초에 이런 고민도 하지 않았을 거라는 걸 남학생도 알고있었다.

"죽도록 노력하면 저도 형처럼 될 수 있을까요?"

"죽도록 노력했는데 네가 불행하면 너무 억울하잖아."

"요즘은 그렇게 하지 않으면 아무것도 못 해요."

아니, 정확히는 죽도록 노력해야지 조금이라도 성과를 낼 수 있는 사회였다.

"먼저 네가 행복해지는 길을 찾아. 날 보지 말고, 행복을 찾기 위해 걸어가다 보면 가끔은 성공이 따라올 경우가 많거든. 조금 돌아가더라도 포기하지만 않으면 돼. 성공이 어려운 사회에 적어도 행복하기라도 해야지."

"행복을 따라가는 게 쉬운가요?"

"흐음… 사실대로 말해줄까?"

우진의 물음에 남학생은 고개를 끄덕였다.

"사실 죽도록 힘들어."

"뭐예요!"

어이없다는 남학생의 외침에 우진은 웃음을 터뜨리며 말했다.

"뭘 하든 힘들다면 적어도 행복한 게 좋잖아. 내가 아는 사람은 지금 누가 봐도 엄청나게 불행한 상황이거든. 그런데 자기가 좋아하는 걸 포기하지 않은 그는 아름답고… 행복해 보였어. 지금 그 사람을 버티게 해주는 건 죽도록 노력하는 게 아니라 용기야. 포기할 수 없는 것을 붙잡기 위한 용기. 내가 보기엔 넌 지금도 충분히 네가 할 수 있는 한도에서 죽도록 노력하고 있어. 그래도 불행하다면 일단은 너라도 행복한 길을 가야지. 어차피 네가 뭘 해도 너희 부모님이 불행하시다면 말이야."

우진의 말에 남학생은 조금 충격을 받은 듯했다.

"너만 행복하란 말이 아니야. 네가 행복해야지 우리도 행복할 수 있다는 걸 명심해."

남학생의 부모가 바라는 행복은 아들이 사회적으로 성공한 모습일 것이다. 그게 당신들, 혹은 아들의 공통된 행복일 거라고 굳게 믿으면서 말이다. 남학생이 원하는 행복이 무언지는 모르겠지만, 지금 그가 불행하다면 이 상황을 벗어날 용기도 필요했다.

그리고 좀 더 자신을 사랑하고 아꼈으면 하는 바람에서 우진은 다시 한번 남학생을 힘주어 꼭 안아줬다.

그러자 당황해하면서 부끄러워하는 모습이 귀여워서 우진은 남학생의 머리를 헝클어뜨리며 장난을 쳤다. 어느 순간 표정이 편안해진 남학생도 슬쩍 미소를 보이며 수줍어하자, 남동생이 있다면 이런 느낌일까 싶어서 우진은 밝게 웃었다.

◆　◆◆◆　◆

질문과 소원 들어주기를 마지막으로 길거리 데이트가 끝났다. 김우형과 인사하고 밴으로 돌아온 우진을 맞이하던 황이영이 눈썹을 찌푸렸다.

"코트 단추가 뜯어졌어."

"정말 그러네요! 이거 협찬이죠?"

우진은 입고 있던 코트를 살피다가 없어진 단추를 확인하고 협찬 문제부터 걱정했다.

"아까 사람들이 몰려들 때 좀 불안하다 싶더니 누군가가 뜯어갔나 보다. 이런 게 다 협찬인 거 알 만한 사람들이 너무하네. 그래도 걱정하지 마. 단추 정도는 괜찮으니까."

워낙에 스타일이 좋아서 우진이 입는 족족 품절 사례를 일으킨 의상들이 많았다. 그래서 오히려 광고비를 줄 테니 자사 제품을 입어주길 바라는 브랜드도 제법 있었다.

우진이 입고 방송을 탄다는 것 자체가 더 이득이기에 단추 하나 잃어버렸다고 뭐라 하지는 않을 터였다. 거기에 항상 드라이클리닝을 해서 보내고 필요하면 수선비까지 주니, 협찬 때문에 진상을 부리는 다른 연예인에 비하면 우진은 양반이었다.

"그래도요. 그냥 제가 살게요."

"그럴까? 그냥 돌려보내기엔 이 코트가 너한테 정말 잘 어울렸어."

얼굴이 하얘서 카멜색이 잘 어울린다며 황이영은 긍정적으로 답하다 문득 생각이 나서 말했다.

"그런데 요즘 네 물건이 자꾸 없어진다는 기분이 들지 않아?"

딱히 대단한 것들은 아니다. 처음에는 우진이 먹다 남긴 음료수나 과자부터 시작했다. 그러다 최근엔 그가 사용했던 펜이나 우산, 안경과 모자 등등이 자꾸 없어지고 있었다.

"팬들이 기념으로 하나씩 가져간 거겠죠."

대부분 사람이 우르르 몰려왔을 때 벌어진 일들이라 우진은 크게 문제 삼지 않았다. 충분히 그럴 만하다고 여기는 우진과 다르게 황이영은 미간을 찌푸리며 옛일을 떠올리고 있었다.

아이돌을 맡았을 때 별의별 경험을 다 해본 황이영은 이런 사소한 것도 그냥 넘어갈 수가 없었다. 처음엔 이런 소소한 물건부터 시작하다가 나중에는 더한 것을 요구하는 게 극성팬들의 특성이었다.

"그래도 앞으로 주의 깊게 지켜봐야겠어. 아무리 작은 물건이라도 훔치는 건 도둑질이잖아. 그리고 작은 것들을 묵과해 주면 이 정도는 당연하다고 생각해서 다른 친구에게도 같이 하자고 종용하는 수가 있거든."

도둑의 재탄생은 막아야 한다는 황이영의 말에는 우진도 동의했다. 앞으로 자신도 주의하겠다는 우진에게 황이영은 줄곧 궁금했던 걸 물었다.

"그런데 레이폴드 감독에게는 언제 연락할 거야?"

답은 정해져 있지만, 시기와 방법에 관해 묻는 말에 우진은 일순간 아차 하는 표정을 지었다.

"아……."

"응?"

"잊고 있었어요."

이형진의 동영상을 보고 난 후 머릿속은 온통 그가 불렀던 노래와 마지막에 인사하던 장면으로 가득했다. 할리우드에 진출하게 되었다는 흥분과 기대는 신기할 정도로 사라지고 없었다. 아예 잊어버릴 정도로 지금 그에게 중요한 것은 따로 있었다.

〈내가 이상한 걸 본 것 같아서 글 올림. 요즘 이형진이 길거리 공연하는 거 아는 사람은 다 알잖아. 그래서 나도 가서 욕 좀 하려고 갔는데 거기서 채우진을 본 것 같아서 말이야. 이 사진 채우진 맞지?〉

어느 날 인터넷에 올라온 사진 두 장이 사람들에게 많은 의구심을 일으켰다.

한 장은 모자와 안경, 그리고 목도리로 얼굴을 가린 남자가 길바닥에 앉아서 이형진의 공연을 구경하고 있는 사진이었다.

두 번째는 공연이 끝난 후에 이형진이 그 남자에게 다가가 마주 보며 대화를 나누는 장면이었다.

　─글쎄. 얼굴이 안 보여서 도저히 모르겠는데?? 겨우 이 정도로 채우진인 걸 알아볼 사람이 있긴 해?

　└흐음… 전 보자마자 채우진인 줄 알아봤는데요? 저 모자와 목도리 평소 자주 쓰던 거 맞고, 우리나라에서 저런 실루엣을 뽑아낼 수 있는 인물은 채우진밖에 없어요.

　└미친, 채우진이 뭐 하려고 저길 가? 요즘 무대 인사다 뭐다 얼마나 바쁜데.

　─그런데 아예 말이 안 되는 것도 아닌 게 원래 이형진도 채우진과 같이 TM에 있지 않았나? 둘 사이에 친분이 있었다면 가능한 일인 것 같은데.

　└그래서 더 말이 안 되지. 왕따당했던 채우진과 살인자 새끼가 친해질 수 있어?

　└이형진이 왕따했던 건 학교 친구였으니 그거와 별개로 채우진에게는 잘했을 수도 있잖아.

　└그때는 잘해줘서 친했다 해도 이형진의 실체가 알려진 후라면 말이 달라지지. 내가 채우진이라면 치가 떨리고 싫을 것 같은데 뭐하러 찾아가겠어?

　─정말 채우진이라면 욕하러 간 거 아닐까?

　└욕하는 것치고는 두 사람 분위기가 좋은 것 같은데요.

　사진에 찍힌 인물이 채우진이냐 아니냐에 대한 의견, 만약 정말 채우진이라면 그가 왜 저곳에 있는가에 대한 의문이 인터넷 커뮤니티를 달궜다. 하지만 정확한 답변이 돌아오지 않은 상태에서 추측만 남발할 따름이었다.

그리고 며칠이 지나지 않아 다른 사진들이 인터넷에 떴다. 이번에는 한 사람이 아닌, 여러 사람이 다른 각도에서 찍은 사진들이었다. 사진 속 인물에게서 채우진이란 증거를 하나씩 발견할 때마다 의심은 곧 확신으로 이어졌다.

무엇보다 채우진의 팬들이 그가 확실하다는 반응을 보였다. 채우진이 TM에 있을 때 곧잘 이형진과 함께 있었다던 목격담이 있지만, 굳이 지금 와서 그 연결 고리를 다시 이을 이유가 무언지 답을 찾을 수가 없었다. 때문에 괜한 분란에 휘말리는 게 아닌지 팬들은 걱정하는 분위기였다.

원래 이형진의 공연에는 사람들이 많이 모이지 않았다. 처음에는 공연을 훼방 놓기 위해 찾아가 야유하고 또 그걸 찍기 위해 모여들었지만, 그것도 하루 이틀이었다.

매일 꿋꿋이 길거리 공연을 하는 이형진의 태도에 치를 떨면서 사람들은 무관심이 답이라고 판단했다. 이형진이 노래하는 영상 자체가 그를 홍보해 주는 역할을 한다는 주장이 설득력을 얻었기 때문이다.

일부 몇몇만 행패를 부리거나 화풀이하기 위해 찾아갔다. 대부분은 그를 무시하고 잊어버리려고 노력하고 있었다.

그런데 채우진의 등장으로 사람들은 이형진의 공연에 다시 관심을 보이기 시작했다. 공연에는 예전보다 많은 사람이 몰리게 되었다. 물론 훼방하고 야유하는 사람이 있었지만, 그 공간을 채운 대부분이 이형진보다는 채우진을 보기 위해 온 이들이었다.

딱히 이형진에게 관심 없던 이들은 시끄러운 일이 생기는 걸 원치 않았다. 소란이 생기면 채우진이 더는 나타나지 않을 수도 있다는 걱정이 더 컸다. 그래서 행패를 부리는 사람을 도리어 말리기도 했다. 어느 순간부터 공연은 무리 없이 진행되고 행패를 부리는 이들도 더는 오지 않게 되었다.

그러자 처음엔 들리지 않았던 이형진의 노래가 점점 귀에 파고들기 시작했다. 원래 싱어송라이터인 이형진은 모든 방면에서 뛰어난 가수였다. 1년이 넘는 동안 밖에 나오지 못하고 방에서 써 내려갔던 그의 노래는 온갖 감정이 버무려져 있었다.

그 시간 동안 가볍고 아름다웠던 그의 노래에는 처절함이 섞이고 비애가 담겨 버렸다. 그래도 이형진 특유의 감성이 묻어나는 애처롭고 아름다운 가사들은 듣고 있으면 절로 시리고 가슴 떨리는 애절함이 깃들어 있었다.

"이 노래 좋다."

"그러게. 듣고 싶지 않은데 계속 귀에 들어와."

"난 며칠째 계속 와서 들었는데 어제는 집에서 내가 이 노래를 부르고 있더라니까."

이형진이란 사람의 불호는 확실한데 노래가 너무 좋아서 미칠 지경이었다. 어떻게 저런 사람에게 이런 재능을 줬는지 하늘이 너무하다 싶었다.

"뭐, 이런 경우 비일비재하잖아. 그런 거 일일이 따지면 골치 아파."

"하지만 아무리 좋아도 그걸 만든 놈이 쓰레기인데 작품이 좋을 수가 있어? 난 절대 작품과 그걸 만든 사람을 별개로 보지 못해."

나타나라는 채우진은 보이지 않아서 사람들은 이형진의 노래를 듣고 그에 대한 평을 나누기도 했다. 공연이 끝나고 이형진이 인사를 하고 돌아갈 때까지도 채우진은 공원에 오지 않았다.

점차 이형진의 공연을 찾던 사람들의 수는 다시 줄어들었다. 하지만 예전처럼 아예 외면받지는 않았다. 솔직히 그의 노래는 정말 좋았고, 무료로 그의 라이브를 들을 수 있다는 건 나쁘지 않은 경험이었다.

배신감이 커서 그렇지, 이형진의 노래를 좋아하던 팬들 가슴속에는 그에 대한 애증이 가득했다. 가수를 생각하지 않고 노래만 듣고 있으면 그곳은 정말 천국이었다.

{그러니까 이곳이 요즘 지니가 나타나는 곳이라 이거지?}

{지니인지 아닌지는 확실하지 않다잖아.}

휴는 처음 한국에 왔을 때보다 살이 찐 얼굴로 자기와 마찬가지로 턱이 동그래진 레이폴드를 돌아보며 혀를 찼다. 지니의 소속사인 DS에 공식적으로 섭외 제안을 한 이후로, 장 대표는 여행 가이드 겸 통역사를 그들에게 소개해 줬다.

덕분에 근본 없던 그들의 한국 여행을 충실하고 알찬 일정으로 꽉 채울 수가 있었다. 통역사가 소개해 준 음식점마다 어찌나 맛이 좋은지, 그들 여행의 궁극 목적은 어느새 식도락이 되어버렸다.

하지만 10일이 다 되도록 지니에게선 어떠한 답변도 오지 않고 있었다. 소속사 대표의 반응으로 봐선 답은 이미 나온 것 같은데, 정작 중요한 지니는 어떠한 대꾸도 하지 않고 있었다.

그래서 초조해하는 레이폴드를 대신해서 휴는 다시 한번 정보를 모으기 위해 '채우진'을 인터넷에 검색해 보았다. 휴는 한국에 있으면서 지니의 한국명을 정확하게 쓸 수 있게 되었다. 그러나 내용까지 읽어내는 건 무리라 통역사에게 부탁해서 지니의 근황을 알아보게 했다.

물론 영화가 개봉되어서 홍보 때문에 바쁜 일정을 보내고 있다는 건 안다.

'붉을 적'의 개봉일에 맞춰 휴는 미국에 있는 한국인 지인의 도움을 받아 영화표를 예매할 수가 있었다. 그렇게 당당히 첫날에 지니의 영화를 볼 수가 있었다.

그 영화로 인해 그렇지 않아도 지니에게 쏠려 있던 그들의 무게 추가 완전히 고정되고 말았다. 내용은 사전에 알아봐서 어느 정도 알지만, 한국어를 모르니 무슨 말을 하는지는 당연히 몰랐다.

하지만 예술에 언어는 절대 조건이 아니었다. 영어로 연기할 때 어색하면 어쩌나 하던 고민 따윈 저 멀리 날아가 버렸다. 그들이 '붉을 적'을 감상하는 데 아무런 지장이 없었듯 지니의 연기 역시 언어의 장벽을 이미 넘어선 상태였다.

무엇보다 지니와 대화해 본 결과 그의 영어 실력은 의심할 여지없이 훌륭했다. 그런데도 만약 영어로 그에게 받았던 감명을 받지 못한다면 까짓 영화에 자막을 넣고 그냥 한국어로 연기하라고 하면 된다. 그래서 오디션이고 뭐고 바로 섭외 제안을 해 버리고 말았다.

그 후로 두 사람은 '붉을 적'을 몇 번이나 감상했는지 모른다. 영화의 배경이 되었던 명소들을 찾아가며 구경하기도 했다.

{이 영화 아무래도 영화제에 초청되겠지?}

{장담은 못 하겠지만, 어디서든 최소 작품상 하나는 꼭 받을걸.}

{남우주연상은?}

{받을… 확률이 아예 없지 않을 거 같은 예감이 든다.}

{그래도 모두 내년이니 우리가 먼저야, 그렇지?}

'붉을 적'이 세계 영화제에 주목을 받고 나가는 시기는 적어도 내년이었다. 그 말은 채우진이 세계에 알려지고 여러 감독들 눈에 뜨이는 것은 아직 시간이 남아 있다는 의미였다. 그들의 영화는 12월부터 촬영이 시작되니, 그 전에 확실히 붙잡아서 계약으로 꽁꽁 묶어놔야만 한다.

물론 영화제에서 주목받는다고 바로 세계적인 스타가 되는 건 아니다. 하지만 채우진은 키가 크고, 서양인이 봐도 굉장히 매력적이고 아름다운 외모의 소유자였다. 충분히 세계에 통하는 상업성을 갖췄고, 감독들이 눈이 삐지 않았다면 절대 그를 놓치지 않을 게 분명했다.

{요즘은 너무 글로벌해서 문제야. 사람이든 물건이든 한번 주목받으면 바로 세계적으로 유명해지고. 게다가 한국의 연예계는 세계의 관심을 받고 있잖아.}

지금은 자기들만이 알고 있는 지니가 곧 세계의 지니가 될 수 있을 가능성에 레이폴드는 조바심을 느끼고 있었다.

{이봐, 한국은 시장이 작고 할리우드에서 존재감도 적다고 했던 게 어디의 누구였지?}

{그 말을 번복할 생각은 없어. 할리우드에서 활동하는 배우들도 그리 많지 않고 시장이 작은 것도 맞잖아. 하지만 다양한 콘텐츠와 빠르게 변하는 트렌드의 유동은 인정해. 이걸 잘만 이용하면 문화의 중심에 설 수도 있는 위치인 것도 맞아.}

다만 장점을 활용하지 못하고 비즈니스적인 약점을 계속 내보이고 있었다. 즉 트렌드를 끌어올리는 역할만 하고, 정작 실속은 챙기지 못했다.

레이폴드가 보는 한국은 아이디어만 내놓고 이용당하다 버려지는 위치에 있었다. 내실이 없고 계획성도 없다. 어느 나라보다 가장 유행에 앞서고 창의력이 넘치는데도 그에 맞는 영향력을 행사하지 못했다. 그나마 가끔 화제성을 가진 몇몇 인물들로 구색을 갖추고 위상을 이어가고 있는 게 고작이었다.

예술은 한 명의 천재에 의해 꽃피울 수 있다. 그러나 꽃이 진 후 꽃이 만들어낸 씨앗을 다시 심고 싹을 틔우기 위해서는 질 좋은 대지와 환경이 갖춰 있어야만 한다. 한 송이 꽃에서 만족하면 모를까, 꽃밭을 이루기 위해선 한 명의 천재로는 역부족한 게 문화 사업이었다. 아니, 이는 비단 문화 사업에만 국한된 예는 아니었다.

{유행을 선도하고 인기를 끄는 건 맞지만, 주체가 되지 못하는 게 지금 한국 엔터테인먼트의 현실이잖아.}

{그건 인정! 아마도 한국은 내년에 세계적인 스타를 탄생시

키겠지만, 그게 바로 엔터테인먼트 사업이 성장했다는 뜻은 아니지. 부디 그런 착각들은 하지 않았으면 좋겠는데, 그건 어렵겠지?}

종종 개인의 성공을 두고 전체의 성장으로 착각하는 부류들이 있다. 그로 인해 그 분야가 더욱 낙후되는 경우도 생기곤 한다. 개인이 잘나서 성공한 것을 두고 이만하면 다른 이들도 성공할 기반이 충분하다고 오산하고, 투자를 멈추는 일이 벌어지기 때문이다.

{우리 영화 개봉이 내년 11월이니. 그때의 지니는 어느 정도 세계에 이름이 알려진 상태겠지?}

{지금 영화가 얼마나 마케팅을 성공적으로 하느냐에 따라서.}

{그럼 우리 영화가 그에게 날개를 달아주는 격이 되겠군.}

{그래, 우리 영화에 나온다면…….}

레이폴드는 이제 가수도, 사람들도 없어 휑한 공원에서 휴를 노려봤다. 끝내 그들이 기다리던 지니는 오지 않았다. 이번에도 엉뚱한 것을 검색한 휴의 무능력을 탓했다.

{그놈의 정보력!}

{이건 모두가 다 네 탓이야!}

{왜?}

{지니가 인터뷰에서 이번에 함께했던 감독을 매우 존경한다고 했다잖아. 많은 걸 배울 수 있었고 연기자로서 한 단계 성장할 수 있는 길을 가르쳐 줬다고!}

{그게 나와 무슨 상관이야?}

{너 자신을 돌아봐. 어디 존경받을 수 있는 감독인지!}

휴의 지적에 레이폴드는 처음엔 하얗게 질린 얼굴을 하다가 곧 정색하며 되받아쳤다.

{난 원래 친구 같은 감독을 표방한다고! 내가 노인네도 아니고 존경받아서 뭐 하게? 함께 성장하는 감독, 함께 같은 곳을 바라보는 감독… 야! 같이 가!}

레이폴드는 어느새 저 멀리 가버린 휴의 뒤를 쫓으며 달렸다.

처음 운명처럼 만난 이후로 두 사람이 지니를 만나는 우연은 생기지 않았다. 통역사를 통해서 지니가 자주 찾는 곳과 스케줄까지 알아봤는데도 번번이 실패하거나 한발 늦기만 했다. 하물며 기다리는 연락도 오지 않아서 애가 타 지니가 나타났다는 곳을 와보았지만, 결실이 없었다.

장기 휴가를 내고 온 만큼 여행의 목적은 충분히 즐기고 있지만, 마음이 초조해서 쉬어도 쉬는 것 같지가 않았다. 결국은 다음 날에도 다른 일정은 잡지 않고 다시 이형진이 길거리 공연을 하는 공원을 찾았다.

전날보다 줄어든 관객들과 조금 떨어진 곳에 자리를 잡은 두 사람의 귀에는 듣고 싶지 않아도 자연스럽게 이형진의 노래가 들렸다.

{어제도 느꼈지만 노래가 좋군.}

가사는 몰라도 노래는 멜로디와 가창력만으로도 객관적인 평가가 가능하다. 이형진에 대한 루머를 모르고 있기에 편견이 없어서 더욱 가능한 일이었다.

{길거리에서 노래하긴 아까운 실력이야.}

{그러게. 그런데 사람들 반응이 왠지 차갑다고 느껴지지

않아?}

{그건 사람들이 오해하고 있기 때문입니다.}

{오호~! 오해라니 무슨 오⋯⋯.}

옆에서 들리는 귀에 익은 목소리에 레이폴드는 고개를 돌리다가 낯익은 얼굴과 마주했다.

{두 분을 여기서 뵙게 되네요.}

우진은 얼굴을 가리고 있던 목도리를 내리며 두 사람에게 인사했다. 눈앞에 그토록 만나기를 고대했던 그를 본 레이폴드는 순간 반색하려던 얼굴에 힘을 주었다. 여기서 너무 반기고 촐랑거리면 없어 보일 게 분명했다.

{오오, 요즘 바쁘지 않나? 굉장히 바쁜 줄 알았는데 아닌가 봐?}

왠지 하는 말에 뼈가 있어서 우진은 웃었다. 일부러 무시하거나 센 척하기 위해 연락을 미룬 게 아니었다. 그저 지금은 자신의 할리우드 진출보다 이형진의 문제가 우선이었을 뿐이다. 온통 생각이 여기에만 쏠렸고, 영화 홍보 때문에 스케줄 역시 바빴다.

그를 위해 자신을 희생한다는 문제가 아니라, 채우진은 자신도 누군가의 팬이 될 수 있음을 이번에 깨달았다.

처음은 이형진에 대한 걱정과 진실을 알고 있는 자로서 가지는 속상함 등등이 먼저였다. 그런데 이곳에 와 이형진이 직접 작사 작곡한 노래를 들으면서 솔직히 반하고 말았다.

이런 노래를 만들 수 있는 그의 실력과 감성, 그리고 가창력이 인간 이형진에 대한 감정을 가수 이형진에 대한 팬심으로 변화시켰다.

자신을 좋아해 주는 팬들을 보고 어떻게 저렇게 좋아해 줄 수 있을까, 고맙다는 생각을 해도 그들의 마음을 일일이 이해하지 못했는데 이제는 알 수 있었다. 우진을 보고 꽃길만 가라던 팬들의 소원을 그대로 받아서, 지금은 그가 이형진에게 같은 말을 외치고 있었다.

{바쁩니다. 안 그랬다면 여길 매일 왔을 텐데 그럴 수가 없을 정도로 바빴습니다.}

{……}

팬질하느라 잠시 할리우드를 잊고 있었지만, 그렇다고 이 기회를 놓칠 생각은 없었다.

{그리고 보내주신 극본도 잘 읽었습니다. 정말 잘 쓰셨더군요. 어떻게 하면 그런 글을 쓸 수 있나요?}

가수 이형진을 좋아하는 만큼 우진은 극본가로서 휴 밀러 역시 존경했다. 이런 글이 쉽게 나오는 게 아니라는 걸 알기에 그 마음은 진실하고 깊었다. 반짝이는 시선을 보내는 우진의 눈과 마주친 휴는 가운데에 서 있는 레이폴드를 밀어내고 그 자리를 차지했다.

{내가 썼지만, 괜찮지?}

{물론이죠. 읽으면서 캐릭터 하나하나가 개성적이고 생생하게 살아 있다는 게 느껴지던걸요. 각 문화에 대해서도 해박한 지식을 가지고 있지 않으면 나올 수 없는 글이라 내내 감탄하며 읽었습니다. 특히 저에게 제안한 '진'은 굉장히 매력적인 인물이라서 정말 욕심이 났습니다.}

우진의 칭찬에 이번에 콧대가 높아진 것은 휴였다. 그는 레이폴드를 아래로 내려다보며 이게 바로 존경받는 극본가의 모습이라고 자랑했다.

{그런데 왜 대답이 없었나? 난 또 우리 제안을 거절하는 줄 알았지.}

그동안 조마조마한 마음으로 기다렸던 것치고 휴는 가볍게 물었다. 여유로움과 느긋함을 연기하는 건 꼭 배우가 아니라도 할 수 있었다.

{저는 좋아하는 건 나중에 먹는 버릇이 있거든요. 그리고 급히 먹는 밥이 체한다는 말이 있죠.}

{음?}

{저에게 2주의 시간을 주지 않았습니까. 그 시간을 좀 더 즐기고 싶었습니다. 절 캐스팅하는 게 두 분에게도 모험이었겠지만, 그건 저 역시 마찬가지니까요. 모험을 떠나기 전에 아무 생각 없이 무작정 나설 수는 없었습니다.}

이왕 주어진 시간을 알차게 보내며 많이 생각했다는 우진의 말에 휴는 진정 웃고 말았다.

통역사가 읽어준 '붉을 적'의 감독이 했던 인터뷰가 생각났기 때문이다. 채우진이 몇 번이나 캐스팅을 고사하는 바람에 고생은 했지만, 오히려 그것이 고마웠다는 말의 뜻이 무언지 몰랐는데 조금은 알 것도 같았다.

영화와 배역을 성공의 수단이 아닌 도전의 대상으로 보는 연기자는 언제나 근사한 법이었다. 지금 그의 눈에는 어느 때보다 반짝거리는 배우가 앞에 서 있었다.

{충분히 즐기고 생각한 다음에는?}

{대답은 이미 정해졌습니다. '진'을 포기할 만큼 제가 멍청한 사람은 아니니까요. 오늘 중으로 연락을 드리려고 했는데 이렇게 '우연히' 만났군요.}

이 역시 운명 같지만 실상은 아니었다. 원래 우진은 어제 이곳을 찾았었다. 그러다 운 좋게 레이폴드와 휴를 먼저 발견하고 서둘러 이곳을 빠져나갔다. 그때는 이들을 만나 어떤 대답을 할지에 대해 아무런 준비가 없던 상태였다.

장수환 대표가 소개해 준 통역사를 통해 두 사람이 채우진에 관해 많이 알아보고 있다는 걸 전해 들었다. 둘이서 은근히 그가 가는 곳들을 찾아다녔는데 다행인지 불행인지 계속 어긋났다는 것이다. 그리고 오늘 두 사람이 공원을 다시 찾을 거라는 정보를 입수하고 나서, 우진은 만반의 준비를 하고 이곳을 찾았다.

무례하지 않지만, 적당히 자존심을 지키면서 캐스팅 제의를 받아들이려고 나름 극본까지 썼다. 강호수의 말마따나, 젊고 패기 넘치는 두 제작자에게는 겸손보다는 당당한 아메리칸 스타일로 나가는 게 옳았다.

{저 역시 공식적인 답변을 LL—Studio로 보내겠습니다.}

{그럼 우리야 좋지. 계약이니 뭐니 그런 것들은 관련 사무직원과 변호사들 일이고, 지금 우린 그저 한가한 여행객이라서 복잡한 일은 사양이야.}

LL—Studio에서 최종 결재자로서 가장 큰 권한을 가지고 있는 휴가 복잡한 일은 자긴 모른다며 손을 휘휘 저었다. 우리가 지금 여기에 있는 건 그저 여행 때문이라며 애써 여유로운 척 자신들을 포장했다.

때마침 이형진의 노래가 끝나자 우진은 두 사람에게 이제 앞으로 가야겠다며 인사를 했다. 자세한 이야기는 곧 만나서 나누자는 말을 남기며 서둘러 떠나는 그를 휴가 붙잡았다.

{우린 정말 '우연히' 여기에 온 거라지만 자넨 무슨 일이지? 혹시 저 가수와 무슨 관계라도 있는 건가?}

바쁜 와중에도 몇 번이나 이곳을 찾는 이유가 궁금해서 휴가 물었다.

{친하기도 하지만 제가 저 가수의 팬입니다. 지금 세상에서 그의 노래를 들을 수 있는 곳은 이곳밖에 없거든요.}

오늘 우진은 모자와 안경을 쓰지 않고 나왔다. 겨우 목도리 하나로 얼굴의 절반을 가렸는데 그마저도 휴와 대화하면서 느슨하게 풀어 턱밑까지 내린 상태였다. 처음엔 몰라보던 사람들도 시간이 갈수록 그를 알아보고 주위에서 웅성거리는 반응을 보이기 시작했다.

의심과 의구심 속에서도 이형진의 공연을 찾았던 이가 채우진이라고 확정하는 이들이 많았다. 얼굴을 꽁꽁 싸매면 알아보지 못할 거라고 걱정하던 우진에게 그럴 일은 결코 없을 거라고 장담하던 황이영의 말이 맞았다.

애초 목적이 신비로움과 궁금증을 유발하기 위한 것이었지, 사람들의 시선을 피하기 위해서가 아니었다. 그래서 우진은 자신을 보고 경악하는 사람들 사이를 아무렇지 않게 걸어갔다.

일전에 길거리 데이트에서 장난으로 '길을 비켜라' 했다가 정말로 길이 생긴 것처럼, 지금 그의 앞에 이형진에게로 가는 길이 생겨났다. 그때와는 비교도 안 되는, 50여 명밖에 안 되는 수였지만 시각적인 효과는 비슷했다.

세션 없이 녹음된 반주곡을 틀어서 노래하던 이형진은 한 곡이 끝날 때마다 혼자서 다음 곡을 틀어야만 했다. 기계를 조절한 후 반주곡을 틀고 마이크를 잡고 있을 때, 자기 앞에 다가와 길바닥에 털썩 앉은 우진을 발견한 이형진은 모호한 표정을 지어 보였다.

우진이 자신을 믿어준다는 것은 처음 다시 만났을 때 알고 있었다. 그러나 한 번도 아니고 이렇게 계속해서 찾아올 줄은 미처 생각도 못 했다. 그의 이미지를 위해선 이곳을 찾는 게 전혀 도움이 되지 않을 것 같아서, 고맙지만 더는 오지 말라고 분명하게 말했다.

그런데도 계속 이렇게 와주는 것이, 그로 인해 사람들의 관심을 받는 것을 어떻게 생각해야 할지 이형진은 몰랐다.

"이번에 부를 곡은 '쉼표' 입니다."

이내 우진에게 두었던 시선을 거둔 이형진은 노래를 부르는 것에 모든 걸 집중했다.

네가 마침표를 그리는 동안 나는 계속 달렸어. 너는 이미 그곳에서 멈춰 버렸는데 나는 계속 앞만 보고 달렸어. 네가 따라오는 줄 알았어. 조금 느려도 뒤돌아보면 당연히 네가 있을 줄 알았어.

친구가 죽은 후에 죄책감으로 몇 년을 힘들어했다. 그리고 점점 잊으면서 자신의 삶을 살아갔다.

그런데 생각지도 못한 루머에 휩싸여서 나락으로 떨어지고 말았다. 원망스럽고 어이가 없으면서 세상이 다 싫어졌다.

이형진은 1년간 집에만 틀어박혀 있으면서 많은 곡을 썼다. 그중 친구에 관해 쓴 노래는 이 곡 한 곡뿐이었다. 처음엔 뭐라 규정할 수 없는 복잡한 마음이 생겨서 어떻게도 표현이 되지 않았다. 생각하고 싶지 않아서 애써 다른 것들에 몰두하며 음악과 술에 빠져 살았다.

그의 말을 믿어주지 않는 세상을 향해 지르는 소리는 악과 한으로 가득 찼다.

제 주량이 한참 넘도록 술을 마시고 일어나 보니 이미 한낮이었던 어느 날. 하루인지, 아니면 며칠이 지났는지도 감이 오지 않던 그날.

문득 누구도 찾아오지 않는 원룸에서 이렇게 술만 마시다가 갑자기 정말 죽을지도 모른다는 두려움이 몰려왔다. 죽는 건 괜찮은데 누명을 쓰고 죽는 건 너무 억울했다. 자기 죽음이 대중들에게는 그저 하루 비웃고 말 가십에 지나지 않을 거라는 현실에 소름이 돋았다.

죽음이란 몸과 정신이 멈춰 버리는 순간을 의미한다.

더는 아무것도 하고 싶지 않았던 이형진에게 몸의 죽음은 아무런 의미가 없었다. 하지만 그의 정신은 아니었다. 그는 아직도 계속 꿈을 꾸었고 많은 생각을 했다.

괴로운 것은 그의 생각이 멈추지 않기 때문이었다. 개중에는 죽음 뒤에 찾아올 것들에 대한 상상도 있었다. 그것들에 아무런 상관과 미련이 없었다면 그는 정말 죽음을 선택했을지도 모른다. 하지만 그는 그러지 못했다.

하고 싶은 일, 부르고 싶은 노래가 너무 많았다. 아직도 사람들의 시선이 무섭고 그들의 오해가 원망스러웠다. 그런데 여기서 죽는다면 앞으로 아무것도 할 수 없다는 걸 의미했다. 가능성을 잃어버리고 모든 것에 마침표를 찍는 걸 의미한다.

어쩔 수 없이 불가피하게 찾아오는 죽음이라면 모를까. 스스로 죽음을 찾아갈 수는 없었다.

이형진에게는 아직 포기할 수 없는 것들이 너무 많았다.

그리고 그날 온종일 울고 말았다. 꿈을 포기하고, 죽음 뒤에 찾아올 것들에 대한 두려움이 없다는 것은 그만큼 무기력해졌다는 걸 의미했다. 스스로 자신을 죽이는 일이 얼마나 힘든 일인지, 얼마나 절박하고 좌절한 상태인지 조금이나마 친구의 사정을 이해하게 된 것이다.

이렇게 무섭고 힘든 일을 결심하기까지 친구가 했을 고민과 포기해야만 했던 것들에 대해 생각하게 되었다.

이미 마침표를 찍어버린 친구와 마침표를 떠올리고 있던 자신.

그리고 이형진은 다음 날부터 툴툴 털어버리고 다시 일어날 수 있었다. 지금 이 순간은 그에게 찾아온 쉼표였지 마침표는 아니라는 걸 알았기 때문이다. 그렇게 해서 만든 곡이 바로 '쉼표' 였다.

너를 잊어버린 나에게 주는 너의 쉼표. 추억밖에 남지 않는

우리가 함께 만들어가는 이야기. 마침표에서 끝나 버린 너와 쉼표에서 멈춰 있는 나는 아직 같은 문단 안에 있어.

하지만 난 아주 오랜 후에 이 이야기를 끝낼 거야. 네가 끝낸 이야기는 내가 이어줄게.

내 쉼표는 너의 마지막 문장을 언제나 기억하고 있어.

우진이 기억하는 이형진은 마음이 여리고 조금은 가벼운 사람이었다. 유쾌하고 그만큼 사랑스럽고 달콤한 노래를 불렀다.

하지만 지난 1년 동안 그는 차분해지고 묵중한 무게감이 느껴지는 사람이 되어 있었다. 밝게 웃는 그를 좀처럼 볼 수 없지만, 그의 내면은 더욱 깊어진 게 느껴졌다. 진심이 담기고 애증과 간절함을 알아버린 그의 노래는 그만큼 마음속을 헤집고 아프게 만들었다.

수많은 마침표 사이로 쉼표는 나를 숨 쉬게 해. 너를 이해하게 해.

선선한 바람과 따뜻한 가을 햇볕 아래에 양반다리를 하고 앉아서 이형진의 노래를 경청하는 채우진의 모습이 너무도 진지했다. 그 모습에 채우진의 등장으로 흥분하던 사람들의 마음도 점차 차분해졌다.

이건 마치 눈앞에서 영화나 연극을 관람하는 착각이 들게 하는 장면이었다.

화면 속에서 채우진은 앉아서 노래를 듣고, 이곳을 채우고 있는 유일한 소리인 이형진의 노래는 OST로 느껴졌다.

느린 화면은 전혀 지루하지 않았고 사람들의 마음도 느릿하게 흔들거렸다. 시시각각 변하는 채우진의 표정 때문에 귓등으로만 듣던 노래의 가사가 서서히 들리기 시작했다. 천천히 흔들리는 마음에 작은 파문을 일으키는 것은 조금의 공감과 감정의 이입이었다.

노래란 이 작은 감정에 호소하는 마법과도 같은 존재였다.

쉼표를 부르고 나서 이형진은 그 후로 두 곡을 더 불렀다. 그리고 노래를 들어줘서 고맙다는 인사와 함께 기계들을 정리했다. 노래만 부르고 훌쩍 떠나기엔 그가 가지고 다니는 기계들이 제법 많았다.

스피커와 마이크, 기계를 연결한 선들을 정리하고 있는데 우진이 그에게 다가와 거들었다. 지금껏 노래만 듣고 그냥 갔던 우진이 이번에는 직접 정리를 도우려 하자, 이형진이 의문 가득한 시선을 보냈다.

'너 나한테 왜 이러니?'

한때 친하다고 여겼던 친구들은 모두 그에게 등을 돌린 상태였다. 친구의 죽음으로 학교 친구들에게 느낀 배신감과 두려움이 너무 커서 그들과는 오래전에 연을 끝냈다.

연예계에서 만난 친구들은 작년에 그에게 닥친 루머에 같이 연루되는 게 싫어서 먼저 등을 돌렸다. 정작 친구라고 여겼던 이들이 모두 그를 떠났는데, 그저 한때 '친하게 지냈던 동생'이 이러니 당황스러웠다.

게다가 이 '친하게 지냈던 동생'은 그가 작년에 누렸던 인기와는 비교도 안 되는 스타가 되어 있었다. 굳이 자신과 이어져서 좋을 것도 없고 노이즈 마케팅을 할 이유도 없었다.

"제가 형 팬이거든요."

굳이 소리 내어 묻지 않은 질문에 우진은 직접 대답했다.

물음표가 가득한 이형진에게서 스피커를 뺏어 대신 운반구에 담은 우진이 담담하게 말을 이었다.

"제가 형 노래를 정말 좋아해요. 그중에서 특히 쉼표를요. 이건 팬으로서 내 가수 힘들까 봐서 도와주는 거예요. 팬이라면 이 정도는 기본이죠."

우진의 대답에 멈칫한 이형진은 모르고 있었다. 자기도 모르는 사이에 눈물을 흘리고 있다는 걸 말이다. 가수란 소리가, 자신이 만들고 부른 노래가 좋다는 칭찬이 이토록이나 달콤하고 기분 좋은 말이라는 걸 처음으로 알았다.

◆　　◆◆◆　　◆

"채우진이 이형진을 '내 가수'라고 부르다."

장수환 대표는 기사의 타이틀을 읽고 나서 부르르 몸을 떨었다.

"여기 닭살 오른 거 보이니?"

옷을 걷어 우진에게 팔을 내보이며 장수환이 재차 몸을 떨었다. 하고 많은 표현 중 촌스럽게 '내 가수'가 웬 말이냐며 혀를 차기도 했다. 자기라면 더 고급스러운 표현을 했을 거라며 우진의 표현력을 비웃었다. 정작 자신은 더 좋은 예를 제시하지도 못하면서 그랬다.

"형진이 형 동영상을 보고 눈이 통통 붓도록 우신 분께서 하실 소린 아닌 것 같은데요."

우진의 반격에 장수환은 잠시 할 말을 잃고 이번에는 헛기침을 내뱉었다. 사건이 벌어지기 전까진 어떻게든 이형진을 데리고 오려고 욕심을 냈던 장수환이었다. 그만큼 좋아하던 가수였기에 애정 역시 깊었다.

우진에게서 진실을 들었기에 이형진에 대한 편견이 없는 그는 동영상을 보고 나서 펑펑 울어버릴 정도로 속상해했다. 잠깐 잊고 살았는데 이형진은 포기하지 않고 다시 일어서려고 노력 중이었다.

그게 안타까우면서도 대견했고, 이형진의 노래가 너무 좋아서 이런 상황에 너무도 화가 났다. 이미 장수환에게도 이형진은 '내 가수'였던 거다.

"흠흠, 하여튼 지금은 채우진이 이형진의 팬이라는 것. 그리고 '쉼표'에 관한 궁금증과 채우진과 이형진의 인연의 시작점이 TM이었다는 것이 주 내용이야. 응? 네 팬들이 TM은 악의 연결 고리냐고 울분을 토해내고 있네?"

기사 밑에 달린 댓글들을 읽던 장수환은 결국 참지 못하고 웃고 말았다. 우진의 팬들로선 TM에서 만난 인연이 하나같이 악연의 연장선이라며 성토하고 있었다.

"내 배우의 가수를 뭐라 불러야 하는지 모르겠다고 네 팬들이 댓글 말미마다 유유를 치며 울고 있다는 건 알고 있니?"

"그만 놀리세요. 그보다는 알아오셨어요?"

어차피 같은 편이면서 왜 그러냐고 따지는 우진에게 장수환은 서류가 든 봉투 하나를 건넸다. 그는 기사들에 달린 댓글들을 읽으면서 서류의 내용을 대충 정리해 주었다.

"가장 악질적으로 굴었던 주범의 아버지는 대기업 하청업체 사장이고, 작은아버지가 현재 부장검사야. 사건이 축소되고 그 녀석들이 무혐의가 된 것은 이 작은아버지 힘이 컸어. 언론 쪽에도 나름의 인맥이 있어서 일이 크게 보도되지 않고 그냥 넘어갈 수 있었던 거고. 물론 그 모든 걸 이룬 것은 주범의 아버지가 가진 재력이 주효했지만."

우진은 장수환 대표에게 이형진이 뒤집어쓴 사건의 진짜 가해자들을 조사해 달라고 부탁했다. 이형진의 누명을 벗기기 위해서는 먼저 주범들을 잡아야만 했다.

"그런데 이 작은아버지란 사람이 Rome로펌 관계자와 만나고 있다고요?"

서류를 읽던 도중 한 구절에서 놀란 우진이 경악하며 물었다.

"정확히는 내년 은퇴를 고려해서 Rome에다 꼬리를 치고 있는 거지. 끝까지 다 읽어봐."

마저 읽어보니 내년에 검찰을 나올 가능성이 커서 국내 상위의 로펌 몇 곳에 간을 보는 중이라고 했다. 단연 제1순위가 Rome로펌이지만, 그의 경력으로는 가능성이 적다는 평가가 옆에 덧붙어 있었다.

"그래도 일단은 스카우트 명단에는 올라왔겠군요."

"아마도?"

Rome로펌 스카우트 명단에 올랐다는 것은 후보 대상에 관한 자료가 이미 수집되었을 가능성이 컸다. 암암리에 Rome이 스카우트를 고려하는 후보의 뒷조사를 철저히 한다는 소문이 있었고, 그것이 진실이라는 걸 우진은 이미 알고 있었다.

"이런 사람이라면 비리가 하나 정도는 있겠지요?"

"우리가 알고 있는 것만 해도 벌써 하나 있잖아."

"이런 사람을 명예롭게 은퇴시킬 수는 없죠."

"그건 나도 동의하지만, 이 사람을 건드려서 이형진에게 무슨 도움이 되는데?"

장수환 대표는 하루빨리 이형진의 누명을 해명해 주고 조금이라도 빨리 DS로 데려오고 싶은 마음이었다. 죄에 대한 대가는 그 후의 문제라고 생각하고 있었다.

"형진이 형 누명은 우리가 풀어줘서는 안 돼요."

"그게 무슨 소리야? 우리 말고 그럼 누가 해줄 수 있는데?"

장수환 대표는 언론을 움직일 자신이 있었다. 이형진에 대한 문제를 제기하고 하나씩 혐의를 풀어나간다면 이내 풀릴 루머였다.

"그리고 바로 DS에 들어오게 된다면 아마 몇몇 사람은 의문을 가지겠죠. 어쩌면 장 대표님이 형진이 형을 DS로 데리고 오고 싶어서 언론을 움직여 거짓 해명 자료를 풀었다고 오해할 수도 있고요."

그것은 장수환 대표도 어느 정도는 인정하는 부분이었다. 의심은 받겠지만, 그건 어떤 방법을 쓰더라도 피할 수 없는 부분이었다. 어떤 식으로든 의심할 사람은 의심하게 마련이었다.

"우선 TM은 차치하고, 이건 언론과 대중이 만들어낸 루머예요. 해결하는 것도 그들이 해야 인지상정이죠. 하지만 그 시작은 연예부 기자가 아닌 사회부 기자가 먼저 해야만 한다고 봅니다. TM이 중간에서 수를 쓰기 전에 말이죠."

일단 우진으로 인해 잊히고 있던 이형진이 다시 수면 위로 올라왔다. 현재 그는 싱어송라이터로서의 재능은 인정하지만, 그의 과거만은 용서할 수 없다는 사람들의 차가운 시선을 받고 있었다.

그러나 연예인에겐 악플보다 싫은 게 무플이고, 비난보다 무서운 게 잊히는 것이라고 했다.

이형진이 다시 노래를 부르기로 한 이상, 그도 이런 논란에 휩싸일 각오는 어느 정도 했을 것으로 짐작된다. 힘들겠지만 조금만 더 견뎌줬으면 좋겠다는 게 우진의 마음이었다. 팬으로서 그의 재기가 하나의 오점 없이 완벽하기 바라는 욕심에 서다.

"이 사건은 연예계와는 전혀 상관없는 곳에서 먼저 터지고 이야기가 나와야 해요. 어차피 저들을 그대로 둔 채로 우리가 해명해 주고 증인이 되어봤자 서로 진흙탕 싸움만 될 뿐이잖아요. 먼저 저들을 꺾어버린 다음에 땅콩을 수확하듯 하나씩 서로 얽혀서 나오게 해야죠."

조카가 주범이 돼서 왕따시켰던 학생이 자살하고 말았다. 분명 유서에 이름까지 일일이 거론했음에도 오해로 인한, 친구끼리 했던 사소한 장난으로 사이가 틀어져서 복수심으로 거론한 것뿐이라고 일축해 버렸다.

되레 자살한 그 친구만 다혈질로 죽음을 선택한 성격 이상자로 몰아붙였다고 한다. 이만하면 비리 검사의 뒤를 캐다가 자연스레 나오게 되어 있는 사건으로 적절했다.

"문제는 이 아버지란 사람이네요."

검사의 비리야 외가의 도움을 받으면 된다지만, 기업 쪽 관련해서는 도통 우진이 손쓸 도리가 없었다. 아쉬운 대로 우선 숙부만 잡기에는 주범의 부친이 건재한 상태에서 저쪽이 어떤 반격을 할지 모르는 일이었다.

똑똑.

장수환 대표는 탁자를 손으로 치며 우진의 관심을 자신에게로 돌렸다.

"그건 아마 쉽게 해결될 수 있을 거다."

"어떻게요?"

"그놈 회사에 하청을 주는 기업이 어디인지 잘 봐봐."

"로지 화학이라면 로지 화장품 계열사인가요?"

로지 그룹의 모회사가 바로 로지 화장품이었다. 로지 화학이 주로 생산해 내는 제품들이 화장품의 주원료일 정도로 서로 연계되어 있었다.

"그래. 그리고 최고 마녀의 친정이기도 하지."

원래 대기업은 서로 인척과 인맥으로 이어진 사이였다. 장수환이 G&C 엔터의 최고 마녀인 최원희 대표와 친구인 것처럼 말이다.

"그리고 나는 그 최고 마녀의 친구라는 거지! 내가 그 친구의 취미 생활을 위해서 송재희를 'Glooming day'에 출연하게 했듯이, 이제는 마녀가 우릴 도울 차례다 이거야."

한껏 잘난 체를 하는 장수환 대표에게 우진은 회의적인 시선을 보내며 말했다.

"최 대표님이 운영하는 회사도 아니고 친정인데 무슨 도움이 될까요? 말이 하청기업이지, 서류를 보니까 15년이 넘게 거래한 곳인데 저희 뜻대로 해줄까요? 게다가 직원이 백 명이나 되는 곳이라는 것도 신경이 쓰이고요. 자칫 잘못하다 애먼 사람까지 휘말려선 안 되잖아요."

이형진 하나 구하자고 회사 하나 무너뜨려서 백여 명이 넘는 실업자를 만들 생각은 없었다. 그럴 만한 힘도 없지만, 행여나 하는 걱정은 어쩔 수가 없었다.

"우진이 네 말대로 아무리 나쁜 놈의 회사지만, 굳이 문 닫게 할 필요까진 없지. 망하려면 그놈들 잘못으로 스스로 망하든가. 다만 시기적절하게 거래를 끊을 수 있다는 뉘앙스만 줘도 그쪽은 다른 생각은 하지도 못할 거다. 최고 마녀는 그 정도만 해주면 돼."

15년이든, 대를 이어 150년을 함께했든 기업 간의 거래에서 그런 의리는 이제 찾아보기 힘들어졌다. 하청기업들의 가장 큰 걱정과 두려움은 언제라도 하청 중단을 선언할 수 있는 대기업의 입장 전환이었다.

그런 공포를 자극한다면, 동생이 비리에 연루되어 감사를 받아도 도와줄 여력이 없을 것이다.

"다만… 최고 마녀는 내 부탁을 들어주겠지만, 로지 화학은 또 달라. 그 집안은 서로 거래가 확실하거든. 네가 화장품 광고를 하게 될 각오는 어느 정도 해두는 게 좋을 거다."

최원희가 친정에다 장수환의 의견을 전달하고 힘을 실어주는 것은 가능하겠지만, 그들을 움직이게 하는 데는 직접적인 대가가 필요하다.

"그곳에서 저를 원할까요?"

그만한 대가라면 충분히 치를 생각이지만, 떡 줄 사람은 생각도 안 하는데 먼저 김칫국부터 마시는 게 아닌지 머쓱했다.

"네게 광고 섭외가 들어온 화장품 회사만도 다섯 곳이야. 설마 그중에 로지가 없었겠니?"

다행히 우진이 화장품 광고는 찍지 않아서 로지 측이 원한다면 문제가 될 일은 하나 없었다.

"그럼 최 대표님을 거치지 말고 바로 대표님이 로지에 연락하시는 건 어떤가요?"

굳이 최원희에게 빚을 만들어두었는데 이런 일로 상쇄시키는 건 아까운 일이라고 생각해서 하는 말이었다.

"그럼 삐쳐!"

"네?"

"자길 거치지 않고 로지하고 거래했다는 걸 알면 최고 마녀가 삐친다고. 그 친구 별명이 괜히 마녀겠어? 생일 파티에 자길 초대하지 않았다고 영아에게 넌 물레 바늘에 찔려 죽을 거라면서 저주를 거는 게 바로 마녀들이라고!"

왠지 사연이 많은 듯한 장수환 대표의 절규에 자연히 우진도 비장한 표정이 되었다.

이번 작전은 실수가 없어야만 했다. 죄지은 사람은 죗값을 받고 이형진이 누명을 벗는 것도 중요하지만, 이 일로 무고한 다른 피해자들이 생기는 걸 바라지 않았다.

우진이 원하는 건 세상을 바꾸는 게 아니었다.

그저 '우리'가 함께 웃을 수 있는 작은 변화였다.

나비의 날개

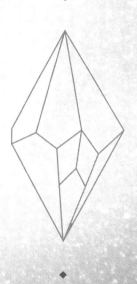

고급스러운 한정식 식당은 가족이나 소규모 모임을 하기에 좋은 곳이었다. 룸마다 방음장치가 되어 있어 밖으로 소음이 흘러나오지 않았다. 복도에는 잔잔한 음악이 흘러나와 혹시라도 있을 수 있는 소음의 유출을 막아줬다. 그리고 안에 있는 이들은 복도에서 들리던 음악이 룸에선 들리지 않는 것으로 적이 안심하고 편안히 대화를 나누기도 했다.

　그래서 은밀한 대화를 나누기 원하는 사람들은 이곳을 자주 찾았다. 오늘 이곳에서 약속을 잡은 우진과 박이연도 마찬가지였다.

　하지만 박이연은 사촌 동생이 건네주는 쪽지를 보며 어처구니가 없어서 헛웃음을 토했다. 이건 시원하게 웃을 수도 없고 어떻게 반응해야 할지 몰라 몇 번이나 쪽지만 만지작거렸다.

"그러니까 여기 쓰여 있는 김관……."

"쉿! 이름을 말하면 어떡해."

겨우 입을 뗀 박이연이 쪽지에 쓰여 있는 이름을 말하려 하자 우진이 서둘러 그를 막았다.

"너 지금 나하고 영화 찍냐? 저녁 장소를 이곳으로 고르지 않나. 첩보전도 아니고 이렇게 쪽지에 이름만 써서 주면 나보고 뭘 어쩌라고?"

박이연은 우진의 눈앞에다 '김관영'이란 이름만 쓰여 있는 쪽지를 흔들어대며 물었다.

우진은 이형진의 일을 해결하기 위해 사촌 형인 박이연과 오늘 저녁 약속을 잡았다. 편안하게 저녁 식사를 마치고 후식으로 나온 차를 마실 때쯤에야, 우진은 박이연에게 슬며시 이름 하나가 적힌 쪽지를 내밀었다. '김관영'은 우진이 목표로 삼은 검사의 이름이었다.

예전에 이형진이 술에 취해 가해자의 집안에 검사가 있어서 일이 이상하게 꼬였다는 걸 말한 적이 있었다. 그걸 기억하고 장수환 대표에게 가해자들에 대해 알아봐 달라고 했을 때부터 우진은 박이연에게 도움을 청할 계획이었다.

하지만 무엇보다 보안이 중요한 문제라 우진이 하는 말과 행동은 은밀하고 조심스러울 수밖에 없었다. 그래서 조용히 사정을 이야기하는 우진의 목소리가 너무 작아서 박이연은 몇 번이나 다시 물어봐야만 했다.

"일 년이나 남긴 했지만, 그분이라면 내년에 용퇴가 거의 확실하긴 해. 내년 검찰총장으로 가장 유력한 분이 동기거든. 그래서 내가 요즘 아주 괴롭다."

다행히 김관영은 박이연이 아는 인물인지 듣자마자 한숨부터 내쉬었다. Rome로펌의 대표가 할아버지란 이유로 박이연에게 계속 청탁을 넣으려고 한다는 거다.

"물론 그런 사람들이 한둘이 아니긴 하지만, 그 정도 경력이면 내가 Rome에 인사권은커녕 아무런 영향력도 행사하지 못한다는 걸 알 텐데도 말이 안 통해."

박이연의 배경만 보고 그에게 다가오는 사람들은 많았다. 하지만 검사 박이연은 오로지 그 자신의 힘으로 올라간 자리이지, 집안의 도움을 받은 게 아니었다. 이는 그가 검사를 그만두고 Rome에 들어가지 않는 이상, Rome에 어떠한 영향력도 행사할 권한이나 지위 역시 없다는 뜻이기도 했다.

연치 어리고 경력이 짧은 이들의 착각은 당연하다 해도, 이미 박이연의 아버지를 경험한 다른 검찰 출신들은 이를 뼈저리게 깨닫고 있었다. 그중에 김관영도 알 만한 사람 중에 속했다. 그래서 그의 처세가 더욱 한심하게 느껴졌다.

"그렇다고 해도 쪽지는 너무 오버다."

박이연은 쪽지를 우진에게 돌려주며 핀잔을 주었다.

"매사에 조심, 또 조심해서 나쁠 건 없어."

우진은 돌려받은 쪽지를 잘게 찢어서 그 위에 물을 뿌렸다. 본인부터가 뭔가 이상하다 싶으면 먼저 녹음부터 하는 사람이라 언제나 조심성을 발휘했다. 그걸 가만히 지켜보던 박이연은 이런 건 또 어디서 배웠냐고 신기해하면서 물었다.

"그래서 원하는 게 뭐야?"

"그 사람이 용퇴 대신 구속될 만한 자료."

"그거라면 사람을 잘못 골랐어. 같은 직장에 다닌다고 해서 그 사람에 대해 다 아는 건 아니잖아. 게다가 구속될 만한 비리를 알고 있으면 이미 수사 들어갔지. 부장급 이상의 자료는 할아버지가 아실 거야. 그리고 말했다시피 난 Rome에 아무런 권한도 백도 없다는 걸 명심해. 할아버지와 아버지가 나한테 그곳 자료를 주겠어? 아버지도 검찰 그만두기 전까진 Rome 자료에는 가까이 가지도 못했어."

자신은 권한도 없고 자격도 없다면서 박이연은 분명하게 선을 그었다. 사람들이 많이 하는 오해를 너마저 하면 섭섭하다는 말도 잊지 않았다.

"어느 정도 예상은 했지만 혹시나 했지. 그렇다고 이런 문제로 두 분한테 가는 건 좀 그렇잖아. 그리고 형한테도 안 보여주는 걸 나한테 보여주겠어?"

어릴 때는 아무렇지도 않았던 어리광과 부탁이 성인이 되니 쉽게 나오지 않았다. 무엇보다 외가와는 오랫동안 공백기를 가졌기에 더욱 그랬다. 박이연은 형이고 비슷한 연배라 바로 스스럼없이 다시 친해졌지만, 외조부와 외삼촌에게는 그게 쉽지가 않았다.

우희도 사촌 언니인 박희연과는 바로 친해진 반면 외가 어른들을 어려워하는 게 눈에 훤히 보였다. 외삼촌은 존경하는 롤모델이지 편안한 친척 어른이 되기엔 아직 어려운 듯했다.

"자신감을 가져. 네가 부탁하면 아마 좋아하며 들어주실걸."

딸과 외손주들에게 부채감을 가진 조부가 우진의 부탁을 안 들어줄 리가 없었다.

"김관… 하여튼 그분에게 문제가 있다면 할아버지도 굳이 거절하지는 않을 거야. 요즘 할아버지도 이형진한테 관심이 많거든."

우진이 '내 가수'라고 언급한 덕분에 조부의 관심이 현재 이형진에게까지 미친 상태였다. 그의 과거에 이맛살을 찌푸리며 외손자의 교우 관계를 걱정하기도 했다.

블루핏 사태 때 분노했던 만큼 많이 가슴 아파하셨기에 이형진의 과거에 민감할 수밖에 없었다. 하지만 우진이 경솔하게 행동하지 않았을 거라는 걸 믿고 이형진의 과거에 관심을 가지기 시작했다.

"할아버지가? 바쁘신 분이 어떻게 형진이 형까지 알아?"

원인이 자신이라고 미처 생각지 못한 우진은 그저 외조부가 이형진을 안다는 것에 신기해했다.

"요즘은 그렇게 바쁘지 않으셔. 일을 많이 줄이시고 서서히 은퇴를 고려 중이시거든."

박이연의 대답에 우진은 새삼 외조부의 나이가 떠올라 잠시 할 말을 잃었다. 다시 만났을 때 확실히 나이 드신 게 보여서 일순 울컥하기도 했다. 그렇게 정정하고 강직하던 분도 세월에는 어쩔 수 없다는 걸 느꼈기 때문이다.

"그래도 건강은 괜찮으시지?"

"직접 찾아뵙고 물어봐. 그나저나 사흘 후에 있을 결과는 자신 있냐?"

사흘 후에 있을 사법시험 2차 합격자 발표에 관해 묻는 박이연에게 우진은 고개를 끄덕이는 것으로 대답을 대신 했다.

"정말?"

놀라는 박이연의 반응은 당연했다. 우진의 연예 활동을 보면 1차에 합격한 것도 대단한 일이었다. 그래도 부담을 줄까 봐 식구들은 우진의 일을 조부에게 말씀드리지 않았다.

Rome로펌의 대표가 겨우 1차 합격자에게 관심을 두는 경우는 없었다. 다만 개중에 괄목할 인재나 특이 사항이 있는 합격자에 대해서는 보고가 올라가는 편이다. 그런데 우진의 외삼촌이 중간에서 '채우진'을 빼버렸다.

그래서 아직 박현만은 외손자가 사법시험을 봤다는 것도 모르고 있었다.

"그럼 합격한 후에 찾아가 봐. 좋아하실 거다. 지금 하시는 거 봐서는 네가 어떤 선택을 해도 존중해 줄 분위기인데, 그것과는 상관없이 이건 당신 자존심과 관련된 문제라 기뻐하실 거야."

주위의 우려와는 반대로 박현만은 연예인이 된 우진의 선택을 이해하고 받아들였다. 무명을 벗어나지 못하고 안 좋은 소리가 나왔다면 모를까, 자기 일 열심히 하고 정상을 향해 차근차근 걸어가고 있는 외손자를 굳이 끌어내릴 이유는 없었다.

게다가 저번에 '골든볼'에 우희가 나와서 꿈이 검사라고 했던 것에 무척이나 흡족해하셨다. 이 계통은 저렇게 자신의 의지와 확신을 가진 아이들이 들어와야 한다면서 며칠을 싱글벙글하셨는지 모른다. 한때 검사였던 당신의 과거를 떠올리며 손주들에게 왠지 인정받았다는 기분이 드시는 모양이었다.

"로스쿨 때문에, 우희는 모르겠지만 너까지 사법시험에 합격한다면 할아버지 기세가 아주~!"

상상만 해도 우스운지 박이연은 실실 웃으며 고개를 저었다. 굳이 우진이 재조(在曹)하지 않더라도 손주들이 하나같이 사법시험에 합격했다는 건 자부심을 느낄 일이 분명했다. 그런 마당에 뭔들 못 들어주겠나 싶었다.

그러다 박이연은 문득 생각이 났다는 듯 폰을 꺼내 우진에게 손짓으로 자기 옆으로 오라고 했다.

"우리 셀카 좀 찍자."

"왜?"

박이연이 사진 찍는 걸 좋아하지 않는다는 걸 알기에 우진은 그의 옆에 앉으면서 의문을 드러냈다.

"우리 자기한테 오늘 사촌 동생하고 저녁 먹는다고 같이 가자고 했다가 퇴짜 맞았거든. 약 좀 올려야지."

"형 연애해?"

"알고 지낸 건 5년 되고, 사귀기 시작한 건 한 달 된다."

흐뭇하게 웃는 박이연이 우진에게 어깨동무하고 사진을 찍었다. 그리고 바로 사진을 확인한 그는 미간을 찌푸리고 결과물을 삭제해 버렸다. 그렇게 몇 번을 찍고 삭제하기를 반복하다가, 드디어 미흡하나마 만족스러운 사진을 얻고 나서야 우진을 밀어냈다.

다정하게 포즈를 잡을 때는 언제고 볼일을 다 보자 미련 없이 저리 가라고 발로 차기까지 했다. 왠지 감정이 느껴지는 발길질이라 우진이 자리를 털고 일어나며 물었다.

"그런데 나랑 셀카 찍은 게 어떻게 형 애인을 약 올리는 거야?"

"네 미래의 형수님이 네 팬이거든."

박이연은 서슴없이 애인을 형수라고 표현했다. 사귄 시간은 겨우 한 달이지만, 알고 지낸 시간을 무시할 수가 없었다. 그 시간은 그녀에 관해 생각하는 데 충분했다. 물론 미래가 어떻게 될지는 모르겠지만, 결혼까지 각오하지 않았다면 애초에 사귀지도 않았을 것이다.

순정파인 할아버지의 성정을 그대로 이어받은 박이연은 연애와 결혼에 관해 굉장히 고지식하고 확고한 이상을 가지고 있었다.

결혼을 전제로 하지 않는다면 사귀는 의미가 없다고 생각하며 처음 고백했을 때도 그걸 분명히 했다. 나랑 사귀는 순간부터 넌 나와 결혼할 수밖에 없으며, 다른 미래는 없다고 말이다. 그래서 자연스럽게 형수님이란 단어가 나온 것이다.

"아마 오늘 만날 뻔한 사촌 동생이 너라는 걸 알면 아주~!"

음침하게 웃던 박이연은 우진과 찍은 사진을 조금 더 손을 본 다음에 애인에게 보냈다. 전송을 누른 순간, 박이연의 얼굴은 마치 세상에 없는 음모를 꾸미는 계략꾼 그 자체였다.

"왔다."

아무런 설명 없이 사진만 보낸 지 몇십 초도 되지 않았는데 바로 답장이 왔다. 우진도 답장 내용이 궁금해 다시 형의 옆에 바싹 붙어서 보았다.

"물음표만 가득하네."

"아직 상황 파악을 못 했어. 어? 전화 왔다."

물음표만 보내는 것으로 만족 못 한 그녀가 박이연에게 전화를 걸었다.

"바쁘다며."

오늘 자리를 사양한 이유 중의 하나가 바쁘다는 핑계였는지 박이연이 조금 토라진 목소리로 전화를 받았다. 형의 이런 목소리는 처음이라 우진은 웃음을 참으며 옆에서 가만히 지켜보았다.

미래의 형수님이 안티가 아닌 것만도 고마운데 팬이라니 마음이 한결 가벼웠다. 이형진의 팬이 된 이후로 우진은 자신을 좋아해 주는 팬들에게 부쩍 감사하는 마음이 생겼다.

우진이 이형진을 '내 가수'라고 부른 돌발적인 행동에 당황하면서도 그를 비난하는 팬들은 없었다. 모두가 분명 이유가 있을 것이고, 적어도 가수로서 이형진을 받아들이는 분위기였다. 이 점은 우진이 블루핏 멤버들에게 왕따를 당했던 과거가 많은 도움이 되었다.

그런 과거가 있는 우진이 아무 이유 없이 이형진을 싸고돌지는 않았을 거라는 근거 있는 믿음이 그들에겐 있었다.

—대체 이게 무슨 사진이야? 너라는 오징어 옆에 있는 분이 혹시 내가 알고 있는 그분 맞아?

"야! 오징어가 뭐냐? 나 전화 끊는다."

—내가 오징어를 세상에서 제일 좋아한다는 걸 알면서 왜 그래.

"그래, 네가 안주로 오징어만 먹는 건 잘 알지."

그래서 내가 요즘 삭신이 아팠나 보다고 박이연은 우는소리를 했다.

사촌 형이 애인하고 알콩달콩 대화하는 모습이 새삼스러워서 우진은 마냥 신기했다. 어렵고 권위적인 형은 아니지만, 그래도 형이란 존재에게 가지는 막연한 어려움은 있었다. 한데 애인과 대화하는 박이연의 모습에서 우진은 그의 다른 일면을 보는 것 같아 재밌기도 했다.

"오늘 사촌 동생하고 저녁 먹는다고 했잖아. 그럼 같이 사진 찍은 사람이 그 사촌 동생이 아니면 누구겠어."

―어? 어? 어어?

"어, 맞아! 내가 말했잖아. 내가 다른 것은 몰라도 네 팬 활동에는 많은 도움을 줄 수 있다고. 성공한 덕후로 만들어주겠다고 말이야."

박이연의 말에 전화기 너머로 괴상한 언어들이 마구 쏟아져 나왔다. 그중에 그 말이 그 말인 줄 누가 상상이나 했겠냐고, 그저 연예인 덕질을 해도 묵묵히 후원해 주겠다는 뜻인 줄 알았다고 따지는 소리가 들렸다.

"그래서 싫다는 소리야?"

―아니, 우리 절대로 헤어지지 말자.

"당연한 소릴 입 아프게 할 필요는 없고. 그런 의미에서 오늘은 여기에서 끝."

―응?

"원래 밑밥은 조금씩 푸는 거야. 난 내 어장에 들어온 물고기에게 항상 질 좋은 먹이와 환경을 제공하기 위해 노력하는 오징어거든."

자상하게 뒤끝을 내보이는 박이연이었다. 이제부터 우진과 진지한 대화를 나눠야 하니 이만 전화를 끊겠다고 마지막으로 애인을 놀리기도 했다.

"사이좋은 거 맞아?"

"친구로 알고 지낸 시간도 있고 동갑이라 아무래도 스스럼이 없지."

"그런데 결혼까지 생각한다면 할아버지도 아셔?"

미래 형수님의 사정은 모르겠지만, 아무래도 형이 좋아한다고 해서 쉽게 결혼을 허락할 것 같지 않았다. 외삼촌이나 우진의 어머니만 해도 정략혼이었던 걸 고려한다면 더욱 그랬다.

"고모와 너희에겐 미안하지만, 덕분에 우린 매우 자유로워졌어. 너무 차이가 나지 않고 사람만 괜찮다면 허락하신다고 하더라. 무엇보다 같은 일을 하니까 되레 좋아하시던데."

박이연의 말에 우진은 씁쓸하게 웃으며 그나마 다행이라고 생각했다.

"할아버지가 사람들 뒷조사에 집중하게 된 배경에 고모 일이 한몫했다는 건 주지의 사실이야. 그전에는 객관적이고 대외적인 배경과 평가에만 관심을 두셨다면 고모가 이혼한 후로는 사람들 사생활까지 철저하게 점검하게 되었거든. 그리고 우리 애인은 그 시험에서 통과했단 말씀!"

예전에는 사람을 능력과 외부 사항만으로 평가했다면, 사위에게 한번 크게 덴 후로 박현만은 인간 불신에 걸리고 말았다. 사생활까지 완벽한 걸 원하는 건 아니지만, 적어도 그 문제로 인해 뒤통수 당할 일은 철저히 방어하겠다고 결심한 것이다.

"그런 의미에서 네 결과가 나온 후에 찾아가는 게 좋을 거야. 할아버지가 이형진에게 관심을 가진 이상, 지금 한창 정보를 모으고 계실걸. 아마 그쯤 되면 네가 원하는 것 이상을 쥐고 계실 거야. 그리고 네 합격 소식에 기분이 좋아지셔서 아주 적극적으로 나오실 가능성이 크지."

요즘 일을 많이 줄이셔서 조금은 무료해하시니 부담은 가지지 말라고도 했다.

"이것으로 네 볼일은 끝냈으니 이제부터는 내 일 이야기 좀 하자."

찻잔을 내려놓은 박이연은 진지하게 두 손을 모으며 우진을 보았다. 심문하기 직전 위압감을 주는 검사의 모습 같아서 우진은 의아해하며 형을 보았다.

"아마 11월에 연예계에 피바람이 불 거다."

"피바람?"

"정재계 인사들과 연예인들의 스폰 관계가 터질 예정이거든."

"그리고 그 사건은 형 담당이고?"

굳이 대답하지 않아도 싱긋 웃는 박이연의 표정에 이미 답은 나와 있었다.

"스폰 문제야 언제나 나오던 이야기 아니야? 결국은 개인적인 문제로 무마되고 조용히 묻힐 거잖아. 지금껏 거론됐던 스폰 관계가 제대로 해결된 적이 있기나 했어?"

우진은 굉장히 회의적인 생각을 하고 있었다. 정재계에 얽힌 인물들이 어디 보통 사람들인가.

연예인이 자살하고 누군가가 양심 고백을 해도 그때만 반짝

하고 실제로 연예계와 정재계에 피바람이 분 적은 한 번도 없었다. 누구도 처벌받지 않고 자살한 이만 온갖 오명을 뒤집어쓴 채 세상에서 잊혔다.

"이번에는 위에서 표적과 가이드라인을 정해준 상태에서 시작한 거야. 대어 한 마리를 잡기 위해서 곁다리로 잡히는 것들은 보너스지만, 그만으로도 한바탕 난리가 나기에는 충분할 정도로 유명인들이 많아."

박이연이 손가락으로 위를 가리켰다. 원해서 하는 게 아니라 위에서 지시가 내려와 하는 수사라는 걸 암시했다.

이는 수사 대상이 빠져나갈 수 없다는 걸 의미했고 이에 연루된 피라미들은 굴비 엮듯이 잡힐 거라는 이야기였다. 그렇다고 해서 피라미가 무고한 것은 아니라 박이연은 별로 죄책감을 느끼지는 않았다.

"정적 제거?"

"오오~! 우리 우진이가 많이 컸네. 맞아, 정치권은 내년에 있을 선거를 대비해서 육참골단 하려는 거고. 검찰은 기회가 왔을 때 전부터 주시하고 있던 문제를 조금이라도 풀어보자고 나선 거야. 막상 이야기하니까 참 한심하네. 우리가 이렇게 산다."

자신의 살을 베어 내주고 상대의 뼈를 끊는다. 적당히 자기 쪽 사람 몇몇을 섞어 상대측 거물을 잡으려는 계획이었다. 유명 연예인도 섞여 있으니 화제성과 사회적인 파장은 보장된 사건이었다.

박이연은 씁쓸하게 웃으며 너는 진로를 잘 결정한 거라고 넋

두리를 내뱉었다. 물론 그 역시 확고한 소신을 가지고 선택한 진로지만, 이럴 때마다 회의감이 드는 게 사실이었다.

"그런데 그런 말을 내게 하는 이유가 뭐야?"

연예계에 피바람이 불 것이며 그것이 스폰서 관련 문제라는 걸 굳이 우진에게 할 이야기는 아니었다. 아무리 우진이 연예인이라고 해도 수사 발표가 한참이나 남은 사건을 미리 이야기해 줄 박이연은 더욱 아니었다.

"이번 사건은 단순하게 보면 정재계 거물과 연예인들의 스폰 문제지만, 결국에는 기획사와 그 사이에 있는 브로커들의 커넥션이 가장 큰 핵심이야. 연예인들은 돈과 활동 지원을 받는 것으로 끝이지만, 기획사는 연예계 사업에 관련된 진출이나 지원을 받았고 브로커들은 그 사이에서 사적인 이익을 추구했거든."

개인적인 문제로 취급될 수 있는 스폰 문제는 크게 보면 기획사가 정치인을 등에 업고 사업을 추진할 수 있는 원동력을 낳았다. 기업가들에게 연예인을 소개해 주는 포주 노릇을 한 대가로 받은 것은 굳이 현금만이 아니었다.

그리고 정치인, 기업가, 기획사 대표를 오가면서 이들 사이를 이어준 브로커는 이곳저곳에서 이권을 챙겼다.

"하지만 이번에 브로커는 빠질 거야. 그곳은 아예 뇌관이거든. 안 걸리는 인사가 없어. 하지만 조사는 해둔 상태야."

우진은 묵묵히 박이연의 다음 말을 기다렸다. 이쯤 되자 왠지 그가 무슨 이야기를 할지 예상이 되었기 때문이다.

"그런데 그 과정에서 네 이름이 나오더란 말이지."

스폰 이야기가 나올 때부터 어느 정도 짐작하고 있던 우진은 그 말을 듣자마자 피식 웃고 말았다.

11월 피바람설은 연예인인 사촌 동생에게 조심하라는 뜻에서 나온 이야기가 아님을 처음부터 짐작하고 있었다. 조사 과정에서 채우진이란 이름이 나오지 않았다면 이런 장소에서 함부로 꺼낼 내용이 절대 아니었기 때문이다.

"왜, 내가 스폰이라도 받고 있다고 해?"

"설마. 그랬으면 내가 지금 너하고 이렇게 조용히 밥을 먹고 있겠냐."

비록 한 다리 건너는 사촌이래도 가만히 있지는 않았을 것이다. 머리끄덩이를 붙잡기 전에 머리부터 밀어버렸을지 모른다고 중얼거리며 박이연은 보충 설명을 했다.

"11월에 터뜨릴 것을 지금부터 은밀하게 수사하고 있는 건, 표적이 빠져나갈 수 없는 확실한 증거를 모으기 위해서야. 그러다 보니 아직은 수박 겉핥기 식으로 잡다한 정보들을 무작위로 수집하는 과정이거든. 너는 그러다 얻어걸린 거지."

우진에게 자세히 설명할 수 없지만, 지금은 위에서 시키는 대로만 할 계획이었다. 그의 경력으론 아직 위에서 정해준 가이드라인을 벗어나거나 더 큰 거물을 잡아들이는 건 욕심이었다. 소신을 주장하기엔 그의 상관은 딱히 믿음직한 분이 아니었다.

그렇지만 일단 자신이 맡은 사건에 대한 전반적인 정보와 상황 판단은 완벽히 해둘 작정이었다. 언제라도 칼을 들었을 때 휘두를 수 있게 말이다.

그 과정에서 알아낸 것이 뜻밖에도 우진이 겪어야만 했던 고초였다. TM을 나온 것이 블루핏과의 불화가 아닌 스폰을 강요했던 소속사 대표 때문이라는 것도 알게 되었다.

"내가 얻어걸릴 일이 뭐가 있어? 그 사실을 아는 사람은 당시 나하고 대표… 혹시 그 일에 브로커가 개입된 거야?"

우진은 TM의 김 대표가 자신에게 스폰을 제의한 게 굉장히 비밀리에 진행된 일이라 생각하고 있었다. 그런데 수년이 지나 박이연까지 알게 되었다는 것은 제법 많은 사람이 그 사실을 알고 있었다는 걸 의미한다.

방금 막 그의 입으로도 현재 수사를 은밀하게 진행 중이라고 했던 만큼 대놓고 수사한 게 아닐 텐데도 소문이 있다는 것은 중간에 개입한 이들이 여럿 있었다는 뜻이다.

"당시 브로커께서 적극적으로 널 마담들에게 추천했다는 소문이 있어. 그 마담들이 요즘 너를 보고 그때 어떻게든 잡았어야 했다고 매우 안타까워한다나."

박이연의 말을 듣자마자 우진은 계속 만지작거리고 있던 찻잔을 들어 한꺼번에 들이켰다. 근래 들은 말 중에서 가장 역겨운 소리라서 속이 울렁거려 참을 수가 없었다.

"널 대신해서 마담과 만난 블루핏의 이연은 최근에 버림받았다고 하고……."

"이연? 잠깐, 이연이 형이라고? 이민수가 아니라?"

"야! 이연이 형이라고 부르지 마. 내가 요즘 그 인간 때문에 일하다가도 깜짝깜짝 놀란다."

이름이 같다는 이유로 같이 일하는 사무관들이 '이연'을 가지고 장난을 치고 있었다. '이연'이 언제 마담과 만났네, 얼마를 받고 무얼 얻었네 하면서 박이연 앞에서 일부러 대화하는 데 재미를 붙인 것이다.

그리고 그의 연인은 박이연의 이름을 무척이나 싫어했다. 예전엔 안 그랬는데 우진의 팬카페에 가입한 이후 한동안은 그만 봐도 괜히 째려보거나 이름을 두고 시비를 걸기도 했다. 나중에야 이유를 알게 됐지만, 이연으로선 억울한 일이었다.

그러나 우진에게 중요한 건 사촌 형의 곤란함이 아니었다. 우진은 자신을 대신해 스폰을 받아들인 게 여태껏 이민수라고 예상하였기에 뜻밖의 결과에 놀라워했다.

"정말 이민수가 아니야?"

"유감스럽게도 아니다."

"이연이, 아니, 그 사람은 성격도 소심하고 겁이 많아서 그런 대담한 일을 할⋯⋯."

말을 하던 우진은 문득 생각나는 게 있어 입을 다물었다. 소심한 성격의 이연은 언제나 다른 멤버들 뒤에서 눈에 띄지 않던 형이었다. 요즘 말로 꽃미남과에 속하는 그는 어중간한 실력을 갖추고 있었다. 외모가 아니었다면 블루핏에 합류하기가 힘들었을 거라는 평을 듣기도 했다.

덕분에 자신이 가지고 있는 무기가 없다고 생각해서 늘 불안해하고 자존감이 낮았다. 어쩌면 스폰 제안이 그에게 찾아온 새로운 기회라고 인식했을 수도 있었다.

"하긴 이민수든 누구든 그게 나랑 무슨 상관이야."

"그래, 상관은 없지. 없긴 하는데⋯⋯."

"하고 싶은 말 있으면 어서 해. 감질나게 하나씩 꺼내지 말고."

겨우 예전 일을 가지고 이렇게 심각한 분위기를 만들 필요는 없었다. 스폰을 받아들인 게 이연이든 이민수든 상관이 없는 것처럼 말이다. 사촌 형이 정작 하고 싶은 말은 다음에 나올 이야기라는 걸 직감한 우진이 먼저 자리를 깔아주었다.

"널 마담들에게 소개했다는 브로커 말이야."

"맞다! 그 사람은 날 어떻게 알고 스폰을 알선했대?"

데뷔도 하지 않은 연습생에게 스폰서를 주선하는 건 보통 기획사에서 추진하는 것이지 브로커가 나설 수준은 아니었다.

"너도 알고 있고, 그 사람도 널 아주 잘 알고 있었거든."

운을 떼는 박이연을 보며 우진은 의아해하면서 당시 자신의 협소한 인간관계를 떠올려 보았다. 하지만 딱히 답이 나오지 않아 멀뚱히 박이연을 바라봤다. 연예계와 정재계를 돌아다니며 브로커를 할 만한 인물이 우진의 주변에는 결단코 없었다.

박이연은 잠시 심호흡을 하고 그나마 남아 있던 망설임을 몰아냈다. 비밀로 해야 할 수사 정보까지 우진에게 흘린 이유는 오로지 이 사실을 알려야겠단 생각 때문이었다.

"김혜령."

"김혜령? 그게 누군… 설마 그 여자?"

"그래. 그 여자 맞아."

김혜령이라면 배우이자, 우진의 친부인 채무석의 현재 부인이었다. 결혼 전까지 활발하게 배우로 활동했기에 이름을 모르려야 모를 수가 없었다.

"그 여자가 왜 나를……."

"스폰을 받으면 좀 더 쉽고 빠르게 성공할 수 있지만, 평생 발목을 잡는 족쇄가 될 수가 있으니까. 연예인들에게 가장 최

악인 성 스캔들로 추락시킬 수도 있고. 혹은 평생 너를 협박하고 조종할 수도 있었겠지. 어떤 의도였든 그 여잔 널 아예 망가뜨릴 작정이던 것 같아. 정말 적극적으로 널 추천했다고 하니 말이야."

덕분에 지금은 브로커로서 명성이 더 올라갔다. 채우진의 비전을 미리 보고 추천할 정도로 안목이 좋다는 평을 받으며 연예계를 헤집고 다니고 있었다. 가는 곳마다 전도유망한 연예인들에게 더러운 오물을 묻히며 수렁 속에 떨어뜨리고 있었다.

"지금 하는 짓을 봐서도 그렇고. 아마 그때도 절대 널 위해서는 아니었을 거다."

사실 김혜령은 스폰서를 잘 만나 인생을 활짝 핀 경우지만, 그녀가 우진을 위해서 그랬을 리 없다는 건 분명했다.

"이해할 수가 없어. 그쪽 사람들하곤 아예 연을 끊고 살았는데 내가 뭐가 거슬려서? 지금같이 내가 TV에 자주 나와서 보기 싫어서라면 모를까. 그때는 그것도 아니었잖아. 혹시 내가 누군지 모르고 그랬던 거 아니야?"

우진은 자신의 예상이 차라리 더 설득력이 있다고 여겼다. 몰라서 우연히 걸린 게 이런 상황을 만들었다고 믿고 싶기도 했다. 막말로 서로 어디서 무얼 하고 사는지도 모르는데 어떻게 이런 일이 가능한지 의심스러웠다.

"김혜령이 널 모른다고? 그런 기대는 하지도 마. 그리고 굳이 이해할 필요가 있어? 그 여자가 사는 방법이 그런 식인데 우리가 어쩌겠어. 도리어 이해되면 그게 더 문제지. 다만 조심할 필요는 있을 것 같아서 너한테 알려주는 거야."

한 번 시도한 것을 두 번이라고 하지 않을 리가 없다. 지금은 그때보다 우진의 상황이 많이 좋아졌기에 쉽지는 않겠지만, 악의를 가진 사람의 생각은 어디로 뛸지 모르는 법이었다.

다만 김혜령이 왜 자기에게 악의를 품게 되었는지 우진이 모르는 것 같아서, 박이연은 그 집안 사정을 이야기해 줄 수밖에 없었다.

"나한테 남동생이 있었어?"

채우라만 알고 있었던 우진은 존재하는지도 몰랐던 남동생에 관해 처음으로 들은 이야기가 죽음이란 것에 묘한 감정이 일었다. 그리고 아들을 잃어버린 친부가 현재 하는 짓들에 관해 듣자 속에서 쓴 물이 올라왔다. 이건 차를 마셔도 해결되지 않는 문제였다.

부들부들 떨리는 손가락을 감추기 위해 우진은 식탁 밑으로 손을 내렸다.

"고모는 네가 몰랐으면 하는 것 같은데 나는 그건 아니라고 봐. 네가 할아버지 외손자라는 게 알려지는 건 시간문제잖아. 그럼 그 인간도 너를 인식하게 되겠지. 지금 하는 더러운 짓거리를 그만두고 이미 성장한 훌륭한 아들에게 몰두할지 누가 알아? 다만 김혜령, 그 여자는 네가 아무런 의미가 없을 때도 별짓을 다 했는데 그렇게 되면 어찌할까 싶다."

"의미가 없는 건 지금도 마찬가지일걸. 그저 쓸모가 있느냐의 문제겠지."

친부에게 자신이 어떤 존재인지 분명하게 알고 있는 우진은 냉소할 수밖에 없었다.

"그런데 그 여자는 뭐가 아쉬워서 브로커 짓을 해? 아니, 부인이 그러고 다니는데 그 사람은 가만히 있어?"

당최 이해되는 게 하나도 없는 가운데 가장 의문인 게 이것이었다. 이제 아버지라고 부르기도 싫은 그 사람이 김혜령이 하는 짓을 모를 리가 없을 텐데도 묵인한다는 게 말이 되지 않았다.

"김혜령이 연예 활동을 하면서 브로커가 된 것은 고모가 이혼하고 3년 정도 지났을 때부터였어. 그리고 그렇게 해서 쌓인 인맥으로 이득을 본 것은 네 친부이고. 김혜령이 브로커가 된 후에 네 친가가 급격하게 성장했던 것을 보면 묵인하지 않을 이유가 없지."

우진의 친가는 원래 국내뿐만 아니라 해외에 이르기까지 꽤 많은 호텔과 리조트를 소유하고 있었다. 그걸 이어받은 채무석은 거기에 더해 식품 회사를 세우고 유통망을 장악하면서 승승장구하고 있었다.

사업 확장과 허가에서 대출에 이르기까지, 기관과 연계된 일에는 언제나 순조롭게 해결되고 막힘이 없었다. 호텔과 리조트 등을 광고하는 데 연예인을 활용하는 것 역시 수월했다.

자세히 돌아보면 이 부부는 서로가 서로에게 윈윈하는 관계였다. 브로커로서 김혜령의 가치가 올라간 데에는 그녀가 채무석의 부인이라는 점이 크게 작용했다. 언제라도 뒤통수를 칠 수 있는 급 낮은 브로커보단, 같은 계층에 속한 김혜령은 함께 비밀을 공유할 수 있는 믿을 만한 '친구'인 셈이었다.

어느 한쪽이 배신하게 되면 서로 잃을 것이 많았기에 그들의 관계는 점점 견고해지고 비밀스러워질 수밖에 없었다.

은밀한 유희를 제공해 준 대가가 처음엔 큰 것이 아니래도, 그렇게 이뤄진 관계가 시간이 지나면 친목이 되고 결국 굳건한 인맥으로 돌아왔다. 그리고 그 수혜는 고스란히 채무석이 받았다.

"처음은 사랑이었을지 모르겠지만, 그들 관계도 철저하게 비즈니스로 변질된 지 오래인 것 같더라."

버림당하지 않기 위한 몸부림과 이런 마음을 이용한 이기적인 마음이 만들어낸 결과가 바로 지금의 사태를 만들었다.

"추잡하네."

"겨우 이 정도로? 나랑 한 달만 일해봐. 그런 말 절대 못 할걸."

"추잡하게 놀고들 있어."

어디까지 실망해야 하는지 몰라 우진은 참담했다. 차라리 세상에 둘도 없는 사랑으로 살아가고 있다면 인정은 해줬을 것이다. 그저 어머니와는 잘못된 만남으로 그런 결과가 생긴 거라고 말이다.

하지만 고작 이런 것이 그들이 만들어낸 사랑놀음의 결과라면 너무 추잡해서 구역질이 났다. 박이연의 말이 맞았다. 그들을 이해하지 못하는 것이 정상이고 다행한 일이었다. 속이 울렁거려서 우진은 결국 고개를 숙여 버렸다.

박이연을 마주 보는 것이 부끄러울 정도로 지금 이 상황이 너무 수치스럽고 비참했다.

◆   ◆◆◆   ◆

사촌 형과 만난 다음 날, 우진은 레이폴드와 휴를 만나 영화와 관련된 이야기를 나눴다.

전날의 여운 때문에 무슨 이야기를 해도 기쁠 수가 없었던 우진은 누구보다 차분하고 이성적이었다. 이 때문에 진중한 그의 태도를 오해한 레이폴드는 되레 이 믿음직한 젊은이에게 한없는 호감을 느끼게 되었다.

우진의 촬영 일정을 논의하고 출연료와 대우에 관한 계약은 미국에서 직접 온 변호사와 직원에 의해서 마무리 지었다. 레이폴드 일행이 미국으로 돌아가기 직전에 그들은 무사히 계약서에 사인을 할 수 있었다.

{그럼 12월에 보자고!}

영화의 크랭크인은 12월이지만, 우진의 촬영 일정은 내년 1월과 2월로 잡혔다. 하지만 액션 훈련과 현장 분위기에 익숙해지기 위해서 우진은 12월부터 현장에 합류하기로 했다. 레이폴드가 우진을 하루라도 빨리 다른 출연자와 제작진에게 소개하고 싶어서 조바심을 낸 결과였다.

우진이 촬영 전에 서로 친분을 쌓고 생소한 환경에 빨리 적응하기 바라는 마음이 컸던 것도 이유다. 무엇보다 할리우드에서 채우진은 아무것도 없는 신인이니, 촬영이 있고 없고를 떠나서 자주 얼굴을 내보이는 게 유리하다는 계산도 속했다.

계약서에 사인은 했지만, 장수환 대표는 할리우드 진출에 관련된 기사는 일단 유보했다.

앞서 제작한 영화들의 성공으로 LL—Studio는 탄탄한 자본과 명성을 가지게 된 건 사실이다. 하지만 유구한 역사를 가진 다른 제작사들에 비하면 아직은 신생이었다. 자본과 경험을 갖춘 제작사들도 몇 번이나 제작을 번복하는 게 현실인 마당에, 너무 빨리 샴페인을 터뜨리는 건 경솔할 수가 있었다.

아직 시작도 하지 않은 영화로 홍보를 하기엔 그만큼 위험부담이 컸다. 괜히 설레발로 보이거나 채우진의 가치만 떨어뜨릴 수 있기에 장수환 대표는 '채우진의 할리우드 진출'을 일단은 비밀에 부쳤다.

지금 시기에 굳이 그것이 아니라고 해도 채우진을 광고할 거리는 많았다. 그중의 하나가 바로 사법시험 2차 합격자 발표였다.

"정말 합격했구나!"

우진이 자신감을 보였어도 긴가민가하며 설마 하는 마음이 컸다. 하지만 막상 합격자 명단에 떡하니 이름이 올라온 것을 보니 장수환 대표는 어안이 벙벙했다.

"대체 언제 공부한 거냐?"

"저보다 더 대단한 사람도 있는걸요."

우진은 명단에 있는 김태화를 보고 대단하단 생각밖에 들지 않았다. 자신이야 전생을 기억하게 되면서 능력이 향상되었다지만, 김태화는 아르바이트를 병행하면서 1차, 2차를 한 번에 합격해 버렸다. 진정한 능력자란 그녀를 두고 하는 말이었다.

우진이 얼마 전에 현민을 통해 김태화에게 '붉을 적'의 영화표를 주기는 했지만, 과연 그녀가 영화를 보았는지는 모르는 일이었다.

보았다고 해도 그녀가 무엇을 느끼고 어떻게 생각하는지 결과는 누구도 예상하기 어려웠다. 긍정적인 면에서 변화가 생겼으면 좋겠지만, 아니라면 그 또한 어쩔 수 없는 일이었다. 다만 그녀가 나중에 공정하게 법을 다뤄야 하는 자리에 올랐을 때, 가족에게 좌우되어 잘못된 선택을 하지 않기만을 바랐다.

"우진아? 뭔 생각을 그렇게 하냐."

"아, 뭐라고 하셨어요?"

"면접 볼 거냐고 물었다."

"일단 준비는 해야 하겠죠."

자신이 연수원에 들어갈 일은 없겠지만, 여기까지 온 이상 면접을 보지 않는다는 것도 좀 그랬다. 2차에서 정원보다 8명이나 더 합격시켰기에 그가 포기한다고 해서 누구의 자리를 빼앗았다는 소리가 나올 여지는 없었다. 이왕이면 최종 합격자라는 명예까지 얻고 싶은 욕심이 들었다.

합격자 명단이 발표되자마자 그가 시험을 치른 것을 알고 있는 사람들에게서 계속 전화와 문자가 왔다. 그 와중에 부모님께는 바로 연락을 드렸다. 어머니의 들뜬 목소리에서 느껴지는 기쁨이 오랜만에 그에게 안식을 주었다.

"그럼 자료 돌린다."

"대표님 마음대로 하세요."

우진이 이형진의 공연을 찾아다니는 것에 호의적인 기사를 내준 기자들이 몇 있었다. 자칫하면 노이즈 마케팅이란 비난을 들을 수 있던 상황을 무마시켜 주고, 이형진을 새로운 시각으로 바라본 기사를 내주었던 것이다.

원래 채우진에게 호의를 가지고 있던 기자와 DS와 좋은 관계를 유지하고 있는 기자들이 그들이었다.

장수환 대표는 우선 그들에게만 먼저 채우진의 합격 소식을 알릴 계획이었다. 주고받기가 분명한 장 대표는 이미 준비한 자료를 동시에 그들에게 보냈다. 그중에서 재빠르게 먼저 보도하는 이가 특종의 주인공이 될 터였다.

〈채우진, 사범시험 2차 합격!〉

DS에서 보내준 자료를 받자마자 처음으로 기사를 올린 기자는 너무 서두르다가 사법을 '사범'이라고 오타를 내버렸다.

하지만 눈부신 그의 민첩함이 오타로 훼손되지는 않았다. 오히려 얼마나 놀랐으면 이렇게 오타를 냈겠냐며 사람들의 뇌리에 더 오래 남는 효과를 내기도 했다. 그건 몇 분 차이로 올라온 다른 기사들과 조회 수에서 많은 차이를 낸 것으로도 알 수 있었다.

처음엔 내용 없이 타이틀만 올렸던 기자들은 뒤이어 자세한 내용을 첨부한 후속 기사를 올리기 시작했다. 아무래도 DS로부터 자료를 받은 기자들이 더욱 자세하고 알찬 내용으로 기사를 채운 건 당연한 일이었다.

〈채우진(만23세)이 이번에 또 일을 저질렀다. 올해 처음으로 사법시험에 도전한 그는 1차와 2차에 합격하고 이제는 최종 면접만 남겨둔 상태다. 만약 그가 최종까지 합격한다면 1년 안에 1차부터 최종까지 한꺼번에 합격한 생동차가 되는 셈이다.

게다가 이번 사법시험은 그의 처음 도전이었다. 첫 도전에 2차까지 합격한 그는 모두가 알다시피 시험을 치르기 직전에 두 편의 영화를 찍기까지 했다. 물론 한 편은 특별 출연이라 촬영 일정이 얼마되지 않지만, '붉을 적'은 그의 원톱 영화였다.

영화를 본 관객이라면 알겠지만, 그는 영화 속에서 수많은 것을 해내야만 했다. 가무와 서화, 마지막 장면에서 보여줬던 액션에 이르기까지. 무엇 하나 부족함 없이 제 역할을 다해낸 그는 이를 위해서 밤잠을 자지 않고 노력했다고 인터뷰한 바 있다.

그 와중에 2차에 합격하기까지 그가 쏟아부은 노력이 얼마인지 도저히 가늠하기 어렵다.

무엇보다 1차를 준비하면서 그는 직전까지 '가면의 가왕'에 출연했다. 사실 본 기자는 그가 프로를 하차하면서 내걸었던 이유가 당시에는 도저히 이해가 가지 않았었다. 그저 이유 아닌 이유로 '가면의 가왕'을 그만두기 위한 핑계로만 여겼다. 그런데 비로소 오늘에야 명확하게 그 이유를 수긍할 수 있게 되었다.

부모님께 효도하기 위해서. 이보다 더한 명분은 찾을 수가 없을 것이다.)

ㅡ내가 지금 뭘 보고 있는지 알려줄 사람!

ㄴ현실을 부정하지 마세요. 대신 이 기사를 부모님이 보지 않게 숨기는 것이 우선입니다.

ㄴ위 댓글에 순간 혹해서 집 와이파이를 껐는데 그러면 뭐 하나.

왠지 뉴스에 나올 것 같은 이 불안한 예감이… 저녁에 부모님 모시고 외식을 해야 하나?

　　ㄴ외식하는데 식당 TV에서 떡하니 나오면… 피할 곳이 없어!

　　─'가가' 때 부모님께 효도한다는 이유를 대서 좀 이상하다 싶었는데 한량 도령 과거 시험 봤구나.

　　ㄴ설마 장원급제한 것은 아니겠죠?

　　ㄴ윗분 망상이 너무 갔다.

　　─그럼 우진 오빠 연예인 그만두는 거예요? 그럼 안 돼~!!!!

　　ㄴ설마요. 요즘 한창 잘나가는데 굳이 연수원에 들어갈 이유가 있을까요?

　　ㄴ그런데 골든볼에서 지니 여동생 꿈이 검사라고 했잖아요. 게다가 외삼촌도 검사였다는 걸 보면 왠지 집안이 그쪽 같다는 이야기가 돌긴 했지요?

　　ㄴ그러고 보니 채우진 가정사가 여동생 말고는 안 알려졌죠? 무슨 집안인지 아는 사람 있나요?

　　─그냥 축하해 주면 되는 일을 가지고 집안은 왜 궁금해하는지 모르겠네.

　　ㄴ궁금해하면 안 되나? 이제 사법시험 합격까지 했으니 共人이면서 公人인 것은 확실하잖아. 아무리 사생활이니 뭐니 해도 이제 곧 네티즌 수사대가 알아서 찾아낼걸!

　　─우진 오빠가 검사되면… 앞으로 범인이 돼야 오빨 만날 수 있는 건가요. ㅠ.ㅠ 취조당하면서 실실 웃고 좋아하는 나녀을 상상하고 말았어요.

　　ㄴ정말 검찰청에서 정모 하는 비극이 일어날지도……;;

└아, 님들 왜들 검찰청에 취직할 생각은 안 하는 건데요!!

채우진의 사법시험 2차 합격 소식에 사람들이 가장 궁금해 하는 것은 무엇보다 그의 집안이었다.

오늘 자 신문들이 가지런히 놓여 있는 책상 위를 한번 훑어 본 박현만은 그중에 하나를 꺼냈다. 일면은 그대로 넘기고 다음에 나와 있는 기사들을 읽는 그의 입가에 자꾸만 미소가 지어졌다. 손가락으로 기사 내용을 꼭꼭 짚어가며 읽고 있는 그의 앞에 비서가 조용히 차를 내려놓았다.

"최 비서."

"네, 대표님."

"오늘 오후 3시에 손자 녀석이 올 테니까 시간 맞춰 내려가서 맞아줘. 이곳은 처음이라 사람들이 귀찮게 할 것 같으니 잘 안내하고."

"박 검사님이 오십니까?"

최 비서는 박현만의 말에 의아함을 느끼며 물었다. 신입이라 잘 모르지만, 선배들에게 듣기로 박이연은 사법시험에 합격하기 전에는 몇 번인가 이곳에 온 적이 있었다고 했다.

다만 사시에 합격하고 연수원에 들어간 후로는 아예 오지 않을 정도로 행동을 조심한다는 소릴 들었다. 그런 박이연이 온다는 것도 새삼스러웠고, 첫 방문이라고 표현하는 건 더욱 이상했다.

"아아, 오늘 오는 녀석은 외손자. 이번에 2차에 붙어서 집으로 인사 온다는 걸 내가 여기로 오라고 했거든. 이쪽 분위기가 어딘지 한번 보는 것도 공부 아니겠나."

은근히 자부심을 내보이는 박현만의 목소리에 비서는 놀라서 눈을 동그랗게 떴다. 딸 이야기는 종종 들어서 외손자가 있는 건 이상한 일이 아니었다. 다만 그 손자가 이번에 사법시험을 봤다는 건 전혀 몰랐기에 순간 당황하고 말았다.

모시는 분의 사생활을 어디까지 아는 게 적정선인지 최 비서는 아직 기준을 잡지 못했다. 외손자가 사법시험을 본 사실을 몰랐다는 게 무능한 건지, 상관의 사생활이라 당연히 몰라도 되는 일인지 판단하기 어려웠다.

"녀석이 몰래 본 거라 나도 어제야 안 사실이니 그렇게 긴장하지 않아도 되네. 무엇보다 자네는 있는지도 몰랐던 손자 아닌가."

눈동자를 굴리는 것만으로도 상대의 심리를 파악한 박현만이 슬쩍 웃으며 최 비서의 긴장을 풀어줬다.

오랫동안 박현만을 수행했던 비서가 퇴직하면서 새로 뽑은 신입은 아직 여러모로 경험이 미숙했다. 굳이 경험 많고 노련한 이를 두고 신입을 비서로 둔 것은, 박현만이 일선에서 물러나 몇 년 이내로 은퇴를 고려 중이라 그랬다.

능력 있고 할 일 많은 사람을 옆에 두고 놀리는 건 인력 낭비였다. 차라리 가능성 있는 신입을 제대로 교육해 그가 은퇴할 때 회사에 보탬이 되는 인재로 만드는 게 바람직한 일이었다. 조금 의욕이 앞서고 가끔 얼굴에 감정이 드러나는 것만 빼면 최 비서는 괜찮은 재목이었다.

"그런데 손자분을 제가 어떻게 알아보죠?"

박현만을 수행하며 그의 자택에서 몇 번 본 적 있는 박이연이라면 모를까, 오늘 처음 알게 된 외손자의 얼굴을 어떻게 알고 1층에서 그를 맞이하나 싶었다.

1층 안내 데스크에서 손자가 수고롭게 신분 확인하는 절차를 덜어주고 싶은 모양인데, 그러자면 그의 얼굴을 알아야지 가능한 일이었다. 그가 빌딩에 들어서자마자 다가가 프리패스로 이곳까지 모셔오려면 말이다.

사진이 있으면 보여 달라고 은근히 뜻을 보였는데 박현만은 그저 웃기만 했다.

"아마 보면 알 거야. 우리 딸을 그대로 쏙 빼닮았거든."

그러니까 그 딸조차 본 적이 없는 최 비서는 당황스러웠다. 차라리 박현만을 닮았다면 좋으련만, 일전에 딸이 망처(亡妻)를 닮았다는 이야기를 언뜻 들은 기억이 나서 더욱 곤란했다.

최 비서가 보았던 사진 속 박현만의 부인은 60대의 아름다운 부인이었다. 그 얼굴의 젊은 버전을 보지 못해서 상상력이 필요했다.

'그러고 보니 그분이 우리 지나랑 많이 닮은 것 같았는데 그런 분위기인가? 그럼 미남이겠네.'

채우진의 팬인 최 비서는 박현만의 부인에게서 채우진을 발견하고 놀랐던 적을 기억하며 대충 상상의 나래를 펴보았다. 그래 봤자 결국엔 채우진의 얼굴만 떠올라서 난처했다. 괜히 생각나고 보고 싶어서 금단현상이 일어날 것 같았다.

"그냥 로비에 있으면 알 수 있을 거야. 짐작하건대 우리 손자만 눈에 보일걸."

너무도 당당한 박현만의 주장에 최 비서는 표정을 관리하기가 어려웠다. 이제는 웬만한 미남을 봐도 그저 그런 최 비서는 대표님의 손자 자랑이 그저 안타까울 뿐이었다. 사법시험 2차에 합격한 것이야 축하할 일이지만, 채우진도 합격한 시험이었다. 잘생겼을지 모르겠지만, 어차피 채우진의 미모를 따라오지는 못할 거다.

채우진 본인이라면 모를까, 박현만의 손자만 눈에 보일 일은 절대 없을 것 같았다.

"또또, 얼굴에 감정 드러내지 마라니까."

예전이라면 이런 지적 따위 하지 않고 어수룩한 면을 보이는 즉시 비서부터 바꿨을 그였다. 하지만 나이가 들면서 젊은이들에게 너그러워진 박현만은 그들의 미숙함을 탓하기보다는 바로 잡아주는 데 집중했다.

"죄송합니다. 시정하겠습니다."

"보고 소리나 지르지 말게."

"네?"

"우리 손자 보고 소리 지르지 말라고. 내 비서로서 언제나 묵직하게 품위를 지켜. 이것도 훈련이다 생각하고 말이야. 내가 나중에 확인할 거니까 명심하도록."

"네, 알겠습니다."

대표실을 나오면서 최 비서는 다행히 끝까지 웃음을 참는 데 성공했다. 대표님에게나 대단한 손자이지 최 비서로선 그를 보고 소리 지를 일이 무얼까 싶었다.

"아우, 우리 대표님 완전 팔불출이셔. 우리 지니라면 모를까, 내가 그분 보고 소리 지를 일이 뭐가 있어."

채우진의 2차 합격 소식에 새벽까지 소원바라기에서 정보를 나누며 회원들과 채팅하느라 잠을 제대로 못 잔 그녀는 피곤한 눈을 비볐다. 그 바람에 아이라인이 번져 거울을 꺼내 화장을 고쳤지만, 그녀의 단장은 풀 메이크업과는 거리가 멀었다.

비서에게 점잖은 차림을 원하는 박현만 때문에 그녀는 언제나 단정한 스타일을 고수해야만 했다. 화장 역시 예에 벗어나지 않을 정도로만 수수하게 유지하고, 일하면서 누군가에게 예쁘게 보일 일 자체가 없어서 외모에는 거의 신경을 쓰지 못했다. 이럴 때마다 그냥 사표를 내고 직장을 바꾸고 싶은 마음이 굴뚝같았다.

"후~! 지니가 연수원 들어가면 나도 공무원 준비나 할까."

어디까지 만일이지만, 법원이든 검찰청이든 따라 들어가야지 결심하다가 로펌으로 들어갈 가능성도 배제할 수 없어서 최 비서는 한숨을 내쉬었다. 우스갯소리로 검찰청과 법원 정보를 위해서는 범죄자가 가장 쉬운 방법이라는 게 일리 없는 소리가 아니었다.

오후 3시가 다가오자 남색의 투피스 정장과 하얀 셔츠를 입은 최 비서는 포니테일로 묶은 머리를 깔끔하게 정리해서 올렸다. 처음 만나는 대표님 손자에게 흠을 보이지 않으려고 스타일을 점검하며 몇 번이나 거울을 들여다봤다.

"완벽해! 여기에 안경만 쓰면 B사감인데."

마지막으로 B사감 코스프레를 하지 못한 것이 아쉬웠다. 비서의 전형적인 모습과 자세를 취한 그녀는 여유를 가지고 빌딩

1층 로비로 내려갔다. 토요일인데도 로비에는 사람들이 많았다. 이 구역은 주5일제와는 상관없이 언제나 일로 넘쳐나는 곳이었다.

이 많은 사람 중에 어떻게 대표님의 외손자를 알아볼 수 있을까.

이렇듯 막무가내로 마중 나가라는 건 평소 일 처리가 분명한 박현만 대표답지 않은 처사였다. 어쩌면 이게 의미 있는 시험일 수 있기에 최 비서는 잔뜩 긴장한 채로 두 눈에 힘을 주었다.

◆　　　◆◆◆　　　◆

안내 데스크 옆에 서서 들어오는 이들을 하나씩 살펴보던 최 비서의 눈에 믿기지 않는 존재가 보인 것은 오후 2시 50분경이었다. 블랙 슈트에 진보라색의 실크 넥타이를 한 남자가 로비에 등장하자마자 모두의 시선이 그곳으로 향했다.

기다란 다리로 성큼성큼 걷는 자세가 굉장히 바르고 곧아서 외모와 상관없이 시선이 갈 수밖에 없었다. 깔끔하게 정리한 헤어스타일은 나이에 비해 중후한 느낌이 들지만, 이런 무게감이 너무나 잘 어울리는 남자임을 알기에 크게 거슬리지 않았다.

첫인상은 금욕적인데 그 안에서 풍기는 분위기는 굉장히 섹시했다. 걸을 때마다 보이는 몸의 라인이 어느 것 하나 흠잡을 데 없이 완벽했다.

세상의 모든 빛이 그 한 사람을 향해 쏟아지고 있었다. 처음엔 남자 자체만 보여서 몰랐는데, 그는 한 손에는 붉은 장미 꽃

다발과 다른 손에는 선물로 보이는 쇼핑백을 들고 있었다. 잠시 걸음을 멈춘 그가 주위를 둘러보자 용기 있는 한 여성이 그에게 다가가는 게 보였다.

잠시 후 그녀는 최 비서가 서 있는 안내 데스크를 손으로 가리켰다. 고개를 까닥이며 고마움을 표시한 남자가 자기 앞까지 걸어올 때까지, 최 비서의 정신은 퍼즐을 맞추기에 바빴다. 두어 걸음 떨어진 거리에 멈춘 남자가 살짝 고개를 숙여 최 비서의 이름표를 확인하자 그녀는 퍼뜩 정신을 차리며 말했다.

"혹시, 대표님을 찾아오신 손자분이십니까?"

최 비서가 저도 모르게 입을 여는 순간, 그녀의 머릿속을 복잡하게 굴러다니던 퍼즐 조각들이 모두 제자리를 찾아갔다.

"네, 처음 뵙겠습니다. 채우진입니다."

환하게 웃던 채우진은 자신의 양손을 내보이며 악수를 청할 수 없는 처지임을 사과했다.

"제가 들겠습니다."

"아니요. 별로 무겁지도 않은걸요."

외조부를 찾아오는데 빈손으로 오기 뭣해서 어머니께 조언을 듣고 산 게 붉은 장미와 수제 쿠키였다. 어머니에게 이유를 들어 알고 있지만, 그래도 내심 불안한 마음에 우진은 자신이 들고 온 것을 비서에게 확인부터 받았다.

"잘 고르셨습니다."

언제나 사무실에 붉은 장미가 시든 적이 없었고, 쿠키는 평소 박현만이 즐겨 먹는 제품이었다.

짧은 인사말이 오가고 그녀는 앞장서서 임원용 승강기로 그를 안내했다. 어느 때보다 허리를 꼿꼿하게 펴고 두 손을 가지런히 모아 배에 올린 자세가 마치 승무원 같다고 우진은 속으로 생각했다.

아니나 다를까, 최 비서가 채우진을 뒤에 달고 나타나자 사무직 직원들의 눈이 휘둥그레져 석상처럼 굳어버렸다. 몇몇은 겨우 정신을 차리고 옆 사람에게 귓속말을 나누기도 했지만, 사정을 모르는 건 그들도 마찬가지였다.

어떻게 소식을 들었는지 각자 사무실에서 나온 변호사들이 문 앞에 기대서서 채우진을 보기에 바빴다. 최 비서는 일순 이 인간들의 정보력에 혀를 내둘렀다. 1층에서 15층인 이곳까지 올라오는 동안 저들은 채우진의 등장을 누군가에게 보고받은 것이다.

"우진이 왔냐?"

마침 직원에게 자료 조사를 맡기고 있던 박은철이 그를 보고 알은체를 했다. 소매를 접어 올리고 손에 잔뜩 서류를 들고 있는 외삼촌을 발견한 우진은 꾸벅 인사를 했다.

"꽃을 든 남자는 늘 옳지."

한 손에 꽃을 들고 있는 조카를 보며 박은철은 쿡쿡 웃었다. 어머니가 생전에 가장 좋아하시던 꽃이 붉은 장미였다. 퇴근하시던 아버지 손에 붉은 장미가 있을 때마다 어머니께서 하시던 말씀이었다.

"대신 자손들은 괴롭죠."

로맨티시스트인 할아버지 때문에 한낮부터 붉은 장미를 들고 다녀야만 하는 것도 참 곤혹스러운 일이었다. 우진의 말에 박은철은 크게 웃으며 조카의 어깨를 토닥여 줬다. 그 모습에 여기저기서 호흡 곤란을 일으키는 소리가 들렸다.

"내 조카야."

채우진의 등장에 동공 지진까지 일으키며 궁금증을 보이는 사람들에게 박은철은 무심하게 대답해 줬다. 막강한 증거를 들이밀며 변론할 때나 느끼던 카타르시스와 비슷한 감정을 즐기며, 박은철은 우진에게 축하한다는 인사를 전하고 자신의 사무실로 가버렸다.

이내 우진도 최 비서를 따라 Rome로펌의 대표실로 들어갔다.

그가 사라지자 잠시 멈춰 있던 시간이 다시 똑딱 하며 움직였다. 숨이 멈추듯 조용했던 공간은 어수선한 소음으로 가득했다. 몇몇에게서 숨넘어가는 소리가 들리기도 했다.

채우진을 대표실까지 안내한 최 비서라고 다를 게 없었다. 채우진에게 건네받은 장미와 쿠키를 들고 밖으로 나온 후, 그녀는 벽에 기대어 스르륵 무너져 내렸다. 언젠가 채우진을 두 눈으로 영접할 기회가 올 거라는 희망을 버린 적은 없었다.

그런데 수많은 상상 속에 이런 만남은 없었다.

"헉헉, 완벽했어!"

박현만의 숙제를 무리 없이 해치웠다는 생각에 최 비서는 두 주먹을 불끈 쥐었다. 이젠 앞으로 실수 없이 완벽한 '최 비서'로 살아가야 할 분명한 이유가 생기고 말았다. 사표는 고이 접어두고 검찰청과 법원 정모는 이로써 완전히 바이바이였다.

"내 비서가 널 보고 소리 지르고 호들갑은 떨지 않던?"

"아니요. 말수가 적고 딱딱해서 되레 제가 긴장했는걸요."

외조부를 오랫동안 모시던 예전 비서는 굉장히 친절하고 자상한 분이었다. 그에 비해 오늘 만난 최 비서는 우진까지 경직되게 만들 정도로 냉철해 보였다.

"그랬다면 됐다."

자못 대견해하는 빛을 보이며 박현만은 웃었다. 하지만 자리에 앉은 우진을 보는 박현만은 언제 그랬냐 싶게 날카로운 눈빛을 보내며 물었다.

"연수원에 들어갈 생각은 없지?"

"네."

기대하지도 않는다는 외조부의 표정을 보며 우진은 편안하게 대답했다.

"고얀 것! 사시가 네 능력 평가하는 시험인 줄 알아? 이런 것들은 그냥 면접에서 떨어뜨려야 하는데."

"아, 그럴 수도 있겠네요."

지식이나 다른 면을 평가한다면 떨어질 이유는 없겠지만, 우진의 경우 앞으로 법조계로 나갈 가능성이 없기에 자질에서는 자격이 없었다. 그게 문제가 된다면 떨어져도 할 말이 없는 처지였다. 미처 생각하지 못한 문제에 대해 우진이 진지하게 고민하자 박현만은 혀를 찼다.

"어릴 때부터 할아버지를 보고 깊은 존경심을 품게 되었고 선망하게 되었다고 해. 비록 앞으로 어떻게 될지는 모르겠지만, 결코 가벼운 마음으로 도전한 게 아니라고 말하면 그냥 무사통과일 게다."

"그러면 편법 아닌가요?"

무엇보다 정직하고 소신 있게 대답해야 할 문제에 편법을 가르치는 외조부를 보는 우진의 눈이 게슴츠레해졌다.

"편법은 무슨! 모두가 다 그렇게… 잠깐, 그렇다면 그 말은 날 존경하지 않았다는 말이냐?"

이왕 여기까지 왔으니 최종 합격자라는 타이틀까지 얻었으면 하던 박현만은 손자에게 훌륭한 편법을 가르치려다가, 눈을 부라렸다.

"설마요. 할아버지를 보고 자연스럽게 사법시험까지 보게 된 걸요. 그렇지 않았다면 제가 뭐하러 몇 년을 고생하면서 준비하고 시험까지 봤겠어요."

대답하면서 우진은 '아!' 하는 깨달음을 얻었다. 면접을 어떻게 봐야 하는지 감을 잡은 것이다. 그건 박현만도 마찬가지인지 피식 웃으며 자상한 조언을 더 했다.

"그렇게만 하면 된다. 그리고 최종 발표 날 때까지 인터뷰할 일이 있으면 이렇게 합격할 줄 몰라서 깊게 고민하지 않은 문제다, 앞으로 심사숙고할 계획이라고 계속 운을 떼. 저쪽에서 잔뜩 오해하고 설레라고."

외조부의 조언에 우진은 눈이 가늘게 접히도록 웃으며 알겠다고 답했다. 그런 손자를 바라보는 박현만의 눈은 어느새 따뜻하게 변해 있었다.

어차피 크게 실수만 하지 않으면 면접관들도 굳이 우진의 책을 잡기 위해 노력하지는 않을 터였다. 시험을 보는 것도, 그 길을 택하지 않을 자유도 이 나라의 국민이라면 누구에게나 있었다.

"하긴 우리 도움 없이 여기까지 온 너라면 알아서 잘할 거라 믿는다."

박이연이 수석으로 사법시험에 합격하긴 했지만 그건 어쩌면 당연한 결과였다. 어릴 때부터 아낌없는 지원 아래 교육을 받았는데 못하면 되레 이상한 일이었다. 모든 게 갖춰진 환경에서 뭐 하나 부족한 것 없이 자란 박이연이 이룬 것보다, 우진이 만들어낸 결과가 더 대단하고 기적적인 일이었다.

"그래도 전에 만났을 때 귀띔이라도 해줬어야지. 어제 내가 얼마나 놀랐는지 알아?"

2차 합격자 명단에 너무나 익숙한 이름을 보고도 설마 했다. 그래서 아들을 불러 캐자 그제야 술술 이야기를 하는 게 아닌가. 이게 벌써 자신을 뒷방 늙은이 취급하면서 정보를 차단하냐고 결국 역정을 내고야 말았다.

의도는 이해하지만, 자신이 시험을 앞둔 손자에게 눈치 없는 짓을 할 정도로 분별없는 줄 아냐며 오랜만에 화를 내기도 했다. 본인은 물론, 아들에 이어 손주가 둘이나 이미 사법시험을 봤다. 이만하면 누구보다 사리를 분별할 능력은 되었다.

곧바로 우진이 직접 전화를 해서 합격 소식을 전했기에 얼른 화를 식혔지만, 안 그랬다면 꽤 오래갔을 문제였다. 반면 이렇게 된 거 우진이 자신의 손자인 걸 세상에 알릴 좋은 기회라는 생각이 들었다.

사람들 앞에서 모른 척 시치미 떼는 것도 이제는 슬슬 힘들어지고 있었다. 게다가 우진의 친가가 돌아가는 사정을 보면 숨긴다고 해서 상황이 나아질 것 같지도 않았다.

차라리 먼저 이쪽에서 사실관계를 밝히고 입지를 견고하게 다지는 게 나았다. 아예 저들에게 준비할 시간을 주지 않게 말이다.

"얼마 전에 베리로즈의 아라인가 뭔가 하는 아이가 바른정식품 딸인 게 밝혀졌다지? 금수저다 뭐다 하면서."

"네, 저도 그 기사 보고 알았어요."

친부가 식품 회사를 세운 것을 알지 못했던 우진은 평소 자신이 애용했던 양념들 대부분이 그 회사인 것을 알고 아연했다. 어머니가 아무 말도 하지 않아 몰랐는데 부엌에서 이것들을 볼 때마다 무슨 생각을 하셨을지 씁쓸하기도 했다.

어쩌면 이제는 아무런 감정이 없어서 봐도 아무렇지 않았을 수도 있었다.

"그 기사 나오고 내가 제일 많이 들었던 말들이 뭔지 아니?"

"사람들이 옛날 일을 묻던가요?"

"아니, 아라인지 우라인지 그 아이 말이다. 사람들이 내 외손녀로 알고 있더구나. 그래서 예쁜 손녀를 뒀다고 인사를 하는 거야."

"네?"

"출생 세탁을 아주 열심히 했던 모양이야. 사람들에게 그 아이가 우희인 것으로 착각하게 했던 거지. 덕분에 난 생전 알지도 못했던 손녀가 하나 생기고 말았지 뭐냐."

사정을 모르는 우진에게 박현만은 그동안의 일을 자세히 설명해 줬다. 채씨 집안의 명예를 위해 어느 순간부터 채우라가 우희가 돼버린 사연에 우진은 결국 미간을 찌푸렸다. 박현만도 허허 웃고 있지만 날카로운 눈빛이 비정하게 빛나고 있었다.

"그들이 출생 세탁을 했다고 해도 할아버지가 여태 묵인했으니 가능했던 거 아닌가요?"

우진이 아는 할아버지는 절대 그 사실을 몰랐을 리가 없었다. 알고도 모른 체해줬으니 가능한 일이었기에 물었다.

"우진아, 사람은 약점이 많을수록 불리해질 수밖에 없단다. 그리고 상대의 약점은 쥐고 휘두르는 맛에 참고 기다리는 거지."

가치 없는 것들에 일일이 대응해 봤자 감정만 소비하지 돌아오는 이득은 없었다. 박현만은 순간의 시원함보다는 묵묵하게 기다리는 걸 선택했다. 작은 열매가 자라고 익어서 상대의 약점이 되도록 알뜰히 도와줬다.

"그럼 외손녀냐고 묻는 사람들에게 할아버진 뭐라고 대답하셨어요?"

"외손주 중에 연예인이 된 아이가 있기는 하지만 걸그룹은 잘 모르겠다고 말했다."

"오해하는 분들이 있었겠네요."

박현만이 딸의 이혼을 반대하면서 연을 끊었다는 이야기는 딱히 비밀도 아니었다. 그 때문에 외손주들 소식을 모르고 있다가 타인을 통해 알게 되었다고 오해하기 딱 좋은 대답이었다.

"그래서 무척이나 기대된단다. 네가 내 손자라고 알려지면 너와 그 아이와의 관계가 어떻게 되는지 말이야. 우희가 네 동생이라는 걸 우리나라에서 모르는 사람은 없잖니."

박현만에게 채우라는 보호해야 할 대상이 아니었다. 어차피 딸을 힘들게 만든 사람들과 원인 중의 하나였다. 다만.

"하지만 너에게는 동생이라 신경이 쓰일 수 있겠구나."

박현만은 말을 하면서 우진의 표정을 찬찬히 살폈다. 걱정하는 마음도 있고 우진의 마음을 확인하기 위한 관찰이기도 했다.

"제가 연예인이 되면서 결심한 것이 있어요. 무슨 일이 있더라도 가족은 보호하고 힘들게 만들지 않는다는 거였습니다. 하지만 제 가족에 채우라는 들어가 있지 않아요."

채우라에게는 미안하지만, 아무리 봐도 그 아이가 동생으로 느껴지지 않았다. 열아홉이라면 충분히 보호받을 나이라 우진도 채우라에게 일이 생긴다면 도와줄 의사는 있었다.

그게 누구라도, 타인의 불행을 즐기는 성격도 아니고 측은지심이 존재하니 마음 아파할 수도 있다. 그러나 어디까지나 타인에게 가지는 마음일 뿐 친인척에게 가지는 '정'은 아니었다. 부모 없이 어렵게 사는 아이도 아니고 굳이 보호해 줄 이유를 우진은 찾지 못했다. 냉정할 수 있겠지만, 가족보다 타인을 우선하는 사람은 거의 없었다.

"그럼 조만간 재밌는 기사가 터지겠구나."

의미심장한 외조부의 말에 우진은 뜻대로 하시라고 말했다. 언론을 움직이는 건 솔직히 우진의 능력 밖의 일이었다. 외조부가 가족들에게 불리한 일을 할 분도 아니고 오랫동안 생각해 둔 것이 있는 듯해서 그대로 따르기로 했다.

아직 그에게는 친가를 상대할 무기가 없었다. 친가와의 문제는 전적으로 외조부에게 맡기는 게 낫다는 결론하에 우진은 그쪽은 당분간 신경 쓰지 않기로 했다. 대신 그는 오늘 여길 찾아온 목적을 상기하며 은밀히 말을 꺼냈다.

"할아버지께 부탁드릴 게 있어요."

조심스럽게 입을 열면서 우진은 슬며시 외조부의 눈치를 봤다. 공백기가 있었던 만큼 어려운 것도 있고, 사적인 문제로 외조부에게 부탁하는 게 과연 옳은 일인가 하는 주저함도 있었다.

"뭐가 말이냐."

"제가 아는 형 문제로 할아버지께 도움을 청하려고요. 그 형이 억울하게 누명을 쓰고 힘들게 살고 있는데, 제가 이런 부탁할 곳은 아무리 생각해도 할아버지밖에 없더라고요."

우진의 말을 듣자마자 박현만은 무슨 이야기가 나올지 바로 직감했다. 이형진에 관해 호기심이 생겨서 조사한 게 이렇게 쓰일 줄은 몰랐다. 혹시나 해서 알아본 것이 우진이 원하는 거라는 걸 눈치챘으면서, 박현만은 짐짓 모른 척하며 되물었다.

"누가 네게 벌써 청탁이라도 하던?"

"설마요. 그냥 제가 가만히 있기엔 너무 화가 나서 도와주고 싶어서 그렇죠. 제가 너무 주제넘은 건가요?"

우진이 말간 눈으로 바라보자 박현만은 괜히 헛기침을 했다. 어린 모습만 기억하던 그에게 있어 어느새 다 커버린 우진은 조금 생소하기도 했다. 하지만 이렇게 가끔 보여주는 모습이 어릴 적에 그의 다리를 붙잡고 애교를 부리던 때를 떠올리게 했다.

놓쳐 버린 시간 속에서 성장해 버린 모습이 무엇이라도 우진과 우희는 여전히 그의 사랑스러운 손주들이었다.

책상 위에 있는 붉은 장미에 박현만의 시선이 잠깐 머물렀다. 우진이 사 온 것을 비서가 화병에 담아 책상에 두고 간 것이었다.

문득 저 꽃을 좋아했던 부인이 떠올라 박현만은 가늘게 한숨을 내쉬었다. 더는 부인을 볼 수 없다는 사실만으로도 충분히 가슴 아프고 슬픈 일이었다. 그런데 자신의 아집으로 딸과 외손주들의 곁을 너무나 오래 떠나 있었다. 그 시간이 새삼 아깝고 가슴을 답답하게 했다.

무엇이 중요한지 잊어버린 결과였다. 원칙주의자였던 박현만은 세상에서 가장 중요한 것이 무언지 이제는 분명히 알고 있었다.

"그래, 그럼 내가 뭘 도와주면 되겠니?"

자상한 외조부의 물음에 내내 긴장하던 우진의 얼굴이 활짝 펴졌다. 사촌 형이 걱정하지 말라고 했지만, 깐깐한 외조부가 행여나 안 된다고 나서면 도리가 없었기에 내심 걱정이 컸었다.

한시름 놓는 게 환히 보이는 외손자를 보며 박현만은 슬쩍 어깨를 으쓱였다. 이럴 때면 능력이 있다는 게 꼭 나쁘지만은 않았다.

◆　◆◆◆　◆

　TM의 김석형 대표는 어제부터 속이 굉장히 불편했다. 불안한 마음은 언제나 최악의 결과만을 상상하게 했다.

　"젠장, 그 새끼는 뭐 하러 사시를 봐서. 설마 검사 같은 건 되지 않겠지?"

　김석형이 진정하지 못하고 사무실을 왔다 갔다 하며 중얼거리자 그의 오른팔 격인 권 실장이 고개를 저었다.

　"그렇지는 않을 겁니다. 요즘 한창 잘나가는데 뭐가 아쉬워서 공무원이 되겠습니까."

　"그래도 혹시 모르잖아. 스타 검사가 돼서 권력까지 얻게 되면 연예인이 별거야? 막말로 그 길로 정치한다고 나서서 우리한테 복수라도 하면 어떡해?"

　"굳이 복수할 게 있나요. 블루핏 문제라면 이미 잘 해결……."

　권 실장은 채우진이 TM에게 안 좋은 감정은 있을지언정 딱히 보복할 이유는 없다고 말하려다 멈칫했다. 김 대표의 측근으로서 그 역시 채우진이 TM을 나간 진짜 이유를 알고 있었다. 블루핏과의 문제에 치중하다가 잠깐 잊고 있었던 사실이 이제야 떠올랐던 것이다.

　"설마요. 자기 얼굴에 먹칠할 일이잖습니까."

　비록 김석형을 원망하고 있다고 해도 그 일을 다시 헤집는 건 서로에게 이익이 되지 않았다.

　"아니지. 오히려 제 명성을 올릴 기회일 수도 있잖아. 난 그런 유혹도 견디고 지금 이 자리까지 올라왔다면서 우릴 매장하려고 할지 누가 알아?"

열변을 토하는 김석형의 의견도 아주 가능성이 없는 소리는 아니었다. 굳이 그 문제가 아니더라도 앙심을 품고 있다면 다른 건수는 얼마든지 찾을 수 있다. 최근 이형진에게 접근하는 것만 봐도 뭔가 수상한 움직임이었다.

"그 녀석이 애초에 연예인이 목적이 아니라 정치 쪽에 마음을 두고 그랬다면 지금까지의 행동이 어느 정도 이해가 되지 않아? 연예인이 뭐 하러 죽자 사자 공부해서 사법시험을 봐!"

김석형은 생각하면 할수록 채우진의 목표가 연예인이 아닌 정치라는 결론이 나왔다. 지금의 인기를 등에 업고, 검사로 몇 년간 경력을 쌓고서 정계로 입문한다면 일대 파란을 일으키며 승승장구할 가능성이 컸다.

권 실장은 검사를 공무원이라 폄하했지만, 권력에 다가갈수록 막강한 힘을 얻을 수 있는 게 바로 그 자리였다.

대중의 인기를 얻어 높은 자리에 오른 정치인을 어디 연예인에 비할까. 야망 없는 놈이라고 비웃었는데 어쩌면 누구보다 판을 크게 그렸던 게 채우진이 아니었을까 하는 생각에 그는 등골이 오싹했다.

"그래도 미리 걱정할 필요는 없을 겁니다. 그놈이 검사가 되든, 정치인이 되든 뭘 할 수 있겠어요?"

우리에게도 뒤를 대주는 든든한 인맥들이 있는데 무서울 게 뭐냐고 권 실장은 가볍게 넘겼다. 하지만 김석형은 그럴 수가 없었다. 자신이 채우진에게 한 짓이 있었고, 무엇보다 사람은 자신을 기준으로 타인을 평가하고 그들의 생각을 읽으려고 한다.

"무엇보다 그놈 외삼촌이 검사였다는 것도 불안해."

"그래 봤자 평검사였겠죠. 힘 있는 놈이었으면 조카가 그렇게 당했는데 가만히 있었겠어요? 사실 블루핏 문제도 DS에 들어가서 거론된 거지, 그 외삼촌이 해준 게 아니잖습니까. 아마 지금은 로펌은커녕 개인 사무실 하나 차려놓고 별 볼 일 없는 변호사로 활동 중일 겁니다."

김석형의 불안을 잠재우기 위해 꺼낸 말이지만, 상당히 일리는 있었다. 당시 채우진이 사는 형편이나 제대로 된 대항도 못 했던 것을 보면 뻔한 일이었다. 외삼촌과 사이가 안 좋았거나 그에게 아무런 힘이 없었을 가능성이 컸다.

"그렇다면 채우진 집안은 걱정할 필요가 없다는 소리지?"

"걱정할 게 뭐가 있습니까. 막말로 우리가 알고 있는 검사만도 몇인데요."

어제 채우진의 사법시험 2차 합격 소식이 전해진 후로 인터넷에선 채우진의 집안에 관한 궁금증이 일어나고 있었다. 네티즌 수사대가 발동하네 마네 하지만, 아직까진 딱히 나온 게 없었다.

사실 그동안의 인기로 봤을 때 나와도 이미 나왔어야 할 이야기들이 아직 잠잠한 것을 보면 그만큼 별것이 없다는 의미였다. 캐도 나올 게 없는 그런 집안이 위협될 리는 없다. 일차적인 걱정을 덜어낸 김석형은 사무실을 왔다 갔다 하며 고민에 빠졌다.

어쩌면 괜한 걱정일지도 모른다. 하지만 자신이라면 어쩔까 하는 걱정이 머리에서 떠나지 않았다. 만약 자기가 채우진이라 면 당했던 그대로 꼭 복수할 거라는 점은 분명했다.

무엇보다 채우진은 블루핏에게 끝끝내 복수하고야 말았다. 그냥 조용히 잊을 수도 있는 사건을 '가면의 가왕'과 'TV스타'에 나와 당했던 일을 은근히 대중에게 터뜨리면서 일을 키웠다. 그런 놈이 스폰 문제로 당했던 모멸감과 괴롭힘을 잊고 그냥 묻을 것 같지가 않았다.

또한, 스폰서 문제가 아니라도 TM과 김석형에게 복수할 방법은 많았다. 작정하고 덤벼든다면 걸리는 게 한둘이 아니라서 김석형의 근심은 괜한 게 아니었다.

"그냥 계속 연예인을 한다면 모를까. 만약 그놈이 법조계나 정치에 마음이 있다면 우리에게 좋을 것은 하나도 없어."

제 출세를 위해서 앙금이 남아 있는 TM을 밟고 올라가지 말라는 법이 없었다. 화제성이나 성과를 보면 부패한 기획사를 척결했다는 공적만큼 그럴싸한 게 없다. 김석형의 걱정에 권 실장은 그사이에 채우진이 어떠한 입장 표명이라도 했는지 인터넷 기사들을 찾아보았다.

"방금 막 기사가 떴네요. 아직 확정된 것이 없으며 깊이 숙고 중이라고 DS에서 발표했답니다. 우선은 면접에 치중할 테니 많이 도와달라고 했답니다."

"젠장!"

숙고 중이라는 걸 김 대표는 다르게 받아들였다. 점점 자신의 예상이 맞을 수 있다는 걱정에 그는 다른 방안을 마련할 수밖에 없었다.

"그놈이 아예 사시에서 떨어지게 만들어야 해. 사람 시켜서 면접 보기 전에 교통사고를 내서 못 보게 할까?"

사람 하나 교통사고로 어떻게 하는 건 김석형에게는 아무것도 아니었다.

"그럼 뭐 합니까. 내년이 있고 한 번 붙은 거 두 번이라고 못 붙을까요. 그럴 때마다 교통사고를 낼 수도 없잖습니까. 면접이 중요한 게 아니라, 면접을 봐도 아예 떨어질 수밖에 없는 요건을 만든다면 모를까. 이번 한 번만 못 보게 한다고 해결될 일은 아닐 것 같습니다."

권 실장의 지적에 계속 안절부절못하고 불안해하던 김석형이 그대로 멈췄다. 그의 말대로 중요한 것은 이번 한 번만이 아니었다.

법조인이 되지 않더라도 그렇게 똑똑한 놈은 언제든지 정치인이 될 수가 있었다. 연예계에서 정치인이 된 이가 아예 없는 것도 아니고, 치명적인 스캔들만 없으면 나중에 조금 나이가 들어서 정계에 들어가도 반감을 사지 않을 터였다.

이미 제 능력을 보여줬기에 정치하겠다고 나서는 어중이떠중이들보다 자격은 충분했다.

"위협적인 스캔들이라. 더러운 루머 같은 게 있다면 앞으로 인기도 사그라지고 정계는커녕 지금 당장 사시 면접에서도 떨어질 수 있겠지?"

이번뿐만 아니라 앞으로도 쭉 위협이 되지 못하도록 밟아버려야 했다. 지금껏 TM을 나가 성공한 것들을 처리했던 것과는 다른 이유지만, 그 방법은 크게 다르지 않을 터였다.

"그걸 쓸 수밖에 없나."

채우진에게 뺏은 폰을 아직도 가지고 있던 김석형은 작게 중얼거렸다. 채우진이 TM을 나갈 때 그가 성공할 거라는 데에는 조금의 의심도 없었다. 그만한 외모와 실력을 갖췄는데 성공하지 못하면 그게 이상한 일이었다.

정말이지 채우진은 놓치기 아까운 인재였다. 그가 대화를 녹음해서 협박하지 않았다면 어떻게든 데리고 있었을 터였다.

브로커와 고객이 워낙에 채우진을 요구했기에 어쩔 수 없었지만, 스폰 문제만 잘 해결되면 어떻게든 품고 갈 생각이었다. 정작 채우진이 그런 강수를 두며 멋대로 굴 줄은 상상도 못 했지만 말이다.

"그건 협박용이 아니라 나중에 우리한테 다시 데리고 오려고 가지고 있었던 건데……."

다른 이들에게 했던 것과 다르게, 채우진은 TM으로 다시 데리고 오기 위해 그의 약점을 만들어 놓은 거였다. 그만큼 채우진의 가치를 크게 평가했고 그를 놓친 게 내내 아까웠다.

하지만 이제 그것도 끝이었다. 나부터 살고 보자는 마음에 김석형은 재빨리 마음의 결정을 내려야만 했다.

채우진의 약점은 그에게서 빼앗은 폰이었다.

우진의 폰에 있던 녹음 파일을 편집해서 오히려 그가 스폰서를 받기 원하는 것처럼 만들어놓은 상태였다. 김석형은 채우진을 말리면서 설득하는 말을 따로 녹음해서 완벽하게 파일을 조작해 놓았다.

그뿐만 아니라 채우진의 폰으로 김석형과 스폰 관련해서 메시지를 주고받은 것처럼 거짓으로 꾸며놓기도 했다.

"그걸 쓰시려고요? 하지만 저번 블루핏 때 봤다시피 우진이가 대표님과의 대화를 녹음한 게 또 있다면 그건 소용이 없을 겁니다. 오히려 역풍을 맞을 수가 있어요."

블루핏과의 일을 동영상으로 녹화했다면 김석형과의 대화 역시 그때 한 번이 아닐 수도 있었다. 권 실장이 그걸 지적하자 김석형은 자신 있게 고개를 저었다.

"그 동영상은 우진이가 노래 연습한 거 녹화하려는 도중에 아이들이 일을 저질러서 우연히 찍힌 거였잖아. 그때 폰이 부서져서 새로 바꾼 것이 지금 내가 가지고 있는 건데, 그 안에 다른 녹음 파일은 없었잖아."

블루핏 멤버들한테 맞을 때 그 장면을 녹화하던 우진의 폰은 당시에 부서졌었다. 그 폭력 사태가 우진이 결국 블루핏에서 빠지게 된 계기가 돼서 김석형은 잘 기억하고 있었다. 멤버들에게 맞다가 폰이 부서져서 새로 폰을 해야만 한다는 이야기를 똑똑히 들었었다.

그리고 새로 바꿨던 폰이 지금 김석형이 가지고 있는 것이었다. 그 안에는 김석형과 나눈 마지막 대화 말고 다른 녹음 파일은 없다. 무엇보다 부서진 폰에 동영상 말고 다른 녹음 파일이 있었다면 채우진과 DS가 지금까지 조용히 넘어갔을까 싶었다.

"만약 네가 채우진이나 DS였다면 다른 녹음 파일을 가지고 있으면서 여태 가만히 있었을 것 같아? 어떻게든 나한테 하나라도 빼앗으려고 했겠지. 설문영 그 새끼를 봐. 이연이가 스폰을 받았다는 걸 알고 날 협박해서 주식까지 빼앗았잖아."

김석형은 녹음하는 데 폰 말고도 다양한 기계들이 있다는 것을 인식하지 못하고 있었다. 아니, 있어도 채우진이 다른 도구를 이용해서 대화를 녹음했을 가능성은 아예 상상도 하지 못했다. 당시 채우진은 어렸고 그 정도로 치밀하지는 않다고 여기고 있었다.

새로운 폰에 다른 녹음 파일이 없었다는 건, 옛날 폰에도 없었을 가능성이 매우 크다고 그는 확정했다.

"영리한지는 몰라도 치밀했다면 그 자리에서 자기가 녹음했다는 걸 밝히지는 않았을 거야."

김석형의 확신에 권 실장도 조금씩 흔들리기 시작했다.

"솔직히 우진이가 다른 녹음 파일을 가지고 있지 않다면 유리한 건 우리죠. 우리한테는 그 녀석 폰까지 있으니까, 그걸 잘 이용해서 올가미를 씌우면 빠져나가기 힘들 겁니다."

이 문제가 소송까지 가면 증거품인 폰은 분실했다고 하고 원본 대신에 짜깁기한 복사본을 내밀면 된다. 막말로 명예훼손으로 TM이 패소한다 해도 그쯤에선 채우진의 이미지는 이미 망가져서 되살릴 수 없는 지경이 될 게 분명했다.

"없다니까! 있었으면 지금껏 가만히 있을 이유가 없지!"

사람을 모략하는 데 재주가 많은 김석형은 사람의 의도를 절대 순수하게 해석하지 않았다. 모든 사람이 자기처럼 약점을 가지고 있으면 써먹거나 협박해서 유리하게 이용할 것으로 생각했다. DS와 채우진이 지금껏 조용한 것은 그들 손에 아무것도 없기 때문이라고 단정했다.

"그거 강 기자한테 보내서 내일 아침에 터뜨리라고 해."

"내일요?"

"그래. 최대한 빨리 터뜨려서 이미지를 완전히 죽 쑤게 만들어야지 않겠어?"

한창 채우진의 이미지가 최고조에 이른 지금이 물을 끼얹는데 가장 시기적절했다. 권 실장과 방법을 논의한 후에 김 대표는 우진의 폰을 꺼냈다.

"결국은 이걸 써먹는 날이 오고야 말았군."

어떻게든 다시 채우진을 TM으로 데리고 오기 위해 마지막으로 써먹으려던 패였다. 그걸 이렇게 버릴 줄 몰랐다며 김석형은 마지막까지 아까워했다.

낙장불입

I

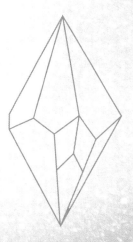

〈본 기자는 어젯밤에 TM의 모 관계자로부터 중요한 자료를 넘겨받았다. 예전 TM에 있을 때 채우진이 가지고 있던 폰을 우연히 입수한 그는 오랜 고민 끝에 제보를 결심하게 되었다고 했다.

그가 내보인 자료를 보고 본 기자 역시 많은 생각 끝에 기사를 쓰게 되었다. 이는 채우진의 폰과 그가 TM에 있었을 때 김 대표와 나눈 대화를 녹음한 파일을 근거로 한 내용으로 절대 거짓이 없음을 밝힌다.

우리 모두 TM이 왜 채우진을 방출했는지에 관한 궁금증을 오랫동안 가지고 있었다. 물론 올해 초에 블루핏 멤버들과의 불화와 폭력 사태가 알려지자 자연스레 그 이유를 알게 되었다. 하지만 이는 충분한 이유가 되지 않는다. 왜냐하면 그건 블루핏 멤버들과 채우진의 문제였다. 채우진이 블루핏에서 빠져나왔다고 해서 굳이 TM에서 그를 방출할 이유가 없기 때문이다.

TM은 누구보다도 채우진의 가치를 알고 있었다. 그런데 황금 알을 낳을 게 분명한 채우진을 알아서 방출한다? 그건 도저히 이해가 되지 않는 처사였다.

그런데 이번에 입수하게 된 증거자료로 인해 메꿔지지 않던 퍼즐이 드디어 자리를 찾게 되었다.

채우진의 폰에는 그가 TM의 대표와 나눈 문자 메시지가 있었다. 거기에는 그가 TM을 나오기 직전 김 대표와 불화가 있었음을 증명해 주는 자료였다. 소속 아티스트와 기획사 대표의 불화는 연예계에선 딱히 이상한 일도 아니다. 그러나 그들의 불화를 일으킨 원인은 절대 평범한 내용이 아니었다.

문자의 내용은 놀랍게도 TM의 대표가 스폰서를 찾는 채우진을 설득하는 내용이었다. 그리고 생각을 바꾸지 않고 강경한 태도를 보이는 채우진을 설득하는 데 지친 김 대표가 그를 방출하기로 결심하기까지의 과정이, 문자 메시지에 고스란히 담겨 있었다.

거듭 말하지만 이 문자 메시지가 있는 폰은 채우진이 한때 사용했던 것이 맞다. 하지만 사실 이것만으론 증거가 충분할 수 없다. 괜한 억측으로 전도유망한 젊은이를 함정에 빠지게 하려는 게 아니다.

가장 중요한 증거는 바로 TM의 김석형 대표와 채우진이 마지막으로 주고받던 대화를 녹음한 파일이다.

그 안에서 채우진은 분명 '연예계에서 쉽고 빠르게 성공하기 위해선 스폰서가 있으면 좋죠. 그게 뭐가 문제가 됩니까?'라고 분명하게 말하고 있었다.

이걸 듣고 본 기자는 정말 많은 고민을 했고 어렵게 이 글을 쓰고 있다. 채우진은 그제 사법시험 2차에 합격을 했고 진지하게 면접을 준비 중이라고 했다.

그가 앞으로 연예계에 남을지 법조계로 들어갈지는 아직 모르는 일이나, 과연 이런 도덕관을 가진 이에게 그런 막중한 자리를 내주어도 되는지 심히 걱정이 따를 뿐이다.)

(베스트데이. 강일로)

일요일 아침을 향기로운 차와 기분 나쁜 뉴스로 시작하게 된 장수환의 소감은 간단했다.

"뭐냐, 이 병신은."

어이를 잃은 그는 아침잠을 깨운 기사를 몇 번이나 읽고 또 읽었다. 가만히 있으면 중간이라도 갈 인사가 왜 먼저 일을 저지르는지 이해가 되지 않았다. 이로써 며칠 또 시끄럽겠구나 싶어서 벌써 관자놀이가 지끈거렸다.

"거봐, 또 전화 왔잖아! 아침잠도 없으신가."

어김없이 걸려온 전화에 장수환은 가늘게 혀를 찼다.

그런데 아침 댓바람부터 박현만에게서 온 전화를 확인한 장수환은 신이 나 있었다. 뭐라고 일러야 드라마틱한 효과를 볼 수 있을까. 그의 한마디면 벌어질 재미난 일을 상상하며 그는 전화를 받았다. 어느새 지근거리던 두통도 사라지고 없었다.

채우진과 만난 이후로 그의 삶은 굉장히 다이내믹해졌는데 그게 제법 즐길 만했다.

◆　◆◆◆　◆

　암막 커튼이 치워지고 창에서 쏟아지는 햇빛에 방 안이 대번에 환해졌다. 갑자기 눈앞이 환해지자 우진은 억지로 눈을 뜰 수밖에 없었다. 아직 명료하지 않은 정신과 뿌연 시선 속에 자신을 내려다보는 세 사람이 먼저 보였다.

　부모님과 우희까지 합세해서 빤히 내려다보는데 도저히 계속 잠을 청할 수 없어서 자리에서 벌떡 일어나고 말았다.

　"왜요?"

　눈을 비비며 잠긴 목소리로 묻자 우희가 그에게 차가운 생수가 든 컵을 내밀었다. 왠지 냉수 마시고 속 차리라는 분위기라서 우진은 머뭇거리며 물부터 마셨다. 그가 물을 다 마시자 우희가 재빨리 컵을 도로 받아갔다.

　"무슨 일이, 있어요?"

　잠에서 깨어난 목소리로 똑똑히 묻자 아버지가 조심스럽게 입을 열었다.

　"우린 너를 믿지만, 그래도 사정을 알아야 대처를 할 수 있겠다 싶어서 기다리지 못하고 널 깨운 거란다. 곤히 자는데 미안하구나."

　아버지의 말이 끝나자마자 어머니가 태블릿을 우진의 앞에다 내밀었다. 화면에 뜬 '단독 특보. 채우진, TM에서 방출된 이유는 스폰서 때문?'이라는 타이틀 제목부터가 의미심장한 기사에 우진은 서둘러 내용을 읽어 내려갔다.

　읽을수록 비실비실 나오는 웃음은, 재미있어서가 아니라 어이가 없고 화가 나서였다. 이 사람들이 결국 참지 못하고 일을 저질렀구나 싶었다. 우진은 자신이 이형진을 찾아가고 만나는 것이 알려지면 TM이 혹시나 무슨 수를 쓰지 않을까 어느 정도는 예상했다. 하지만 대번에 이렇게 마지막 패를 내던질 줄은 몰랐다.

"생각 없이 기분대로 구는 건 여전하시네."

한번 마음먹으면 앞뒤 생각 없이 어떻게든 처리하고 보는 저 성급한 성격은 여전한 듯 보였다. 참는 미덕이 없는 김석형 때문에 늘 주위 사람만 고생하고 피곤하게 만들었다.

"우진아!"

우진이 혼잣말을 중얼거리자 어머니가 더는 참지 못하고 그를 불렀다. 우진은 자신을 보는 가족들의 눈과 얼굴을 살펴보았다. 의심과 불안보다는 걱정이 앞서는 그들을 보면서 우진은 태블릿을 돌려주며 대답했다.

"짜깁기예요. 원본은 저한테 있으니 걱정하지 마세요."

"짜깁기? 원본?"

"네, 제가 TM에 나온 이유가 바로 이거 때문이거든요. 대신 내용은 전혀 반대지만요."

차마 부모님과 동생 앞에서 스폰서를 언급하기 어려워 우진은 이렇게 설명했다.

"그럼 진실은 기사 내용과 전혀 다르다는 말이지?"

굳은 시선으로 진지하게 묻는 아버지 때문에 우진은 그 당시 일을 자세히 이야기할 수밖에 없었다. 잠시 우희는 나가 있으라고 할까 하다가, 학교에 가서 친구들에게 이야기하려면 동생도 내용을 알고 있어야 했다.

그가 TM을 나온 것이 블루핏과는 별개의 사건 때문이라는 사실에 어머니는 속상해하셨고 아버지는 굉장히 분노하셨다.

"혹시 몰라서 미리 대비해 놓은 게 있으니 걱정하지 않으셔도 돼요. 내일쯤 기자회견 하고 마무리 지을게요."

"증거가 있는데 왜 내일 해? 그냥 오늘 빨리 끝내 버려!"

무슨 좋은 이야기라고 하루를 더 버티느냐고 정색하는 어머니의 반응에 아버지는 고개를 저으며 설명했다.

"하루 정도의 피해는 우리가 감당할 수 있는 범위니 괜찮아요. 방어가 가능한 피해는, 클수록 상대에 대한 공격이 될 수 있거든요. 그런 거지?"

"네."

이런 사건이 터지면 어떻게 하든 이미지 손상은 막을 수가 없다. 여기서 벗어나기 위해선 피해자로서 약한 척하기보다는 차라리 강하게 가해자를 응징하는 게 더 나았다. 스폰서 루머가 어처구니없는 음해로 보일 정도로 상대할 수 없는 강자 이미지를 만들기로 계획을 세운 상태였다.

그러자면 이쪽도 어느 정도는 피해를 보긴 해야만 했다.

하루. 이쪽에서 피해를 보고 상대에게 배상을 요구하기에 적절한 시간이었다. 너무 길어지면 이쪽도 피해가 커지지만, 하루는 상대에게 주는 기회의 시간이자 이쪽에서 완벽한 반격을 준비할 적정선이었다.

사업가인 최민우는 이를 이해했다.

사업을 하다가 피해자가 될 경우, 종종 피해 규모를 일부러

키울 때가 있다. 어디까지나 감당할 자신이 있을 때의 상황이지만, 주로 가해자에게 얻어낼 것이 많거나 상대의 몰락을 원할 때 쓰는 수법이었다.

"그럼 우리 광고주들도 준비할 게 많겠구나."

우진이 광고 모델로 활동하는 곳은 모두 세 곳이었다. 가온과 처음엔 단발로 시작했다가 전속이 된 통신사 광고, 몇 달 전에 계약한 커피 광고였다. 모두가 전속이었고, 전속 모델의 이미지 훼손은 바로 회사에 타격을 줄 수 있었다.

TM은 오로지 우진만 공격했다지만 결과적으로 이들 회사에 막대한 손해를 끼친 것이었다. 하루 정도의 피해는 모두 감당할 수 있는 회사들이지만, 이 세 곳의 피해를 배상하기에 TM의 재정이 어찌 되는지는 궁금한 부분이었다.

오래간만에 사업가의 본색을 드러낸 최민우는 바쁘게 방을 나갔다. 서둘러 변호사와 연락하고 우진이 광고 모델로 활동 중인 태양식품 대표에게도 전화를 걸어야만 했다. 다행히 친분이 있는 관계라 이야기는 쉽게 해결될 터였다. 이번 기회에 우진이 자기 아들이라는 자랑도 겸할 그의 발걸음이 빨라졌다. 어머니와 우희는 그저 아무 말 없이 우진의 어깨만 다독이고 조용히 그의 방을 나갔다.

혼자 남은 우진은 머리를 긁적이며 다시 기사를 찾아 읽어보았다. 내용을 읽으면 읽을수록 웃음이 나오는 것이 딱 김석형 대표가 할 만한 짓이었다.

회사 차원의 고발이 아닌 모 관계자라는 것은 일이 커질 때를 대비해 언제고 꼬리를 자를 수 있는 조치였다. 적당히 말 잘 듣고 그에 따르는 대가를 주면 뭐든지 할 수 있는 사람은 어디에도 충분히 넘쳤다.

그 직원이 우연히 채우진의 폰과 녹음 파일을 발견하고 정의감으로 기자에게 제보한 게 이 사건의 시나리오일 것이다.

만약 우진이 원본을 내보여도 이 모두는 제보한 직원이 고의로 파일을 짜깁기한 것으로 마무리할 것이다. 언제나 자기가 도망갈 구멍은 만들고 희생자를 앞에다 내세우는 것이 김석형의 방법이었다.

김석형 대표가 녹음 파일을 짜깁기했다는 것과 그가 기자에게 제보했다는 결정적인 증거가 없다면 이번에도 미꾸라지처럼 잘 빠져나갈 것이다. 아마도 제보한 직원은 예전에 채우진이 TM에 있을 때 안 좋은 감정을 품다가, 최근 그가 잘나가자 일을 벌인 거라고 몰아가면서 말이다.

일개 직원에게 앙심을 품게 할 정도로 채우진의 인성에 문제가 있다는 식으로 물타기를 하며 본질을 흐리는 것도 그들의 수법이었다. 그러나 과연 방패막이로 내세운 직원이 여러 소송을 당하면서까지 의리를 지킬지는 그들의 문제가 될 터였다.

우진은 먼저 장수환 대표에게 전화하려 폰을 찾았다.

오늘은 스케줄이 없는 일요일이라 푹 자기 위해서 폰을 무음으로 해놓은 상태였다. 덕분에 그에게 벌써 많은 전화와 문자들이 와 있었다는 걸 몰랐다. 기사를 보고 걱정이 돼서 온 전화들과 문자를 확인하기에 앞서 그는 장수환 대표에게 전화부터 걸었다.

"대표님."

—너도 이제야 기사를 봤나 보구나. 어쩌면 이 인간들은 예상을 벗어나지 못하냐.

생각보다 밝은 목소리에 우진의 걱정이 덜렸다. 매번 TM과 연결된 문제로 폐를 끼치는 것 같아서 죄송했다. 처음 채우진과 계약하기 전 망설였다는 장수환 대표의 고민이 심중으로 이해가 됐다.

"혹시 TM에 전화하셨어요?"

—일단 전화는 해봐야 하겠지?

그 작자 목소리는 듣고 싶지 않지만, 일을 해결하는 최소한의 도리는 보여줘야만 했다. 저쪽에서 도리를 저버렸다고 이쪽도 같이 행동하는 건 격 없는 짓이라, 오후쯤에 연락을 취할 계획이었다.

"그럼 하지 마시라고 전화드린 거예요."

—왜?

"그 사람은 제가 더 잘 아는데 지금쯤 저희 전화를 엄청 기다릴 거예요. 하지만 안 받을 겁니다. 그것으로 우월감 느끼며 최대한 만끽하다가 나중에야 겨우 한 번 받아줄 게 분명하거든요."

아마 그마저도 거의 상대해 주지 않고 바쁘다며 바로 끊어버릴 터였다. 충분히 그러고도 남을 인간이라 우진의 이야기를 들은 장수환 대표도 인정하지 않을 수가 없었다.

—그러다가 이쪽에서 확인도 안 하고 바로 기자회견했다고 말꼬리 잡으면 귀찮잖니. 자기는 잠시 여행 갔다 와서 기사가 난 줄도 몰랐다고 발뺌하면 우리도 할 말이 없어.

전화는 안 받더라도 증거로 문자는 보내야 한다고 장수환 대표가 주장했다.

"전화는 제가 할게요. 내일 아침에."

―네가 뭐 하러 그 작자를 상대해! 이건 어른들의 문제다.

"아니요. 제 문제죠. 그리고 저도 어른입니다."

처음부터 이 일은 자신의 문제라고 생각했다. 주위의 도움을 받는 것과 뒤로 물러나 보호받는 것은 달랐다. 지금보다 어렸을 때도 혼자서 자신을 지켜왔다. 그때보다 나이 들고 성장했는데 지금 와서 어른들 뒤에 숨는 건 말이 되지 않는다.

"아마 지금쯤 그 사람도 굉장히 초조해할걸요."

일은 저질렀지만 확신이 부족할 것이다. 혹시나 하는 가능성에 대비하면서 이쪽 반응을 주시하고 있을 게 분명하다. 그런데 이쪽이 따지지도 않고 가만히 있으면 도리어 긴장하게 된다. 오만가지 생각에 빠져서 기자회견 직전에 걸려온 우진의 전화를 받게 되어 있었다.

장수환을 설득하고 전화를 끊은 우진은 전화와 문자를 보낸 이들에게 간단하게 답장을 보냈다. 걱정하지 말라는 것과 내일 있을 기자회견은 꼭 보라는 내용을 보낸 다음에 특별히 윤선 감독에게는 전화를 걸었다.

영화가 한창 흥행 가도를 달리는 와중에 터진 일이라 감독과 제작사에는 무척이나 미안했다.

―하필 일요일에 터뜨린 걸 보면 노린 게 분명하군.

우진의 이야기를 들은 윤선 감독은 울분을 터뜨렸다. 아무래도 일요일은 평일과는 다른 관람객 수를 기록하게 마련이었다. 흥행도 흥행이지만, 관람객 스코어에 집착할 수밖에 없는 감독으로선 지금이 가장 중요한 대목이라 화를 참기 어려웠다.

—그래서 광고주들이 TM에 소송할 거라고?

"적어도 아버지는 할 것 같아요."

—아버지가?

"아버지가 브리싱가멘 대표시거든요."

이제 숨길 일도 아니어서 우진은 사실대로 말을 했다. 잠시 침묵하던 윤선 감독은 화를 참고 우진에게 물었다.

—그 소송에 우리 제작사도 참여할 수 있을까? 굳이 관람객 수가 줄어든 것 말고도 우리 영화의 이미지를 훼손한 점 등등, 따지자면 많을 것 같은데.

아직 오늘 자 통계를 운운할 단계가 아니라 뭐라 할 수 없어서 그렇지, 소송에 관해 들은 그의 마음은 혹했다.

"아직 변호사가 결정되진 않았지만, 나중에 연락드리라고 할까요?"

회사마다 법무팀이 있겠지만, TM을 상대하는 건 결국 우진의 변호사가 총괄해서 담당하게 될 것이다.

—변호사라, 장 대표님이 알아서 결정하겠지만 잘 골라야 할 거야. TM 정도면 높은 분 끼고 움직일 가능성이 크거든.

영향력은 장수환이 크겠지만, 더럽게 구는 건 김석형을 따라갈 수가 없었다. 윤선 감독은 장수환이 하지 못하는 일과 김석형이 잘하는 게 무언지 분명하게 알고 있었다.

"아마도 변호사는 외할아버지가 구해주실 것 같아요."

—외할아버지가? 삼촌이 아니고?

그렇지 않아도 우진의 외가에 궁금증을 가지던 윤선 감독의 물음에 우진은 담담하게 대답했다.

"외할아버지가 Rome 대표시거든요."

—…….

"감독님?"

한참 아무런 대답이 들리지 않자 우진이 재차 윤선 감독을 불렀다.

—내가, 갑자기 무지 안심이 되는 걸 느꼈어…….

우진이 증거가 있다고 확언하고 소송 이야기를 꺼냈지만, 내심 불안했던 것도 사실이다. 그런데 한순간 그런 불안이 날아가 버린 윤선 감독의 목소리가 평소대로 돌아오기 시작했다.

이번 사건에 관해 이야기를 조금 더 나눈 후에 전화를 끊던 우진은 우희를 발견하고 흠칫 놀라고 말았다. 언제 왔는지 우희는 팔짱을 낀 채로 통화 중이던 우진을 빤히 내려다보고 있었다.

"언제 들어온 거야?"

"방금 왔어."

폰을 치우며 우진은 윤선 감독에게는 미안하지만, 오늘이 일요일이라 다행이다 싶었다. 일단 오늘이 평일이었으면 우희는 대책도 없이 이 더러운 루머에 휘말렸을 것이다. 기자회견을 내일 오전으로 잡았으니 그때까지만 어떻게든 피하면 우희가 말려들 일은 없었다.

"내일은 학교 쉴래?"

"내일 오전에 기자회견한다면서? 피할 게 뭐 있어."

"그때까지가 문제라서 그렇지. 듣지 않아도 될 말을 들을 필요는 없잖아."

"흥, 학교에서 누구도 나한테 함부로 할 인간들은 없어. 난 그렇게 약하지 않아."

콧방귀를 뀌며 우희는 센 척을 했다. 이런 일로 학교를 피하는 것 자체가 지고 들어가는 거라며 이럴수록 당당해야 한다고 주장했다. 그러다가 우희는 처음엔 머뭇거리다가 용기를 내서 우진을 꼭 안아주었다.

"고생 많았어. 그리고 아무것도 몰라서 미안해."

어머니와 마찬가지로 우희 역시 연예인이 되겠다는 오빠를 깊이 이해하거나 응원하지는 않았다. 그저 자기가 좋아하는 일 하겠다는데 뭐라고 하겠냐는 심정이었다. 자신이 검사에 뜻을 둔 것처럼 오빠의 마음이 연예계에 있다면 어쩔 수 없다는 정도였다.

블루핏과의 불화, 그리고 소속사 대표의 스폰서 압력에도 불구하고 혼자서 묵묵히 이겨낸 오빠가 대견했다. 한편 오빠가 그럴 수밖에 없었던 이유 중의 하나가 어쩌면 가족이 그의 버팀목이 되지 못했기 때문에 혼자서 버텨야만 했을지도 모르겠단 생각을 오늘 하게 됐다.

"고마워."

동생의 조용한 사과를 우진은 기분 좋게 받아들였다. 옛날 일이라서 웃을 수 있다는 게 이런 거란 기분이 들었다.

"그런데 오늘은 인터넷 하지 마."

"난리지?"

별로 기대하지 않는다는 투로 묻자 우희가 모호한 표정을 지으며 대답했다.

"그렇긴 한데, 그래도 오빠 팬들은 열심히 편들어주더라."

"그래?"

이번 일로 가장 걱정이었던 점이 팬들에게 잠시라도 실망감을 주면 어쩌나 하는 문제였는데 우희의 말에 조금은 안심이 되었다. 편을 들어준다는 건 일단은 믿고 있다는 의미일 테니 말이다.

"무조건 TM에서 나온 자료는 어떤 것도 믿을 수 없다. 그게 오빠가 연기 연습하면서 녹음한 걸 TM에서 편집했을지 모른다고 아주 이를 갈면서 덤비는데, 글로 봐도 무서워."

글에서 한과 독기가 뿜어져 나오는 건 처음 봤다면서 우희는 몸을 부르르 떨었다. 특히 '소원바라기'에 가입한 친구들이 있는 우희는 이들의 반응을 직접 들어서 글만 봐도 목소리가 재생되는 느낌이었다.

기사가 터지고 친구들 처지에선 궁금해서 우희에게 먼저 연락을 취하는 게 당연한 일이었다. 우희에게 해명을 듣기 전인데도 그들은 누구 하나 우진을 의심하는 사람이 없었다. 우희가 당당하게 내일 학교에 가겠다고 선언할 수 있는 데는 이런 친구들을 믿는 구석도 있었다.

"엄살은. 우리 팬들이 얼마나 순하고 점잖은 분들인데 무서워 봤자지."

우진이 궁금함을 참지 못하고 폰을 집기 위해 손을 뻗자 우희가 그를 막았다.

"오늘은 보지 말라고 했잖아."

"팬들이 날 위해 변호해 주고 있는데 내가 알아야지."

평소 우진이 팬들을 어떻게 생각하는지 아는 우희는 문득 '소원바라기'의 발악들을 보호해 줄 의무감이 치솟았다. 무서운 언니들이지만, 누구보다 믿음직스러운 전사들임은 분명했다. 우희는 평소 친구들이 구호처럼 외치던 말을 우진에게 대신 전해줬다.

"자기 공주님에게 선혈이 낭자한 몰골을 보여주고 싶은 기사는 없어."

◆　　◆◆◆　　◆

기자회견이 있기 1시간 전.

우진은 기자들과 마주치지 않기 위해 미리 와 대기실에서 기다리고 있었다. 혼자서 마음을 정리하던 그는 기자회견을 30분 남겨둔 시간이 돼서야 폰을 들어 TM의 김석형 대표에게 전화를 걸었다.

벨이 울리자마자 바로 받는 상대의 반응에, 우진은 제 생각이 맞았음에 슬쩍 미소를 지었다. 그러나 누구도 먼저 입을 열지는 않았다. 이때다 싶어 우진은 일부러 건너편에도 들리도록 길게 한숨을 내쉬었다.

이제부터 레디 액션! 막장극의 시작이었다.

"왜 그러셨어요?"

물기가 묻어나는 목소리는 원망과 절망으로 무겁게 깔렸다.

우진의 물음에 상대방은 코웃음을 쳤다. 왠지 그의 목소리는 밝고 한없이 가볍게 들렸다.

―뭘 말이냐?

"기사에 나온 내용, 모두 다 거짓말이잖습니까. 오히려 대표님이 저에게 스폰을 받으라고 압력 넣던 내용을 어떻게 그렇게 편집하실 수 있으세요?"

―편집이라니! 난 전혀 모르는 일이다. 나도 기사를 읽기 전까진 그게 유출된 줄도 몰랐다.

다행히 김석형은 기사 자체를 모른다고 부정하지는 않았다. 우진과 대화를 이어가려면 모르쇠로 일관하기는 어려웠을 것이다.

이 대화가 녹음 중이라는 걸 김석형은 알고 있었다. 그리고 그가 알고 있다는 것을 우진 역시 모르지 않았다.

아마 김 대표 역시 이 상황을 녹음 중일 것이 분명했다. 서로가 지금의 대화가 녹음 중이라는 것을 알고 있는 상태에서, 어떠한 책도 잡히지 않기 위해 말 한마디도 조심스러운 상태였다.

"그럼 그 폰을 훔친 직원이 우리 대화가 녹음됐던 파일을 편집했다는 건가요?"

―그건… 나는 모르는 일이다.

"뭘 모른다는 이야기인지 모르겠지만, 전 오늘 진실을 말할 겁니다. 그러니 대표님도 사실을 밝혀주세요."

우진은 김석형에게 애원하며 매달렸다. 이 일을 해결할 수 있는 건 오로지 당신 도움밖에 없다는 식으로 우진이 말하자,

김석형의 목소리는 점점 느긋해지고 거만해지기 시작했다.

─진실이라니! 내가 아는 진실은 기사에 나온 내용 그대로인데 뭘 사실대로 말해달라는 거냐?

"그게 무슨 소리세요? 스폰받으라고 절 협박했던 건 대표님이시잖아요."

김석형의 말에 우진은 깜짝 놀라며 되물었다.

─정말 큰일 날 소리를 하는구나! 그렇게 증거가 있는데도 뻔뻔하게 잘못을 뉘우치지 않고 아직도 거짓말을 하는 거냐? 난 또 오늘 기자회견을 한다기에 진실을 밝힐 줄 알았더니 나한테 뒤집어씌울 생각이었던 게야?

아마도 김 대표는 지금의 대화 녹음까지 나중에 증거로 내놓을 생각으로 대화를 이어가는 듯했다. 강경하고 확신에 찬 목소리로 분위기를 끌고 가서 우진에게 겁을 주려는 의도가 명백히 보였다. 그래서인지 평소와 다르게 점잖게 말하느라 어조가 딱딱하고 뚝뚝 끊어졌다.

김석형이 이렇게 우진을 상대하는 데는 장수환 대표가 그에게 전화를 걸지 않은 영향이 컸다.

장수환이라면 시끄러운 것을 극도로 싫어하고, 특히 스폰서를 가진 연예인을 병적으로 혐오하기로 업계에서 유명했다. 아낌없이 지원해 주던 아티스트에게 스폰서가 있다는 것을 아는 순간 미련 없이, 혹은 냉정하게 내쳐 버리는 게 바로 그였다.

소속 아티스트를 상품으로 보지 않는다는 것은 연예인 처지에선 마냥 좋은 게 아니었다. 사람이란 실수를 하게 마련이고 욕심에 앞서 잘못된 선택을 하기도 한다. 김석형이라면 오늘 같은 일이 생길 경우 어떻게든 채우진의 방패막이 되어서 그의 상품성을 지키려 노력할 것이다.

만약 흠이 생긴대도 몇 년 해외로 돌려서 슬며시 재기시키면 되는 일이었다. 그는 웬만해선 상품을 쉽게 포기하지 않았고, 그만큼 채우진의 상품성을 높이 샀다.

하지만 장수환은 다르다. 지금까지 장수환이 김석형에게 어떠한 협상도 시도하지 않은 점에서, 그는 이미 채우진을 버렸을지도 모른다는 하나의 가능성이 나왔다. 이에 김석형은 조금의 기대가 생겼다.

그는 재활용에도 탁월한 능력이 있기에 버려진 채우진을 주워다가 다시 쓸 의향이 충분히 넘치고 남았다. 그러기에 바로 끊을 수 있는 전화를 계속 이어갔다. 이 상황에서 너를 구해줄 수 있는 사람은 자신밖에 없다는 것을 우진에게 확실히 새겨줄 작정이었다.

"그러니까 대표님은 기사에 나온 이야기가 진실이라는 건가요? 저와 나눈 대화가 그게 맞다고요?"

어이없어 묻는 우진에게 김석형은 뻔뻔하게 생글거렸다.

─당연하지! 우리가 대화했던 내용이나 네가 회사를 나가게 된 이유가 기사에 그대로 나왔는데 이제 와서 부정하려고? 난 기자님이 너무 정확하게 알고 있어서 읽고 깜짝 놀랐지 뭐냐.

"그럼 제보자가 대표님 책상에 있는 걸 가져가서 그대로 제보했다는 겁니까? 조금의 수정도 없이요?"

─그게 어디 수정할 게 있는 내용이던?

기사 내용을 부정할 수 없는 김석형의 대답은 이미 정해져 있었다. 여기서 '아니다'라고 대답하는 순간 채우진의 결백을 증명해 주는 꼴이 되었다.

"정말 너무하시네요. 대표님은 진실을 아시잖아요."

울먹이며 매달리는 채우진의 목소리가 절실해질수록 김석형은 점점 신이 났다. 기자회견이라지만, 결국에는 내놓을 게 없는 형국이라고 판단한 것이다.

─네가 아무리 뭐라고 해도 진실은 변하지 않아.

"그럼 대표님은 이번 기사에 어떠한 이의도 제기하지 않겠다는 말씀인가요? 기사 내용은 진실이고, 대표님이 가지고 있던 자료 그대로이다?"

─그렇지!

"그렇다는 건 그 자료는 대표님이 만드신 거라는 말씀이군요."

─…….

우진의 지적에 그제야 김석형은 아차 싶었지만 이제 와서 말을 바꿀 수는 없었다. 대신 그는 침묵을 선택했다.

"진실은 대표님과 저만이 알고 있는 거죠. 그런데 그 자료가 대표님이 만든 거라면 의도가 너무 뻔하지 않습니까."

우진이 강하게 따지자 김석형은 잠시 고민했다. 이대로 전화를 끊어버리는 게 아무래도 유리할 것 같아서 그는 종료 버튼에 손가락을 가져갔다. 하지만 건너편에서 희미하게 들리는 울음소리에 동작이 멈추고 말았다.

"정말 너무하십니다."

채우진이 울고 있었다. 블루핏 멤버들에게 당했을 때도, 스폰서 문제로 협박을 당해도 꿋꿋하던 채우진이 지금 울고 있다. 이번에야말로 진정 채우진을 궁지로 몬 것이 분명하다. 역시나 자신의 선택이 옳았다는 생각에 김석형은 희열로 몸을 부르르 떨었다.

─나는 아무 잘못 없다. 그게 기사로 날지 누가 알았나. 증거품 관리를 못 한 게 잘못이라면 어쩔 수 없지만, 나도 도둑맞은 피해자라면 피해자야.

자신이 우위에 섰음을 확신한 김석형은 바싹 힘을 줬던 허리가 풀리고 의자에 편안히 등을 기대며 전화를 받았다. 의자를 빙글빙글 돌리며 한껏 여유를 부리는 그의 자세가 흐트러질수록 그의 경계도 풀렸다.

김석형은 우진이 계속 약한 모습을 보이자 잠시 갈등했다. 기자회견을 하기 전에 조금이라도 협상의 여지를 주는 게 더 좋은지, 아닌지에 대해 바쁘게 머리가 돌아갔다.

─네 처지가 불쌍해서 하는 말인데, 만약 장수환이가 널 버리고 어디 갈 데가 없으면 나한테 와라. 나야 널 어릴 때부터 봤으니 그동안의 정을 생각해서 너그럽게 봐주마.

짐짓 다정하게 말하는 김석형의 목소리에 우진은 웃음을 참기 위해 혀를 깨물어야만 했다. 가늘게 흘러나온 신음을 김석형이 어떻게 받아들일지는 별개로 이번 연기는 자꾸만 감정이입에 실패하고 있었다.

촬영 중이었다면 몇 번이나 NG를 냈을 상황에 절로 한숨이 나왔다. 그나마 뜻대로 목소리에 애한(哀恨)이 깃들어서 다행이었다.

"병 주고 약 주겠다는 말씀으로밖에 안 들립니다."

한숨과 함께 힘없이 내뱉은 목소리에 김석형은 전에 없이 밝은 목소리로 우진을 달래려 했다.

—잘 생각해 봐. 장수환 같은 결벽증 환자가 이런 스캔들을 그냥 넘어가 줄 것 같아? 아니지! 나나 되니까 널 받아주는 거야.

"기사 내용을 보면 전혀 너그럽지 않으시던데요?"

기사에는 김석형이 스폰서를 용납하지 못해서 우진을 TM에서 방출한 것으로 나왔다. 기사만 보면 결벽증 환자는 김석형이었다. 그런데 다시 돌아오라는 게 앞뒤가 맞지 않았다.

—뭐, 그거야······.

"하긴 저한테 스폰받으라고 했던 거 이연이 형이 대신 받았다면서요? 이연이 형도 참아줬는데 아무것도 안 한 저는 상관없겠네요."

방금과는 전혀 다른 비웃는 목소리로 우진이 말하자 김석형은 자리에서 벌떡 일어나며 외쳤다.

—그걸 네가 어떻게! 아니, 아니, 난 지금 네가 무슨 말을 하는지 모르겠다.

"그러게요. 저도 김 대표님이 무슨 이야기를 하는지 도통 모르겠습니다. 그런데 제가 이연이 형의 진실을 어떻게 알았는지 알고 싶지 않으세요?"

선뜻 대답하지 못하는 김석형을 상대로 우진은 조용히 질문했다. 애절하게 매달리던 아까와는 아예 딴판이었지만, 당황한 김석형은 그 차이를 인지하지 못하고 있었다.

"곧 알게 되실 겁니다."

그리고 우진은 김석형의 대답을 기다리지 않고 바로 전화를 끊어버렸다. 급하게 다시 걸려온 김석형의 전화를 우진은 끝까지 받지 않고 아예 폰을 꺼버렸다.

"우진아, 이제 시간 됐다."

Side story I
어디에나 있는 그들

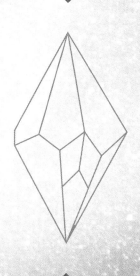

사회 초년생에게 있어 첫 직장은 언제나 큰 꿈을 그리는 도화지와 같다. 최지원에게 있어 TM은 그런 곳이었다. 전공을 살려 홍보실에 발령이 났을 때는 너무 설레서 밤새 잠도 제대로 자지 못했다.

　"이것들 하나씩 받고 각자 배정받은 사이트에 가입해."

　교육을 맡은 김 대리는 신입 세 명에게 각각 커뮤니티 사이트가 적힌 메모지를 나눠줬다.

　"본인하고 가족이든 누구든 해서 계정 3개는 기본으로 만들어야 해."

　"그래서 저희가 할 일이 무엇인가요?"

　"머리는 장식이야? 여기가 어디야?"

　김 대리는 두 팔을 활짝 벌려 홍보 사무실을 가리키며 멍청한 질문을 한 신입을 욕했다. 홍보실이 할 일은 자사의 연예인을 어떻게든 알리는 게 일이었다. 유명한 커뮤니티에 가입해서 소속 연예인의 일정과 작품 등을 아닌 척 홍보하고 칭찬하는 게, 신입들이 주로 할 일이었다.

"계정 몇 개로 돌아가며 홍보할 때는 아이피 관리하는 거 잊지 말고. 아이피 같게 해서 계정이 걸리거나, 여기 본사 위치 들키면 죽는다."

이상하게 신입 사원 교육 때 아이피 관리법과 명예훼손을 피해가는 방법 등을 강의하더니 이유가 다 있었다. 첫 출근하는 날, 자신들이 홍보실에서 해야 할 일을 전해 들은 신입들의 어깨가 살짝 내려갔다. 여태 이런 것은 알바들이 하는 일인 줄 알았더니 정직원도 피해가지 못하는 모양이었다.

"그리고 너희들은 특히 채우진에 대해 중점적으로 공격하고."

"채우진이요?"

신입들은 김 대리의 말에 두 눈을 동그랗게 뜨고 그를 보았다. 채우진의 이름에 뜬금없다 싶었던 그들은 이내 이해하고 고개를 끄덕였다. 채우진으로 인해 블루핏이 기자회견까지 했지만, 대중은 그들을 용서할 기미가 없었다.

광고는 모두 끊어진 데다가 엎친 데 덮친 격으로 오히려 광고주들에게 소송까지 걸렸다. TM과 블루핏의 가장 큰 수입원이었던 해외 콘서트도 모두 취소당했다. 자숙한다고 했지만, 내년 말까지 계약했던 콘서트 일정은 어쩔 수 없다는 핑계를 대려고 했는데 의미가 없어져 버렸다.

대관 계약을 했던 콘서트홀과 행사 주최 측에서 먼저 해지통보를 해온 것이다. 계약서에 의하면 이미지 훼손으로 잘못은 블루핏에게 있는 격이라서 위약금도 받지 못했다.

무엇보다 TM의 간판스타인 블루핏의 몰락은 경제적인 파급보다 상징적인 의미가 강했다. 블루핏 때문에 TM에 속한 다른 연예인들의 이미지까지 실추되고, 회사의 기둥이 흔들린다는 소리까지 듣고 있었다.

이번에 대대적으로 신입 사원을 모집한 이유도 TM의 건재함을 자랑하기 위함이었다. 블루핏이 대단하기는 하지만, 그들이 없어도 TM은 여전히 잘나간다는 걸 만방에 보여주기 위해서 피나는 노력을 하고 있었다.

이 모든 일의 시작이 채우진에게 비롯되었다 생각하면 김 대리의 명령이 이해가 됐다. 세 명의 신입은 일제히 고개를 끄덕였다. TM에 들어온 이상, 채우진은 그들에게도 적이었다.

"나하고, 어머니하고, 동생 거로 가입하고⋯⋯."

배정받은 커뮤니티 사이트에 가입한 최지원은 일단 게시판부터 둘러봤다. 사이트의 분위기와 방침에 따라서 올릴 글의 성격과 내용이 달라지기 때문이다. 그가 배정받은 사이트는 성향이 무난하고 연예인에게 관심이 많은 곳이었다. 하지만 그만큼 연예인에 관한 지식이 풍부해서 어설프게 접근했다간 역공을 당하기 쉬웠다.

"그런데 공격을 하려면 채우진에 대해 뭘 알아야 하지."

평소 채우진에게 관심이 없었던 최지원은 순간 앞이 깜깜했다. TM에 지원하면서 이곳 연예인에 관해서만 조사했지, 타사 연예인은 거의 관심 밖이었다. 연예계에는 안티도 팬이라는 말이 있었다. 뭘 알아야 공격을 하고 욕도 할 수 있는 것이다.

인터넷에서 채우진을 검색하자 데뷔한 지 1년도 되지 않은 그의 자료가 너무 많았다. 화보 같은 파파라치 사진에서부터, 그가 찍은 작품의 스틸컷과 동영상, 팬이 만든 움짤들이 어마어마했다.

보기도 전에 질려 버린 그는 양옆에 앉아 있는 동기들은 무얼 하고 있나 눈치를 보았다.

오른쪽에 앉아 있는 남자 동기는 어느새 열심히 무언가를 쓰고 있었다. 무얼 저리 열렬하게 하나 목을 쭉 빼고 보니, 모니터에는 채우진의 사진이 떠 있었다.

게시글 내용은 어제 '가면의 가왕'에서 정체를 밝힌 한량 도령이 채우진이라는 것과 그에 대한 찬사 글이었다. 동기는 그 글 밑에다가 '기생오라비~! 난 아무리 들어도 노래 잘 부르는지 모르겠던데, 사람들이 집단으로 최면에라도 걸렸나?'라고 댓글을 쓰고 있었다.

"채우진에 관해 아는 거 있어요?"

"아니."

"그런데 무지 잘 쓰네요."

"원래 악플이란 내용은 다 거기서 거기야. 논리도 없고 내용도 없고 그냥 욕만 있지."

담담하게 말하는 동기를 보며 최지원은 한숨을 터뜨렸다. 포부를 품고 들어온 회사에서 첫 번째 하는 일이 악플이라니. 고개를 절레절레 저으며 이번에는 왼편에 앉아 있는 여자 동기를 보았다.

그녀는 모니터를 보면서 무언가를 열심히 받아 적고 있었다. 내용을 보니 채우진이 찍었던 영화와 드라마부터 시작해서, 그의 신상 정보들에 관한 자료들이었다. 그녀도 자신과 같이 자료를 바탕으로 안티질을 하는 유형인 듯했다.

"열심이네요."

"네!"

왠지 그녀의 대답이 전투적이었다. 최지원이 뜨끔하는 걸 느꼈는지 그녀는 형형한 눈빛으로 고개를 들고 말을 이었다.

"제가 블루핏 팬이거든요. TM에 들어오면 성공한 덕후가 될 거라 생각해서 제가 이곳에 들어오기 위해서 얼마나 노력했는데요! 그런데 이 개새… 때문에 우리 블루들이!!"

내뱉은 말마다 원한이 가득한 모습에 최지원은 어색하게 고개를 끄덕이며 열심히 하라고 독려했다. 우리 중에 하나라도 의욕을 가지고 열심히 일한다는 건 좋은 일이었다.

또다시 나오려는 한숨을 겨우 참으며 최지원은 우선 채우진은 넘기고 자사의 연예인들 홍보부터 했다. 차마 알지도 못하는 사람에게 악플을 달고 싶지 않았던 것이다.

하지만 퇴근 시간에 이르러 자신의 선택이 틀렸음을 그는 알았다. 신입들이 하루 동안 이룬 성과를 점검하는 과정에서 김 대리는 최지원에게 화를 냈다. 김 대리의 말을 종합해 보면 신입들이 일차적으로 해야 할 일은 바로 채우진에 대한 공격과 음해였다.

"뭐가 중요한지도 모르는 새끼!"

최지원을 향한 김 대리의 평가는 간략하면서 뼈아팠다. 자사 연예인의 홍보는 홍보팀의 유능한 직원들이 알아서 하고 있었다. 단도직입적으로 말하지 않았지만, 김 대리가 신입들에게 내준 숙제는 바로 채우진이었던 거다. 눈치 없게 행동한 최지원는 다른 신입들을 교육하는 본보기가 되어 그날 김 대리에게 무진장 깨졌다.

다음 날부터 최지원은 열심히 악플을 달기 시작했다. 채우진에 대해 아는 게 없어도 쓰다 보니 동기의 조언대로 논리란 필요가 없었다. 그냥 우기고 무조건 내뱉으면 되었다.

"으악! 대체 이게 뭐야!"

"왜 무슨 일이에요?"

"채우진 팬카페에 가입했는데 승급 거절당하고 아이디 블락당했어요."

"채우진 팬카페를요?"

다른 누구도 아니고 블루핏의 팬으로서 가장 열성적이었던 동기의 말에 최지원은 놀라 물었다.

"적을 알려면 위장 전입은 기본이잖아요. 그래서 가입하고 열흘 동안 열심히 출첵하고 마음에도 없는 채우진 칭찬 글을 몇 개나 썼는데도 거절당한 거예요. 운영자한테 쪽지로 문의하니까 절차상에 문제가 있어 승급이 어렵다면서 바로 강퇴 처리한 거 있죠! 그래서 다시 가입하려고 했는데 블락당했어요. 허참, 어이가 없어서!"

"게시판에 글을 잘못 쓴 거 아니에요?"

아무리 위장을 한다고 해도 안티의 향기를 숨기기란 어려운 일이었다. 무엇보다 그녀는 진성 안티였다. 자기도 모르게 채우진에 대한 반감을 표현했을지 모른다.

"그랬을까요?"

"그것 말고 이유가 있나요? 한번 다른 사람 명의로 다시 가입해 봐요."

최지원의 격려를 받은 그녀는 그 후로 몇 번이나 채우진의 팬카페에 가입했으나 매번 승급에서 떨어지고 강퇴를 당했다. 이쯤 되니까 최지원도 뭔가 이상하다는 걸 느꼈지만, 이유를 알 수 없으니 감을 잡을 수가 없었다.

─얼굴만 잘생기면 다냐!

─돈이 남아돌아서 기부나 하는 새끼.

─공부 잘하면 사법시험이나 보지 뭐 하러 배우 하냐? 머리가 아깝다.

─공부, 연기, 노래까지 하느라 세상 즐길 줄도 모르는 오타쿠!!

─그 얼굴이 성형 없이 가능해? 분명 의학의 힘을 받은 얼굴이다.

채우진의 글에다 악플을 달다가 최지원은 뭔가 이건 아닌 것 같아서 고개를 갸웃거렸다. 욕은 욕인데 이상하게 칭찬 같았다.

"채우진에 관한 자료를 모아야 할 것 같아."

이대로는 안 될 것 같아 최지원이 푸념하자 옆에서 듣고 있던 동기가 불쑥 끼어들어 말했다.

"나한테 뭐든지 물어봐요. 뭐가 알고 싶어요? 키 186㎝, 몸무게 74㎏, 혈액형 A, 생일은 3월 28일로 양자리, 눈은 반 무쌍이지만 피곤하면 눈에 쌍꺼풀이 생기기도 하고, 음료수는 주로 아메리카노만 마신다네요. 문승권 감독과 최이건 감독이 굉장히 예뻐해서 자주 만나는 편이고요. 자주 가는 음식점은……."

채우진에 대해 줄줄 내뱉는 동기를 보며 최지원은 입만 벙긋거렸다.

"많이 아네요."

"뭐… 기본이죠."

역시 안티는 아무나 하는 게 아니라는 걸 보여주는 동기의 모습에 최지원도 의욕을 불태웠다. 그런데 날이 갈수록 동기의 행동들이 수상쩍기 시작했다.

"아, 이 핀 정말 예쁘다."

그들이 입사한 지 5개월이 지난 어느 날이었다. 여전히 블루핏의 팬이라고 주장하는 동기는 채우진의 사진을 멍하니 보면서 그가 한 액세서리에 감탄하고, 채우진이 나왔던 영화와 드라마 이야기로 하루를 보냈다.

"그거 혹시 채우진이에요?"

급기야 최지원은 동기의 폰 배경화면에 떠 있는 채우진을 발견하기도 했다.

"그게… 전투용이에요. 얼굴 볼 때마다 의욕을 불태우기 위한!"

"그런데 그 목걸이 깔끔하면서 예쁘네요. 꽤 비싸 보이는데 이상하게 어디서 본 것 같아서……."

"원래 이런 건 디자인이 다 거기서 거기거든요!"

갑자기 버럭 화를 내는 동기의 반응에 최지원은 뻘쭘해서 알았다고 했지만 정말 어디서 많이 본 목걸이였다. 남자면서 애인도 없는 자신이 저런 목걸이를 알 리가 없을 텐데 이상했다. 그리고 몇 시간 후에 그는 목걸이의 출처를 알아냈다.

바로 채우진의 파파라치 사진 속에서 그가 요즘 하고 다니는 가온의 목걸이였다. 소량 제작해서 판매하는 가온의 시스템에 의하면 이미 품절된 제품이었다. 그의 팬들이 사고 싶어서 알아보는 글만도 하루에 십여 개씩 올라오다 보니 자연스럽게 최지원도 알게 된 것이다.

"설마~! 하긴, 이런 거 하나 유행하면 바로 이미테이션이 뜨니까."

그녀의 말마따나 쥬얼리의 디자인은 대개가 거기서 거기였다.

◆　　◆◆◆　　◆

"너무 심하지 않아요?"

문제는 그녀가 아닌 다른 동기였다. 아무리 악플을 달고 비방하는 게 그들의 일이라도, 최지원의 다른 동기는 요즘 그 수위를 점점 벗어나고 있었다.

"그래? 쓰다 보니까 점점 자극적인 내용이 되네."

"그래도 가족은 건드는 게 아니죠. 우리 그냥 채우진 하나만 잡자고요."

"그럼 쓸 게 없잖아. 난 이미 바닥 드러났어."

욕도 비방도 어느 정도 한계가 있다. 뭐라도 근거가 있어야 붙잡고 늘어지지, 아무리 봐도 채우진 자체는 흠이 거의 없었다. 얼굴, 실력, 지능, 신체, 재능, 어느 것 하나 흠잡을 데 없는 사람을 흠집 내기란 여간해선 곤혹이었다.

그러다 보니 최지원의 동기는 요즘 채우진의 여동생에게 시비를 걸었다. 보통은 너도 공부하지 말고 연예인이나 되라고 비웃다가, 가끔은 차마 입에 담기도 어려운 댓글을 다는 동기를 보며 최지원은 미간을 찌푸렸다.

"하다 보니까 재미가 붙어서 말이야."

내가 이런 거나 하려고 여길 들어왔나 회의를 느끼는 최지원과 달리 동기는 악플을 달면서 자신의 본성을 깨달은 듯했다.

역시 뭔가 이상하다고 여겨질 때쯤에 동기 중의 한 명이 사표를 냈다.

"이제 더는 이 짓 못 하겠어요. 그리고 진심으로 들어가고 싶은 곳이 생겼거든요."

블루핏의 팬으로 성덕이 되었다고 자부하던 동기는 홀연히 사표를 내고 회사를 나갔다. 그녀가 떠난 자리의 쓰레기통에는 블루핏의 사진과 자료들이 들어가 있었다. 반면 안티질을 위해 모았다는 채우진의 자료는 어디에도 남아 있지 않았다.

그리고 몇 개월 후, 홍보실에서 일하는 최지원과 동기에게 DS의 법무팀에서 보낸 고소장이 날아왔다.

Side story II
꿈이 있었다

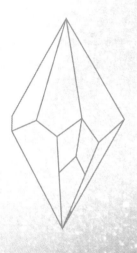

김태화는 정현민 선배에게서 받은 '붉을 적'의 영화 예매권을 만지작거리며 잠시 고민했다. 친구와 보라며 준 두 장의 표는 자유 이용권이라 언제든지 극장에 가면 원하는 시간대의 영화표로 바꿔주는 것이었다.

난감한 건 대학교에 들어와서 아르바이트와 시험 준비로 늘 바빴던 그녀에게는 영화를 같이 볼 친구가 없었다. 딱히 영화를 좋아하는 것도 아니라서 잠시 고민하다 예매권을 책 사이에 끼워 넣었다.

영화에 대해 아무런 생각이 없었던 김태화가 '붉을 적'을 보게 된 계기는 어느 영화 평론가의 글을 보고서였다.

〈사랑받지 못해서 불행한 것이 아니라. 포기하지 못해서 아프다.〉

이상하게 마음을 찌르는 구절이었다. 이유 모를 통증이 목 안에 가시 때문이란 걸 알았을 때의 느낌이었다.

책 사이에 있던 영화표를 들고 극장을 찾은 것은 굉장히 즉흥적인 일이었다. 왜인지는 모르지만, 평론 글을 보고 그 영화에 호기심이 생겼다. 어떤 영화이기에 평론가는 그런 글을 썼을까.

연일 매진이라는 소리에 걱정했지만, 자리는 좋지 않아도 평일 오전이라 영화는 원하는 시간에 볼 수 있었다.

사실 김태화는 채우진 선배를 그리 좋아하지 않았다. 정확히는, 싫어하지 않지만 그러면 무작정 덮어놓고 좋아하는 사람들의 감정을 이해할 수 없었다. 대화를 나누고 함께하는 시간이 남들보다 더 있었음에도 그에 대해 인간적인 매력을 느껴본 적이 없었다.

무언가 그를 보면 가슴속에 싸하게 퍼지는 차가움이 있었다. 그래서 영화를 볼 생각이 더 안 들었는지도 모른다. 영화를 감상하는 내내 그런 감정이 느껴진다면 그것도 곤혹이니 말이다.

그러나 '붉을 적'에서는 채우진을 볼 수가 없었다. 아니, 느낄 수가 없었다. 이런 게 배우인가 싶게 채우진이 아닌 명환대군만이 보였다. 그렇다고 해서 그게 꼭 좋은 것은 또 아니었다.

내 마음이 이곳으로 와버렸다.

끝까지 자신을 붙잡고 말리는 내시에게 명환대군은 그러니 너만이라도 살라며 떠나라고 일렀다. 그러자 동호란 내시는 똑같은 답을 했다.

저의 마음도 이곳에 있습니다.

반정군을 향해 검을 든 두 사람의 표정은 더없이 편안해 보였다. 마음이 가는 대로, 정인을 구하기 위해, 혹은 주군의 마지막을 옆에서 지키기 위해 그들은 그곳에 있었다.

"이기적인 사람이네……."

영화를 보고 나오면서 맨 처음 든 생각은 명환대군이 너무했다는 평이었다. 하지만 그것도 잠시, 곰곰이 생각해 보면 결국 이기적이었던 건 문진왕후와 중전 윤씨였다. 명환대군은 그저 자신의 감정에 충실한 개인주의자였을 뿐이다.

그런데도 이기적이라고 여겼던 것은 그만 포기했다면 모두가 행복했을지도 모르기 때문이다.

"정인을 위해서 죽어줄 수는 있지만, 그녀가 원하는 건 줄 수 없는 사람."

명환대군이 어머니의 바람대로, 정인의 희망대로 왕위에 욕심을 냈다면 얼마나 좋았을까. 그랬다면 윤화은이 중전이 됐을 리가 없고, 명환대군은 부부인 박씨와 결혼할 일이 없었다.

"부부인은 무슨 죄야."

김태화가 생각하기에 부부인 박씨가 명환대군을 진실로 사랑했을 것 같지는 않았다. 그 당시 양반가 여인네의 숙명이란 연이 닿는 대로 혼인하고, 그게 운명이라 여기고 살아가는 게 전부다. 부부의 연을 맺었으니 그에 충실히 하려고 노력했을 거다.

그렇다고 해서 냉대받는다는 것이, 사랑받지 못한다는 게, 홀로 남아 평생을 혼자 살아가야만 한다는 것이 아무렇지 않을

리가 없다.

"자기들 감정놀음에 왜 애먼 사람을 희생시키냐고."

투덜거리면서 김태화는 한 장 남은 예매권을 지갑에서 꺼냈다. 아직 영화의 여운이 남아 있는데 그게 무엇인지 그녀는 확실하게 잡지 못했다. 이런 모호한 감정이 싫은 김태화는 이왕 시간을 낸 김에 다시 한번 영화를 감상하기로 했다.

처음과 달리 늦은 오후 시간대로 예매가 된 영화를 보고 나니 이미 저녁이 되어버렸다. 영화를 보고 캄캄한 길거리를 걷는 김태화의 머릿속에는 명환대군밖에 없었다.

"부럽다."

처음에 봤을 때는 마냥 밉고 원망스러웠던 그가 두 번째 영화를 보고 나왔을 때는 왠지 부럽고 존경스러웠다.

흔들리지 않은 그의 이상, 꿈, 사랑이 부러웠다. 그는 어떻게 그렇게 단단할 수 있었을까. 어떻게 그렇게 사랑받지 못하는 것에 겁이 없었을까.

명환대군이 사랑받는 것에 집착했다면 그는 분명 왕이 되었을 것이다. 어머니와 정인의 꿈대로 자신의 꿈을 포기하고 살았을 게 분명하다. 왕이 되고 그들이 원하는 삶을 살기 위해 노력했을 터다. 지금 김태화의 삶처럼 말이다.

김태화에게는 꿈이 있다. 사회적으로 성공한 자신을 자랑스러워하는 부모님과 형제들. 그렇게 되면 그동안 자신을 무시하고 힘들게 했던 가족들이 미안해하고 사랑해 줄 거라는 희망이 오늘의 그녀를 있게 했다.

오로지 사랑과 인정을 받기 위해 꾸었던 꿈.

어쩌면 그건 그녀의 꿈이 아니었을지도 모른다. 가족을 통해 바라본 거울 속의 자신이었다.

명환대군도 마찬가지다. 왕이 되는 건 분명 그를 위한 일이었다. 하지만 그것은 그의 꿈이 아닌 문진왕후와 윤화은의 꿈과 희망이었다. 그러나 미움받는 게 두렵지 않던 그는 끝까지 자신의 삶을 지켰다. 그에게 있어 생과 사는 그리 중요한 문제가 아니었다.

그의 마음이 가는 곳, 그의 꿈이 있는 곳, 그리고 그가 사랑하는 이들이 있는 곳.

"내 마음은 어디에 있지?"

김태화는 문득 길에서 길을 잃고 말았다.

갈 곳 없이 멍하니 서 있으면서 계속 자신에게 물었다. 나의 꿈은 무엇이었을까. 사랑받기 위함이었으나, 아니면 오로지 자신을 위한 꿈이었나.

그리고 겨우 깨달았다.

"사랑받고 싶었으면서… 난 날 사랑하지 않았구나."

그녀가 자기를 사랑했다면 가족에게 인정받고 사랑받기 위해 이렇게 살지는 않았을 것이다. 자신을 자기가 사랑하는데 사랑받지 못하는 게 두려울 리가 없다. 하지만 이런 삶을 살고 자신을 사랑하지 못한 게 그녀가 잘못되었기 때문은 아니었다.

태어나서 지금껏 제대로 된 사랑을 받지 못했으니 그건 당연한 결과였다. 가족이면서 사랑하는 법을 알려주지 않은 이들의 죄였다. 잘못은 그녀에게 있는 게 아니었다.

무고한 자신을 스스로 탓할 이유가 없었다.

그리고 사랑해 주지 않았다고 해서 그들을 미워할 필요도 없었다. 명환대군처럼 그들은 자신의 삶을 살아가는 것뿐이다. 자신들이 사랑하는 사람들하고 행복하게, 혹은 불행하게.

사람은 그저 자기가 사랑하고 싶은 사람을 사랑할 권리가 있다. 그게 내가 아니라는 것이 슬프다고 해서 절망할 필요는 없었다. 물론 가족으로서, 사람으로서 지켰으면 좋았을 도리를 지키지 못한 이들에 대한 원망은 어쩔 수가 없었다.

하지만 그들로 인해 자신의 삶을 파괴하는 건 너무 억울하고 부당한 일이었다.

"내가 날 사랑한다면, 내 마음이 가는 곳으로 갈 수 있다면……."

어쩌면 아무것도 두렵지 않을 것이다.

김태화에게는 꿈이 있었다. 그런데 그 꿈은 한순간에 사금파리처럼 산산조각이 되어 흩어져 버렸다. 어두운 밤공기 사이로 흔적도 찾을 수 없이 금세 흩어지고 말았다.

"하아~!"

이상하게 한결 숨쉬기가 편해졌다.

◆‥ ◆ 별이 되다 3권 *Crank up*

464 **별이 되다**